Lea Söhner
Wo das Schweigen wohnt

Lea Söhner, Romanautorin, geboren im Schwäbischen, studierte Diakonie und Religionspädagogik. Zehn Jahre arbeitete sie als Diakonin in der kirchlichen Sozialarbeit. Unter anderem lebte sie in Israel, England, Indien und Südamerika. Zuletzt absolvierte sie eine Ausbildung zur Psychotherapeutin. Zwanzig Jahre lang führte sie zwei Institute für Tantramassagen (Dakini) in Stuttgart und Zürich. Die Autorin lebt, liest und schreibt am Lago Maggiore in der Schweiz, in Argentinien oder anderswo auf der Welt.

Schwarzwald, 2015. Eine geheimnisvolle Moorlandschaft, eine tote Mutter und ein rätselhafter Abschiedsbrief.

Nach dem unerwarteten Suizid ihrer Mutter kehrt Alma in das Haus ihrer Kindheit zurück, um die Beerdigung zu regeln. Dort wird sie von bitteren Erinnerungen eingeholt, alte Wunden brechen auf.

Plötzlich steht ein Fremder vor der Tür, der behauptet, ihr Bruder zu sein. Misstrauisch, aber auch neugierig, lässt Alma ihn in ihr Leben. Zusammen folgen sie einer Spur, die tief in ein dunkles Kapitel der deutschen Nachkriegsgeschichte führt. Wird das Moor die so lange verschwiegene Wahrheit um die Mutter preisgeben?

Doch wer ist dieser Bruder wirklich? Hinter seiner schlichten Fassade scheint er alles zu durchschauen – auch Almas eigenes Geheimnis, das um jeden Preis verborgen bleiben muss.

Lea Söhner

# Wo das Schweigen wohnt

Herodot-Verlag

Bibliografische Information der Deutschen Nationalbibliothek
Die Deutsche Nationalbibliothek verzeichnet diese Publikation in der Deutschen Nationalbibliografie; detaillierte bibliografische Daten sind im Internet über https://www.dnb.de abrufbar.



1. Auflage

Königsberger Str. 16, 55218 Ingelheim am Rhein
www.mentoren-media-verlage.de

Umschlaggestaltung: Nadine Nagel
Autorenfoto: Linda Schmietainski
Lektorat: Sarah Küper
Korrektorat: Lara Messer, Jessica Janke
Satz und Layout: Sarah Küper

ISBN: 978-3-98641-233-3

Printed in Europe

Verantwortlich im Sinne des Presserechts: Thomas Göller und Volker Pietzsch



www.herodot-verlag.de

*Herodot ist eine Marke der Mentoren-Media-Verlag GmbH*

FSC
www.fsc.org
MIX
Papier aus verantwortungsvollen Quellen
Paper from responsible sources
FSC® C105338

* TRIGGERWARNUNG

Dieses Buch enthält Elemente, die potenziell triggern können. Deshalb befindet sich auf Seite 482 eine Triggerwarnung.

Achtung: Diese enthält Spoiler für die gesamte Handlung.

# Rückkehr

## Alma, Wildblüt im Schwarzwald, Anfang Juli 2015

Nichts. Kein Stolz mehr, kein Zorn. Die Wachsamkeit eines Wildtiers ist erloschen. Nur Haut, Knochen und dieses dämonische Collier aus Hämatomen. Gelblich, wächsern und voller bräunlicher Flecken spannt sich die Haut über Nase, Wangenknochen und Schädel. Das weiße, dichte Haar, das nie geschnitten wurde, fällt nach hinten, als hätte es jemand gekämmt. Leer ist dieses Antlitz, doch noch in der Leere ist es Vorwurf, Schmerz und Selbstanklage zugleich.

»Ich gehe nach draußen, damit Sie noch eine Weile mit Ihrer Mutter allein sein können.« Die Pathologin hinter ihr schickt sich an, den Raum zu verlassen. Alma dreht sich nach ihr um und streift dabei das Laken, sodass es verrutscht und die Füße der Leiche freilegt.

Diese Füße! Am rechten Fuß prangt eine Art Zahnlücke, dort, wo der zweite Zeh stehen sollte, am linken fehlen die drei letzten Zehen. Zum ersten Mal sah Alma diese Füße, als sie ungefähr drei Jahre alt war.

»Vom Krieg«, sagte die Mutter.

Doch über den Krieg sprach man nicht in diesem Haus, nicht über erfrorene Füße, nicht über seelische Narben und am wenigsten über die fehlende Familie.

*Einmal, wenn die Mutter tot ist, werde ich frei sein.* Jetzt zerfällt diese Selbstlüge wie ein Apfel unter dem Baum — im Spätherbst, nachdem die Wespen ihn den Würmern überlassen haben. Nur nicht weich werden, nur das Mitleid nicht fühlen oder gar die Liebe. Alma strafft sich, nimmt einen letzten Blick auf das gräuliche Gesicht und zieht das Laken wieder darüber.

»Haben Sie einen Bruder?«, fragt der örtliche Polizist, während er die Versiegelung der Haustür aufbricht.

»Nein, wir waren nur zu dritt. Meine Mutter, meine Tochter Bianca und ich. Bianca lebt inzwischen in Berlin«, antwortet Alma. »Aber kommen Sie doch erst einmal herein.«

Der vertraute Geruch nach alt und feucht schlägt ihr entgegen, als sie mit dem Polizeibeamten das Forsthaus betritt. Es steht zu nahe am Wald. *Man muss es austrocknen, sanieren, isolieren*, geht ihr durch den Kopf. Dann knipst sie das Licht im fensterlosen Flur an.

»Wo leben Sie?«, fragt der Polizist und wischt sich den Schweiß von der Stirn.

»In Hamburg«, antwortet sie. »Vielleicht finde ich für uns etwas zu trinken im Kühlschrank.«

»Sehr gerne«, entgegnet er und fährt ohne Pause fort. »Gibt es einen anderen, einen männlichen Verwandten?«

»Nein. Mein Vater ist schon vor vielen Jahren gestorben. Wieso fragen Sie?«

Zögernd öffnet der Mann seine Mappe und nimmt einen Zettel heraus. Die Handschrift der Mutter auf dem Papier löst in Alma eine spontane Abwehr aus. Muss sie sich selbst jetzt noch mit deren Zumutungen befassen?

»Sie hat einen Abschiedsbrief hinterlassen«, sagt der Polizist.

Alma nimmt den ihr hingehaltenen Brief entgegen. Wie eine Kamera hält der Beamte seinen Blick auf sie gerichtet, während sie die Notiz liest.

*Mein lieber Junge, nun hast du mich schließlich gefunden! Es tut mir so unendlich leid. Bitte vergib mir. Meine unsterbliche Liebe zu dir wird alles überdauern. Deine Mutter.*

Noch einmal liest sie die Nachricht. Margret hat sie auf ein kariertes Blatt geschrieben, das an der linken Seite leicht ausgefranst ist. Es wurde sorgfältig aus einem Schulheft herausgerissen. Buchstabe für Buchstabe geht Alma durch, als würden die Striche, Bögen und Punkte der mütterlichen Schrift ein Geheimnis in sich tragen, welches sie herausfinden kann, wenn sie nur langsam genug liest. Wieder und wieder gleiten ihre Augen die Zeilen entlang.

Nein, sie will das nicht, sie will nicht, dass ihre Mutter am Schluss noch verrückt geworden ist, und sie will auch nicht, dass Margret ihr Rätsel aufgibt und sie posthum damit beschäftigt. Sie will die Mutter unter die Erde bringen, das Haus verkaufen und endlich in ihrem eigenen Leben in Hamburg bleiben.

»Was ist das denn?«, fragt sie und hält ihm den Zettel wieder hin.

»Das frage ich Sie.«

»Ich kann mir keinen Reim daraus machen.«

»Wir haben uns im Dorf ein wenig umgehört.« Der Polizist räuspert sich und setzt neu an. »Einige

Tage vor ihrem ... Tod soll sie recht wunderlich gewesen sein.«

»Wunderlich?«

»Sie wurde auf einem Spazierweg gesehen mit ein paar Stofffetzen im Arm, als wären sie eine Puppe, und sang ein Kinderlied. *Maikäfer flieg.*«

Für einen Augenschlag hört sie ihre Mutter, wie sie in Almas Kindheit zuweilen mit ihr sang. Sie hatte eine schöne, fast zärtliche Stimme.

»Ich kenne sie nur als geistig klar im Kopf«, antwortet sie und schluckt die kurze Aufwallung von Mitgefühl hinunter. Dann lässt sie sich auf den Küchenstuhl fallen.

»Wann haben Sie Ihre Mutter zum letzten Mal gesehen?«

»Das war vor ungefähr einem Jahr«, antwortet sie. »Möchten Sie sich nicht setzen?«

»Gerne, danke«, antwortet der Beamte. »Hatten Sie Streit?«

»Nein, ich ging auf Abstand.« Alma atmet durch, stützt die Stirn in ihre Hand. Dann blickt sie aus dem Fenster, als wolle sie der bedrückenden Atmosphäre entfliehen, die sie jedes Mal überfällt, wenn sie dieses Haus betritt. »Es war eher eine Art Selbstschutz, nicht so oft herzukommen.«

»Ihre Mutter war eine schwierige Frau, höre ich da heraus.«

»Das könnte man so formulieren.«

»Dürfte ich die Telefonnummer Ihrer Tochter haben?«

»Gerne, aber seien Sie vorsichtig. Sie weiß noch nichts von all dem hier.«

»Natürlich.«

»Was soll ich jetzt tun?«, fragt sie.

»Im Augenblick haben wir keine Anhaltspunkte dafür, dass ein Fremdverschulden im Spiel war. Sie können über das Haus verfügen. Die Leiche wird in den nächsten Tagen freigegeben.«

*Mein lieber Junge ...* Glasklar war Mutters Stimme beim letzten Telefonat, hart und präzise wie immer, preußisch korrekt, nicht das geringste Anzeichen von beginnender Demenz. Achselzuckend zerknüllt Alma den Zettel und wirft ihn in den Mülleimer unter der Spüle. Der ist geleert und mit einer frischen Plastiktüte ausgestattet worden. Margret hat alles geputzt und aufgeräumt, bevor sie sich selbst gewaltsam aus dem Leben räumte.

Alma geht zum Küchenfenster und lässt ihre Augen über die schöne Landschaft ihrer Kindheit schweifen. An den Duft der Mutter kann sie sich noch erinnern. Sie roch nach Brot, Milch und Erde, und die Nähe zwischen ihnen war zu jener Zeit noch ungebrochen. Die liebende Einheit, zu der sie sich beide immer wieder zurücksehnten, bekam hier ihren ersten Sprung. Alma verfolgt mit den Augen den Weg, der zum kleinen Bahnhof führt. Das Forsthaus liegt allein, ungefähr zwei Kilometer abseits vom Dorf. Es kommt ihr vor, als würde ihre Kindheit wieder auftauchen, wenn sie mit den Augen dieser schmalen Straße folgt. Dort ist sie gegangen, die Vierjährige, sie hat ihr Zuhause verlassen, ohne zu rennen und ohne zurückzuschauen. Nur auf die neuen roten Schuhe blickte sie und auf den Weg, der vor ihr lag.

## Alma, Wildblüt im Schwarzwald, 1960

Ich habe kein Kind mehr, wenn es so böse ist. Geh ruhig weg, ich kann ohne dich leben«, sagte die Mama.

»Will Kleider«, antwortete Alma trotzig. *Hänschen klein*, summte es in ihrem Kopf, *geht allein*. Die Mutter stopfte mit ihren roten Händen einen Rock, eine Unterhose und eine Bluse in ein verknotetes Küchentuch, obendrauf ein Stück Brot, und händigte es ihr aus. Ohne ein Wort ging die kleine Alma durch die Küchentür nach draußen, *in die weite Welt hinein*. Der Kies knirschte unter ihren roten Schuhen, sie trug weiße Söckchen, die ihr so gefielen, *Stock und Hut stehen ihr gut*. Sie rannte nicht, denn vielleicht würde Mama hinter ihr herlaufen, sie in den Arm nehmen und küssen.

Die Holzbank des Bahnhofs war hoch, ihre Füße mit den roten Schuhen baumelten in der Luft wie Pendel, vor und zurück, vor und zurück. Gleich würde die Mama kommen und sie holen wollen, *hat ja nun kein Hänschen mehr,* aber Alma würde mit dem Zug wegfahren und Mama weinend stehen lassen. Doch keine Mama kam und auch kein Zug. Kein anderer Mensch kam, keine Nachbarin, kein Kind, nicht einmal eine Katze, die sie hätte streicheln können. Sie kletterte von der Bank und wollte zurück zur Mama, doch die roten Schuhe gingen nicht auf das Forsthaus zu, sondern Richtung Dorf. Schwerer und schwerer wurden ihre Füße, als hingen Steine an ihren Knöcheln. Ihr Kopf schmerzte und die Augen beschlugen sich von der Müdigkeit, doch noch immer konnte sie nicht umdrehen.

Von vorn kam ein Traktor, es war schon fast dunkel. Das Gesicht auf die Straße gerichtet, wollte Alma an ihm vorbei. Eiserne, raue Bauernhände packten sie. Sie schrie, strampelte und biss dem Mann in die Hand, doch der hievte sie auf seinen Schlepper, hielt sie mit einem Arm umklammert wie mit einer Beißzange und brachte sie zurück zum Forsthaus.

Alma wollte sich in die Arme der Mama werfen, doch dann war es die Mutter, die vor ihr kniete. Wie durch einen Dunstschleier sah sie das tränenüberströmte Gesicht der Mutter, schmeckte ihre salzigen, nassen Hände, fühlte die mütterlichen Küsse auf ihrem Gesicht. Auf einmal war in Alma ein brennendes Teufelchen, das ihrer Mama mit dem Stoffbeutel ins Gesicht schlug.

Riesig wurden nun die Augen ihrer Mutter, sie sah durch Alma durch, sah nicht mehr sie, ihr Kind, sondern das Teufelchen, dann stand die Mama auf, blieb gebückt, als hätte sie eine dunkle Wolke auf ihrem Rücken, und verließ den Raum.

Jetzt brachen bei Alma alle Dämme. Sie rannte der Mutter hinterher in die Küche, und wie ein Strom aus Liebe und Wasser durfte sie sich auflösen in den warmen mütterlichen Armen.

## Alma, Wildblüt im Schwarzwald, Anfang Juli 2015

Alma wendet sich vom Küchenfenster ab und kneift die Augen zusammen, als könne sie damit die Erinnerungen wegblinzeln.

Nie wieder konnte dieser erste Riss ganz heilen, denn es war die Mutter selbst, die den Spalt in der

Einheit bewahrte. Sorgsam dosierte sie seither ihre Zärtlichkeit. So konnte sie sich vor dem Temperament und der Leidenschaft ihres Kindes schützen und hatte ihre Tochter im Griff.

Flink fliegen Almas Hände über die Klaviertasten. Sie hat die gepflegten Hände einer Musikerin, einer Frau, die ihre Tage in Konzertsälen verbringt, in leeren, nach Staub und Schweiß riechenden bei den Proben, in vollen, nach Parfüm und Menschenmengen duftenden bei den Konzerten. Das Klavier im Wohnzimmer ist perfekt gestimmt. Margret hat entweder bis in ihre letzten Tage noch selbst gespielt oder es extra stimmen lassen.

Alma liebt und benutzt die Musik wie ein zärtliches Haustier, immer hoffend, sie könne irgendwann in das Undurchdringliche ihres Lebens eindringen. Fein sind ihre Hände, doch nicht flink genug für eine Solopianistin. Oder war es ein leiser Widerstand, nicht ausschließlich für die Mutter zu leben? Denn nach deren Willen hätte Alma Pianistin werden sollen. Sie war eine fleißige Klavierschülerin. Fleißig. Nicht genial.

Mamas Hände waren mit Schwielen übersät und trugen seltsame Knoten namens Frostbeulen. Doch sie waren auch Pianistenhände, denn sie waren schlank und lang, und wenn Margret spielte, klang es wie ein Echo aus einem Leben, das in der Ostsee versunken ist, bevor es richtig angefangen hat – ein Leben, zu dem die Mutter niemandem Zugang gewährte, schon gar nicht Alma.

Wahllos spielt sie jetzt eines der *Lieder ohne Worte* von Mendelssohn Bartholdy, dann den ersten Teil des *Wohltemperierten Klaviers*, und als sie ohne ihren Willen bei der Klavierbegleitung von Brahms' *Violinsonate in G-Dur* landet, zieht sie ihre Finger zurück, als hätte sie sich verbrannt.

Die Bücherregale sind voll bis unter die Decke. Mutters Sessel steht am Fenster. Abends saß sie dort, ihre bis ins Alter gelenkigen, schlanken Beine hochgezogen, eine Decke über dem Knie und ein Buch in der Hand. Das Wohnzimmer war ihr gemeinsames Refugium, wo sie sich gegenseitig vorlasen. Schon früh machte Margret ihre Tochter mit den Meistern der Weltliteratur bekannt. *Grimms Märchen* waren es zu Kinderzeiten, auch *Alice im Wunderland* oder etwa Mark Twain und Astrid Lindgren. Später kamen Hermann Hesse, Stefan Zweig, Selma Lagerlöf, Marguerite Duras, Ernest Hemingway und viele andere dazu.

Ob die Mutter wohl ihre letzte Zigarette geraucht hat, bevor sie mit dem Seil in der Hand hinausgegangen ist ins Moor? Die angebrochene Schachtel liegt auf dem Tischchen. War sie kaltschnäuzig und wollte es schnell hinter sich bringen? Hat sie mit sich gerungen? Wie lange hatte der Plan in ihr gearbeitet? War sie resigniert und wollte deshalb sterben? War sie etwa depressiv? Nein, das würde nicht zu ihr passen. Sie war keine Frau, die sich gehen ließ. Zeitlebens war sie aktiv gewesen, hatte die Dinge angepackt, war sportlich, muskulös. Bis ins hohe Alter konnte sie bei Wanderungen mit Alma mithalten, hatte teilweise mehr Kondition als ihre etwas träge Tochter. Und doch muss sie verwirrt gewesen sein. Alma nimmt eine der Mentholzigaretten, tritt hinaus vor die Tür und raucht.

Es war die Geige, die dann Almas Leben geprägt hat. Fleißig und ehrgeizig war sie zeitlebens. Alles, was sie hat und ist, musste sie sich hart erarbeiten, nichts ist ihr zugefallen.

Wie ein unsichtbarer Vampir, der ihr in winzigen Dosen Lebensenergie raubt, knabbert seit jeher die Unzufriedenheit an ihr. In alles, was sie erreicht, schlägt dieser winzige Blutsauger seine Zähne. In allem, was sie tut, wirken bittere Tropfen, nie kann sie ihren Erfolg ganz auskosten. Alle Freude, die sie hat, ja, selbst die Liebe und der Sex, sind durchtränkt von Selbstkritik und Unzufriedenheit. Vor acht Jahren, mit fünfzig, – endlich – ist sie Konzertmeisterin geworden. Statt sich zu beglückwünschen, plärrt diese leise Stimme in ihr: Sie ist eben die Frauenquote, sie hat sich nach oben geschlafen (was in gewisser Weise stimmt), sich den Posten durch langes Warten ersessen, und hoffentlich merkt niemand, dass sie nicht genial ist. Ihre Solosequenz beim gestrigen Konzert gelang allerdings ausgezeichnet.

Gestern Abend! Ein Licht geht ihr auf: Margret hat ihren Abgang auf Almas Terminkalender ausgerichtet. Heute haben die Sommerferien begonnen. Spielpause bei den Hamburger Symphonikern. So hat sie Zeit, sich um die Beerdigung zu kümmern und auch um das Haus. Sie hat Zeit, sich mit den posthumen Gemeinheiten ihrer Mutter zu befassen.

So wie das Bindegewebe eines menschlichen Körpers angeblich aufgenommenes Gift speichert und langsam wieder freigibt, so haben die Wände dieses Hauses alles aufgenommen und geben es nun Atemzug für Atemzug frei, und bald ist Alma ausgefüllt mit der altbekannten Schwere.

War es etwa Verrat an der Mutter, dass sie mit zehn oder elf Jahren Bücher unter der Bettdecke las? Denn Lesen war immer verbunden mit Gemeinsamkeit. Oder war es das Thema Liebe, wovon die Bücher handelten, und das sie mit ihrer Mutter nicht besprechen konnte? Liebe nämlich hatte bei Mama nichts zu suchen.

## Alma, Wildblüt im Schwarzwald, 1967

Als die Treppe knarzte, knipste sie die Nachttischlampe aus und rollte sich auf die Seite, das Buch fest an den Bauch gepresst. Die Mutter trat ins Zimmer und fasste ohne ein Wort die noch warme Glühbirne an.

»Du liest wieder Schund.«

Almas »Nein« kam sofort, wie bei einem Pistolenduell.

»Du lügst mich an«, konterte die Mutter. »Sind wir schon so weit?« Und sie verschwand wieder aus dem Raum.

Mit dem Geräusch der sich schließenden Tür fraß sich der Schreck in Almas Leib. Sie hatte die Mutter hintergangen, belogen, betrogen. Zu einer ordinären Lügnerin war sie geworden!

Beide gingen in den nächsten Tagen mit ihren Worten so sparsam um, als wäre der Preis zu hoch, um ihn bezahlen zu können. Jede lebte hinter ihrem eigenen halbdurchlässigen Paravent zusammen mit ihrem eigenen Schmerz und ihrer eigenen Reue, die sie vor der anderen zu verbergen suchte. Keine wusste, wie sie wieder an die glückselige Insel anknüpfen konnte.

»Ich habe ein neues Buch gekauft«, sagte die Mutter beiläufig. »Von Charlotte Brontë. Es heißt *Jane Eyre* und ist ein Liebesroman.«

In den Abenden, in denen sie den viktorianischen Roman miteinander lasen, fanden Mutter und Tochter wieder zusammen. Soweit zumindest, wie es damals noch möglich war. Während Anziehung und Ablehnung zwischen der Gouvernante Jane und ihrem düsteren Hausherrn Mr. Rochester kein Ende nehmen wollten, verzog sich Alma in Tagträume. Wie eine Wolke umgaben sie wilde Fantasien über die künftige Umarmung der beiden Protagonisten.

Doch während sie früher über alles, was sie in den Büchern lasen, miteinander sprachen, behielt Alma ihre schwülstigen Träumereien nun für sich. Einmal, als das Buch besonders romantisch war, gähnte sie sogar, aber so, dass es der Mutter als heimliches Gähnen erscheinen sollte. Zufrieden schien der kurze Blick, den Margret auf sie warf, wie ein freundlicher Tierwärter im Zoo, der seinen Gefallen daran hat, alle seine Lieben wohlversorgt und behaglich in ihrem Käfig zu wissen.

Doch die Mutter sah offenbar nicht diesen Hauch von Ekel in Almas Herzen angesichts der zu klebrigen Nähe, und sie sah auch nicht die Radarantennen in Almas Blick, mit denen sie den Zaun nach Löchern absuchte. Was Margret nicht sehen wollte, sah sie nicht.

Trotz allem war es ein Genuss, mit ihrer Mama wieder eng zusammen zu sein und den Alltag mit ihr zu teilen, an ihrer Kräuterapotheke mitzuarbeiten, die Wälder zu durchstreifen. Doch die Gedanken waren frei, und die streiften längst nicht mehr nur zwischen den Tannen des Schwarzwalds umher. Süß war es für Alma, sie eigene, vielleicht sogar verbotene Wege gehen zu lassen.

So wie Mutter und Tochter in Almas Kindheit wie zwei symbiotische Pflanzen ineinander und voneinander lebten, so beäugte die Mutter deren Leib, als er sich fraulich zu runden begann.

»Geh nie ohne BH aus dem Haus«, befahl Margret schon früh. »Deine Brüste schwabbeln ja fast aus der Bluse.«

Alma war dreizehn, und als sie in ihr Zimmer ging, um den ausladenden BH anzuziehen, den ihr die Mutter gekauft hatte, hakte sie ihn an der engsten Stelle ein, sodass sie kaum noch atmen konnte. Nicht, dass auch noch die Lehrer und die Jungs in der Schule riefen: *Dein Busen schwabbelt, igitt, pack ihn ein.*

Später hat sie viele Männer gebraucht, bis sie ihren Busen schön finden konnte.

## Alma, Wildblüt im Schwarzwald, Anfang Juli 2015

Das Läuten des Telefons platzt in den trüben Sumpf ihrer Erinnerungen.

»Bianca! Schatz. Hat dich die Polizei erreicht?«

»Ja! Was ist mit Oma? Warum hat sie sich umgebracht?«

»Wenn ich das wüsste. Bist du bei der Arbeit?«

»Ich bin auf dem Weg zu dir nach Hamburg.«

»Zu mir nach Hamburg?«

»Seit heute früh will ich dich anrufen, hast du dein Handy wieder nicht geladen?«

»Oje, das mache ich gleich«, antwortet Alma.

»Ich brauche für einige Zeit einen Unterschlupf. Zwischen Marcel und mir ist es aus.«

»Mein Schatz! Ich kann es nicht glauben!«

»Er hat mich hinausgeworfen.«

»Was sagst du da?«

»Ich bin schwanger.«

»Das wolltet ihr doch!«

»Dreimal darfst du raten.«

»Von einem anderen?«, fragt Alma und hält die Luft an.

»Ja.«

Almas Kopf brummt. Was soll sie antworten? Alles kommt auf einmal, was macht ihre Tochter da? Wie kann ausgerechnet Alma ihr jetzt Trost und Hilfe sein? Immer wollte Bianca es einmal anders machen als sie. Eine echte Familie wollte ihre Tochter, mit verlässlicher Beziehung und drei Kindern. Marcel schien der Richtige in jeder Hinsicht zu sein. Alma war erleichtert gewesen, denn immer hatte sie Angst, dass sie ihrer Tochter das Unglücksgen in der Liebe vermachen könnte wie ein giftiges Erbe.

»Bist du noch da?«, fragt Bianca. Ihre Stimme klingt erstickt, als würde sie weinen.

»Natürlich bin ich da, mein Liebes. Ich muss das gerade verarbeiten.«

»Mhm.«

»Hör zu, ich denke, in drei, höchstens vier Tagen bin ich zurück in Hamburg, dann müssen wir alles ausgiebig besprechen.«

»Und die Oma?«

»Ich werde sie kremieren lassen, dann fahren wir in drei Wochen wieder hier herunter und machen in aller Ruhe eine kleine Trauerfeier zu zweit im Friedwald. Was denkst du?«

»Okay.« Biancas Stimme klingt kraftlos.

Nachdem sie aufgelegt hat, setzt sich Alma wie benommen auf die Treppenstufe. Ausgerechnet jetzt, mitten in Biancas Hochzeitsvorbereitungen. Was für einen Kerl hat sie da? Warum war sie so wortkarg? Oder ist ihr der Suizid ihrer Oma zu sehr nachgegangen? Im Gegensatz zu Alma hatte ihre Tochter ein gutes Verhältnis zu Margret. Morgen wird sie sich Zeit nehmen, um mit ihr zu telefonieren. Bis dahin kann Alma selbst über all das schlafen.

Sie steigt die steile Treppe hinauf in das Obergeschoss mit den schrägen Decken. Auch das Schlafzimmer ihrer Mutter ist ordentlich geputzt, das Bett ist gemacht, wie sie es zeitlebens immer getan hat. Niemals wäre Margret aus dem Haus gegangen, ohne das Bett gemacht zu haben, als wäre ein Bett eine besondere Kostbarkeit, ein von einer höheren Macht verliehenes Privileg, das einem jederzeit wieder genommen werden kann, wenn man es nicht zu schätzen weiß und es nicht pflegt wie das wertvollste Geschenk.

Sie streift den Flur entlang, öffnet die Tür zum Abort. Nicht *Toilette* sagt man hier im Schwarzwald, sondern *Abort*. Das winzige Dachfenster ist offen, so war es immer. An dieses eisige Gefühl von früher erinnert sie sich plötzlich, als sie in der Nacht rausmusste und der kalte Luftzug sie am Hintern leckte, während sie in den Abgrund pinkelte. *Abort*. Wie eine langbeinige Spinne stakst das Wort noch durch Almas Hirn, als sie die Tür zu ihrem Mädchenzimmer öffnet.

»Mein Gott. Mama!«, sagt sie laut. »Du hast mich erwartet. Du wusstest: Jetzt endlich würde ich kommen. Jetzt, wo du tot bist!« Ihr Bett ist frisch bezogen, wie sie an den akkurat gefertigten Bügelfalten sehen kann, die sich über die aufgeblähte Daunendecke spannen.

In der Nacht erschlägt sie im Traum einen Säugling. Sorgfältig und ohne jedes Gefühl verstümmelt sie ihn mit der Hacke und haut ihn in Stücke. Dann kommen Vögel, schwarz und größer als Raben, sie tragen in ihren riesigen Schnäbeln die Fleischstücke weg. Als nichts mehr übrig ist von dem Kind, wischt Alma sich ihre blutigen Hände an der Schürze ab und geht nach Hause.

Atemlos liegt sie auf dem Rücken, dreht sich auf die Seite, versucht erneut einzuschlafen und diese Horrorbilder zu vergessen, doch bei jedem Umdrehen kommt sie an den Rand des schmalen Mädchenbetts und zuckt zusammen. Schließlich steht sie auf und geht zum Abort. *Abort*. War das ein Abtreibungstraum soeben? Hat das mit dem Anruf Biancas zu tun?

Zurück im Bett wird sie endlich wieder schläfrig, da huscht noch einmal dieses Kind, das sie im Traum gerade erschlagen hat, durch ihren leichten Schlaf.

Mit einem Ruck setzt sie sich im Bett auf: Es ist ihr eigenes Kind, das sie vor vielen Jahren abgetrieben hat. Eine kleine Dummheit, schnell geregelt, längst vergessen. Schickt Margret, diese alte Hexe, ihr aus dem Jenseits all die Dämonen der Vergangenheit? Rächt sie sich nachträglich für Almas Drang nach Freiheit?

Aber dies hier ist kein Dämon, denn dieser winzige Geist bringt nichts als Tränen mit sich. Weg damit, sie will das nicht, sie hat ausreichend getrauert in ihrem Leben. Doch wenn das Hochwasser erst einmal da ist, drängt es zu allen Ritzen herein und ist auch nicht durch Taschentücher aufzuhalten. Wieso gerade jetzt? Nie wieder hat sie an diesen kleinen Zellhaufen gedacht, hat ihn schneller vergessen, als er in ihr war, samt seinem unbekannten Vater, der sich in sie gedrängt hat, hastig, grob, und den sie zugelassen hat, weil sie es endlich hinter sich bringen wollte: ihr erstes Mal.

*Mama, welch bittere Hinterlassenschaft hast du mir bereitet? Meine aufblühende Sinnlichkeit hast du mit deinen harten Augen geschliffen. Sie lagen auf mir wie der Blick der Medusa, der alles um sich in Stein verwandelte. So hart wie deine Hände, deine Hüften und deine Knochen, so war auch deine Stimme, mit der du meinen aufblühenden Leib kommentiertest, als müsstest du einen Zauberbann sprechen über meine sprießende Natürlichkeit. Nicht aus Lust wollte ich dringend mein erstes Mal, sondern um deinen Bann zu brechen, der mich sonst zerstört hätte wie ein Eisregen die ersten Frühlingsknospen. Wie tief, wie tief musste ich mich dafür verletzen!*

## Alma, Wildblüt im Schwarzwald/Stuttgart, 1973

In jenem Jahr gab es in Chile einen Putsch, in Deutschland traten die RAF-Gefangenen in den Hungerstreik, eine Ölkrise erschütterte die Welt und in Wildblüt bekam die zehnte Klasse eine neue Deutschlehrerin namens Fräulein Isenberg.

Fräulein Isenberg war achtundzwanzig Jahre alt und sagte Sätze wie »In Paris kenne ich mich aus wie in meiner Westentasche« oder »Ulrike Meinhof ist von Haus aus Pazifistin«.

Die Literatur, die Fräulein Isenberg liebte, kannte Alma bereits: Hermann Hesse und Ernest Hemingway, Albert Camus und Jean-Paul Sartre, Simone de Beauvoir und Bertolt Brecht. Vor allem Bertolt Brecht.

Fräulein Isenberg war begeistert von Alma und freundete sich privat mit ihr an. Einmal nahm sie sie sogar mit nach Stuttgart, wo es einen Informationsabend zum Putsch in Chile gab.

Staunend trat Alma in eine neue Welt ein. Studenten, meist acht bis zehn Jahre älter als sie, saßen im Kellerraum des Studentenwohnheims. Das Licht war schummrig und es wurde so viel geraucht, dass man die Hand nicht vor den Augen sah. Die Männer hatten meist lange, lockige Haare über wichtigen Gesichtern und die Frauen holten Getränke an der Bar für sie.

»Gehst du mit mir hinauf auf mein Zimmer?«, flüsterte einer dieser lockigen Studenten, während vorn jemand von den Verhaftungen der linken Oppositionellen in Chile erzählte.

»Ich kann nicht einfach verschwinden, ich bin mit meiner Lehrerin hier!«

»Das ist deine Lehrerin? Oh! Nicht schlecht.«

»Okay«, sagte Alma schnell. »Aber in einer halben Stunde muss ich wieder hier sein.«

»Alles klar«, antwortete der Braungelockte und Alma gab ein Zeichen in Richtung Fräulein Isenberg. Es dauerte nur zwanzig Minuten, und als sie für die Rückfahrt zu Fräulein Isenberg in deren 2CV stieg, war Alma keine Jungfrau mehr.

*Nach Holland fahren.* Das war der Begriff, von dem sie zuweilen hinter vorgehaltener Hand gehört hatte. Aber wohin dort? Wie sollte das gehen? Wie zwei Stockwerke fühlte sich ihr Inneres an. Ganz unten kochte und brodelte der Horror, dass sie schwanger war. Doch oben drüber legte sich eine Decke aus schrillem, panischem Enthusiasmus, als stünde sie unter Drogen. Dann ging sie zu Fräulein Isenberg, die sie privat nun Gisela nennen durfte.

»Du musst nicht nach Holland fahren. Es gibt jetzt Ärztinnen, die so was unter der Hand machen. Den Kampf um unseren eigenen Bauch werden wir Frauen gewinnen.« Fräulein Isenberg fuhr mit ihr nach Stuttgart und die Sache wurde erledigt.

Wie durch Milchglas sah sie in der Nacht darauf die Mama, wie sie ihr Kräuterwickel auf den Bauch legte. Wärme und Düfte besänftigten ihren aufbäumenden Leib und lösten die Krämpfe. Das Tuch zwischen ihren Beinen war blutgetränkt, alles flirrte und flimmerte wie die Sommerhitze über dem Asphalt, dann fiel sie schon wieder in wilde Halluzinationen, sah gallertartige Blumen im Zeitraffer aufgehen und wieder verblühen. Sofort verschwand alles in der Schwärze, als hätte sie Unerlaubtes geschaut, bald gleißendes Licht, stechend und brennend, jetzt wurde es abgedämpft durch den Vorhang, den die Mutter vor die hereinscheinende Morgensonne zog. Dann wurde der warme Tee von Margret mit einem kleinen Löffel eingeflößt. Ruhe endlich. Und gleichmäßiges Atmen, und mit dem Atem die Enge, als die Scham sich auf ihre Brust setzte wie eine hämische Masse. Die Mutter musste wissen, was los war.

Alma wurde wieder gesund und das Thema versank im Schweigen. Diese Sprachlosigkeit hielt Almas Scham lebendig. Dabei hatte sie bereits eine riesige

Kiste von Scham und Schuld in ihrem Leben. Die Abtreibungsscham kam obendrauf und Alma wollte diese Kiste zudrücken, als würde man einen übervollen Koffer schließen wollen. An allen Ecken hingen noch Zipfel von Kleidern heraus, die man notdürftig wieder hineinstopfte, doch irgendwann würde der Koffer platzen, sein Reißverschluss würde aufbrechen, weil er jahrelang überstrapaziert worden war. Dann würde alles herausquellen, was sie so lange angesammelt hatte. In der hellen Öffentlichkeit, in einer Flughafenhalle oder in einem Konzertsaal würde genau das passieren und sie würde es nicht verhindern können.

## Alma, Wildblüt im Schwarzwald, Anfang Juli 2015

Welch neuartiger Genuss, in ihrem Mädchenzimmer aufzuwachen, ohne dass die Mutter das Haus mit ihrer Stimmung färbt. Die Morgensonne strahlt ins Zimmer und verspricht einen schönen Sommertag.

Als Erstes brüht sie sich einen Kaffee auf und isst ein Marmeladenbrot. Ihre Lieblingsmarmelade hat die Mutter vom Keller heraufgeholt – Erdbeere mit Rhabarber. An alles hat Margret gedacht. Der Kühlschrank ist gefüllt mit frischem Salat, Gemüse, Käse, Oliven, Butter und diesem wunderbaren, hauchdünn geschnittenen Schwarzwälder Schinken. Egal, was sie in diesem Haus anfasst, welche Tür auch immer sie öffnet, welche Schritte sie tut, überall ist die Mutter. Nicht wie ein Geist. Es ist die Präzision, mit der Margret alles für Almas Rückkehr vorbereitet hat, als wolle sie ihre Tochter zu einem Fest empfangen und sie einladen, jetzt endlich heimzukommen.

Das Läuten des Telefons grätscht in ihre Gedanken.

»Pathologisches Institut. Sind Sie Frau Rasmussen?«

»Ja.«

»Die Tochter der verstorbenen Frau Margret Rasmussen?«

»Genau.«

»Der Bestatter kann den Leichnam Ihrer Mutter abholen. Haben Sie schon ein bestimmtes Institut im Auge?«

»Nein, so weit bin ich noch nicht gekommen.«

»Dann empfehlen wir unser Partnerunternehmen *Aurora*, die werden sich bei Ihnen melden.«

»*Aurora*, das klingt gut.«

Erst jetzt drängt sich ihr die Beerdigung in den Sinn. Wie geht so etwas? Selten war sie bei solchen Anlässen. Im Normalfall macht das ein Pfarrer, doch Margret war nicht in der Kirche und hatte auch nie Interesse daran gezeigt. Wieder läutet das Telefon: das *Aurora*-Bestattungsinstitut.

»Nein, ich will eine Kremation, keine Erdbestattung.«

»Wir schicken unseren Trauerredner vorbei, damit er mit Ihnen die Zeremonie vorbereitet. Wann hätten Sie Zeit?«

Jetzt läutet es auch noch an der Haustür. Mit dem Telefon am Ohr geht Alma hinaus in die Diele. »Hören Sie, niemand außer mir wird dort sein. Ich brauche gewiss keine Trauerrede«, sagt sie, während sie die Tür öffnet. Dann fällt ihre Hand mit dem Hörer nach unten.

Vor ihr steht ein Hüne von Mann, ein in die Jahre gekommenes, aber immer noch frisches Kraftpaket, eine Mischung aus gealtertem Bodyguard und gutmütigem Trottel, raspelkurze graue Haare, das Gesicht dümmlich strahlend hinter einem riesigen Blumenstrauß. Stumm stehen sie sich gegenüber. Seine mächtigen Arme sind tätowiert, auch am Hemdkragen, direkt unter dem Adamsapfel, ragen die Enden eines offenbar größeren Tattoos heraus. Er ist mit erlesenem Geschmack gekleidet, sportlich, leger, teuer. Die Kleider passen nicht zu seiner Tätowierung und seinem Gesicht. Er ist der Typ Zuhälter, der sein Geld im Alter in Immobilien anlegen und dicke Goldketten und eine Spiegelbrille tragen sollte. Es muss jemanden geben, der seinen Stil lenkt. Auch das riesige Auto hinter ihm, ein Audi-SUV, ist zwar an der Grenze zum Neureich-Ordinären, doch bei seinem Aussehen könnte da auch ein Lamborghini stehen, wahrscheinlich knallgelb. Jetzt beginnen seine Augen, sich zu verändern. Aus dem Strahlen wird ein Fragezeichen und Alma wundert sich, wie viel sie in wenigen Sekunden über diesen Mann herausgefunden hat.

»Ja?«

»Wohnt hier Frau Margret Rasmussen?«

»Normalerweise ja.«

»Sie erwartet mich, ist sie im Haus?«

»Wer sind Sie?«

»Sie ist meine Mutter, darf ich hereinkommen?«

»Nein.« Alma sagt nein, weil sie den ersten Teilsatz nicht in ihr Gehirn lassen wird. Dieser Mann will reinkommen, aber sie wird es nicht zulassen. Sie bleibt feindselig und starr und sie ahnt, dass sie in sich zusammenfallen und es sie danach wegpusten würde wie einen Klappstuhl im Orkan, gäbe sie auch nur ein Quäntchen von dieser feindseligen Starre auf. In ihrem Kopf schreit es: *Mein lieber Junge* ... Sie will es nicht hören, sie will nichts wissen, sie will nach Hause, sie will nichts mehr zu tun haben mit dieser kranken Frau, die einmal ihre Mutter war. Unterdessen werden die Augen dieses Mannes immer fragender. Er scheint nicht der Hellste zu sein, denn er braucht offenbar lange, bis er seine Worte im Gehirn zu aussprechbaren Sätzen formt.

»Und wer sind Sie?«, fragt er dann in schleppendem Tempo.

Sie starrt ihn an. Nichts wird sie ihm sagen.

Dann öffnet er ein wenig die Arme, wie um seiner Frage Nachdruck zu verleihen. In einer Hand hält er diesen bemerkenswerten Blumenstrauß. Seine klitzekleine Bewegung hat etwas Versöhnliches und Alma muss auf der Hut sein.

»Ihre Mutter, wer auch immer das sein soll, ist nicht hier. Darf ich Sie bitten, sich zu verabschieden?«

Jetzt geht in seinem Gesicht etwas vor, wogegen Alma sich nicht wehren kann. In ihm scheint ein Luftschloss zu verpuffen, obwohl er aufrecht mit viriler Spannung vor ihr stehen bleibt. Eine Enttäuschung, die aus Urtiefen zu kommen scheint, spiegelt sich in seinen Augen wider. Ihr stockt der Atem vor so viel Schmerz.

Dann streckt er ihr den Strauß hin. »Vielleicht möchten Sie ihn bei ihr abgeben«, sagt er und räuspert sich.

»Hören Sie. Woher soll ich wissen, dass Sie mein Bruder sind?«

»Ihr Bruder?« Seine Augen sind jetzt Untertassen. »Das heißt, ich habe eine Schwester?«, ruft er und macht Anstalten, sie in seine riesigen Arme zu schließen, wie Obelix sein Hündchen. Er wird sie zerquetschen, sie muss ein Stein bleiben, ein Hinkelstein.

»Jeder könnte in ein Trauerhaus kommen und sich als Verwandter ausgeben. Vielleicht haben Sie nur Interesse an historischen Immobilien. Woher soll ich wissen, wer Sie sind?«

»W... was heißt Trauerhaus?«

»Meine Mutter ist gestern in der Früh verstorben.«

Nun sackt dieser Muskelprotz in sich zusammen, wieder sucht er offenbar nach Worten in seinem Kopf, diesmal allerdings lassen sie ihn im Stich. Almas Hirn vibriert. Was passiert hier gerade? Wer ist dieser Typ? Und wenn es stimmt? Was, wenn ihre Mutter sie zeitlebens belogen hat? Sie weiß nicht, ob sie ihren eigenen Gedanken noch weiter folgen will, oder ob sie demnächst bei diesem Riesen erste Hilfe leisten muss.

»Kommen Sie erst einmal rein«, sagt sie. In wirklichen Krisenzeiten hat ihr Sinn fürs Praktische immer gesiegt.

»Danke.« Ein Aufatmen geht durch seinen beachtlichen Leib.

»Setzen Sie sich.«

Vorsichtig nimmt er auf einem Küchenstuhl Platz, als koste es ihn alles an Beherrschung, sich beisammenzuhalten. Dann streckt er ihr den Strauß hin. Alma sucht eine passende Vase und ist froh, sich auf die Blumen konzentrieren zu können. Sie liebt Blumen und diese hier sind wirklich eine Pracht.

*Siehe, mein Leben ist gut geworden,* sagt der Blumenstrauß, *bunt und prächtig, ich habe dir schon lange verziehen und ich liebe dich. Alles ist gut.*

Alma blinzelt und versucht, ihre aufkommende Milde so zu dosieren, dass sie nicht zusammenbricht. Dann macht sie einen Kaffee, das gibt ihr eine kurze Verschnaufpause, um sich zu stabilisieren.

»Ich weiß nicht, wo ich anfangen soll, zu fragen«, sagt sie, nachdem sie sich ihm gegenübergesetzt hat. »Vielleicht verraten Sie mir, woran meine Mutter so plötzlich verstorben ist.«

»Sie hat sich aufgehängt«, sagt Alma geradeheraus, brutal und ohne Vorwarnung.

Er zuckt zusammen. »W...«

»›Warum‹, wollten Sie fragen? Das kann ich Ihnen leider nicht beantworten.« In seinen Schreck hinein startet sie einen weiteren Angriff. »Wissen Sie, ich weiß noch immer nicht, ob es überhaupt stimmt, was Sie sagen. Sie könnten sich irren. Wo waren Sie die ganzen Jahre? Wir sind beide um die sechzig, das ist lange her. Hat sie Sie ausgesetzt? Weggegeben als Säugling? Zur Adoption freigegeben? Warum sind Sie nicht schon früher gekommen? Vielleicht ist sie gar nicht Ihre Mutter.«

»Sie hat mich zu zwei alten Tanten gebracht, als ich sechs Jahre alt war, und ist nie wieder gekommen.«

»Zu den beiden alten Tanten in Stuttgart, von denen Margret das Haus geerbt hat?«

»Von wem sie es geerbt hat, weiß ich nicht. Aber ja, es sind zwei alte Damen in Stuttgart gewesen, bei denen ich einige Jahre meiner Kindheit verbracht habe.«

»Und warum sind Sie nie gekommen?«

»Sie hat sich niemals gemeldet. Ich wusste nicht, wo sie ist.«

»Warum haben Sie nicht schon früher recherchiert?«

Jetzt senkt der Mann seinen Kopf, und wieder weht eine solche Traurigkeit zu Alma herüber, dass sie beschließt, Freundlichkeit walten zu lassen. Sie ist hier die Stärkere, sie wird auch diese Lage in den Griff bekommen, wie alles im Leben.

»Sollten wir uns dann nicht duzen, wenn wir angeblich Geschwister sind?«

Er blickt auf, strahlt sie an und streckt ihr seine riesige Hand entgegen. »Bernd«, sagt er.

»Alma. Und wie heißt du dann mit Nachnamen?«

»Lorenz.«

»Ach! Das ist der Mädchenname meiner Mutter!«, ruft Alma überrascht aus.

»Und du?«

»Rasmussen. Sie hat in Hamburg geheiratet und ist nach ihrer frühen Scheidung mit mir hierhergezogen.«

»Ich bin auch in Hamburg geboren. Als ich sechs war, hat sie mich nach Stuttgart gebracht.« Bernd verfällt, nachdem er diesen Satz geäußert hat, wieder in grüblerisches Schweigen.

Alma will nichts weiter von ihm wissen, obwohl sich die Fragen zu einem Himalaya auftürmen. Sie wandert mit den Augen in der Küche umher, vielleicht kann sie sich mit etwas ablenken. Die Wanduhr. Es ist erst zehn Uhr morgens. Den Zeiger könnte sie beobachten, wie er weiterläuft und die Zeit mitnimmt. Nicht nur die Zeit, auch diesen Mann soll er mitnehmen, ihre tote Mutter, ihr seitheriges Leben, all die Lügen, all das Gedämpfte, das Geschrumpfte, all die Illusionen, die doch immer mit Enttäuschungen enden, die nicht gelungene Liebe, ja, besonders die nicht vorhandene Liebe soll er mitnehmen, dieser gottverdammte Uhrzeiger.

»Warum hat sie sich umgebracht?«

»Wie gesagt, wenn ich nur wüsste.«

Bernd fasst in die Tasche seiner edlen Sommerhose und holt einen Zettel hervor. Sie sieht das karierte Papier und hört auf zu atmen. Er faltet den Brief auf, hält ihn Alma hin. Will sie ihn nehmen? Muss sie das hier lesen?

*Mein lieber Junge. Ja, ich bin deine Mutter. Komm am Donnerstag, den 15. Juli nach Wildblüt in den Tannweg 1, wo ich wohne.*

Alma legt das Papier auf den Tisch und hält ihren Zeigefinger darauf, als müsste sie diesen Zettel auf dem Tisch festnageln, an dem sie seit mehr als fünfzig Jahren mit ihrer Mutter gesessen hat. Dann öffnet sie den Abfalleimer und kramt den anderen Teil des Puzzlestücks heraus.

Wie eine alte Schreibmaschine, deren Walze auf den Zeilenanfang springt, wenn man den Hebel bedient, bewegt sich sein Kopf langsam hin und her, als er den zweiten Zettel liest. *Wahrscheinlich war er Sonderschüler*, denkt Alma gehässig, dann fällt ihr ein, dass auch sie diesen Brief langsam und immer wieder neu lesen musste.

Jetzt ringt dieser imposante Mann um Fassung. Die Verbundenheit, die für einen Moment zwischen ihr und ihrem neuen Bruder geweht hat, ist einer Fremdheit gewichen. Jeder kämpft seinen eigenen Kampf. Sie können sich nichts geben, auch wenn sie – wie auch immer geartete – Halbgeschwister sind.

Offenbar hat Bernd ähnliche Gedanken. Er strafft sich und steht auf. Erleichterung macht sich bei Alma breit, der Bruder-Albtraum scheint sich schneller aufzulösen als befürchtet. Wenn er überhaupt ihr Bruder ist.

»Kann ich die Mutter noch sehen, bevor ich zurückfahre?«

»Sie war bis heute Morgen in der Pathologie, demnächst wird sie vom Bestattungsinstitut *Aurora* abgeholt.«

»Die Beerdigung wird meine Frau durchführen.«

»Was wird deine Frau?«

»Meine Frau ist Pfarrerin, ich leite den Leichenchor in der Kirchengemeinde. Wir werden die Beerdigung gestalten.«

Ruhig und selbstverständlich gleiten die Worte aus seinem beigefarbenen Mund mit den weichen Lippen – eines nach dem anderen reiht sich auf in der Küche ihrer Kindheit, sie besetzen den Raum wie kleine freundliche Zwerge, als wären sie und nicht Alma schon immer hier gewesen.

»Was werdet ihr?«

»Die Beerdigung durchführen.«

»Habe ich da auch ein Wörtchen mitzureden? Du sprichst von meiner Mutter, mit der ich mein ganzes Leben verbracht habe.«

»Natürlich hast du ein Wörtchen mitzureden.« Er antwortet ohne jede Feindseligkeit.

Alma will sich zusammenreißen, atmet ein, bläst sich auf zu einem Michelin-Männchen, um ihre äußere Hülle aufrechtzuerhalten, bevor sie in ein paar Minuten, wenn er endlich gegangen ist, zusammenfallen wird. Dann blinzelt sie ihre aufkommenden

Tränen weg und hält die Hand zum Abschiedsgruß weit nach vorn, nicht, dass der Typ noch auf die Idee kommt, sie zu umarmen. »Also dann. Melde dich.«

Er versucht, Alma mit seinem gemächlichen Blick zu erreichen, ergreift ihre Hand und legt seine andere über die ihre. Seine Hände sind groß, weich, trocken, ihre liegt darin wie ein aus dem Nest gefallenes Vögelchen. Zu viel, das ist zu viel, Alma fällt mit der Stirn auf seine Brust und schluchzt wie ein Kind. Er zieht sie nicht an sich, sondern legt seine Hände auf ihren Rücken. Die Art, wie er sie hält, ist wie die eines Vaters, den sie nie gehabt hat, den beide nicht gehabt haben.

»Ich komme morgen wieder«, sagt er dann. Das hilft Alma, sich wenigstens aufzurichten, doch sie ist zu aufgeweicht, um sich gegen diese gelassene Klarheit zu wehren. »Morgen?«

»Es gibt viel zu tun.«

»Natürlich ... also ... morgen.«

Er steigt in seinen SUV mit den getönten Scheiben und setzt in der engen Einfahrt souverän zurück. Als er davonfährt, senkt er die Autoscheibe und hält zum Gruß seine linke Hand aus dem Fenster. Dann geht Alma nach oben und wirft sich mitsamt ihren Kleidern auf das Bett.

Das Telefon schreckt sie aus dem Schlaf. Vierzehn Uhr dreißig zeigt die Armbanduhr. Kaum ist sie unten, hat das Läuten aufgehört. Das Display zeigt *Bianca* an. Jetzt nicht. Später wird sie zurückrufen, denn gerade ist ihr etwas in den Sinn geschossen.

Sie greift zum Hörer und ruft bei *Aurora* an. »Ist bei Ihnen heute Vormittag ein Mann aufgetaucht, der sich als mein Bruder ausgibt?«

»Ein Herr Bernd Lorenz war da.«

»Die Leiche darf nicht kremiert werden, bevor ein Gentest gemacht worden ist«, sagt Alma in scharfem Ton.

»Das hat Herr Lorenz bereits veranlasst.«

»Was hat er?«

»Der Leichnam Ihrer Mutter ist noch einmal in die Pathologie zurücküberführt worden.«

»Warum das denn?«

»Es geschah auf Veranlassung der Polizei.«

Sie wählt die Nummer der örtlichen Polizei. »Was ist mit dem Leichnam meiner Mutter?«

»Guten Tag, Frau Rasmussen. Ihr Bruder war heute Vormittag bei uns und hat darum gebeten, die Leiche noch einmal festzusetzen, bis seine Sohnschaft zweifelsfrei geklärt ist.«

»Mein Bruder? Seine Sohnschaft?«

»Ja, er meinte, er selbst wisse, wer er sei. Es sei für Sie und für die Behörden.« Alma fehlen die Worte, und nach einer Pause fragt der Polizist: »Wussten Sie wirklich nichts von ihm, Frau Rasmussen?«

»Wollen Sie mich veräppeln?«

»Auf jeden Fall schadet es nichts, die Kremation noch ein wenig hinauszuschieben, bis die Dinge zur Gänze geklärt sind.«

»Da könnten Sie recht haben.«

Sie drückt die rote Auflegetaste, wirft das Telefon auf den Sessel und setzt sich auf die Terrasse.

Was bildet dieser Typ sich ein? Grätscht in ihr Leben, bestimmt über die Leiche ihrer Mutter, obwohl er die alte Frau kaum einen Scheißtag ertragen musste. Dieser dümmliche Wonneproppen hat es leicht, sie zu lieben – seine heilige Frau Mutter, die er wie eine goldene Monstranz lebenslang vor sich hergetragen hat. Die wirkliche Mutter – die herbe, knochige Frau mit ihren Widersprüchen, Ansprüchen, Übergriffen und ihren dunklen Geheimnissen – musste er nicht ertragen. Nie musste er ihre Lügen hören, nie ihre stummen Blicke spüren, nie die geheimnisvolle Last schultern, die Margret ihr aufgebürdet hatte, ohne sie zu fragen. Und jetzt kommt der verlorene Sohn nach Hause und ja, wenn sie noch lebte, wären die beiden eine Einheit aus Liebe und Sonnenschein. Natürlich – die Mutter wollte immer einen Sohn!

## Alma, Hamburg, 1973

Es kam die Zeit, da drängte in Alma alles fort, fort, fort. Das Abitur war bestanden, es lockte das freie Studentendasein und im Zentrum dieses Wunschlebens stand die Verheißung *Freund*. Hamburg war das Ziel ihrer Träume, es war ihre Geburtsstadt und weit genug entfernt von der Mutter. Das Verlangen, wegzugehen, gärte und brütete in ihr, und immer, wenn sie mit ihrem Entschluss vor die Mutter treten wollte, schnürte ihr deren Schmerz die Kehle zu. Bleich und allein würde die Mama sich durch ihr Leben schleppen, ihre Augen würden trübe und wie eine kranke, aus dem Rudel verstoßene Wölfin würde sie durch die dunklen Wälder des Schwarzwalds schleichen, immer auf der Hut vor Menschen, deren Gemeinschaft sie mied und doch zutiefst ersehnte.

Irgendwann siegte der unbändige Wunsch nach Aufbruch, und Alma informierte die Mutter, dass sie in Hamburg Musik studieren würde.

Margret lachte schallend. »Na, dann mach du mal«, sagte sie und wandte sich wieder ihrer Arbeit am Spülbecken zu, wo sie Kräuter sortierte und wusch.

»Okay.« Alma war verwirrt, gleichzeitig erleichtert, und blieb stehen. Als von der Mutter nichts weiter kam, verließ sie die Küche. Wieso konnte sie sich nicht darüber freuen, dass plötzlich alles so leicht ging? Die Mutter musste sich schließlich auch schon Gedanken gemacht haben. Hatte sie bereits darauf gewartet?

»Das mit Hamburg hast du nicht ernst gemeint, oder?«, fragte sie beim Mittagstisch.

»Doch, natürlich.« Almas Antwort kam zögerlich.

»Das kannst du dir abschminken.«

»Wieso?«

»So leicht wird man an der Musikhochschule nicht aufgenommen.«

»Ich habe nächste Woche einen Termin zum Vorspielen.«

»Was hast du? Du hast dich hinter meinem Rücken beworben?«

»Wieso hinter deinem Rücken?«

»Hast du mich etwa gefragt? Hast du mich wenigstens darüber in Kenntnis gesetzt? Wie kommst du darauf, mich so zu hintergehen?« Margrets Stimme war rau und ihre Augen wurden zu blaugrauem Eis.

»Ich hintergehe dich doch nicht.«

»Doch, du hintergehst mich. Das hätte ich nicht von meiner eigenen Tochter gedacht, dass sie heimlich ihre Pläne schmiedet.«

»Das ist doch nicht heimlich! Ich habe mich beworben und jetzt kann ich vorspielen, das ist alles.« Den Satz brachte Alma noch heraus, glatt und abweisend, doch ihr Wille zersplitterte bereits an der kalten Wucht der Mutter.

Margret ließ ihren halb vollen Teller stehen, und nachdem die Tür hinter ihr ins Schloss gefallen war, füllte sich die Küche mit Almas wildem, abgehacktem Atem, der in ohnmächtiges Schluchzen mündete.

Gegen Abend klopfte es an Almas Zimmertür, und als sie sie öffnete, kam eine blasse, verstörte Mutter hereingeschlichen.

»Hast du dir das gut überlegt, mein Mädchen?«, fragte sie mit leiser, zärtlicher Stimme. »Willst du wirklich so weit weggehen?«

Wie das vierjährige Hänschen-Klein würde Alma sich am liebsten auf die Mama stürzen, sie umarmen, beruhigen und alles zurücknehmen, sie würde hierbleiben bei der Mama und sie nie verlassen. Alles in ihr sehnte sich nach Liebe und den vergebenden Armen der Mama. Doch dann wuchs wieder dieser Stein in ihr und seine Kälte half ihr, bei dem gefassten Entschluss zu bleiben. »Ich muss gehen, Mama.«

Am nächsten Tag war Margret krank. Blass, hinfällig und mit Schüttelfrost lag sie im Bett, und Alma brachte ihr Tee, eine warme Suppe und Zwieback. Das Fieberthermometer stieg bis zum Abend in bedrohliche Höhen.

Während Alma unten schon den Telefonhörer in der Hand hielt, um den Vorspieltermin in Hamburg abzusagen, hörte sie von oben das leise, hüstelnde Rufen der Mutter. »Komm bitte schnell.«

Sie hastete nach oben. Margret verlangte nach einer bestimmten Medizin, die sie im Keller in Fläschchen abgefüllt hatte. Alma rannte ins Untergeschoss, suchte das Fläschchen mit der entsprechenden

Aufschrift, nahm aus der Küche einen Kaffeelöffel sowie die Schachtel mit Würfelzucker nach oben und zählte atemlos und mit klopfendem Herzen ihrer Mutter die Tropfen auf das Zuckerstück.

»Mein Kind. Wie soll ich das durchstehen?« Die starke Mama derartig verletzt und angeschlagen vor sich zu sehen, war kaum auszuhalten. Nicht mehr rot und abgearbeitet waren Margrets Hände, sondern durchscheinend und adrig zitterten sie auf der Bettdecke. Sie winselte regelrecht. »Noch ein halbes Jährchen, mein Liebling, dass ich mich auf dein Weggehen einstellen kann. Könntest du noch ein halbes Jährchen hierbleiben? Danach, ja, danach musst du dein eigenes Leben führen, das ist mir klar.«

Gerade, als Alma ihr mitteilen wollte, dass sie das Vorspielen in Hamburg absagen und hierbleiben würde, sich in Calw etwas anderes suchen, vielleicht eine Lehre in einem Musikgeschäft oder eine Anstellung als Geigenlehrerin in der Musikschule, gerade, als sie den Mund aufmachte, der Mutter eine solche Nachricht darzubieten, die sie wieder gesund machen würde, da gefror ihr Mitleid zu Eis. Stattdessen sagte sie mit kalter Härte in der Stimme: »Mama, ich muss gehen.«

Die Mutter wandte ihr bleiches Gesicht ab und flüsterte mit kaum hörbarer Stimme: »Ja, das sehe ich ein, mein Mädchen. Du musst deinen eigenen Weg gehen. Ich komme schon zurecht.«

Alma stand auf und schlich aus dem Krankenzimmer. Doch in der Nacht erwachte sie alle Stunde und wollte hinüberstürzen in Mutters Zimmer, ihr sagen, dass es ihr leidtue, dass sie hierbleiben wolle bei ihr, dass sie sie pflegen und ihr helfen wolle, wieder auf die Beine zu kommen. Mehrmals stand sie auf und blieb vor dem Krankenzimmer stehen. Und wenn die Mutter heute Nacht sterben würde? Schon hatte sie den Türgriff in der Hand. Da zog der Trotz erneut in sie ein und sie kehrte um. Zurück im Bett war sie stolz auf ihre Standhaftigkeit, nur um später in Verzweiflung auszubrechen. Schon streckte die Einsamkeit ihre Klauen nach ihr aus. Wie würde es in Hamburg werden, wo sie niemanden kannte? In ihrer eigenen Wunde fühlte sie den Schmerz der Mutter.

Schließlich ließ Margret sie gehen, packte ihr sogar den Koffer und brachte sie zum Bahnhof. Dünn war sie geworden. Blass und zerbrechlich küsste sie ihre Tochter zart auf den Mund, sodass Alma ins Staunen geriet. Keine Träne, kein Vorwurf, kein Jammern. Nichts als stille Verletzlichkeit. Dunkle Ringe lagen um die vor Einsamkeit glänzenden Augen. Als Alma bei der Abfahrt am Fenster stand und der fragilen Frau am Bahnsteig winkte, wusste sie, dass es von diesem Moment an im Leben ihrer Mutter nichts mehr anderes geben würde, als auf ihre Tochter zu warten. Wie tausend schwere Mehlsäcke lag alle unerlöste Sehnsucht der Mutter auf Alma.

## Alma, Wildblüt im Schwarzwald, Anfang Juli 2015

Punkt zehn Uhr am nächsten Morgen steht Bernd vor der Tür. Alma trägt ihr orangegelbes Kleid und hat die Haare hochgesteckt.

»Schön siehst du aus.« Ein anerkennender Blick – männlich, aber brüderlich.

Ohne Vorwarnung geht Alma zum Angriff über: »Wie kommst du dazu, über die Leiche meiner Mutter zu bestimmen?«

Bernd blickt sie an wie ein dummer Bub, der der Mama helfen wollte und doch genau das Gegenteil bewirkte. »Ich dachte, das sei in deinem Sinn«, antwortet er mit aufgerissenen Augen. Dann läutet sein Handy. Nach einem Blick auf das Display stellt er es laut, um Alma teilhaben zu lassen.

»Guten Morgen, Herr Lorenz, Polizeihauptmann Wagner hier. Die Ergebnisse vom Labor sind schon da. Sie sind zweifelsfrei der Sohn.«

»Danke.«

»Die Leiche ist jetzt wieder freigegeben, sie wird nachher überführt.«

»Die Leiche wird nicht freigegeben«, antwortet Bernd mit dem Gleichmut dessen, der weiß, dass sein Wille geschehen wird.

»Äh«, antwortet der Polizeihauptmann Wagner, »ich habe die Freigabe bereits veranlasst.«

»Das machen Sie bitte wieder rückgängig.« Aus dem dummen Buben ist in einem Augenschlag ein souveräner Befehlsgeber geworden. Alma hört staunend mit.

»Dürfte ich fragen, warum?«, fragt der Polizist.

»Es gibt noch Ungereimtheiten.«

»Welche Ungereimtheiten sehen Sie denn?«

»Zum Beispiel, dass es keinerlei Motiv für einen Suizid gibt.«

»Hören Sie!« Dem Tonfall des Polizisten ist anzumerken, dass er zu seiner Autorität zurückgefunden hat. »Wir sind hier auf dem Land, man kennt sich, es gibt keinen Anlass, an einem Suizid zu zweifeln, und jetzt, da Sie aufgetaucht sind, ist auch der Abschiedsbrief zu erklären.«

»Da haben Sie auch wieder recht«, antwortet Bernd, und Alma kommt es vor, als würde er nur ein Schrittchen zurückgehen, um dann endgültig vorzupreschen.

»Na, sehen Sie. Die Polizei entscheidet über die Leiche«, schließt der Beamte zufrieden.

»Die Polizei entscheidet bei einer derartig dünnen Sachlage sicher nicht voreilig.«

»Äh.« Dem Polizeihauptmann fällt im Moment offensichtlich nichts ein, stattdessen sagt Bernd in einem gewinnenden Tonfall: »Entschuldigen Sie bitte, ich bin in einem Gespräch und müsste jetzt auflegen. Vielen Dank für Ihr Verständnis.«

Alma atmet durch. »Was soll das denn jetzt?«

»Ich weiß nicht genau, aber ich brauche Zeit, um die Situation zu durchschauen.«

»Du schneist hier herein, greifst in meine Abläufe ein, bestimmst über mein Leben, willst womöglich noch Erbschaftsansprüche stellen – es wird mir langsam zu viel!«

Bernd lässt sich auf den Küchenstuhl fallen. Seine Befehlshaltung ist mit einem Schlag verflogen. »Vielleicht kennst du mich nicht genau.«

»Ganz gewiss kenne ich dich nicht genau!«

»Ich habe Geld, meine Kinder werden mehr erben, als für einen jungen Menschen gut ist. Wenn du selbst einmal Geld brauchst, komm zu mir, da ist genug.«

Auch Alma setzt sich. Wieso kann sie diesem Mann gegenüber nicht normal kommunizieren? Sobald sie ihre Feindseligkeit aufgibt, bricht sie fast zusammen.

Dann spricht der Kerl weiter. Er redet langsam, als müsse er ihr einen komplizierten Sachverhalt erläutern. »Ich will keine materielle Erbschaft, aber ich nehme den Platz als ältester Sohn meiner Mutter ein.«

»Deshalb denkst du, mich herumkommandieren zu können?« Während Bernd mit halb geöffnetem Mund nach einer Antwort sucht, fügt Alma mit gedämpfter Stimme an: »*Unserer* Mutter.«

»Wie?« Jetzt hat er wieder seinen Sonderschülerblick.

»Der älteste Sohn *unserer* Mutter.«

»Ach ja.« Er grinst, und für den Moment ist eine fragile Gesprächsebene hergestellt.

»Willst du einen Kaffee?«

»Gern.«

Langsam kehrt Ruhe ein. »Da du jetzt erwiesenermaßen mein Halbbruder bist, könntest du mir ja deine Telefonnummer und so weiter verraten.«

Bernd zieht aus seiner Brieftasche eine Visitenkarte. Wie seine Kleidung ist sie elegant, schlicht, teuer. *Bernd Lorenz Holding, Private Intelligence. Deutsche Niederlassung*. Die Handynummer kritzelt er auf die Rückseite.

»Private Intelligenz? Bist du eine Intelligenzbestie?« Alma unterdrückt mit Mühe ein Lachen.

»Private Intelligence, das spricht man englisch aus.«

»Du meinst so etwas wie *Central Intelligence Agency*, du betreibst also eine kleine private CIA?«

»Wenn du so willst.«

»Na, sag schon!«

»Nicht gerade die CIA, aber der Bundesnachrichtendienst zählt schon zuweilen zu unseren Kunden.«

»Ich dachte schon, du machst was Halbseidenes.«

»Das *ist* etwas Halbseidenes.«

»Warum lässt du die Leiche nicht freigeben?«, fragt sie unvermittelt.

»Weil ich rieche, dass hier etwas nicht stimmt.«

»Also, Mr. James Bond, warum fragst du nicht nach meinem Alibi?«

»Ich kenne dein Alibi.« Bernd lehnt sich zurück und schlägt die Beine übereinander. Aufmerksam blickt er über den Rand seiner Kaffeetasse auf Alma.

»Was kennst du?«

»Das ist ja wohl nicht schwierig! Ein paar Klicks bei Google. Du hast in einem Konzert gespielt, es wurde sogar aufgezeichnet. Das letzte der Saison.«

»Wie kommst du dazu, mir nachzuspionieren?«

»Ich will wissen, wer meine Schwester ist. Glückwunsch. Du bist eine wundervolle Geigerin. Ich habe deiner Solosequenz als Konzertmeisterin auf YouTube gelauscht, mit meiner Frau zusammen. Unglaublich gut.«

Schon wieder hat er sie mit seiner versöhnlichen Art eingefangen. Dabei ist es nicht einmal aufgesetzter Charme oder gar Flirt. Ihr ist, als spiele er mit ihr Katz und Maus. Er greift an, lässt wieder ab, hält ihr die Hand hin, nur um im nächsten Moment wieder eine seiner Zumutungen zu platzieren. Bei all dem wirkt er, als würde sein Gehirn so langsam arbeiten wie ein Hefeteig. Sie muss Zeit gewinnen. Wie soll sie den Tag durchstehen?

»Ich gehe mal kurz um die Ecke«, sagt sie und verschwindet auf der Toilette. Während sie pinkelt, nimmt sie einen nassen Waschlappen vom Waschbecken und tupft ihn auf ihre Augen. Er soll nicht sehen, dass ihr schon wieder die Tränen kommen.

Dieser Typ, wie alt mag er sein? Fünfundsechzig vielleicht. Er ist ein Ausbund von reifer Manneskraft, reich, sanft, sexy, brutal, beschützend, nachgiebig, unnachgiebig, lenkbar und doch eigenständig. Was will eine Frau mehr? Wo sind seine Schwachpunkte? Gut – mit Schulbildung wird nicht viel sein. Geht er fremd? Seine Pfarrerin würde ihn ins Fegefeuer werfen.

*Was ist los, Mädchen*, schreit eine Stimme in ihr. *Verliebst du dich in deinen eigenen Bruder? Du bist achtundfünfzig! Geht's noch?* Und natürlich wieder verheiratet. Das ist immer das Gleiche: Ihr Eros geht seit jeher in die falsche Richtung. Immer setzt er sich auf den absolut unerreichbaren Mann. Wie soll sie die Zeit bis zu dieser gottverdammten Beerdigung überstehen? Während sie die Spülung betätigt, stellt sie sich vor, dass sie damit alle ihre unpassenden Gefühle mit hinunterspült. Es hilft sogar etwas. Dann wäscht sie sich das Gesicht, tupft es mit dem Handtuch ab, strafft ihr Kleid und begibt sich wieder in den Ring.

In diesem Moment läutet das Festnetztelefon, und ihr fällt ein, dass sie vergessen hat, Bianca zurückzurufen.

»Kannst du nicht endlich mal dein Handy aufladen?«, faucht ihre Tochter.

Alma geht mit dem Hörer auf die Terrasse und schließt die Tür hinter sich.

»Ach, Schatz, du hast keine Ahnung, was hier alles zu tun ist.«

»Soll ich zur Kremation kommen?«

»Ach, nein, das lohnt sich nicht. Es wird keine große Sache mit mir allein. Mach es dir lieber in

Hamburg bequem und zünde eine Kerze für die Oma an.«

»Das habe ich schon gemacht«, murmelt Bianca.

»Magst du heute Abend anrufen? Dann können wir ein wenig länger plaudern. Gerade ist der Bestatter hier.«

»Okay. Ach ja – was soll ich mit deiner Post machen?«

»Das kannst du alles auf den Tisch legen, wieso fragst du?«

»Nur so. Tschüss.«

Wie leicht ihr diese Lüge mal wieder über die Lippen ging, aber ach – Bianca will sie nichts von diesem Bernd erzählen, zumindest jetzt noch nicht.

Als sie wieder ins Innere tritt, schlendert Bernd gerade ins Wohnzimmer, frech, als gehöre das Haus ihm. Er stellt sich vor das Klavier und blättert in den Partituren, die in hohen Stapeln in den Regalen lagern.

»Suchst du etwas Bestimmtes?« Schon wieder ist sie gereizt.

»Nö, einfach so. Schauen, was du so spielst.«

»Die Mama.«

»Wie?«

»Die Mama hat Klavier gespielt, nicht ich.«

»Du nicht?«

»Doch natürlich, ohne geht es ja nicht. Aber es ist das Instrument meiner Mutter gewesen. Meins ist die Geige, wie du ja selbst gesehen hast.«

»*Unserer* Mutter«, sagt Bernd beiläufig.

»Kannst du Noten lesen?«, fragt Alma, denn Bernd sieht absolut nicht so aus, als könne er etwas mit Partituren anfangen.

»Natürlich. Schließlich leite ich den Leichenchor unserer Kirchengemeinde.«

Alma hält sich die Hand vor den Mund, um nicht zu prusten, denn er spricht über seinen Leichenchor so, als wäre er der Dirigent der Berliner Philharmoniker.

»Meine Mutter hat es mir beigebracht, da war ich noch nicht einmal in der Schule.«

»*Unsere* Mutter«, kontert Alma und diesmal gibt es ihr einen Stich, denn bei ihr hat sich die Mutter diese Mühe nicht gemacht. Sie musste sich das Notenlesen selbst beibringen. *Margret hat ihren Sohn zutiefst geliebt*, fährt ihr durch den Kopf, dann kommt ihr die Frage in den Sinn, die alles bestimmende, ungelöste Frage, die sie sich bei der ganzen Aufregung noch immer nicht gestellt hat: *Wieso hat sie ihn dann weggegeben?*

»Wer hat denn das gemacht?« Bernd unterbricht sie in ihren Gedankengängen und zeigt ihr ein mit Bleistift beschriebenes Notenheft.

Sie blättert kurz hinein und antwortet: »Das habe ich mal komponiert, da war ich ungefähr achtzehn. Damals dachte ich, ich könnte vielleicht in diese Richtung gehen.«

»Warum hast du nicht weitergemacht?«

»Ach«, antwortet Alma und winkt ab. »Ich habe es Mama vorgespielt, die hat den Mund verzogen und gemeint, ich solle das Komponieren mal lieber den Männern überlassen. Danach rührte ich das Thema nicht mehr an.«

»Es ist aber gut!«

Alma zuckt die Schulter. Was will der Typ mit ihren Noten? Will er sie aufmuntern? Pädagogisch ermutigen? Dazu ist es zu spät. Noch während Alma darüber nachdenkt, beginnt Bernd zu spielen. Er spielt langsam, ein wenig unsicher zunächst, verhaspelt sich, fängt wieder von vorn an, wie ein Füllfederhalter, der schon lange nicht mehr benutzt worden ist und der bei den ersten Strichen zu wenig Tinte abgibt. Dann spielt er recht flüssig vom Blatt. Erstaunlich. Sie setzt sich auf den Sessel und hört ihren ersten und einzigen Kompositionsversuch als junges Mädchen. Nach einigen Minuten beruhigen sich ihre aufgewühlten Gedanken und sie taucht in die Musik ein.

»Neue Wiener Schule«, sagt Bernd, nachdem er geendet hat. »Klingt an Arnold Schönberg an, ist aber doch eigenständig.«

»Kennst du dich da etwa aus?« Das hätte sie diesem Kerl nicht zugetraut.

»Nur ein wenig. Du hast Talent!«

Sie ist müde, das Reden über ihr Talent ödet sie an. Achtundfünfzig ist sie, eine resignierte ältere Dame, ihr Zenit ist bei Weitem überschritten. Sie strafft sich und geht wieder zum Angriff über, das gibt ihr Kraft.

»Warum willst du die Leiche nicht freigeben? Was riechst du hier angeblich? Was genau soll falsch sein mit diesem gottverdammten Selbstmord? Und warum, verdammt noch mal, hat dich unsere Mutter abgegeben? Wieso hat sie dich gegen mich eingetauscht wie ein unpassendes Kleidungsstück? Und wieso in Gottes Namen kommst du hierher mit einem Strauß Blumen, der in tausend Farben sagt: *Ich liebe dich*? Wie kannst du sie lieben, diese alte Hexe, die in ihrem ganzen Dasein nichts hinterlassen hat als Lügen, Schmerz und zerbrochene Lebensläufe?«

Sie blickt ihn an, die Augen mit Tränen gefüllt, es ist ihr egal. Der Kampf gegen ihn ist vorbei. Sie muss sich nicht mehr verstecken. All die Blessuren ihres Lebens liegen hier mit ihr auf dem Sessel der Mutter und decken sie zu wie eine zerrissene Leichendecke. In seinem Blick spiegelt sich ihr Schmerz wider. Zwei verletzte Kinder sitzen sich gegenüber und müssen sich nichts mehr vormachen. Jetzt haben sie sich endlich getroffen, die Schwester und der so schmerzlich vermisste Bruder. Alles wäre anders gewesen in ihrem Leben zu dritt, hätte er bei ihnen bleiben dürfen. Langsam bekommt sie eine Ahnung, dass ihre Mutter dieser ungeheuren Schuld nicht begegnen wollte. Welcher Mensch kann so etwas tragen?

# Der verlorene Sohn

## Bernd, Wildblüt, Juli 2015

Seine Schwester lügt, aber sie lügt nicht gut genug. Bei ihr scheint es zu einer dummen Angewohnheit geworden zu sein, denn sie belügt sogar ihre Tochter. Wer so unbekümmert dem Liebsten, was man hat, ins Gesicht flunkert, umschifft etwas Großes. Nicht nur die Mutter hatte also Geheimnisse.

Er hingegen betrachtet Täuschung und List als Element des Kampfes, aber wie jeder gute Krieger weiß er, wo und wann er die Waffen abzulegen hat. Niemals würde er im privaten Bereich lügen, auch nicht, um sich selbst zu schützen, denn die Liebe ist kostbarer als sein bisschen Stolz. Eine starke Frau wie seine Barbara zu lieben, bedeutet für das Ego, täglich den Kampf zu verlieren und dies auch noch zu genießen. Barbara, das Glück seines Lebens.

Alma scheint ein solches Lebensglück nicht zu kennen. Viel ist offenbar schiefgelaufen zwischen ihr und der Mutter.

Manchmal sind es ihre raschen, sogar etwas hektischen, zupackenden Bewegungen, dann die Art, wie sie dreinblickt, die Stellung ihres Mundes oder die Tonalität ihrer Stimme – flüchtige Momente, in denen die Erinnerungen an seine Mutter über ihn herfallen wie Schwärme von Stechmücken aus einem neblig-feuchten Schattenreich.

Eigentlich hatte er gehofft, sie könnten sich gegenseitig ihr Leben erzählen: Wie haben sie ihre Jugend verbracht? Wie haben sie ihre gemeinsame Mutter erlebt? Wie sind sie mit dem Schmerz umgegangen? Wie mit ihren vertanen Chancen und der oftmals verlorenen Hoffnung?

Da war er offenbar wieder einmal zu naiv. Bei Frauen ist er noch immer seltsam dumm, trotz seiner siebenundsechzig Jahre. Immer ist er voller Liebe und Zuneigung, ohne Schutzschild oder Vorsicht, und oft ist er überrascht, wie verletzt Frauen sind, wie schnell sie ein Messer aus dem Hinterhalt zücken oder weinen und aus dem Konzept geraten, wenn sie sein aggressiv wirkendes Äußeres nicht zusammenbringen mit der Liebe, die er für jede von ihnen hat.

Mit einem lässigen Schritt steigt er über die rot-weiße Tatortabsperrung rund um den Jägerhochsitz, an dem sich seine Mutter erhängt hat, und klettert die Leiter hinauf. Sie ist morsch und gefährlich. Margret war sechsundachtzig Jahre alt. *Alle Achtung, Mama*, geht ihm durch den Kopf.

Vorsichtig lässt er sich auf die verwitterte, mit Flechten bewachsene Bank nieder und genießt die Aussicht über den Moorsee. Einzelne Inselchen mit schlechtwüchsigen Kiefern ragen hier und da heraus, Sonnenstrahlen zaubern Millionen glitzernder Diamanten auf das dunkle Wasser. Gegenüber dem Weg breitet sich der Bannwald aus, eine krüppelige alte Eiche mit einem von Blitzen gespaltenen Stamm fällt ihm ins Auge. Ist nicht auch er eine solche alte, zerrissene Eiche? Sie wächst weiter, gibt ihr Bestes, aber ganz wird sie nie wieder. Und war nicht auch seine Mutter so tief verletzt, dass sie ihn als Kind verlassen musste und sie sich im hohen Alter selbst umbrachte, gerade jetzt, wo das Wiedersehen so nahe war?

Ihr letztes Lebenszeichen hat er aufgegessen, um es verdauen zu können.

## Bernd, Stuttgart, 1954

Er formte eine Kugel aus dem Zettel, den sie ihm dagelassen hatte. Immer fester knüllte er den Ball zusammen und schlug ihn dann mit der Faust platt, sodass er aussah wie ein Keks. Gleich darauf zog er den Zettelkeks wieder auseinander, strich das Papier glatt und las die Worte, die Mama ihm aufgeschrieben hatte. *Mein lieber Junge, ich habe dich sehr lieb. Warte hier auf mich.* Dann knüllte er ihn wieder zusammen und schlug die Papierkugel mit der Faust aufs Neue platt. Das wiederholte er so lange, bis die Schrift der Mutter kaum noch lesbar war. Schließlich steckte er den ausgefransten Papierkeks in seine Hosentasche und blickte aus dem Fenster. Er musste die Elbe finden, dann konnte er vielleicht mit dem Schiff nach Hamburg kommen.

Mit einem Seufzer setzte die Frau, zu der er Tante Ulla sagen sollte, das Tablett mit dem Abendessen auf dem Tisch ab.

»Hier, Junge, du kannst den Tisch decken, sonst stirbst du uns noch vor Langeweile«, sagte sie.

Es war schon das zweite Abendessen, das er mit den zwei Frauen einnehmen musste, und die Mama war immer noch nicht da. Gesprochen hatte er auch noch nichts, weil er nicht richtig wusste, was er reden sollte. Gestern Nachmittag hatte Mama noch dort gesessen, auf dem Stuhl am Fenster, er war auf ihren Schoß geklettert und hatte seinen Kopf an ihren Busen gelegt. Die Mama roch nach Mama und auch ein wenig nach Schweiß. Das mochte er und zupfte am obersten Knopf ihrer Bluse. Sie verscheuchte seine Hand. Die eine der beiden Damen räusperte sich, und die andere schüttelte den Kopf.

Schnell verteilte er die drei Teller auf dem Tisch und legte die Messer und die Gabeln hinein.

»Junge, Junge, hat dir deine Mutter nicht gezeigt, wie man einen Tisch deckt?«

Das hatte ihm die Mama sehr wohl gezeigt, nur hatte er es vergessen.

Nach dem Abendessen war es noch hell draußen. Die beiden Frauen standen flüsternd in der Küche, er wusste, dass sie sich über ihn austauschten. Das wollte er nicht hören und stieg die Treppe hinauf in sein Zimmer. Dort nahm er ein frisches Hemd. »Ein Mann muss immer schauen, dass er ein frisches Hemd anhat«, das hatte die Mama zu ihm gesagt. Rasch nahm er es in die Hand, schlich wieder hinunter, ging zur Haustür hinaus und suchte sich einen Weg durch die Häuserschluchten auf der Suche nach der Elbe. Das war schwierig. Irgendwann fragte er einen älteren Herrn.

»Entschuldigung, wo geht es bitte zur Elbe?«

»Wohin willsch, Bub? Zur Elbe? Ha, die isch weit weg.« Der Mann sprach eine seltsame Sprache, aber Bernd verstand ihn trotzdem. »Bei uns heißt die Elbe *Neckar*«, sagte der Mann und lachte gutmütig.

Dann zeigte er ihm den Weg und einige Minuten später stand Bernd am Fluss. Dort setzte er sich auf eine Mauer, es fuhren Lastenkähne flussabwärts sowie flussaufwärts, und er wusste nicht, in welcher Richtung es nach Hamburg ging und auch nicht, wo hier der Elbhafen war. Als sein Gesicht nass von den Tränen war, nahm er das frische Hemd, um sich zu schnäuzen. Den Weg zurück zum Haus der Tanten fand er allein, und als er die Tür öffnete, stand die breite Tante Hilde im Flur, die Hände in die Hüfte gestemmt, und rief mit ihrer rauen Stimme in die Küche: »Er ist wieder da, der Rotzlöffel.«

Tante Ulla kam aus der Küche herausgestürzt, berührte ihn sanft an den Schultern und sagte: »Junge, mein Schatz, du darfst nicht einfach weglaufen. Wir haben uns solche Sorgen gemacht. Komm in die Küche und trink eine Milch.« Sie gab sogar einen Löffel Honig in die Tasse, doch Bernd trank nur einen Schluck.

»Danke«, sagte er, und es war das erste Wort, das er sprach, nachdem die Mama fortgegangen war.

Danach ging er hinter Tante Ulla her und nahm eine Stufe nach der anderen in den oberen Stock, in das Zimmer, in dem er schon zum zweiten Mal ohne Mama schlafen sollte. Die Tante legte ihm seinen Schlafanzug auf das Bett, dann sagte sie noch etwas zu ihm, aber er hörte es nicht genau, weil er nicht weinen wollte.

Als sie gegangen war, setzte er sich auf das hohe Eisenbett, seine Füße baumelten über dem Holzboden. Dann nahm er seinen Zettelkeks aus der Hosentasche und knabberte winzige Stückchen davon ab. Er zerkaute jeden einzelnen Zettelbrosamen, bis er im Mund zu Wasser verlaufen war, mitsamt den

Worten seiner Mutter und dem Salz, das mit den Tränen in seinen Mund lief.

## Bernd, Wildblüt, 2015

*Ja, Mama, ich habe es mir zu Herzen genommen,* sagt er in Gedanken zu ihr, während seine Blicke über die sanften Hügel des Schwarzwalds streifen. Er hat auf sie gewartet. Sein ganzes Leben lang. Nie hat er woanders gewohnt als in Stuttgart. Viele Jahre hatte er nicht an seine Mutter gedacht, denn Mamas haben in der Welt von Sex, Gewalt und Drogen keinen Platz. Erst als die Sehnsucht nach Liebe immer schmerzhafter wurde, quollen manchmal Bilder seiner Kindheit aus den fest verschlossenen Schubladen seines Gedächtnisses hervor. Damals hatte er sich kein Recht auf Liebe zugestanden, obwohl er zu der Zeit schon mit Hunderten von Frauen Sex gehabt hatte. In den seltensten Fällen hatte er sie vorher gefragt.

Nachdem er Barbara gefunden und geheiratet hatte, änderte sich sein Leben fundamental. Bis heute leben sie eine so innige Sexualität, wie er sie vorher nur bei Yvonne erlebt hatte, aber das ist eine andere Geschichte. In Barbara hat er das gefunden, wonach er sich gesehnt hat: echte, verbindliche Liebe und eine Kameradschaft fürs Leben.

Doch schon nach dem ersten Streit mit ihr forderte sie: »Merk dir eins: Ich bin nicht deine Mutter. Such sie endlich!«

Das war ganz am Anfang gewesen, vor dreißig Jahren, nachdem Barbara einmal ausgesprochen unpünktlich gewesen war. Da ist er ausgerastet. Nicht, dass er sie geschlagen hätte. Gott bewahre. Aber er war knapp davor gewesen.

»Ein einziges Mal«, sagte sie. »Ein einziges Mal, und ich erschieße dich.«

Bernd ist sich sicher, dass sie genau das getan hätte. Dass sie *erschießen* gesagt hat und nicht *verlassen*, das macht ihn bis heute ein bisschen froh.

Alles würde er für Barbara tun, doch zeitlebens befiel ihn eine Art Lähmung, wenn er nur daran dachte, seine Mutter zu suchen. Nicht, dass er gereizt oder streitlustig reagiert hätte, wenn Barbara ihn damit konfrontierte. Er wurde still und zog sich zurück. Manchmal wurde er krank. Dabei hätte er die besten Möglichkeiten gehabt. Schließlich verdient er sein Geld – viel Geld – damit, Dinge über andere Leute herauszufinden.

Barbara war es schließlich, die seine Antriebsschwäche in Bezug auf seine Mutter nach all den Jahren gründlich satthatte. Sie bat Bettina Schwartz, seine Geschäftspartnerin, die Suche aufzunehmen. Für die war es einfach. Dass seine Frau hinter seinem Rücken einen Brief in den Schwarzwald geschrieben, dabei sogar seine Unterschrift gefälscht hatte, das beeindruckte ihn, und als sie ihm dann den karierten Zettel mit Mutters Antwort unter die Nase hielt, widerstand er der Versuchung, ihn aufzuessen. Stattdessen wurde er krank. Zwei Tage lang lag er im Bett. Fieber hatte er keines, nur leer war er und irgendwie grau, wie in einer Art seelischer Funkstille ohne jedes Gefühl, als befände er sich in einer nebligen Lücke zwischen Leben und Tod. Aufstehen ging nicht.

Seine Frau drohte ihm damit, selbst in den Schwarzwald zu fahren und ihre Schwiegermutter herzuholen, wenn er nicht imstande sei, seinen Hintern zu erheben und endlich der Mutter unter die Augen zu treten. Das hat geholfen. Auf dem Weg dorthin wurde seine Stimmung immer aufgeregter. Gleichzeitig zog diese alte Traurigkeit an ihm. Die legte sich in dem Moment, als er an der Tür stand und läutete, aber dann kam ja alles anders.

Alma liegt erschöpft und halbkrank auf dem Sofa, als er ins Haus zurückkehrt. Sie bittet ihn, im Keller ein Glas Spitzwegerich mit Honig gegen den beginnenden Husten zu holen.

»Was ist das denn?«, murmelt er, als er in den Keller kommt. »Das war dein Leben, Mama?«

Der fensterlose Raum ist hell ausgeleuchtet und alle Wände sind vollgestellt mit Apothekerschränken. Sein Blick streift die sauber beschrifteten Fläschchen, Dosen und Gläser. Es schnürt ihm die Kehle zu. War das ihre Welt – so geordnet, so professionell, so fern?

Bevor er nach Spitzwegerich und Honig sucht, öffnet er die Tür zum anderen Raum. Dort steht ein Destilliergerät für Wasser, eine Alkoholdestille, mehrere Trockengeräte, Mörser, Filter, Kannen, Siebe und scharfe Messer in vielen Größen. Von der Decke hängen Fleischerhaken an einem Flaschenzug, als ob in diesem Raum auch geschlachtet worden wäre. Auf der gegenüberliegenden Seite stehen zwei Wandschränke. Von abgeschlossenen Türen hat Bernd sich noch nie abhalten lassen und öffnet die Schlösser in Sekundenschnelle. Darin hängen drei Jagdgewehre säuberlich der Größe nach sortiert sowie Munition, ein Putzstock, Reinigungsfilze, Bronzebürsten, Waffenöl, Filze und Tücher zum Pflegen der Gewehre. *Mama, wer bist du gewesen?*

Nachdem er Alma die Medizin gebracht hat, verabschiedet er sich. Zum ersten Mal überfliegt eine leichte Enttäuschung ihr Gesicht. Er mag seine Schwester. Sie ist lebenstüchtig und begabt, doch gleichzeitig so verloren. Sie mimt die Powerfrau, dabei ist sie sinnlich und bräuchte einen Mann, der zu ihr hält, egal welchen emotionalen Scheiß sie fabriziert.

»Bis morgen«, sagt er leise und gibt ihr einen Kuss auf die leicht fiebrige Stirn.

»Vielleicht übermorgen?«, fragt sie und lächelt schief.

»Dann bis übermorgen.«

Entlang der schmalen Straße Richtung Dorf macht eine ältere Frau gerade Heu mit dem Rechen wie vor vierzig Jahren. Er drosselt sein Fahrzeug auf Schrittgeschwindigkeit, und die Frau winkt ihm zu, als kenne sie ihn.

»Grüß Gott«, sagt er aus dem offenen Fenster und hält an.

»Grüß Gott.« Die Frau trägt eine blau gemusterte Kittelschürze. »Send Sie net der Bub von der Margret?«

»Woher wissen Sie das denn?«

»Ach wisset Se«, antwortet die Frau. »Hier im Dorf spricht sich alles rum. Außerdem hat man so was schon erwartet.«

»Ach so! Wieso denn das?«

»I würd' mich net wundern, wenn da noch mal ein Bastard irgendwo auftauchen tät.«

»Was meinen Sie?«

»Nichts für ungut, i wollt Sie net beleidigen.«

»Nur zu, ich bin nicht empfindlich.«

»Ach nix, das war nur so dahing'sagt«, antwortet die Frau und dreht sich entschlossen wieder ihrer Arbeit zu. »Also ade.«

»Ade, bis vielleicht bald.«

»Es gibt so viele offene Enden in dieser Geschichte«, sagt er abends im Bett zu Barbara, »dass ich mich wundere, warum Alma alles so stehen lässt.«

»Womöglich sind ihre Fragen anderer Natur«, antwortet seine Frau. »Dein Auftauchen scheint sie ziemlich aus der Bahn geworfen zu haben.«

»Ich frage mich, was die Bäuerin mit einem weiteren Bastard meinte.«

»Und ich frage mich, warum dir die größte aller Fragen offenbar entgeht.«

»Welche denn?«

»Wer war dein Vater?«

»Was?«

»Wer war dein Vater?«

»Darüber habe ich noch nie nachgedacht.«

»Ich bin froh, dass du wenigstens in Bezug auf deine Mutter endlich aufgewacht bist.«

»Wer war mein Vater?«, sagt Bernd langsam zu sich selbst, dreht sich auf den Rücken und starrt an die Zimmerdecke, als könne die Antwort von dort auf ihn herunterfallen.

Im Dämmerschlaf der Saunahitze beugt sich schemenhaft ein Riese über ihn. Der Riese lacht, ihm fehlt ein Zahn. Dann steht auf einmal die Mama neben dem großen Mann. Auch sie lacht, streckt ihre Arme aus und nimmt Bernd an ihre Brust. Zigarettenrauch zieht an ihm vorbei, dann das weiche Tuch über seinem Kopf, das nach Mama duftet, und jetzt ihr warmer Busen.

Schweiß rinnt in Bernds Augen. Er greift nach seinem Handtuch unter sich, reibt sich beim Hinausgehen seine brennenden Lider und taucht nach der Dusche so lange im eiskalten Wasser des Abkühlbeckens ab, bis ihm die Luft ausgeht. Im Ruheraum starrt er mit weit offenen Augen aus der breiten Fensterfront. Hat er soeben im Halbschlaf seinen Vater gesehen? Hat Barbaras Frage einen Riss in die Schutzwand seiner Erinnerungen geschlagen? Das Bild war klar und deutlich, eher ein Foto als ein vages Traumbild. In seinen bewussten Erinnerungen gibt es keinen Vater, da sind nur er und Mama.

## Bernd, Hamburg, 1950–1954

Niemand sonst zählte. Nichts gab es, was die Harmonie zwischen Mama und ihm störte, schon gar keinen Papa. Die Welt, in der Mama und Bernd zusammenwohnten, war genau richtig für einen Jungen wie ihn. Nichts gab es, was er mehr liebte als seine Mama. Zu seinen ersten Erinnerungen gehörte der Duft ihres Busens und die interessante Welt außerhalb ihres halbdunklen Zimmers.

Durch das Fenster betrachtete er die Beine der Passanten, Frauenbeine mit hohen Schuhen, Strümpfe mit Nähten an den Waden, vollgepackte Leiterwagen, Männer mit Lasten auf dem Rücken,

Fahrräder, auf denen zwei oder drei Leute saßen, Kinderwagen, die Frauenbeine hinter sich herzogen, schmutzige Kinder, die spielten und sich rauften, Herrenhosen, vornehm an dünnen Beinen flatternd, andere zerlöchert und dreckig, hupende Autos und noch mehr Lastwagen. Er saß in einem Kinderstall mit Holzgittern stundenlang still und starrte aus dem Fenster. Manchmal musste er lange singen und dann schreien, bis die Mama kam, doch als er dann an ihrem Busen lag, war die ganze Aufregung vergessen.

Er durfte auch dann noch an Mamas Busen trinken, als er längst nicht mehr im Laufstall saß, sondern schon draußen mit anderen Kindern spielte. Wenn es im Innenhof oder auf der Gasse Streit gab, ging er zur Mama. Die saß meist in einer Ecke neben dem Fenster und nähte. Oft kamen Leute und brachten Kleidungsstücke zum Flicken. Wenn Frauen etwas anprobierten, wurde er hinausgeschickt, dann linste er durch den Türspalt. Manchmal nahm Mama die Hand einer Frau und strich mit den Fingern langsam über den Handteller. Sie sagte etwas zu der Frau, die meist aufatmete und wieder lächelte, obwohl sie vorher so sorgenvoll dreingeschaut hatte. Wenn niemand mehr im Zimmer war, stürzte Bernd herein und wollte am Busen nuckeln.

»Das Nuckeln musst du dir bald abgewöhnen.«

»Das schaffe ich nicht«, antwortete der Vierjährige.

»Natürlich schaffst du das. Du musst nur wollen.«

»Aber ich will es nicht schaffen.«

»Jetzt bist du fünf«, hieß es später von der Mutter. »Pass auf, sonst kommt die Polizei, wenn du so weitermachst. Große Kinder nuckeln nicht mehr am Busen.«

»Den Bullen schlag ich in die Eier, wenn sie kommen«, krähte Bernd, denn diesen Spruch hatte er von den älteren Buben gehört.

Herzliches Lachen bei der Mama und einen dicken Kuss auf seinen Mund. Dass die Bullen nicht seine Freunde waren, wusste er schon, bevor er abgestillt wurde.

Sie hatten ein winziges Zimmer mit einem Bett, wo er bei seiner Mama schlief. Am Morgen schüttelte sie die Decke und legte sie sorgfältig zusammen. Das Bettenmachen dauerte lange. Jede Ecke des Lakens musste sauber sitzen, und wenn sich nur das geringste Fältchen zeigte, wurde es mit Mamas Händen so schwungvoll glattgestrichen, als würde sie eine Eidechse aus dem Bett jagen. Erst, wenn das Laken glatt und die Decke obendrauf perfekt saß, legte die Mama noch die bunte Decke obendrauf. »So, jetzt haben wir unser Sofa gezaubert.«

Die Toilette war auf dem Flur, und auch andere Hausbewohner benutzten sie. Manchmal gab es Streit, wenn jemand seinen Putzdienst nicht ordentlich gemacht hatte. Auch die Küche teilten sie sich mit anderen.

Um fünf Uhr am Nachmittag kam Frau Hansen und brachte die Zeitung, die drei Familien zusammen bestellt hatten. Morgens bis um elf las Familie Schulz, von elf bis fünf Uhr abends Frau Hansen und zuletzt brachte Frau Hansen die Zeitung zu Mama und Bernd. Mama musste am wenigsten bezahlen, weil sie erst am Abend mit Lesen dran war. Sie zeigte ihm die Buchstaben und ihre Bedeutung. Er lernte schnell und bald saß er auf ihrem Schoß und las ihr die Zeitung vor. Auch das war, bevor er abgestillt wurde.

Noch früher aber brachte Mama ihm bei, Noten zu lesen. Sie zog auf einem Blatt Papier fünf Linien und schrieb ein Lied aus Noten darauf. Das sang sie ihm vor und zeigte mit dem Finger dabei auf jede Note, die sie mit ihrer Stimme streifte. Damals konnte er noch kaum laufen. Dann sangen sie gemeinsam und bald konnte Bernd jedes Lied, das die Mutter aufschrieb, selbst vom Blatt singen. So war es die ganzen Jahre. Sie sangen miteinander und die Lieder, die Mama aufschrieb, wurden immer schwieriger und schöner.

Jedes Mal, wenn sie weggehen musste, schrieb sie ihm Noten auf einen Zettel. »Das ist dein Ohrwurm. Ohrwürmer sind Schutzengel. Immer, wenn du Sehnsucht hast, singst du diese Noten. Ich singe das Gleiche und denke immer an dich. So sind wir verbunden.« Dann küsste und herzte sie ihn.

Manchmal kam die Mama spät und er musste so lange singen, bis ihm die Tränen dabei über die Wangen liefen. Als sie dann kam, durfte er an ihren Busen und die Tränen waren vergessen.

Irgendwann war endgültig Schluss mit Busen und das war, als die Mutter mit zerrissenen Kleidern heimkam. Sie schrie, weinte und betrank sich. Es war eine andere Mama als die, die er kannte, und sie wurde nie wieder so, wie sie vorher war. Starr, stumm und abweisend war sie.

Dass Mama so traurig war, ließ ihn blitzartig groß werden. Während er früher alles erzählte, was er erlebt hatte, interessierte sich die Mama plötzlich nicht mehr für seine Abenteuer. Ihre Stimme wurde kraftlos, sie konnte nicht mehr singen und hörte auch auf, Noten zu schreiben. Immer langsamer wurden ihre Bewegungen, als hingen schwere Steine an ihren

Knöcheln. Beim Nähen stach sie sich andauernd in die Finger, wurde schnell müde und schlief während der Arbeit ein. Dann holte Bernd eine Schüssel mit warmem Wasser aus der Küche, zog der Mama die Schuhe und die Strümpfe aus und badete und massierte ihre Füße. Dass ihre Zehen fehlten, wusste er schon lange. Mama hatte es immer zu verbergen versucht. Aber jetzt, wo sie so müde war, schien es ihr zu gefallen, dass er sie berührte. Er stahl etwas Öl im Küchenschrank der Nachbarn und rieb Mamas Füße und Beine damit ein. Dann knöpfte er ihre Jacke auf, hängte sie an den Kleiderbügel, nahm die bunte Sofadecke vom Bett, schüttelte die Schlafdecke auf und begleitete Mama ins Bett. Manchmal nahm er einen Kamm und kämmte ihre Haare. Sie wurden immer dünner und der Kamm war oft so voll mit Haaren, dass er das Fenster öffnen musste, um sie hinauszuwerfen. Aus getrockneter Pfefferminze kochte er einen Tee für sie.

Manchmal wachte Mama am Morgen nicht auf. Sie schlief den ganzen Tag. Dann legte er sich neben sie und wollte ihr von seiner Wärme abgeben, damit sie nicht mehr zittern musste. Wenn sie tagsüber im Bett gelegen hatte, setzte sie sich am Abend an den Nähtisch und versuchte, zu nähen. Am Morgen machte Bernd das Bett so sorgfältig, wie er es bei ihr gesehen hatte. Er holte bei Habermann, so hieß der Einkaufsladen an der Ecke, einen halben Kohl und zwei Kartoffeln, sogar eine kleine Butter. Vom Metzger bekam er die Wurstenden geschenkt. Dann kochte er der Mama eine Suppe. Dazu musste er einen Stuhl in die Küche tragen und sich draufstellen, damit er in den Topf schauen konnte. Sie aß fast nichts und wurde immer dünner. Abends lag er manchmal im Bett und legte seinen Kopf auf ihren Bauch. Dann sang er alle Lieder, die er gelernt hatte. Mama atmete schwer, zuweilen röchelte sie sogar. Bernd wurde immer hellhöriger und wusste oft schon vor ihr, was sie brauchte. Nachts schlief er schlecht, weil er Angst hatte, Mama könnte etwas benötigen und er würde es verschlafen.

Einige Zeit nach diesen plötzlichen Veränderungen fuhren sie mit dem Zug nach Stuttgart.

## Bernd, Wildblüt, 2015

Auf dem Heimweg vom Sportstudio fährt Bernd in seinem Büro vorbei und lädt einige private Fotos auf einen Laptop.

Almas Fieber scheint verschwunden zu sein, als er am nächsten Tag in Wildblüt eintrifft. Sie hustet noch ein wenig und hat eine rote Nase, sonst aber wirkt sie fit und scheint sich über sein Kommen zu freuen. Die weiße Sommerhose und die dezente, sandfarbene Bluse geben ihr etwas Elegantes.

»Du hast einen Laptop dabei, Herr Kriminalhauptkommissar«, feixt sie. »Gibt es heute wieder spannende Ermittlungen?«

»Ich dachte, ich zeige dir ein paar Bilder von meinem Leben, meinen Kindern, meiner Frau und so. Schließlich sind wir jetzt eine Familie.«

Sie starrt ihn eine halbe Sekunde zu lange an. Dann sagt sie: »Okay.«

Ihre Augen allerdings sagen etwas anderes. Bernd wird einen Umweg machen müssen. »Fühlst du dich wieder besser nach dem Spitzwegerich mit Honig?«

»Ja, es geht. Unsere Mutter war eine Kräuterhexe, wie du gesehen hast.«

»Allerdings. Wo hat sie das denn alles gelernt?«

»Keine Ahnung, ich bin damit aufgewachsen. Sie lebte mit dem Wald. Manchmal hat sie sogar draußen übernachtet, aber frag mich nicht, wo und wie.«

»Hatte sie eine Jagd hier in der Gegend?«

»Ach! Hast du in den Schrank gelinst, Inspektor Columbo?«

Bernd zieht eine Schulter nach oben und grinst leicht.

»Sie hat gewildert. Dafür ist sie immer in den Südschwarzwald oder sogar in die Vogesen gefahren, damit sie hier in der Gegend keiner erwischt.«

»Gewildert! Mutter! Alle Achtung!«

»Ja«, sagt Alma, »sie hatte tolle Seiten. Dafür habe ich sie bewundert.«

»Magst du mir die Hexenküche da unten mal zeigen?«

»Wie soll ich das alles nur schaffen?«, fragt Alma, als sie unten vor den Schränken stehen. »Da kommt so viel Arbeit auf mich zu.«

»Auf uns«, kontert Bernd.

»Wie?«

»Auf uns kommt viel Arbeit zu.«

Alma blickt ihn an, macht den Mund auf, wieder zu, dann nimmt sie sich ein Stück vom Haushaltspapier auf der Spüle und schnäuzt sich. »Ich bin dünnhäutig. Immer will ich dich abwehren. Du kommst hierher, bestimmst, drängst dich rein. Aber in Wirklichkeit kann ich es noch nicht ganz glauben, dass ich nicht mehr allein bin mit der ganzen Bürde, die unsere Mutter hinterlassen hat.« Dann kommen ihr die Tränen.

Bernd nimmt sie in die Arme. Behutsam. Nur kein Streichholz in die Glut werfen. Es knistert trotzdem. Nach ein paar Sekunden sagt sie zögernd in sein Hemd: »Ich denke mir, du würdest deiner Barbara nie untreu werden.«

Macht sie ihm ein so unverblümtes Angebot? Entweder ist sie tief erschöpft oder sehr unglücklich. Vermutlich beides. Er muss die Situation lenken, ohne sie bloßzustellen.

»Vielleicht ist alles ein bisschen viel im Moment«, erwidert er und bewegt sich kaum merklich von ihr weg, wie um ein Zeichen zu geben.

Sie löst sich von ihm und gibt ihm einen kameradschaftlichen Klaps auf den Arm. »Schade, dass du nicht schon früher gekommen bist.«

»Finde ich auch. Ich war sechzig Jahre lang nicht Manns genug, meine Mutter zu suchen.«

»Du und nicht Manns genug?«

»Frag Barbara.«

»Wann lerne ich die denn kennen?«

»Soll ich sie morgen mitbringen?«

»Morgen? Wolltest du mir nicht erst mal Fotos zeigen?«

»Wenn du mir einen Kaffee machst.«

»Und das hier ist meine Jüngste als Konfirmandin«, erklärt er, nachdem sie ungefähr fünf Familienfotos angeschaut haben.

Alma zuckt zusammen. »Und wer ist diese Frau, die neben ihr steht?«

»Das ist Bettina, ihre Taufpatin und meine Geschäftspartnerin.«

In Alma brodelt es sichtbar.

»Deine Geschäftspartnerin?«

»Wieso? Kennst du sie?«, fragt er.

»Nö, woher sollte ich die kennen?«

Seine Schwester lügt so grottenschlecht, dass sie ihm leidtut. Schnell wendet er sich ab, um sie nicht zu brüskieren.

»Was für Geschäfte betreibt sie denn mit dir?«, fragt sie mit belegter Stimme.

»Bettina entwickelt meine Software. Sie ist Programmiererin der Weltklasse und hält sich viel in Israel auf.«

»Gleich erzählst du mir, dass sie für den Mossad arbeitet.«

»Na, woher soll ich das wissen?«, feixt Bernd und lacht.

Die Flecken an Almas Hals sind so tiefrot, als wäre sie beim Schlachten eines Rehs in den Zuber mit abgelassenem Blut gefallen.

»Tja, Bettina Schwartz ist eben ein Phänomen«, fährt er in einem beiläufigen Ton fort, während er sich ein Glas Wasser aus dem Hahn nimmt. Jetzt hat er ihren Nachnamen genannt. Alma hebt ruckartig den Kopf, bleibt mit ihren Augen aber auf dem Bildschirm.

»Auch in anderer Hinsicht unterschätzt man sie leicht.«

»In welcher anderen Hinsicht?«

»Sie hat ihrem Mann ein Kind von einem Israeli mit nach Hause gebracht.«

»Ihrem Mann?« Almas Stimme stolpert. Jetzt kommt sie an ihre Grenze. Noch eine letzte Provokation, dann muss er aufhören.

»Ihren Mann kennst du sicher. Wolfgang Schwartz, er ist auch Musiker.«

»Ja, natürlich«, antwortet sie und scheitert an ihrem Versuch, gleichgültig zu klingen. »Der ist ja international bekannt als Pianist.«

»Er gilt als einer der besten.«

»Und wie hat der Starpianist das Kuckuckskind angenommen?« Alma bekommt einen Hustenanfall, nachdem sie das gefragt hat, und sagt dann keuchend: »Ich brauche wohl noch mal Spitzwegerich mit Honig.«

»Einen Tag hat er anscheinend gebraucht, um es unter die Füße zu bekommen. Seither ist Ari sein Ein und Alles. Er liebt ihn wie sein eigenes Kind.«

Almas Hände zittern. Auf ihrem Gesicht steht Schweiß. »Ich glaube, ich bin noch nicht ganz auskuriert«, sagt sie und räuspert sich.

»So siehst du auch aus. Ich gehe noch einmal hinaus in den Wald.«

»Ich lege mich noch ein wenig hin«, antwortet sie mit sichtbarer Erleichterung.

Als er endlich auf dem Jägerhochsitz Platz nimmt, wendet er seine Gedanken wieder den ungelösten Rätseln seines eigenen Lebens zu. Was ist passiert zwischen 1954, als sie ihn in Stuttgart abgab, und 1957, als Alma geboren wurde? Wenn es ein weiteres Kind gibt, wie die Bäuerin andeutete, muss es in dieser Zeit geboren worden sein. »Wem hast du dieses

Kind gegeben?«, fragt Bernd, als würde die Mutter neben ihm sitzen.

Er lehnt sich zurück, versucht zu entspannen und lässt seine Fragen wie bunte Ballone in die sommerliche Luft schweben. Ein filigranes Netz aus Gold und Wärme durchfließt das Geäst des Baumes. Sein Blick schweift über die Moorlandschaft. Hinter den halb geschlossenen Lidern fühlt er den Schmerz der Mutter und weiß nicht, ob es sein eigener ist.

*Was hat man dir angetan, meine Mama, bevor du mit zerrissener Kleidung und zerrissener Seele zu mir zurückgekommen bist, damals in unserem kleinen Hamburger Refugium?*

Während er sinniert, erscheint in seinem Augenwinkel etwas Weißes, dort, wo das sumpfige, torfige Land in den Moorsee übergeht. Doch seine Gedanken schweifen wieder ab in die Vergangenheit und in die ersten Jahre mit seinen beiden Tanten.

## Bernd, Stuttgart, 1954

Er zündete das Bett an und trat einen Schritt zurück, um dabei zuzuschauen, wie die Flammen sich entfalteten. Im Feuer sah er die ausgestreckten Hände seiner Mama, aber er nahm sie nicht, er rettete sie nicht aus den Flammen, denn sie würde sich ihm wieder und wieder entwinden und ihn allein zurücklassen. Er verbrannte dieses Bett, wo er Mamas Leiden gefühlt und ihre Qualen durchgeschwitzt hatte. Das Knistern des Feuers zog den Schmerz aus seinen Ohren und der Rauch riss die Sehnsucht aus seinen Lungen. Er verbrannte das Bett, denn es war durchnässt von Tränen, und er wollte nicht mehr weinen. Die Tür schlug auf, Tante Ulla zerrte ihn aus dem Zimmer, dahinter erschien Tante Hilde mit einem Eimer Wasser. Tante Ulla nahm die Gießkanne, die immer in seinem Zimmer stand, weil es von dort auf den Balkon mit den Pflanzen ging. Als der Brand gelöscht war, bekam er von der grimmigen Hilde im Vorbeigehen eine saftige Ohrfeige und Tante Ulla ließ ihn in ihr angesengtes Kleid heulen.

Nach dem Abendessen nahm er den Tritthocker und stellte ihn vor die Spüle, denn er konnte spülen, das hatte er von seiner Mama gelernt. Danach machte er die Haustür auf und setzte sich auf die Eingangsstufe. Das wurde sein Platz, auf dem er immer saß, wenn er nicht gerade etwas anderes tat.

Später kam Tante Hilde mit einem kaputten Rasenmäher an.

»Wenn man schon einen Mann im Haus hat, sollte der sich wenigstens nützlich machen«, brummte sie. Dann führte sie ihn in einen Vorbau unter dem Balkon. Dort fand er in einem heillosen Durcheinander alles, was ein Junge brauchte: Ölkännchen, Schraubenschlüssel, alte Lappen, Farbeimer, Farbdosen, Pinsel in jeder Größe, Schachteln mit Schrauben und Muttern, Dübel, Nägel, Messer, eine Axt, Rebscheren sowie Bindfadenrollen. Das Beste war der Geruch: eine Mischung aus Erde, Schmieröl und Abenteuer.

Einen Tag brauchte Bernd, um herauszufinden, wie der Rasenmäher funktionierte und was ihm fehlte. Man musste ihn nur schieben, aber eines der Messer klemmte. Das baute er aus und setzte es neu ein. Dann entdeckte er ein scharfes Schnitzmesser und schnitzte einen Vogel aus einem Stück Holz. Er stellte sich vor, mit ihm nach Hamburg zu fliegen. Als er sich in den Finger schnitt, wickelte er einen schmutzigen Lappen darum, denn ein Mann heulte nicht. Als Nächstes versuchte er, das alte Fahrrad wieder gangbar zu machen, allerdings konnte er noch nicht fahren. Später füllte er leere Blechbüchsen mit Wasser und warf Steine darauf. Dies alles tat er, um zu vergessen, warum er sich gestern verbrennen wollte.

Danach setzte er sich auf die Eingangsstufe des Hauses und blickte die Straße hoch und wieder runter.

Im Wohnzimmer gab es ein Klavier. Spielen konnte er noch nicht, aber als Tante Ulla an einem Abend ein paar Liedchen klimperte, summte er leise mit.

»Du kannst singen!«, rief die bissige Tante Hilde. »Geh an den Schrank und schau nach, ob du etwas Bekanntes findest.« Seine Tanten waren entzückt, dass er vom Blatt singen konnte.

Gelegentlich fand er eines von den Liedern, die ihn seine Mutter hatte singen lassen, während sie unterwegs war. Er riss die Seiten aus dem Liederbuch und warf sie weg.

## Bernd, Wildblüt, 2015

Die Sonne steht schon schräg, als er die brüchige Leiter hinunterklettert und zu seinem Wagen am Waldrand zurückwandert. Er läutet bei Alma, um seinen Laptop zu holen. Sie scheint sich über sein Kommen zu freuen und lädt ihn zum Abendessen ein.

»Was hat man unserer Mutter nur angetan?«, sinniert er, als das Essen auf dem Tisch steht.

»Weißt du, wie das Leben mit dieser Mutter war?«, kontert Alma. Ihre Stimme hat einen bitteren Unterton.

Er nimmt sich ein Stück Brot und streicht Butter darauf. Nachdem nichts mehr von ihr kommt, hebt er den Blick, ihre Bewegungen sind fahrig, die Gesichtszüge verzerrt, als wolle sie mit den Stirnfalten und ihrem verschlossenen Mund die schwelende Wut in sich niederringen. Schnell konzentriert er sich wieder auf seinen Teller. »War es so schlimm?«, fragt er schließlich leise.

»Schlimm?«, ruft sie. »Hast du eine Ahnung, wie sie mich festgehalten und dann doch alleingelassen hat? Wie ich gelechzt habe nach ihrer Nähe, die sie mir so fein dosiert zugestanden hat wie der Dealer dem Süchtigen seinen Stoff? Giftig waren ihre Zärtlichkeiten. Was weißt du von ihrem unerlösten Frauenleben, für das ich sie zu entschädigen hatte? Erstickt hat sie mich mit ihren Ansprüchen, ihrer Missbilligung und ihrem Schweigen. Entmutigt hat sie mich in allem, was ich anfing. Und was weißt du davon, wie sie mich zuletzt verraten hat?«

»Verraten? Erzähl.«

Erschöpft stößt sie die Luft aus und lässt sich auf die Stuhllehne zurückfallen. Nach einigen Sekunden schüttelt sie den Kopf. »Keine Lust, das alte Zeug jetzt noch einmal herzuholen. Das Ding ist gelaufen und, wenn ich ehrlich bin, – ich bin erleichtert, dass sie endlich tot ist.«

»Ich habe das Gefühl, sie wollte uns etwas mitteilen.«

»Was denn, Herr Oberkriminalinspektor?«

Wie gereizt sie ist hinter ihren frotzelnden Worten.

»Wie sie ihren Tod inszeniert, wie sie alles sortiert und organisiert hat, das kommt mir nicht zufällig vor.«

»Das ist mir scheißegal«, ruft sie. »Such du nach ihren Zeichen und Wundern. Ich bin froh, wenn sie unter der Erde oder in der Urne ist und ich zurück nach Hamburg kann.«

»Kannst du dich erinnern, als du das letzte Mal mit ihr telefoniert hast?«

»Phh ... Das war vor ein paar Wochen. Das Übliche halt. Eigentlich war sie geistig fit, seltsam, dass sie ...«

»Seltsam?«

»Keine Ahnung, warum sie am Schluss so verwirrt war.«

»Verwirrt?«

»Sie ist auf dem Spazierweg Richtung Moor gesehen worden«, antwortet Alma sinnierend, »mit einem Stoffbündel im Arm, wie eine Puppe, und sie sang ein Kinderlied dazu.«

»Welches Kinderlied?«

»*Maikäfer flieg*«, antwortet Alma. »Du erschrickst. Sagt dir das Lied etwas?«

»Ja.« Bernd kämpft mit einer plötzlich aufwallenden Trauer. Die Mutter rückt ihm gerade so nah, als stünde sie mit ihren beiden Kindern in der Küche. Er räuspert sich und sagt dann: »Sie hat es oft mit mir gesungen.«

»Mit mir nie, jedenfalls kann ich mich nicht erinnern.«

Da singt Bernd leise das Liedchen.

Als er endet, schüttelt sie sich. »Seltsames Lied. Es löst Gänsehaut bei mir aus.«

»Du bist doch eine Frau und hast auch eine Tochter«, sagt Bernd unvermittelt. »Kannst du dich als Frau hineinversetzen? Was geht in einer Mutter vor, die ihr Kind abgibt?«

Alma rutscht die Salatschüssel aus der Hand, sie fällt auf ihren Teller, der entzweibricht. »Scheibenkleister!« Sie nimmt die Scherben und die Speisereste und wirft alles in den Mülleimer. Ihre Hände zittern, als sie mit dem Lappen den Tisch sauber macht.

»Es ist schon spät. Du bist erschöpft«, sagt Bernd.

»Das stimmt. Dabei haben wir noch nicht einmal über die Beerdigung gesprochen.«

»Was denkst du – soll ich morgen Barbara mitbringen?«

Almas Augen flattern unstet, als sie ihn kurz anschaut. Er sagt in sanftem Ton: »Barbara ist eine verständnisvolle Frau.«

»Okay.«

»Schlaf gut, meine Schwester.«

»Fahr gut, mein Bruder.«

## Bernd, Stuttgart, 1954

Mit dem Schülerleben schnallte sich Bernd eine Ritterrüstung über seine Trauer. Als er am ersten Schultag den Mund aufmachte, tobte die Klasse vor Lachen und Franz, der Klassenstärkste, kreischte: »Ein Fischkopf!«

Franz hatte die Rechnung ohne Bernd gemacht. In der Pause schlug er ihn mit einem Kracher in den Papierkorb, dann zog er ihn wieder heraus und von da an war Franz sein bester Freund. Heini, Richard und Horst kamen dazu und wenn sie sich nicht gerade rauften, standen sie auf dem Schulhof eng zusammen oder saßen auf der Mauer zur Straße hin. Sie waren eine Fünferbande und was sie vereinte, waren ihr Scheitern im Unterricht und ihre Prügeleien. Schnell waren sie für den Schutz der ganzen Klasse verantwortlich. Wenn einer der ihren Probleme mit älteren Schülern hatte, regelten sie die Dinge mit der Faust. Keiner hatte jemals wieder Fischkopf zu Bernd gesagt.

»Ich *kann* schon schreiben«, sagte Bernd, als Herr Müller ihn wegen seiner schlechten Hausaufgabe in Rechnen tadelte.

»Du bist jetzt in der zweiten Klasse, Freundchen. Alle können schon schreiben und fast alle können auch bereits ein bisschen rechnen.«

»Das will ich nicht lernen«, antwortete Bernd.

»Niemand hat gefragt, was du willst.« Herr Müller riss das Heft vom Pult und schlug ihm damit auf den Hinterkopf. »Nichts! Keine einzige Aufgabe hast du richtig.« Dann knallte er das Heft wieder auf Bernds Tisch und drehte sich um.

Im Deutschunterricht hatte Bernd Papierkügelchen geformt, die jetzt in seinem Füllermäppchen lagen. Er brauchte sie für die Gummischleuder, mit der er später auf größere Jungs oder streunende Hunde schießen wollte. Jetzt schoss Bernd dem Lehrer, während dieser nach vorn zur Tafel schritt, eine Papierkugel in den Rücken.

»Du Saubub! Dich schlag ich ung'spitzt in Boden rein!«

Die Ohrfeige saß und Bernd starrte auf den Mann, weil er nicht genau wusste, was diese Worte bedeuteten. »Jetzt glotzt der mi noch an und hält Maulaffen feil, dieser Rotzkerl! Dir sag i, wo der Bartl den Moscht holt!« Herr Müller war in seiner Raserei nicht zu bremsen, packte Bernd am Kragen und zerrte ihn in den gefürchteten Kleiderschrank.

Als von außen abgeschlossen wurde, herrschte Totenstille. Kein Laut drang zu ihm. Mädchen hatten Bernd schon mit angsterfüllten Augen erzählt, dass im Schrank Gespenster hausten und Kinder nach dem Unterricht manchmal vergessen wurden. Er zündete ein Streichholz an, um zu sehen, wo die Gespenster wohnten. Als er auch nach dem dritten Hölzchen noch keinen Geist gefunden hatte, hielt er das vierte an einen seltsam riechenden Mantel. Bernd saß im Rauch wie eine kalte Marmorfigur ohne Angst und ohne einen Ton.

Geschrei drang plötzlich zu ihm durch, der Schrank wurde aufgerissen, jemand zog ihn heraus. Die Kinder wurden aus dem Zimmer gejagt, Lehrer, Hausmeister, ältere Schüler versuchten, den Brand zu löschen, denn er hatte schon übergegriffen auf das Regal mit den Malsachen. Das Glas mit der Nitroverdünnung, in dem die Pinsel standen, explodierte, sodass die Bücher und die Heftstapel Feuer fingen.

Dann kam die Feuerwehr, gefolgt von der Polizei. Bernd verfrachtete man in das Polizeiauto. Als würde er aus einem Traum erwachen, überfiel ihn die Angst jetzt wie eine Horde wilder Tiere. Musste er ins Gefängnis? Wie sollte die Mama ihn dort finden, wenn sie wiederkäme? Dann hielt das Polizeiauto vor dem Haus der Tanten.

»Der kriegt von uns Dresche, der Rotzbub, dass ihm Hören und Sehen vergeht«, brüllte Tante Hilde und zog ihn am Kragen in den Flur hinein. Die Polizisten machten ein zufriedenes Gesicht und verabschiedeten sich. Als die Tante die Tür schloss, versuchte er, die Tränen bei sich zu behalten.

Mit kalter Miene hielt sie die Hand auf: »Streichhölzer her, du Brandstifter!«

Bernd zog die Streichhölzer aus seiner Hosentasche, Tante Ulla kam durch die hintere Tür vom Garten hereingerannt und in diesem Moment geschah das Unerwartete: Die grimmige Hilde klopfte ihm auf die Schulter. »Gut gemacht!«

Bernd war so verwirrt, dass ihm jetzt doch die Tränen kamen, er wischte seinen Rotz mit dem Unterarm ab.

»Er hat den Schrank angezündet«, brüllte Tante Hilde und klopfte sich auf die dicken Schenkel.

Die lange, dünne Tante Ulla hielt sich die Hand vor den Mund, während sie kicherte.

»Da bin ich auch mal dringesessen«, sagte Hilde jetzt in einem feierlichen Ton. »Es war das schlimmste Erlebnis meines Lebens, denn man hat mich damals vergessen.« Den zweiten Teil des Satzes sprach sie viel leiser und Bernd war erstaunt, wie weich die finstere Tante war.

»Dieser bekackte Schrank steht seit mehr als fünfzig Jahren im Klassenraum, wird Zeit, dass jetzt Schluss ist«, brummte Tante Hilde.

»Komm, ich lasse dir ein Bad ein«, rief Ulla.

Das alles rechnete er den beiden alten Damen hoch an.

Nach dem Bad saß er an seinem Platz auf der Stufe des Hauseingangs. Hätte das Heimwehfeuer nach der Mama nicht so in ihm gebrannt, wäre dieser Tag trotz allem ein guter Tag gewesen.

Bernds Welt war Schutt und Wind – Ruinen, in denen man suchte, nicht fand, und doch blieb. Es gab Nachmittage, da vergaß er die Mama stundenlang. Doch abends, wenn er im Bett lag, breitete die Traurigkeit ihre dunklen Flügel über ihm aus, bis er selbst zu einem grauen Vogel wurde. Manchmal flog er im Traum durch die Nacht, um seine Mama zu suchen, doch er fand sie nicht.

Schule war Gefängnis, Fessel, Folter und täglicher Kampf. Musik wäre das Fach gewesen, in dem er mit seinen natürlichen Begabungen manches hätte wettmachen können. Schade nur, dass der Musiklehrer ihn auf dem Kieker hatte. Einmal sollte jeder Schüler vorsingen, um sich die Zeugnisnote abzuholen. Mit gespannter Aufmerksamkeit sang Bernd in Gedanken bei den anderen Kindern mit, erkannte die jeweiligen Ängste an der zitternden Stimme und hörte, wenn ein Junge oder ein Mädchen den Ton nicht halten konnte. Als er schließlich vorn an der Tafel stand, sollte er *Maikäfer flieg* singen. Er brachte keinen Mucks heraus.

»Von dem weggegebenen Kind einer Hure kann man nichts Besseres erwarten«, sagte der Musiklehrer zu dem Achtjährigen.

Wie ein flammenspuckender Drache stürzte er sich auf den Lehrer, bereit, zu töten, bereit, sein Leben zu lassen. Der Lehrer stolperte, stürzte überrumpelt auf den Boden und Bernd bearbeitete ihn mit seinen erstaunlich starken Fäusten. Die Klasse tobte, kreischte, schrie, lief durcheinander wie eine platzende Popcornmaschine, die es jetzt in den Kinos gab. Manche Kinder versuchten, Bernd vom Lehrer wegzuziehen, andere rannten hinaus. Da kam auch schon der Rektor. Der riss Bernd hoch und verpasste ihm einen solchen Schlag, dass nun auch er am Boden lag. Die gaffenden Kinder wurden hinausgescheucht, der Rektor half dem Musiklehrer auf die Beine, Bernd blieb liegen und der Unterrichtsraum wurde von außen abgeriegelt.

Mehrere Stunden blieb Bernd eingeschlossen. Irgendwann schrie er, schlug mit den Fäusten gegen die Tür, dann öffnete er das Fenster – vielleicht konnte er hinausklettern. Der Klassenraum war im dritten Stock. Was, wenn man ihn hier vergessen würde, so wie die Mama ihn vergessen hatte?

Er warf sich mit seinem ganzen Körper gegen die Tür, und als er nicht mehr konnte, weil ihm alles wehtat, ließ er sich an der Wand entlang auf den Boden gleiten. Als er pinkeln musste, stellte er sich auf einen Stuhl und pisste in eines der beiden Aquarien, die im Musikraum standen. Dann ließ er das Wasser ab. *Wasserlassen* – dieses Wort kam ihm in den Sinn, und er öffnete auch das andere Aquarium. Die Fische lagen zuckend am Grund, genauso wie er sich fühlte. Der Parkettboden war überspült, aber geweint hatte Bernd nicht.

Als die Tür aufschlug, standen hinter dem Rektor schon wieder zwei Polizisten. Diesmal brachten sie ihn nicht zu den Tanten, sondern fuhren ein Stück stadtauswärts auf der Autobahn. Helle Panik ergriff ihn. Musste er jetzt ins Gefängnis? Seine Hände zitterten so stark, dass er sie in die Hosentaschen quetschte. Gleich neben der Autobahn stand das grünliche Haus mit den vergitterten Fenstern. Beim Aussteigen ging er fast in die Knie. Die beiden Polizisten brachten ihn in einen Raum mit grauen Wänden, in dem sie mit ihm zusammen warteten. Sein Kinn flatterte, und jetzt kamen doch Tränen aus seinen Augen, als er die beiden Männer fragte: »Komme ich ins Gefängnis?«

»Du kommst ins Heim für Schwererziehbare.«

Dann öffnete sich die Tür zu einem anderen Zimmer, und ein Mann mit dickem Bauch kam heraus. Die Polizisten gaben ihm einen Stapel Papier und verabschiedeten sich, ohne Bernd eines weiteren Blickes zu würdigen.

»Mir folgen«, sagte der Mann zu Bernd. Sie gingen einen Flur entlang, in dem Betten an der Wand standen, und kamen in einen riesigen Raum. Dort waren zehn oder fünfzehn weitere Betten.

»Das ist deins«, sagte er. »In fünf Minuten gibt es Mittagessen. Pünktlich. Sonst setzt es was.«

Pünktlich war Bernd von Natur aus. Wo das Mittagessen sei, wollte er fragen und öffnete den Mund. Kein Ton kam heraus. Der Lärm führte ihn in den Essenssaal. Dort wies man ihm seinen Platz zu, dann erklang eine Art Sirene, und schlagartig war Stille im Raum.

Nach dem Mittagessen wurde auf einem Feld hinter dem Haus gearbeitet. Die körperliche Bewegung brachte etwas Leben in seine Glieder, doch als er von einem der Jungs angequatscht und nach seinem Namen gefragt wurde, konnte er noch immer nicht sprechen.

Die Bettnässer schliefen im Flur und mussten am Morgen ihre Laken selbst im eiskalten Wasser auswaschen. Es gab Wäscheleinen, die mit Namen bezeichnet waren. An Regentagen wurden die Laken nicht trocken, und den Bettnässern blieb nichts anderes übrig, als in nassen Tüchern zu schlafen. Unter ihnen war Hermann, ein Junge von etwa acht Jahren mit Hasenscharte und ängstlichen Augen. Durch seine seltsamen Lippen konnte er nur undeutlich sprechen und wurde von allen, auch von den Aufsehern, gehänselt, geschlagen und schikaniert. Am Nachmittag wurde Hermann von zwei größeren Jungs im Alter von ungefähr dreizehn Jahren hinter einen Mauervorsprung gezwungen. Bernd folgte ihnen unauffällig.

Einer der beiden Kerle machte den Hosenladen auf, und der andere drückte Hermann in die Knie, um den Schwanz des ersten in den kleinen gespaltenen Mund zu zwingen. Sie hielten ihm die Nase zu. Dann wechselten die Jungs, und der andere kam dran. Als sie fertig waren, schlugen sie Hermann auf den Kopf und in den Bauch und gingen lachend davon. Hermann blieb in der Hocke sitzen, starr, als wäre er aus Stein geformt. Neben seinen löchrigen Schuhen lagen ein paar Scherben im Staub. Bernd schlenderte zu ihm hin. Mit dem Blick eines getroffenen Tiers versuchte der Junge, sich aufzurichten und davonzulaufen.

»Schsch«, murmelte Bernd, um ihn zu besänftigen. »Ich tue dir nichts.«

Da sank Hermann wieder in die Hocke, und Bernd setzte sich neben ihn. Als er den zitternden Jungen neben sich spürte, blühte in ihm eine fast schmerzhafte

Zuneigung auf und mit ihr die nebelhafte Erinnerung an Mamas Zittern in den letzten Tagen, als er sie gesehen hatte. Die fahle Sonne schien durch das Gebüsch und wärmte sie etwas. Aus Hermanns Mund tropfte ein seltsamer weißlicher Schleim. So saßen sie bis zum Abendessen, ohne etwas zu reden oder sich zu bewegen. Als sie aufstanden, riss Bernd ein Blatt von einem Busch ab und gab es Hermann, damit er seinen Mund abwischen konnte.

Nach dem Abendessen, auf dem Weg in den Schlafsaal, verfolgte einer der beiden größeren Jungen Hermann schon wieder. Der Kleine rannte davon, wurde aber sofort eingeholt. Der Halbstarke boxte Hermann derart fest in den Magen, dass dieser sein Abendbrot erbrach. Dann wurde er am Schopf gepackt, auf den Boden geworfen und sein Gesicht in das Erbrochene gedrückt.

»Friss, du Sau«, kreischte der Ältere.

Bernd vergaß die Kräfteverhältnisse und stürzte sich auf den Angreifer. Der war überrumpelt und fiel auf den Boden. Wie rasend bearbeitete Bernd ihn mit den Fäusten, dann trat er seinem Gegner mit aller Kraft, die ihm zur Verfügung stand, zwischen die Beine. Der Schrei des Älteren ließ die Wände erzittern.

Diese Nacht musste Bernd im sogenannten Karzer verbringen, einem Raum ohne Fenster, ohne Licht und ohne Matratze. Nur eine dünne Wolldecke hatte er. Zur Toilette durfte er nicht, deshalb pinkelte er an die Wand. Dem Geruch nach zu urteilen, war er nicht der Erste, der das tat. Wann hörte diese Nacht nur auf? Sie war viel länger als andere Nächte, und irgendwann rastete er aus. Was, wenn sie ihn hier vergessen würden? Was, wenn er hier verhungerte?

Was, wenn seine Mama ihn holen wollte und nicht fände? Er schrie und schlug an die Wände, immer wieder, immer wieder. Dann leckte er seine Fäuste ab, sie schmeckten nach Blut und nach Schweiß. Er wusste nicht mehr, wo oben und wo unten war. Schließlich sang er. Seine Stimme zitterte, und die salzigen Tränen liefen ihm in den Mund. Alle Lieder, die er gesungen hatte, während seine Mama damals unterwegs war, kamen ihm in den Sinn. Er erinnerte sich, dass Ohrwürmer Schutzengel waren. Als ihm kein Lied mehr einfiel, sank er an der Wand entlang auf den Boden und weinte ohne Singen weiter, bis keine Tränen mehr in ihm waren.

Gleißendes Licht schreckte ihn aus dem Schlaf.

»Raus«, schrie ein Aufseher. Bernd war geblendet und taumelte hinter dem Mann her. Wie lange war er schon in diesem Haus? Wie lange war er in dem schwarzen Raum gewesen? Wer war er? Wie kam er hierher? Der Flur, auf dem der Aufseher mit ihm ging, kam ihm bekannt vor. In dem grauen Zimmer, in das die Polizisten ihn vor Tagen gebracht hatten, stand Tante Hilde. Sie hatte die Hände in ihre Hüfte gestemmt und machte ein furchterregendes Gesicht.

»Du Saukerl«, brüllte sie und zog Bernd an den Ohren. Es war der süßeste Schmerz, den er je erlebt hatte. »Dich schlag ich z'amme, dass dir Hören und Sehen vergeht.«

Noch nie hatte Bernd eine solch wundervolle Begrüßung gehört. Am liebsten hätte er sich in der Schürze der dicken Tante verkrochen. Zufrieden, dass sein Schützling offenbar in so gute Hände geriet, gab der Direktor der Tante wohlwollend die Hand zum Abschied. Sie fluchte noch ein paarmal über den

Rotzlöffel, den g'schissenen, und verließ mit Bernd an der Hand in Windeseile den Platz.

Im Bus atmete sie aus, ließ sich auf den Sitz fallen und blickte ihn von der Seite an. »Du siehst schrecklich aus.«

Bernd war selig.

»Ein Mann muss beobachten«, fuhr sie fort. »Gut beobachten. Alles merken, nichts vergessen. Schlagen kann man später immer noch.«

Dieser Satz wurde Bernds Bibelspruch fürs Leben, ein Leitfaden, an dem er durch alle Schwierigkeiten hindurch emporzuwachsen hatte.

»Was ist eine Hure?«, fragte er dann und war erleichtert, dass er wieder sprechen konnte.

»Mein Gott. Das haben sie dir beigebracht im Heim?«

»Das hat der Musiklehrer gesagt.«

»Zu wem?«

Jetzt senkte Bernd den Kopf, kaum brachte er es heraus. »Zu Mama.«

»So ein Saukerl! Der hat es zwar verdient, dass er eins aufs Dach gekriegt hat, aber du wartest nächstes Mal ab und beobachtest. Alles klar, du Rotzlöffel?« Den letzten Teilsatz brüllte sie schon wieder und hieb ihm auf den Hinterkopf.

»Ja«, sagte Bernd und zog die Schulter ein. »Was ist es?«

»Was?«

»Eine Hure.«

»Das sind Frauen, die es den Männern für Geld machen.«

»Was machen? Den Schwanz ins Maul nehmen?«

Tante Hilde zog die Luft ein. »Da hat man ein wohlerzogenes, rechtschaffenes Kind und es wird in drei Tagen im Heim bis auf den Grund verdorben«, schimpfte sie. »Ja, so ähnlich«, fügte sie etwas leiser hinzu.

Es war Abend, als sie zu Hause ankamen. Er musste eine Nacht und fast einen Tag im Karzer gewesen sein. Wie ein Kreuzritter kam er sich vor, als er in der warmen Badewanne saß, ein Kreuzritter, der nach Jahren der Kriege, der Abenteuer und der Entbehrungen heil nach Hause zurückgekehrt war.

Geschirrspülen war eine seiner Lieblingsbeschäftigungen. Dabei war er der Mama am nächsten, denn er konnte die ganze Zeit an sie denken. Saubermachen, wegputzen, Ordnung schaffen. Das schaffte auch in seinem Gemüt Ordnung und eine gewisse Ruhe. Er schloss die Küchentür und sang bei der Arbeit. Tante Ulla sagte einmal, Männer, die gerne Geschirr spülen, seien etwas ganz Besonderes.

Auch diesmal sang er, deshalb hörte er die Haustürglocke nicht. Da schlug die Küchentür auf und Tante Hilde rief: »Komm.«

Beim Blick ins Wohnzimmer erstarrte er zuerst, dann raste er auf die Haustür zu, um zu fliehen, Tante Hilde schnitt ihm den Weg ab und hielt ihn am Kragen fest. Er schrie wie ein Schwein, das geschlachtet werden sollte, schlug um sich, wehrte sich, boxte gegen die Tante. Zwei Bullen packten ihn an den Armen.

Vor ihm stand ein Mann in Anzug und Krawatte und eine Frau mit Schreibblock. Ulla legte eine Decke auf das Sofa und hieß Bernd, sich zu setzen. Er zitterte. Sie schlang den anderen Teil der Decke über seine Beine, damit man den nassen Angst-Pinkel-Fleck auf der Hose nicht sah.

»Beobachten«, flüsterte Tante Hilde ihm ins Ohr. »Nicht schlagen, nicht fliehen.«

Jetzt setzten sich alle, außer den Uniformierten.

»Du warst draußen im Heim«, sagte der im Anzug. Bernd konnte nicht antworten. Dann fuhr der Mann fort: »Du kanntest einen gewissen Hermann?«

Bernd nickte. *Beobachten.* Er zwang sich, diesen Gedanken in sein Hirn zu bekommen. *Nicht zittern. Nicht heulen.* Von rechts und links zwängten ihn seine beiden Tanten ein. Tante Hilde verströmte Schweißgeruch und Tante Ulla strahlte Hitze ab. Langsam konnte er sich entspannen.

Der Mann sah ihn ernst an, er schien nicht böse zu sein. »Er ist tot«, sagte er. Bernd sackte in sich zusammen. Nach einem Blick auf die Tanten fuhr der Mann im Anzug fort: »Man hat ihn über den Zaun auf die Autobahn geworfen, wohl um zu vertuschen, dass er vorher totgeschlagen worden war. Seine Leiche landete auf dem Seitenstreifen.« Dann zog der Mann ein fleckiges Schulheft aus seiner Aktentasche. Auf der letzten Seite stand in krakeliger Schrift: *Bernd ist mein erster Freund.*

Jetzt konnte er seine Tränen nicht mehr kontrollieren, er weinte und schluchzte, unter seiner Nase musste eine dicke Rotzglocke hängen, aber er war nicht in der Lage, sie abzuwischen, denn seine Hände zitterten so stark, dass er sich draufsetzen musste. Tante Ulla nahm ein Taschentuch aus ihrer Schürze, schnäuzte sich selbst zuerst, dann wischte sie Bernd die Nase damit ab.

»Kannst du uns erzählen, was du im Heim erlebt hast?«, fragte der Mann, und Bernd erzählte, zuerst schluchzend, dann immer ruhiger, jedes Detail. Es kam ihm vor, als würde sich in seinem Kopf ein Fotoalbum öffnen. Die Frau mit dem Schreibblock schrieb alles mit. Er erzählte nicht nur von sich selbst, sondern auch von den Bettnässern, davon, wie Hermann gequält wurde, er sah vor seinem inneren Auge auch Einzelheiten, die ihm vorher nicht bewusst waren. Den Schmutz beschrieb er, der alles überzog, die Aufseher, die sich an den Schwächsten abarbeiteten, die Schläge, die überall lauerten, den Karzer. Jede Einzelheit, die er erzählte, erleichterte ihn, als könnte er mit jedem Wort die Last der Erinnerungen wegblasen wie der Frühlingswind die Schneelawine.

Nach einer Weile unterbrach ihn der Mann. »Wie kannst du dir das alles merken? Oder flunkerst du?«

»Nein«, rief Bernd.

»Hast du das Büro des Direktors auch gesehen?«

»Nur, als er die Tür geöffnet hat und rausgekommen ist.«

»Was hast du gesehen?«

Bernd beschrieb alles haargenau, wie der Schreibtisch stand, welches Bild an der Wand hing und wo die Uhr stand, wie der Stuhl aussah, was auf dem Schreibtisch lag.

»Stimmt alles.« Der Mann war verblüfft.

»Ich habe ein Foto gemacht, mit den Augen.«

»Was hast du?«

»Ich habe Fotos mit den Augen gemacht, aber als ich im Karzer saß, habe ich alle Bilder vergessen. Jetzt sehe ich sie wieder.«

Tante Hilde neben ihm setzte sich aufrecht und legte einen Arm um seine Schulter. Ihr Schweißgeruch war weg, etwas Fröhliches, Stolzes ging von ihr aus.

»Sie sehen«, sagte sie an alle vier Besucher gewandt, »unser Bub hat ein fotografisches Gedächtnis.«

Bernd musste diesmal nicht aufstehen, um die Gäste zu verabschieden. Tante Ulla sorgte dafür. Die Besucher mussten sich zu ihm hinunterbeugen, um ihm die Hand zum Abschied zu geben.

Einige Wochen später erschien ein Artikel in der Zeitung. Man hatte die Untersuchungen beendet. Die Täter waren noch nicht strafmündig, das Heim wurde geschlossen.

Drei Dinge veränderten sein Leben nachhaltig. Erstens bekam er zu seinem neunten Geburtstag von den Tanten einen Jahresbeitritt sowohl zum Schachclub als auch zum Boxclub. Bernd wurde rot vor Freude.

»Juhuuu, juhuuu«, rief er laut, während er mit den Eintrittsscheinen winkend durch die Wohnung rannte.

Zweitens besserten sich seine schulischen Leistungen dadurch ein wenig, dass er nun drei Mädchen hatte, die die Hausaufgaben für ihn erledigten. Eine halbe Stunde vor Schulbeginn lieferten sie sie ab, und Bernd brauchte das Ganze nur noch mit eigener Schrift in sein Schulheft zu übertragen.

Drittens blieb Bernd in aller Stille dem Phänomen *Hure* auf der Spur. Ohne jemanden direkt darüber auszufragen, wusste er bald über die Vorgänge zwischen Mann und Frau Bescheid, was eine Hure tat und wo man sie in Stuttgart fand. Das Leben zwischen den Ruinen war Bernds Alltag, und so, wie er früher seine Aufmerksamkeit auf Metallteile, Kabel und Messer gerichtet hatte, so sah er nun an allen Ecken die Frauen. Sie standen in den Theateranlagen im Stadtpark, im Rosensteinpark, entlang der Neckarstraße, in der Königstraße, im Leonhardsviertel und um den Hauptbahnhof herum. Er hatte gelernt, das Leben mit wachen Augen zu überstehen. Obwohl er wusste, dass er seine Mutter nicht antreffen würde, betrachtete er jede einzelne Frau.

*»Evangelischer Stadtdekan fordert ein Bordell«*, titelte die Stuttgarter Zeitung. Wie die Mama früher, hatten die beiden Tanten die Angewohnheit, sich von Bernd aus der Zeitung vorlesen zu lassen. Tante Ulla betrachtete es als Übung für ihren Schützling und genoss es, nebenher stricken zu können.

Die blühende Ruinenprostitution hätte verheerende Folgen gehabt, stand im Artikel. Geschlechtskrankheiten breiteten sich aus, allein im letzten Jahr hätte die Hautklinik sechshundert HwG-Mädchen mit einschlägigen Symptomen behandelt. Die Heilsarmee schlug Alarm wegen der haltlosen Zustände und des Elends vieler Nutten, ebenso die Bahnhofsmission. Der Stadtdekan hätte den Vorschlag gemacht, die Nutten zu kasernieren. Man habe an die US-Militärregierung appelliert, das Prostitutionsverbot aufzuheben. Im Februar 1957 sei es endlich so weit: Am Bebenhäuser Hof habe ein städtisches Wohnheim für Prostituierte seine Tore geöffnet.

Bernd las flüssig und interessiert, die beiden Damen hüstelten zwischendurch und sahen sich manchmal etwas verstohlen an.

»Was ist HwG?«, fragte Tante Ulla flüsternd Hilde.

»Häufig wechselnder Geschlechtsverkehr«, antwortete der Neunjährige gelassen, während er kurz seine Zeitung senkte.

Hilde räusperte sich, Bernd las weiter. *»Das ›Dreifarbenhaus‹ genannte Wohnheim wird von der Stadt ermöglicht und von Privatinvestoren finanziert. Jedes Zimmer besitzt ein Bett, eine Sitzecke und einen Schrank. Die Damen zahlen fünfzehn Mark am Tag. Im Keller gibt es eine Kantine, eine Wirtschafterin ist eingestellt worden, die dafür zu sorgen hat, dass die Mädchen etwas Vernünftiges zu essen bekommen. Insgesamt haben wir es mit einem mustergültigen schwäbischen Betrieb zu tun. Die Bücher werden handschriftlich geführt und sind deshalb täuschungssicher. Zuhälter haben keinen Zutritt.«*

Bernd faltete die Zeitung zusammen und wusste, wohin er morgen gehen würde. In seiner Nachttischschublade lagen zweiundachtzig Pfennige, ein Schatz, den er sich in den Jahren zusammengesammelt hatte.

Es roch nach Zigarettenrauch, süßlichem Parfüm, Schweiß, Kohl und frischer Farbe. Bernd konnte die Gerüche unterscheiden, wie ein Musiker die unterschiedlichen Stimmen eines Chors. An ihren offenen Zimmertüren standen die Frauen und stellten sich für die vorbeilaufenden Männer in Pose, oder sie saßen auf Hockern, die Beine übereinandergeschlagen, und strickten.

»Raus hier, Säugling«, rief die Erste, die ihn erblickte.

»Verschwinde, das ist nichts für Kinder«, fauchte die andere.

Bernds Herz raste plötzlich. Was wollte er hier? Was, wenn Mama hier wäre und sie ihn wieder wegschickte? Was, wenn die Bullen ihn hier anträfen und ihn wieder ins Heim steckten? Als eine andere Frau durch die Zähne pfiff und rief: »Mach, dass du rauskommst, wenn das die Bullen sehen«, machte er panisch kehrt und genau in diesem Moment sagte eine rauchige Stimme: »Suchst du deine Mama, Kleiner?«

Da entrann ihm ein spontaner Schluchzer und mit knapper Not konnte er die Tränen verhindern. Erst nickte er, dann schüttelte er den Kopf, schließlich öffnete er die Hand und zeigte der Frau seine zweiundachtzig Pfennig, die er in kleinsten Münzen bei sich trug. Die Nutten rechts und links kicherten.

»Steck dein Geld mal wieder in die Tasche, Junge«, sagte die mit der dunklen Stimme. »Komm rein.«

Als sie die Tür hinter sich schloss, hatte Bernd fast so viel Angst wie vor den Bullen. Aber nur fast.

»Was willst du?«, fragte sie.

Zuerst wollte er das Wort sagen, das er im Laufe seiner Recherchen so oft gehört hatte: *ficken*. Aber er brachte gar nichts über die Lippen.

Die Frau setzte sich auf den Sessel. »Komm mal her«, befahl sie mit warmer Stimme und nahm Bernd zwischen ihre Beine, sodass er sich halb auf einen ihrer Schenkel setzen konnte. Dann legte sie ihre Arme um ihn und drückte ihn an sich. Der Stoff ihrer Bluse war weich und seidig und erinnerte ihn an die Bluse seiner Mama. Das gab ihm den Rest, und er konnte die Tränen nicht mehr halten. Sie ließ ihn schluchzen, ohne ihn zu trösten.

»Vor dem Krieg war das anders«, sagte sie irgendwann leise.

Bernd horchte auf. Sie sprach mit ihm wie mit einem Erwachsenen.

»Was?«

»Viele Männer wollen heute einfach nur weinen. Vor dem Krieg war das anders.«

Obwohl Bernd nicht genau wusste, was die Frau meinte, war seine Beklommenheit plötzlich weg. Er war nicht mehr der kleine Wicht, der sich fast in die Hose machte – er war wie andere Männer, die sogar im Krieg gewesen waren. Die Sehnsucht nach seiner Mama, nach ihrem weichen Busen und ihrem Duft war so lebendig geworden, dass ihm gleich wieder die Tränen kamen, aber jetzt schämte er sich nicht mehr. Er durfte so lange in den Armen und an der weichen Brust dieser Frau angelehnt bleiben, bis er fertig geweint hatte. Dann stand sie auf, öffnete ihren Schrank und nahm ein Tablett heraus, auf dem Brot, Margarine, Zucker, Marmelade, Zichorienkaffee und Dosenmilch standen. Sie strich ihm ein Margarinebrot und streute Zucker darauf.

»Ab mit dir«, sagte sie und scheuchte ihn aus ihrem Zimmer. Die zweiundachtzig Pfennig klapperten in der Hosentasche und der Zucker knirschte angenehm zwischen seinen Zähnen, während er aufrechten Gangs den Puff verließ.

Nun wusste er, wie es ging, eine Hure zu kaufen. Das Erlebnis war ihm allerdings viel zu wertvoll, als dass er es wiederholen mochte. Doch die Atmosphäre im Puff gefiel ihm, die Düfte, die Wärme, die

Geborgenheit. Bald kannten und mochten die Frauen ihn und gaben ihm kleine Aufträge. So wurde Bernd nach und nach zum Laufburschen des Stuttgarter Milieus. Zwischen den Zuhältern und den Nutten überbrachte er Nachrichten, Geld, Essen, geschlossene Umschläge oder auch Informationen, die nur mündlich übermittelt werden durften. Zu Letzterem gehörte auch die Auskunft darüber, wann die Bullen zu Kontrollen kamen, welche von ihnen korrumpierbar waren und welche nicht. Bernd hatte einen Heimathafen bei den Tanten, doch seine erweiterte Familie war im Sexgewerbe tätig.

## Bernd, Stuttgart, Juli 2015

Um drei Uhr nachts erwacht er, weil ihm das Kinderlied *Maikäfer flieg* im Kopf herumgeistert. Er steht auf, um Barbara nicht zu stören, und tritt auf die Terrasse in die frische, laue Sommernacht. Eine uralte Schwere drückt ihn nieder, und während er sich auf den Gartenstuhl fallen lässt, greift er sich an die Brust und ringt nach Luft. Leise fängt er an zu summen, um sich zu entspannen. All die Lieder seiner Mutter summt er, und mit seiner Stimme lässt er die Trauer zu, die wie ein dunkles Band sein ganzes Leben durchzogen hat.

»*Maikäfer flieg*«, sang Margret kurz vor ihrem Tod, eine Puppe oder einen Stofffetzen im Arm. »*Dein Vater ist im Krieg. Die Mutter ist im Pommerland, Pommerland ist abgebrannt.*«

Dann taucht vor seinen inneren Augen dieses Weiße am Rand des Schwingbodens im Moor auf. Müll kann es nicht sein, denn es ist gefährlich, so weit hinauszugehen. Hatte er gestern nicht auch Fußspuren gesehen?

*Was hast du ... ins Moor getragen, Mama?*

Mit einem Ruck reißt er sich vom Stuhl auf und eilt ins Schlafzimmer. Barbara ist wach. Sicher hat sie ihn summen hören. Vor seiner Frau kann er nichts verbergen.

»Komm«, sagt er. »Wir fahren in den Schwarzwald. Ins Moor.«

# Überleben

## Margret, Wildblüt, Ende Juni 2015

Sie stützt sich mit der Hand am Küchentisch ab und lässt sich auf den Stuhl fallen. Der Brief ist auf wertvollem Papier geschrieben. Eine Damenschrift. Doch die Worte atmen seinen Duft. Er muss eine Frau haben, die ihn liebt und kennt. Wieso schreibt er nicht selbst? Ist der Schmerz zu groß? Hat er Angst, dass sie sich ihm wieder entziehen wird?

»Ja, mein lieber Junge. Ich werde gehen, damit du mich und auch dich ganz kennenlernen kannst«, sagt sie leise, als würde sie mit Bernds Brief sprechen.

Dies ist der Moment, auf den sie seit vielen Jahren gewartet hat. Die Ihren sind schon lange dort, wohin sie ihnen endlich folgen will. Bernd und Alma hingegen werden ohne sie leichter zusammenfinden. Ihr totes Kind drängt danach, gesehen zu werden. Schon seit vielen Jahren erscheint es ihr im Traum, manchmal auch tagsüber. Der Scham vor ihren lebenden Kindern wird sie nicht standhalten können. Alma vor allem wird sie verurteilen. Die Jungen wissen nichts von Krieg, vom Tod, von Bestialität.

Und Bernd? Was wohl aus ihm geworden ist? Ihre Liebe zu ihm schleicht sich in ihr Herz wie eine schmusende Katze. Wäre es nicht wundervoll, ihn begrüßen zu dürfen? Er würde sie in seine Arme schließen, dieser Junge war schon immer voller Liebe. Doch die Erinnerung an ihn kommt auch als Schatten, der die Wand entlang schleicht. Dann wischt sie mit der Hand vor ihrem Gesicht, als wolle sie ihre Gedanken verscheuchen.

*Liebe Frau Mutter,*
*darf ich dich nach so vielen Jahren wiedersehen? Ich hoffe, es handelt sich um dich: die geliebte Mutter von Bernd Lorenz.*
*Ich führe ein gutes Leben, bin glücklich verheiratet und habe drei wundervolle Kinder. Deine Enkelkinder! Bald kommt dein erstes Urenkelchen. Wenn etwas in meinem Leben fehlt, dann bist du es.*
*Wann darf ich kommen und dich nach so vielen Jahren wieder in meine Arme schließen?*
*Dein Sohn Bernd*

Wie lange wird sie brauchen, bis alles vorbereitet ist? Zwei Wochen? Kann sie ihn so lange warten lassen? Was sind zwei Wochen bei sechzig Jahren? Sie wird sich beeilen müssen, denn schon tauchen die ersten, fast vergessenen Bilder in ihrem Inneren auf, sie kommen in Schwarz-Weiß daher wie bei Hitlers Wochenschau in den Kinos von Königsberg. Ihr ganzes Leben hat sie darauf geachtet, dass das Licht in diesem Abschnitt ihres Gehirns ausgeschaltet blieb. Sonst wäre der Moment mit dem Seil schon früher gekommen.

Auf Bernd hat sie gewartet, vorher wollte sie nicht gehen. In den letzten Wochen befürchtete sie manchmal, dass er es nicht mehr schaffen könnte. Alt ist sie geworden und das Herz wird es nicht mehr lange machen. Erst vor Kurzem hat sie begonnen, in ihren Träumen nach ihm zu suchen. Offenbar hat sie ihn erreicht. Vielleicht auch über seine Frau.

Sie steigt hinauf auf den Speicher und holt den Stapel leerer Schulhefte, die sie einmal im Angebot gekauft hat. Damals war Alma bereits in Hamburg. Wie in Trance kaufte sie fünfzehn Hefte zum Preis von zehn, als wäre dies das Wichtigste, was sie in ihrem Leben tun könnte.

Heute Abend noch will sie sich an alles erinnern. Jedes Detail wird sie aufschreiben. Nur so kann Frieden werden. In ihr selbst und auch zwischen ihr und ihren drei Kindern.

Dann steht sie auf, zieht ihre festen Schuhe an und geht wie jeden Tag hinaus in den Wald. Für ihre Sammlung braucht sie heute keinen Korb, die Schürzentasche genügt.

Auf dem Jägerstuhl lässt sie ihren Blick über das Moor schweifen. Das Moor, ihr Schicksal. Es tötet und schenkt Leben. Es verschluckt und gibt frei. Erinnerungen an ihre Kindheit steigen auf, sie sind kaum zu bändigen. Die Torfstecher. Auch in ihrer Heimat gab es Moor, und der Brenntorf war eine der Einnahmequellen des Gutshofes. Ihr Vater hatte sie an die Hand genommen, als er die Arbeit im Moor und auf dem Gut inspizierte. Nach ihm hätte sie ein Junge werden sollen, der heiß ersehnte Gutsnachfolger.

Noch einmal schwebt ihr Blick wie ein seelenruhiger Adlerflug über die Moorlandschaft. Sie tastet mit der Hand an ihre Schürze. Es sind genug Pilze. Sie steigt die Leiter des morschen Jägerstandes wieder hinunter und geht nach Hause.

Am frühen Abend verriegelt sie alle Türen und Fenster und sucht nach einer guten Musik. Liszt will sie hören, die transzendentalen Etüden. Die Pilze auf dem Küchentisch riechen nach Erde und Verfall, doch sie tragen auch Wissen in sich und Heilkräfte und Erinnerung. Sie kocht einen Tee daraus und legt sich auf das Sofa des Wohnzimmers. Die Reise beginnt.

## Margarethe von Lortz, Gut Lortz, Ostpreußen, 21. Juli 1944

Mit der Morgenkühle zog der Duft von frisch gemähtem Gras durch das offene Fenster. Der dünne Seidenvorhang blähte sich im sanften Luftzug. Von draußen hörte Margarethe das rhythmische *Ritsch-Ritsch* der Sense, mit der Egon die Wiese hinter dem Haus mähte, von unten drang das Klappern der Töpfe an ihre Ohren und jetzt fiel die Tür von Hildas Zimmer ins Schloss. Wieder war die Schwester die Erste. Sei es drum, dafür durfte Margarethe sich noch ein paar Minuten faul im weichen Bett wälzen. Vielleicht gelang es ihr morgen, früh genug aufzustehen, um Mutters Haar zu bürsten.

Erst, als ihr der Zimtgeruch des morgendlichen Haferbreis in die Nase stieg, setzte sie sich auf den Bettrand und gähnte. Das Parkett war glatt und angenehm kühl unter ihren nackten Füßen. Mit den Fingerspitzen strich sie versonnen über die wertvolle Seidentapete, die sich mit einem zurückhaltenden

Blumenmuster bis zur verspielten Bordüre unterhalb der Zimmerdecke spannte. Ach, wie liebte sie ihr kleines Reich.

Wie immer nahm sie das Frühstück zusammen mit den größeren Geschwistern und der Mutter im kleinen Esszimmer ein. Ursula, die Jüngste, durfte bei Erna in der Küche essen, ein Privileg, das jedes der Kinder bis zum Alter von vier Jahren genießen durfte. Heute gab es gebratene Enteneier, Haferbrei mit Zimt und Toastbrot mit Honig. Sie hatten keine Lebensmittelmarken, aber mit dem, was Hof und Garten hergaben, waren sie gut versorgt, auch wenn sie fast alles abgeben mussten, was darüber hinausging.

»Nun, Otto? Üben wir nachher ein wenig Klavier?«, fragte Margarethe ihren kleinen Bruder beim Frühstück.

»Keine Zeit, heute wird geschlachtet!«, rief dieser.

»Ihhgitt ...«, machten die beiden Mädchen gleichzeitig.

Doch Otto ließ sich nicht beirren. Er hatte das Untersetzte von Tante Otti geerbt und war immer gerne dort, wo es etwas zu naschen gab. »Mama, darf ich früher vom Tisch aufstehen und dem Metzger helfen?«

»Was bist du heute für ein Zappelphilipp«, antwortete die Mutter. »Meinetwegen, ausnahmsweise.«

Otto stopfte den letzten Rest seines Honigbrots ungebührlich schnell in den Mund, legte Messer und Gabel so auf den Teller, wie es sich gehörte, stand auf, rückte den Stuhl an den Tisch, deutete eine Verbeugung an und verschwand.

»Friedrich hat Fronturlaub und will am Sonntag zum Tee kommen«, sagte Hilda und bekam eine feine Röte auf ihrem Gesicht.

Die Mutter blickte auf und unterdrückte ein Lächeln. »Gerne«, sagte sie. »Wir erwarten ihn.«

»Vielleicht will er dir einen Heiratsantrag stellen«, unkte Margarethe mit einem kühnen, zischenden Flüstern.

Hildas Gesicht wurde zu einer dunkelroten Sommerrose, aber sie kicherte und streckte Margarethe ihre Hand hin. »Du kannst es mir vielleicht aus der Hand lesen.«

»Nein, ich habe aufgehört«, gab Margarethe fröhlich zurück.

»Womit?« Hilda, Margarethes ältere Schwester, war schon neunzehn und zweifellos die Schönere von beiden. Aber sie war schmächtig und blass. Ihre schmalen Hände hatten eine durchscheinende Haut, sodass die Adern bläulich durchschimmerten. Wie Mutter Friederike hatte auch Hilda wunderschönes dunkelbraunes Haar mit einem geheimnisvollen weinroten Schimmer und im Kontrast dazu ebenmäßige, milchweiße Haut. Überhaupt kam Hilda nach der Mutter. Beide waren sie hoch aufgeschossen und schlank, sie strahlten eine Art natürlichen Stolzes aus und würden niemals unüberlegtes Zeug reden. Ganz anders als die zuweilen rebellische und temperamentvolle Margarethe. Sie kaute noch am letzten Bissen, als sie antwortete: »Mit dem Handlesen habe ich aufgehört.«

»Seit wann sprechen wir an diesem Tisch mit vollem Mund?«, fragte Mutter nun und warf ihrer zweiten Tochter einen erstaunt-strengen Blick zu. Die schluckte den Rest ihres Toastbrots und fügte dann an: »Tante Otti hat gesagt, ich hätte die Gabe verloren und solle Schluss damit machen. Also, mein liebes Schwesterherz!«, sagte sie feixend an Hilda gewandt. »Du musst wohl oder übel bis Sonntag warten.«

»Ich hätte auch gerne die Gabe, dann würde ich mir jeden Tag aus der Hand lesen.«

»Unsinn.« Margarethe war die Gabe zu einer Bürde geworden. Angeblich glaubte keiner daran, trotzdem wollten sich alle von ihr aus der Hand lesen lassen. Seit einigen Wochen sah sie bei jedem, dem sie las, nur noch Schatten und Dunkelheit. Da riet ihr die Tante, damit aufzuhören. »Manchmal verliert man die Gabe, dann ist es besser, man findet sich damit ab.«

Als Margarethe noch Kind war, hatte Tante Otti oft über ihren Handteller gestrichen und nachdenklich den Kopf geschüttelt.

»Was siehst du?«, hatte die Sechsjährige gefragt.

»Bei dir kann man nicht viel sehen.«

»Du lügst!«

»Schau doch selbst«, hatte die Tante gekontert und gelacht.

»Man kann sich nicht selbst sehen!« Zu der Zeit hatte Margarethe schon den Tod ihrer Großmutter auf die Stunde genau vorausgesehen.

»Manchmal muss man lügen, vor allem dann, wenn man sich nicht sicher ist.« Ein Rat, den die Tante ihr immer wieder einbläute.

Mit Tante Otti war Margarethe schon als Kind verbunden. Sie mochte den Duft von getrockneten Kräutern im Gartenhaus und konnte nicht aufhören, der Tante zu lauschen, wenn sie erklärte, welche Art von Medizin sie mit welcher Pflanze herstellte, wie die Pilze wirkten und wo man sie finden konnte, welche man essen konnte, welche nur für Medizin zu gebrauchen waren, welche Wurzeln wofür gut waren, und was man aus diesem und jenem Samen machen konnte.

Obwohl Ottilie untersetzt war, bewegte sie sich so geschickt im weglosen Gelände des Waldes, als hätte sie ihre Kindheit zwischen Farnen, Rehen und Stämmen verbracht. Auch das Handlesen hatte Margarethe von ihr gelernt. Was heißt gelernt? Geerbt. Die Handlinien hatten eine Bedeutung, doch Margarethe sah innere Bilder in sich aufsteigen, während sie die Hand eines Menschen studierte.

Die Sehnsucht, die geliebte Tante zu sehen, durchströmte sie gerade heute mit aller Dringlichkeit. Zu viel gab es mit Otti zu besprechen. Nun, nachdem sie keine Handlinien mehr las, quälten sie Albträume, deren Bedeutung sich ihr nicht erschloss.

»Darf ich mich morgen von Egon in die Stadt fahren lassen und ein paar Tage bei Tante Otti bleiben?«

»Nein«, sprach die Mutter. »Es ist gefährlich geworden in der Stadt. Schon ein paar Mal gab es Bombenalarm.«

»Ja, aber nie ist etwas passiert. Das trauen sich die Briten nie. Unsere Soldaten würden sie wie die Fliegen vom Himmel herunterholen.«

»Mädchen, ich sehe es nicht gern, wenn du so oft bei Tante Ottilie bist. Gut, dass du mit der albernen Handleserei aufgehört hast. Aber du solltest dich mehr um das kümmern, was junge Mädchen tun.«

»Was denn?«

»Klavier spielen, ein gutes Buch lesen, stricken. Die Winterhilfe braucht gestrickte Socken und Pullover für die Soldaten.«

»Mama! Beim letzten Wettbewerb war ich die beste Klavierspielerin Ostpreußens!«

»Das weiß ich doch, Mädchen. Man soll sich nie auf seinen Lorbeeren ausruhen.«

Sie versuchte es mit einem schmeichelnden Ton, der funktionierte meistens: »Och Mama, nur zwei oder drei Tage.«

»Meinetwegen.« Die Mutter seufzte. »Morgen. Heute wird Klavier geübt und am Abend für die Winterhilfe gestrickt.« In dem Moment fuhr das Postauto in den Hof.

»Darf ich gehen?«, rief Margarethe und rannte zur Tür, obwohl die Mutter das Essen noch gar nicht beendet hatte. Doch alle warteten seit Tagen auf einen Brief von Papa aus Berlin, und sie wollte die sein, die ihn öffnen und vorlesen durfte.

Vom Postboten nahm sie den Stapel Umschläge entgegen, die auf dem Königsberger Tageblatt lagen. Nichts Wichtiges. Mutter würde nachher alles anschauen.

Dann zerschellte ihr Blick auf dem Titelblatt der Zeitung. *TOD DEN VERRÄTERN* stand da in riesigen Lettern, darunter Fotos von Attentätern, die letzte Nacht, vom 20. auf den 21. Juli 1944, standrechtlich an Ort und Stelle hingerichtet worden waren. Als eines der letzten prangte das Konterfei ihres Vaters. *Tod durch den Strang* war der Satz, der sich mit dunklen Krallen auf Margarethe stürzte.

Schrill und ohrenbetäubend stieg der Schrei aus ihren Eingeweiden, riss sich durch ihre Luftröhre und füllte das Haus mit Schmerz und Schock. Die Mutter kam gelaufen und gab ihr eine Ohrfeige. Margarethe schrie weiter, ihre Augen blieben starr und weit offen – und sahen doch nur Schwärze.

Als sie wieder zu sich kam, lag sie auf der weiß gepolsterten Chaiselongue im Büro des Vaters. Niemand sonst war im Raum. Sie blickte sich um. Da war das Bücherregal hinter Glas, das sich über fast eine ganze Seite des Zimmers zog, auf der anderen Seite stand der blau-weiß gekachelte Ofen. Am vorderen Ende des länglichen Raums stand Vaters schwerer Schreibtisch aus Eichenholz. Das ganze Zimmer strahlte Ruhe und Eleganz aus. Vaters Refugium. Jetzt wunderte sie sich, warum sie bei dem Gedanken an Vater nicht mehr schreien musste, auch weinen musste sie nicht. Nur diese seltsame Kälte war in ihr. All das, was sie umgab, war schon fast wie ein Traum aus einer anderen, vergangenen Welt. Ihre Hand fasste an das Polster der Chaiselongue, dann an das glatte dunkle Holz des Stuhls, zuletzt strich sie über die Seidentapete. Alles war real und doch wieder nicht.

Über den ganzen Hof hatte sich eine dunkle Stille gelegt, von nirgendwoher drang auch nur der geringste Laut an ihr Ohr. Alle üblichen Alltagsgeräusche, egal ob von außen oder von innen, schienen eingefroren zu sein.

Sie stand auf und öffnete vorsichtig die Tür. Das Haus wirkte verlassen. Ein Motorengeräusch kam näher. Sie trat wieder zurück in den Raum und schob den schweren Brokatvorhang des Bürofensters einen Zentimeter zurück, um einen Blick nach draußen zu erhalten. Ein offenes Militärfahrzeug nahm mit quietschenden Reifen die Kurve zur Auffahrt und bog in den Hof ein. Vier SS-Leute saßen darin. Die beiden Männer auf dem Rücksitz sprangen vom Wagen, einer öffnete die Tür des Beifahrersitzes und ließ den wohl Ranghöchsten aussteigen, der andere stand stramm, der Fahrer blieb hinter dem Lenkrad sitzen und starrte nach vorn, als ob er mit den anderen nichts zu tun hätte. Das Klingeln der Türglocke bohrte sich in Margarethes Ohr. Sie blieb im Büro hinter der Tür stehen, dann vernahm sie Ernas Schritte.

»Kommen Sie wegen der Schlachtung? Die ist angemeldet.«

Margarethe hörte von Weitem, wie die Stimme des Hausmädchens zitterte.

»Treten Sie zur Seite und holen Sie Ihre gnädige Frau«, sagte der Offizier in lässigem Befehlston.

»Bitte.« Erna ließ die Herren eintreten. Im Salon bot sie ihnen einen Stuhl an. Nur der Ranghöchste setzte sich, die anderen zwei standen stramm mit ihren aufgepflanzten Gewehren hinter dem Offizier.

Jetzt betrat die Mutter den Raum, sie kam durch die Tür auf der anderen Seite, sodass Margarethe sie von vorn sehen konnte. Friederike stand stolz, hoch aufgerichtet, ihr Gesicht war aus hartem, weißem Porzellan und verriet nicht die geringste Spur von Aufruhr.

»Frau von Lortz«, sagte der Offizier nach der formellen Begrüßung. »Wir warten eine Viertelstunde, bis Sie Ihre persönlichen Dinge gepackt haben. Dann bitten wir Sie, mitzukommen.«

»Und die Kinder?«, fragte die Mutter, ohne die kleinste Erregung in ihrem Gesicht zu zeigen. Haltung. Das war es, was die Mutter immer von ihren Kindern verlangt hatte.

»Die haben bis morgen früh Zeit, Haus und Hof zu verlassen. Sie können die nötigsten Sachen mitnehmen. Ihre Älteste ist volljährig. Das Gesinde bleibt hier, wenn es will.«

Mit bleichen Gesichtern standen die vier Geschwister in einer Reihe, als ihre Mutter jedes einzelne steif mit Handschlag verabschiedete. Unvermittelt, als wäre sie aus einer Art Lähmung aufgewacht, fing die kleine Ursula an zu brüllen wie ein gefangenes Tier in Todesangst. Die Mutter kniete sich nieder, umarmte ihr Kind und hob es hoch. Für einen kurzen Moment wurden die Augen der Mutter feucht, dann blinzelte sie, pflückte vorsichtig die Händchen ab, die sich in ihre Bluse verkrallt hatten, und gab die Kleine Erna in die Arme. So schnell, wie sie angefangen hatte zu schreien, war sie auch wieder stumm, als die Hausangestellte sie aus dem Salon trug. Dann nahmen die Männer Mutter in ihre Mitte. Einer der SS-Soldaten wollte sie am Arm fassen. Wie eine Königin, die von einem Untertanen aus Versehen angefasst wird, zuckte sie zusammen. Sofort zog der Mann seine Hand zurück. Sie stieg in den offenen Wagen und ihr letzter Blick galt Margarethe. Da wusste sie, dass sie ihre Mutter nie wiedersehen würde, und sie es war, die für ihre Geschwister zu sorgen hatte.

Als hätte eine unbekannte innere Instanz den Abbruch ihres seitherigen Lebens schon vorher geahnt, stieg Margarethe in ihr Zimmer hinauf, öffnete den

Schrank, holte den Koffer und packte ihre Kleider ein.

Nachdem sie gepackt hatte, ging sie zu Hilda hinüber. Ihre ältere Schwester erlaubte sich den Luxus, zu weinen!

»Pack dein Zeug!«, herrschte sie Hilda an. Den Hauch von Mitgefühl, der sie gerade anflog, wischte sie weg wie eine lästige Fliege. Mit leicht besänftigter Miene sagte sie zu ihrer älteren Schwester: »Winterkleider. Wir wissen nicht, ob wir bis zum Winter wieder hierherkommen können.«

»Wohinein?«

Margarethe bat Erna, ein paar Körbe aus der Scheune zu holen und dann den beiden Kleinen beim Packen zu helfen.

»Die Papiere«, sagte die Hausangestellte zu Margarethe.

»Was für Papiere?«

»Damit man weiß, wer ihr seid, damit ihr Lebensmittelmarken bekommt, all das eben.«

Mit solchen Dingen hatte Margarethe sich noch nie befasst, sie war auf dem Gut aufgewachsen, alles war immer da. Noch nie hatte sie einen Geldschein in der Hand gehabt. Papiere, Verordnungen, Behördengänge waren eine fremde Welt. Sie setzte sich an den Schreibtisch des Vaters, etwas, das noch gestern vollkommen undenkbar gewesen wäre. Dort fand sie seinen Reisepass, auch den ihrer Mutter, das Familienstammbuch und ein Bündel Geldscheine. Sie steckte alles ein. Auf dem Boden der Schublade lag ein versiegelter Umschlag mit dem Wappen der Familie von Lortz. Margarethe zögerte, dann brach sie das Siegel. Es war ein Testament, datiert auf den

10. Juni 1944, das letzte Mal, als sie ihren Vater gesehen hatte. Als sie seine Schrift sah, bewegte sich ein riesiges schwarzes Ungeheuer in ihrem Bauch. Sie musste es zurückdrängen, koste es, was es wolle. Ein kurzer Blick genügte. Er hatte mit seinem Tod gerechnet, und sie, Margarethe, war auserkoren, ihrer Mutter bei der Leitung des Guts zur Hand zu gehen, so lange, bis Otto volljährig war. Sie konnte das Dokument nicht mitnehmen, zu viel Vater hing an diesem Papier, sie würde jetzt alle Kraft für andere Dinge brauchen. Mit einem entschlossenen Ruck schob sie die Schublade zu, zog den Schlüssel ab und steckte ihn in ihre Rocktasche.

»Wo geht ihr hin?«, fragte Erna, nachdem alles gepackt war.

»Erst einmal zu Tante Otti ins Gartenhaus.«

»In die Stadt?«

»Wohin sonst?«

»Es wird eng bei eurer Tante. Für mich wird wohl kein Platz sein.«

Erna nahm ein Taschentuch aus ihrer Rocktasche und fuhr sich damit über das Gesicht. Die Hausangestellte war fünfunddreißig Jahre alt. Wie oft hatte sich Margarethe als Kind in ihre kräftigen, weichen Arme geworfen, wenn sie Trost brauchte. Die Mutter war für Haltung, Schicklichkeit und musikalische Bildung zuständig. Dass sie sich von ihren Töchtern morgens das Haar bürsten ließ, war das Äußerste an Nähe, das Friederike zuließ. Nicht umsonst stritten sich die beiden Mädchen regelmäßig um dieses Privileg. Das Dienstmädchen hingegen war immer zu einem Streich aufgelegt und handelte sich nicht selten die strengen Blicke ihrer gnädigen Frau ein, wenn sie mit den Kindern allzu sehr herumtollte. Für Margarethe gehörte Erna zur Generation der Erwachsenen, denen sie Respekt zu zollen hatte, auch wenn sie Hausangestellte war.

Heute Morgen noch war Erna für Margarethe uralt gewesen. Nun war sie es, die die Führung dieser auseinandergerissenen Familie übernehmen musste. Jugendliche Scherze, wie heute vor dem Frühstück bei Erna in der Küche, waren schon jetzt wie verblasste Fotos aus einer uralten Zeit.

Von der verwöhnten, kränklichen Hilda konnte Margarethe keine Hilfe erwarten. Mit Erna an ihrer Seite könnten sie sich durchschlagen, komme, was wolle. »Wenn du mitkommen möchtest, komm mit«, sagte Margarethe. »Wir werden uns durchboxen müssen. Geld kann ich dir nicht bieten. Du wärst besser dran, hier zu bleiben.«

Erna atmete durch, blickte kurz aus dem Fenster. Auf ihrer Stirn perlten Schweißtropfen. Der Himmel war bedeckt und die Schwüle hatte das Haus fest im Griff. Margarethe schwitzte nicht. Sie fror.

Egon, der Knecht, lud alle ihre Sachen auf den Pferdewagen. Dann half er den beiden älteren Schwestern auf den Kutschbock und hievte Ursula dazu. Otto kletterte selbst hinauf. Margarethe atmete auf, als am Schluss auch Erna mit ihren Habseligkeiten auf den Wagen stieg. Kaum hatten sie den Hof verlassen, kam ihnen das Militärfahrzeug entgegen, diesmal mit nur einem SS-Mann. Er hielt mit seinem Wagen vor der Pferdekutsche. Egon zog an den Zügeln und brachte die Pferde zum Stehen, Hildas Gesicht wurde starr wie das der Mutter, Otto saß neben

Margarethe, seine Knie zitterten, Erna hielt die kleine Ursula auf dem Schoß.

Der Mann mit der schwarzen Uniform und dem Totenkopf an der Mütze blickte in die Runde und wusste offensichtlich nicht, wen er anzusprechen hatte.

»Bitte?«, fragte Margarethe.

»Man hat Ihnen eine Wohnung zugewiesen, gnädiges Fräulein«, sagte er in zackigem, respektvollem Ton und gab ihr einen amtlichen Umschlag. Dann salutierte er, deutete vor Margarethe und Hilda eine kleine Verbeugung an, drehte sich um und zögerte, bevor er in seinen offenen Wagen stieg. Noch einmal wandte er sich an Margarethe und sagte mit gedämpfter Stimme: »Wenn Sie in Not geraten, Fräulein von Lortz, wenden Sie sich an Frau Fabritzki, Dirschauerstraße 17.« Dann stieg er wieder in sein Fahrzeug, stieß zurück, bis er an einem Feldweg wenden konnte, und fuhr davon. Der Staub hinter ihm bildete eine sandfarbene Wolke.

Am Stadtrand lag das Haus von Tante Otti. Es hatte vier winzige Zimmer. Alle waren vollgestopft mit Sachen. Der einzige Raum, in dem klinisch saubere Ordnung herrschte, war die Küche. Um das Haus herum befand sich ein Garten, der vor allem mit Gemüse, Obst, Beeren und Kräutern bepflanzt war.

Egon lud ihr Gepäck ab und stellte es an das Gartentürchen, wie Margarethe ihm befahl. Dann nahm er seine Mütze ab. »Wünsche Ihnen alles Gute, gnädige Fräuleins«, sagte er mit einer leichten Verbeugung in Richtung Hilda und Margarethe. Als Tante Ottilie aus dem Haus kam, saß er schon wieder auf dem Kutschbock, schlug die Zügel leicht auf die

Rücken der Pferde und machte sich auf den Weg zurück.

Das Gesicht der Tante ließ Margarethe erkennen, dass sie wusste, was geschehen war.

»Man hat uns eine Wohnung zugewiesen.«

»Heute Nacht bleibt ihr hier, morgen sehen wir weiter.«

Margarethe lag im halboffenen Schuppen, im Haus war es ihr zu eng. Dumpf und ohne Gedanken starrte sie in die Sterne. Sollte sie nicht um ihren Vater weinen und sich um ihre Mutter Sorgen machen? Wo war die Trauer? Die Wärme für ihre Eltern? Anstatt des Schlafes und der Tränen tauchten jetzt Bilder von den Nächten im Wald mit ihrem Vater auf. Sie hatten auf dem Hochsitz auf das Scharren und Grunzen der Wildschweine gewartet. Manchmal war sie dabei eingeschlafen. Kühle, stille Sternennächte und den Duft des Waldes würde sie auf immer mit ihrem Vater verbinden. Die Mutter hatte es nicht gern gesehen, wenn sie mit zur Jagd ging. Dass der Vater ihr sogar Schießunterricht gab, blieb ein Geheimnis zwischen ihm und Margarethe. Mutter hätte es unterbunden.

Schluss mit diesen Erinnerungen.

Als sie langsam im Halbschlaf versank, schien es ihr, als stünde ihr Vater neben ihr. Sie schreckte hoch. Margarethe war nicht beunruhigt, denn sie hatte schon öfter Tote herumwandern sehen. Aber das hier würde sie nicht zulassen. »Vater«, sagte sie in lautem Ton. »Du hast uns das eingebrockt und jetzt bitte ich dich, zu verschwinden. Wenn wir überleben wollen, darf ich nicht zusammenbrechen!« Im normalen Leben hätte sie nie so mit ihrem Vater gesprochen. Es kam ihr fast vor, als hätte sie den Respekt vor ihm verloren. Als sie die Augen wieder aufschlug, war er weg. Sie strich sich die Haare aus der Stirn und erschrak, denn ihre Hand war wie ein Eisklotz. Doch das war gut so, sie musste Eis bleiben und durfte nicht schmelzen.

Die Wohnung, die man ihnen zugewiesen hatte, bestand aus zwei Zimmern. Eines war ungefähr so groß wie Margarethes früheres Schlafzimmer, das andere hatte höchstens sechs Quadratmeter und besaß nicht einmal ein Fenster. Trotz der Sommerhitze war es in der fensterlosen Kammer kühl, fast kalt. Im großen Zimmer gab es einen Kohleofen und einen Wasseranschluss, sonst gab es nichts.

Die nächsten Wochen waren ausgefüllt mit dem Organisieren des Allernötigsten. Matratzen oder Feldbetten, Decken, Bettwäsche, einen Tisch, Stühle, Töpfe, Tassen, Teller, Besteck. Margarethe hätte sich ohrfeigen können, dass sie diese Dinge auf dem Gut gelassen hatte. Ihr altes Leben lag nur dreizehn Kilometer weiter draußen auf dem Land, doch dreitausend Kilometer weit weg in ihrer Seele. Sie fragte sich durch, wie sie zu Lebensmittelmarken kamen, Erna hatte sich Ottos und Ursulas angenommen, zu dritt waren sie ständig auf der Suche nach billigem oder kostenlosem Essen. Otto war stolz darauf, wie viel er schon auftreiben und tragen konnte.

Hilda weinte. Dass die Mutter nicht der älteren, sondern ihrer zweiten Tochter die Verantwortung aufgebürdet hatte, verstand Margarethe und fühlte doch die Bürde wie einen Felsen auf ihrer Schulter. Allein aus dem Haus zu gehen, traute sich Hilda nicht, denn sie war noch nie ohne Begleitung in der Stadt herumgelaufen.

Ganz anders Margarethe. Ihre Besuche bei Tante Otti hatten ihr schon als Kind eine zusätzliche Portion Freiheit beschert. Am liebsten war sie am Hafen herumgestanden, um zuzusehen, wie die Fracht aus den Kähnen gelöscht wurde. Die riesigen Stoffballen, die Kisten mit Tee und allem, was man für das tägliche Leben brauchte, wurden mit dem Flaschenzug nach oben in die hohen Fachwerkhäuser der Speicherstadt gezogen. Dort standen Männer in den großen Fensteröffnungen und hievten die Warenkisten oder Ballen ins Innere der Lagerräume. Am Hafenmarkt standen auch die Fischweiber. Gruselig fand Margarethe die Eimer mit den lebenden Aalen. Manchmal nahm eine der Frauen einen heraus und hielt ihrem Kunden das sich windende Tier unter die Nase. Das war noch vor wenigen Wochen gewesen. Damals war sie Kind. Vorgestern war sie innerhalb einer halben Stunde erwachsen geworden, obwohl sie erst fünfzehn war.

Ihr Finger zitterte ein wenig, als er auf dem Klingelknopf lag. Obwohl sie nicht in einer dringenden Notlage waren, wollte sie diese Frau Fabritzki in der Dirschauerstraße besuchen. Was konnte es schaden, wenn sie prüfte, ob man sich auf die Frau verlassen konnte?

»Bist du das Mädchen vom Gut Lortz?«

»Ja.« Margarethe wurde plötzlich schüchtern. Die Frau strahlte eine natürliche Autorität aus, fast so wie die Mutter, nur dass hier Armut herrschte, im Vergleich zum Gut Lortz.

»Kommst du, weil du etwas brauchst?«

»Wir bräuchten noch zwei Decken, falls Sie uns welche ausleihen könnten.«

»Ich kann schauen, dass ich dir etwas organisiere. Komm übermorgen wieder.«

Als sie zwei Tage später wiederkam, gab es zwei Decken, dazu Bettwäsche, zwei Kissen und einige Haushaltswaren. Vor ein paar Tagen noch waren all diese Gegenstände einfach vorhanden wie Teile ihres Körpers, jetzt erschienen sie Margarethe wie ein Wunder.

»Trink einen Tee mit mir«, sagte die Dame. Der Tee war bereits vorbereitet, dazu für jede einen Königsberger Marzipankeks. Marzipankekse gab es auf dem Gut jeden Sonntag. Niemand hatte sich je Gedanken darüber gemacht, welch eine besondere Kostbarkeit das war. Als lägen Goldbarren auf den Tellern, so kam es Margarethe jetzt vor.

»Dein Vater ist kein Verräter«, sagte die Frau ohne Vorwarnung.

»Mein Vater ist tot.« Margarethe verschloss unverzüglich alle ihre Poren, selbst die Luft hielt sie an. Sie wollte nichts weiter wissen.

Doch Frau Fabritzki ließ sich nicht aufhalten: »Man wird ihn einmal als Helden verehren, und mit ihm all diese Männer«, sagte die Dame.

»Wollten Sie mir etwas mitteilen?«

»Entschuldige bitte, ich wollte dich nicht kränken.«

»Schon gut«, sagte Margarethe und machte sich daran, aufzustehen.

»Ja, ich wollte dir etwas mitteilen.«

»Ja?«

»Die Russen kommen. Auch wenn es aus dem Volksempfänger anders schrillt.«

»Ja?« Margarethe wollte gehen, sie wollte solche Sachen nicht hören, die waren gefährlich, diese Frau hörte den Feindsender, Margarethe wollte mit all dem nichts zu tun haben, sie musste ihre Geschwister durchbringen, das hatte sie ihrer Mutter versprochen.

»Du und deine schöne Schwester müsst euch die Haare schneiden und als Jungen gehen.«

»Wieso?«

»Sie werden alles vergewaltigen, was irgendwie weiblich aussieht.«

Margarethe richtete ihren Blick auf den Boden, denn das Wort hatte sie schon gehört, aber sie konnte sich keinen Reim daraus machen.

»Du weißt nicht, was vergewaltigen heißt, nehme ich an.«

Sie zuckte mit der linken Schulter und hielt ihren Blick streng auf den zerschlissenen Teppich gerichtet. Frau Fabritzki trug billige Hausschuhe, die an der jeweiligen Innenseite abgeschürft waren, als ob sie bei jedem Schritt die Füße aneinanderrieb.

»Sie nehmen die Frauen mit Gewalt wie die Tiere.«

Jetzt bekam Margarethe eine Ahnung. Bilder vom Farrenstall flogen an ihrem inneren Auge vorbei, wo der Bulle die Kühe besamte und wo sie nicht hindurfte und trotzdem manchmal hinging. Das Gebrüll, das Schnauben, der Geruch, das Gestampfe an der Holzwand des Stalls, die Männer, die dabeistanden und so taten, als wäre nichts. So etwas machten die Russen?

Dann erhob sich Frau Fabritzki, ging in ein anderes Zimmer und brachte Männerkleider heraus.

»Die sind vielleicht zu groß für euch. Zieht sie trotzdem an. Die Haare müssen ab. Vielleicht noch nicht gleich, aber in den nächsten Wochen wird es so weit sein.«

»In den nächsten Wochen?«

»Vermutlich bomben die Tommys uns vorher noch aus.«

»Die Engländer? Ausbomben? Das trauen die sich nie.«

»Hüte dich vor Illusionen, Kind. Ich will dich nicht ängstigen. Du bist ein starkes Mädchen, du wirst durchkommen. Aber du musst aufhören zu träumen.«

»In der Zeitung steht, dass die Stadt hervorragend verteidigt wird.«

»Wenn die Engländer wirklich kommen – ich meine nicht nur zu den Aufklärungsflügen. Wenn sie Bomben werfen, müsst ihr in den Bahnhofsbunker. Such ihn, solange alles noch ruhig ist, damit du weißt, wo er ist. Euer Keller wird dem nicht standhalten.«

Wie kam die Frau dazu, ihr all diese Dinge zu sagen? »Wie kommt es, dass der SS-Mann von Ihnen weiß und Sie noch nicht erschossen hat?«, fragte sie.

»Der SS-Mann ist Bernhard, mein Sohn.«

Margarethe hielt die Luft an. War das hier eine Falle? Wollte man sie auf die Probe stellen, weil ihr Vater ein Verräter war? Ihr eigener Vater, den sie über alles geliebt hatte, war bereit gewesen, einen Mord am Führer zu begehen. Eine Ahnung von etwas Riesigem schlich sich an sie heran, etwas, dem sie nicht gewachsen war und mit dem sie auch nichts zu tun haben wollte.

»Bernhard bekam 1940 einen Aufruf, sich bei der Waffen-SS zu melden«, fuhr Frau Fabritzki fort. »Du hast ja gesehen, welch ein schöner Mann er ist, der Prototyp des Ariers.« In den Augen von Frau Fabritzki stand so etwas wie unterdrückter Stolz.

»Zur SS melden sich nur Freiwillige.«

»Ja und nein«, antwortete die Dame. »Er wollte nicht unterschreiben und wurde dann noch zweimal zum Amt beordert. Beim dritten Mal kam er zurück und meinte, er hätte seine Unterschrift auf dem Blatt gesehen, aber er wusste nicht, dass er unterschrieben hätte.«

Diese Frau hatte ihr Kleider und Tipps gegeben, doch das, was sie da erzählte, war absurd. *Vorsicht*, schrie Margarethes Verstand.

»Offenbar arbeiten sie mit Hypnose, aber das ist nur so ein Gerücht«, schloss Frau Fabritzki, während sie nachdenklich auf ihre Kaffeetasse starrte.

Margarethe wollte sich mit dieser Frau nicht unterhalten, sie wollte nichts wissen von diesen Dingen, denn je mehr man wusste, desto gefährlicher war es. Doch Frau Fabritzki ließ sie noch immer nicht in Ruhe: »Zuerst war er in Finnland, seit einigen Wochen ist er zu meinem unsagbaren Glück hier an der Heimatfront im Einsatz. Er hat viel gesehen und was diese Leute angerichtet haben, hat ihn fast zerbrochen.« Frau Fabritzki nahm ein Taschentuch aus ihrer Rocktasche und schnäuzte sich. »Jetzt kommt er nicht mehr raus aus diesem Schlamassel. Er hat mit dem Leben abgeschlossen, sagt er, obwohl er erst zweiundzwanzig ist.«

»Das tut mir leid«, murmelte Margarethe.

»Ich habe die letzten Jahre nichts getan, als für ihn zu beten. Mein Gebet wurde erhört, aber nicht so, wie ich wollte. Ich glaube kaum, dass er heil davonkommt. Die Hoffnung stirbt zuletzt.«

»Sie sind mutig, mir das alles zu erzählen.«

»Auch du wirst Mut brauchen. Ich bete für dich.«

Als Margarethe die Wohnung verließ, fragte sie sich, ob sie eine Freundin gewonnen hatte oder ob sie besonders vorsichtig sein musste.

Sollten die Russen kommen. Sie war nicht allein, sie hatte Tante Otti und zudem Erna, die sich als wunderbare Stütze erwiesen hatte. Es würde alles gut werden und vielleicht konnten sie später – irgendwann nach dem Krieg – aufs Gut zurückkehren.

In der Nacht gab es Bombenalarm. Aufklärungsflugzeuge schwirrten wie Schwärme schwarzer Geier am Himmel, ohne Bomben abzuwerfen. Es war gut, dieses Prozedere einmal miterlebt zu haben. Hoffentlich würde sie nicht tage- und nächtelang in so einem engen, stickigen Keller mit all diesen Leuten ausharren müssen, wenn es ernst wurde.

Der August zog ins Land und mit seiner Schwüle wuchs in Margarethe die Sehnsucht nach dem Gut, nach dem staubigen Geruch von gedroschenem Korn, nach der weiten Landschaft, dem Wind und vor allem nach Vater, mit dem sie so oft die Wälder und Felder durchstreift hat. Dann verbot sie sich diese Träumereien, schloss sie weg in eine dunkle, fensterlose Kammer ihres Gedächtnisses und nagelte die Tür zu.

Inzwischen gab es fast jede Nacht Bombenalarm und nie passierte etwas. Den Notkoffer mit den

Papieren und etwas zu essen hatten sie inzwischen parat. Brav wie all die anderen, nahmen sie ihn mit in den Keller, als ob dort unten Behörden wären, die Dokumente kontrollierten: *Bitte zeigen Sie Ihren Pass, bevor Sie sterben, bitte geben Sie uns Ihre Papiere, bevor Sie bei lebendigem Leib verbrennen oder ersticken oder von den herunterbrechenden Steinen erschlagen werden.*

Der Flugzeuglärm in der Nacht vom 26. auf den 27. August übertönte sämtliche Sinne, ein Gedröhne, lauter und durchdringender als alles, was sie bisher in ihrem Leben gehört hatten. Margarethe streckte den Kopf aus dem Fenster. Flieger an Flieger zogen wie schwarze Drachen über den Himmel. Sie warfen massenweise, ja tonnenweise Staniolpapier ab, um den Funk zu stören. *Wenn es richtig losgeht, müsst ihr zum Bahnhofsbunker.* Der Satz Frau Fabritzkis klirrte in ihren Ohren.

Sie riss die anderen aus den Betten, jeder schnappte seinen Notfallkoffer und gemeinsam rannten sie los. Voralarm hatte es keinen gegeben, aber jetzt heulten die Sirenen und vertausendfachten den unerträglichen Lärm. Von überall her wankten die Leute aus ihren Häusern und hetzten zum Bahnhofsbunker. Erna hatte Ursula auf dem Arm und Margarethe lief mit Otto an der einen und ihrem Koffer an der anderen Hand durch den Tumult, immer mit einem halben Auge auf Hilda, die hinter ihnen her schnaufte. Gerade bevor die schwere Tür zuschnappte, kamen sie hinein. Drinnen war es seltsam still, es roch nach Schweiß, nach Staub und nach Angst. Die Menschen nahmen sich bei den Händen, als die Knallerei losging. Knallerei. Welch ein niedliches Wort. Die

Erde fing an zu beben, die dicken Betonwände wackelten und jetzt schrien alle durcheinander. Durch die Wucht der Detonationen wurden sie umgeworfen, einmal übergab sich Margarethe, griff nach einem Körper neben sich. Dann ging das Licht aus. Wo war Hilda? Hier, eine schmale, angstnasse Hand. Wie würde ihre zarte Schwester diese Strapaze überstehen? In der Finsternis war niemand auszumachen. Margarethe griff nach Beinen, Händen, Körpern, Köpfen. Nichts konnte sie mehr kontrollieren und auch niemandem helfen. Bald musste sie nach Luft ringen, und als nach Stunden die Erschütterungen noch immer nicht aufgehört hatten, stieg auch in Margarethe eine Todesangst auf, eine Panik, die jede Zelle ihres Leibes erfasste, als würde sie im dunklen Ozean ums Überleben kämpfen, kein Boden unter sich und immer wieder Wellen, die sie umwarfen, mal hierhin, mal dorthin.

Jetzt war dieser Schrei wieder da und ein Lebenswille, eine archaische Lebenswut, sie würde nicht sterben, nicht auf diese Art.

Im stockdunklen, schwankenden, schreienden Höllenbunker war jeder auf sich selbst zurückgeworfen. Die Gemeinschaft der Angst, die sie noch vor einigen Stunden die Hände wildfremder Menschen hatte halten lassen, war verschwunden. Jeder starb für sich allein. Jeder machte in seine eigene Hose. Das Gewinsel, die Würdelosigkeit der Todesangst verschlangen sich mit den Körpern der anderen, Erbrochenem, Tränen, Staub, Geschrei, stürzenden Leibern, Fingernägeln, die sich in fremdes Fleisch bohrten.

Gegen Morgengrauen wurde es ruhig. Einige Männer öffneten die Bunkertür, denn die Luft zum Atmen war schon so dick, dass sie kaum noch durch die Luftröhre passte. Dann dröhnten die Sirenen Entwarnung.

Glühendroter Himmel, beißender Qualm, schwarzer Staub und der Gestank von verbranntem Fleisch überfiel die Überlebenden. Wie tausend Flammenwerfer warf sich ihnen die Hitze entgegen. Erna torkelte heraus, wie immer hatte sie die kleine Ursula auf dem Arm. Hildas Haar war voll mit weißem Staub, keine einzige rotbraune Strähne war mehr zu erkennen. Auf dem Weg nach Hause stiegen sie über Schuttberge, immer den glühenden Resten ausweichend, Brandblasen an den Füßen, schwarze Luft im Rachen, angesengte Haare – sie stiegen über Tote, manche nur erschlagen, andere schwarz verkohlt, zusammengeschrumpft auf die Größe eines Säuglings, andere verstümmelt, im Pregel und im Schlossteich ertrunken.

Das obere Stockwerk ihres fünfstöckigen Hauses war vom Feuersturm weggepustet worden, doch ihre Erdgeschosswohnung war erhalten geblieben. Nur die Fensterscheiben fehlten und im Inneren war es heiß wie im Backofen.

In der nächsten Nacht bekam Ursula Fieber. Sie schlief mit Erna zusammen im fensterlosen Raum, doch als diese nicht mehr weiterwusste, weckte sie die beiden Schwestern. »Ich weiß nicht, ob das Kind die Nacht übersteht«, flüsterte sie. Die Kerze warf Schatten auf das blasse, nassgeschwitzte Gesichtchen, die Haare klebten an der Stirn. Die Kleine hielt die Augen geschlossen und wälzte ihr Köpfchen unablässig hin und her. Mit ihrem Nachthemd wischte Erna Ursula immer wieder den Schweiß von der Stirn. *Tante Otti*, kam Margarethe in den Sinn, doch sie würde nicht hinausgehen können, kein Lichtschein war draußen zu sehen, die Fensterlöcher der verbliebenen Häuser waren abgedunkelt. Über all die Trümmer, den Schutt und die Leichen war an kein Durchkommen zu denken. Dann schlug das Kind die Augen auf. »Ich will zu Mama«, sagte es und schlief weiter.

»Hör zu«, schrie Margarethe mit viel zu lauter Stimme und mit dieser Lebenswut, die sie im Bunker kennengelernt hatte. »Du bleibst hier! Hörst du! Du gehst nicht! Hörst du!« Immer noch lauter und hysterischer schrie sie, und schüttelte dabei ihre kleine Schwester, sie wusste gar nicht mehr richtig, ob sie selbst es war, die schrie oder ob eine fremde, unbekannte Kraft sich ihrer bemächtigt hatte. »Bleib hier!«, schrie sie noch mal, dann fiel sie in sich zusammen wie ein schrumpfender Luftballon, setzte sich auf den Boden in die Ecke und schluchzte. »Ich kann das nicht, Mama!« rief sie. »Ich kann das nicht, Mama!«

Hilda stand unschlüssig an der Tür, dann straffte sie sich und zog den Stuhl an Ursulas Bett. Sanft strich sie dem Kind über die Stirn und sang ein Wiegenlied. »*Maikäfer flieg, dein Vater ist im Krieg. Die Mutter ist in Pommerland, Pommerland ist abgebrannt, Maikäfer flieg.*« Hilda sang leise, zärtlich, und ihre Stimme war wunderbar tröstlich für alle. Sie sang, als ob sie verbunden wäre mit einer höheren Macht, in der sie alle geborgen waren. Otto kam in seinem Pyjama ins fensterlose Zimmer, in dem die Kerze flackerte. Erna nahm die Kleine mitsamt dem

Laken und der Decke und legte sie auf den Boden. So lagen sie alle beieinander und hielten Ursula in ihrer Mitte. Leise sangen sie unaufhörlich ein Lied nach dem anderen. Als Erster schlief Otto wieder ein, dann Erna. Margarethe blickte ihre ältere Schwester an und war zum ersten Mal dankbar um ihre Anwesenheit. Auf ihre sanfte Art hatte sie die Führung in dieser Nacht übernommen. Jetzt durfte Margarethe einschlafen, Hilda würde über alle wachen.

Als sie am Morgen aufwachten, lagen sie eng umschlungen, Ursula in ihrer Mitte. Das Kind schlug die Augen auf und war gesund.

»Du hast immer noch die Staubschicht in deinen Haaren, darf ich sie dir ausbürsten?«, fragte Margarethe grinsend an Hilda gewandt. Eine schmerzhafte Erinnerung an früher stach ihr ins Herz, als sie darum wetteiferten, wer die Haare der Mutter bürsten durfte.

Margarethe kämmte Hildas Haare. Es war kein Staub. Hilda hatte in der Nacht im Bunker weiße Haare bekommen.

Bald waren die Toten bestattet, die Trümmer geräumt, dann wurden auch die Läden wieder vorsichtig geöffnet, Straßenbahnen wieder gangbar gemacht, das Kino brachte Heimatfilme zur Zerstreuung und sogar die Schule sollte nach den Sommerferien ihre Pforten öffnen. Das Schlimmste sei vorbei, sprachen hoffnungsvoll die Menschen auf den Märkten und in den Straßen, wie die Vögel nach einem Unwetter wieder fröhlich auf den Leitungen sangen. Der deutsche Fleiß, die Ordnungsliebe, der Gemeinschaftssinn und das Vertrauen in den Führer setzten sich durch und mit der frischen Luft des herannahenden Herbstes atmete man wieder Lebensmut und vorsichtige Hoffnung ein.

In erhabenen Formationen flogen die Störche und die Wildgänse Richtung Süden. Über den verbrannten Häuserschluchten zogen sie gleichmütig ihren Winterquartieren entgegen, und das Heimweh schlug Margarethe fast zu Boden. Früher, als sie noch auf dem Gut lebten, waren zu der Zeit die goldenen Getreidefelder schon abgeerntet und an den Rändern der leer gewühlten Kartoffeläcker hatten die Feuer gebrannt. Schwärme von Raben und einzelne Milane waren auf den Feldern gesessen, um sich die fliehenden Mäuse zu schnappen.

Als der Wind jeden Tag ein wenig kühler wurde, kam sie einmal am Verschiebebahnhof vorbei, dort stand ein Waggon mit Kokskohle. Sie würden ihr Fenster zunageln und für den Winter Brennmaterial besorgen müssen! Jetzt war Ottos Stunde gekommen. In den nächsten Tagen lief er immer wieder zwischen Verschiebebahnhof und Wohnung hin und her und klaute Kokskohlen in kleinen Säcken.

Nach und nach stellte sich ein Gefühl von Gemeinsamkeit ein. Jeder hatte seine Aufgabe und war stolz darauf, etwas für alle beitragen zu können. Regelmäßig gab es Bombenalarm, auch erschienen immer wieder Geschwader der britischen Luftwaffe am Himmel, doch es kam zu keinem Bombardement mehr.

Den Heiligabend verbrachten sie alle zusammen im Haus von Tante Otti. Weder gab es einen Christbaum noch Geschenke, dafür ein einfaches Essen aus Kartoffeln, Butter und eingelegtem Fisch, dazu ein tiefes Gemeinschaftsgefühl, wie es nur Überlebende empfinden können.

»Viele fliehen«, sagte Frau Fabritzki. Ihr Haus war völlig ausgebombt worden. Sie schlief jetzt bei Tante Otti im Wohnzimmer auf dem Sofa und die Tante teilte alles mit ihr: ihr Haus, ihr Essen, ihre Kleider samt Unterwäsche, ihre Arbeit im Haus und Garten, die Sorge um die Kinder und den Empfänger des Feindsenders.

»Es heißt doch, die Russen hätten sich zurückgezogen«, warf Margarethe ein.

»Heißt es so schön«, konterte Frau Fabritzki. »Die sammeln bloß Kräfte, um uns vollends zu überrollen.«

»Man muss sich fragen, ob man Pest oder Cholera wählt«, sinnierte Tante Otti. »Viele sind auf der Flucht erfroren, erschossen oder vergewaltigt worden.«

Margarethe schloss die Augen. Wo waren sie letztes Weihnachten? Zu Hause. Der Weihnachtsbaum war üppig geschmückt, sie sangen und musizierten, sie erhielten Geschenke, es gab gutes Essen, der Vater war da. Was für eine unwirkliche Kinder-Wunder-Welt. Jetzt saßen sie zusammen mit den beiden alten Damen, die unverhohlen vor den Kleinen über unvorstellbare Dinge sprachen.

»Wer fort will, muss sich beeilen. Noch fahren die Schiffe. Sie sind überfüllt«, sagte Frau Fabritzki mit einem Seitenblick auf Margarethe.

»Ich würde gehen«, kam vom Sofa her. Seit sie das Gut verlassen hatten, sprach Erna nur wenig, als hätte sie ihr temperamentvolles Gemüt auf dem Hof gelassen wie all die anderen Habseligkeiten.

Margarethe erschrak. Ohne Erna würde es schwierig werden, vor allem, weil sie sich dann viel mehr um Ursula kümmern müsste.

»Wenn du erlaubst, würde ich Ursula mitnehmen.«

»Wir gehen alle«, krähte Otto. Dann nahm er seinen Finger, wischte damit den Teller aus und leckte ihn ab. Ein unvorstellbares Benehmen in früheren Zeiten, Margarethe wäre nicht einmal auf die Idee gekommen, dass man so etwas tun könnte. *Wie die Schweine sind wir schon geworden*, dachte sie und schämte sich etwas für ihren Bruder.

»Niemals gehe ich von hier weg.« Das war das erste Wort, das Hilda seit Tagen gesprochen hatte. Aufrecht und starr saß sie auf dem Stuhl, und ihre Worte klangen unverrückbar. Stille senkte sich über die kleine Familie und man wusste nicht, ob es weihnachtliche Andacht war, die überraschende Entschlusskraft Hildas oder die Angst, die trotz aller Gemütlichkeit unter der Tischdecke lauerte. Tante Otti schenkte Frau Fabritzki und Erna noch einen Schlehenlikör nach.

Als die kleine Ursula neben Erna eingeschlafen war, rutschte Frau Fabritzki auf ihrem Stuhl hin und her und sprach in zögerndem Ton Otto an: »Du bist vom Alter her noch ein Kind. Aber du hast schon so viel gesehen, dass ich dich jetzt zu den Erwachsenen zähle.« Der Siebenjährige war über die Maßen geschmeichelt und wurde sogar ein wenig rot. Dann redete die Frau weiter: »Über das, was ich jetzt spreche, musst du absolut stillschweigen, als ob du es nie gehört hättest. Geht das?«

»Geht«, sagte er, aber es wurde ihm sichtbar mulmig.

»Gut«, fuhr Frau Fabritzki fort. »Wir alle müssen aufhören, zu träumen. Wenn die Russen angreifen, wird Hitler die Stadt zur Festung erklären und niemand kann mehr rein oder raus.«

»Woher wissen Sie das?«, fragte Margarethe.

Frau Fabritzki antwortete nicht, sondern sagte stattdessen nach einer Weile: »Wer das nicht miterleben will, muss in den nächsten Tagen aus diesem Kessel hier raus.«

»Ich bleibe«, sagte Hilda noch einmal, ihr Gesicht ähnelte dem der Mutter, als sie von den SS-Männern abgeholt wurde. Zusammen mit ihren schlohweißen Haaren wirkte sie wie eine ernste Puppe.

Der Auftrag ihrer Mutter lag auf Margarethe wie ein nasser Mantel. Wäre sie allein, würde sie versuchen, auf eines der Schiffe zu kommen. Aber wie sollte das mit ihren Geschwistern im Schlepptau gehen? Wenn Erna sie verließ, hätte sie ihre zwei jüngeren Geschwister allein zu versorgen. Man würde genug damit zu tun haben, sich selbst zu retten.

Diese Szenen an den Schiffen hatte Margarethe schon beobachtet. Eltern und Kinder, Geschwister und Paare wurden auseinandergerissen, weil die einen noch Platz fanden, die anderen nicht, sie hatte es im Ohr, das Schreien, das Rufen. Sie sah die Verzweiflung in den Augen derer auf dem Schiff und derer, die zurückblieben. Abschiede auf Leben und Tod und vermutlich Nie-wiedersehen. Dann stieg unwillkürlich ein Zittern in ihr auf und mit ihm dieser Satz: *Ich kann das nicht, Mama.* Zum Glück konnte sie noch rechtzeitig die Lippen zusammenpressen, damit sie ihn nicht laut aussprach. Stattdessen sagte sie: »Das kann ich der Mutter nicht antun, dass ich Ursula mit Erna gehen lasse.«

»Niemand hätte je gedacht, dass wir einmal in eine solche Situation geraten könnten«, kam von Tante Otti, »auch deine Mutter nicht. Ihr beiden Älteren müsst über das Kind entscheiden. Es gibt kein Richtig und Falsch.«

»Das Kind bleibt hier«, sprach Hilda wiederum in einem Ton, der keine Widerrede zuließ. Margarethe hätte mit ihrer älteren Schwester streiten können, aber da sie selbst nicht wusste, wie zu entscheiden war, beließ sie es dabei.

Tante Otti drehte ihr leeres Likörglas in der Hand, Frau Fabritzkis intensiver Blick lag auf der Gabelspitze, die sie auf ihrem Teller sacht hin und herschob. Otto schaute von einem zum anderen, Erna saß auf dem Sofa und hielt ihre Hand auf den Rücken des schlafenden Kindes, Hilda blickte ins Leere und Margarethe starrte ihre ältere Schwester an. Seltsame Veränderungen waren in den letzten Wochen in Hilda vorgegangen, fast so, als hätte sie die Erwachsenenphase übersprungen und wäre vom Kind zu einer Greisin geworden. Pflegte sie nicht eine solch aufrechte Haltung, könnte man sie von hinten leicht als alte Frau sehen. Ihr Gesicht hingegen war das eines Kindes, glatt und weiß. Doch ihre Augen hatten jeden Glanz verloren. Margarethe kam es vor, als hätte sich das Leben in ihrer Schwester auf einen winzigen Punkt in ihrem Inneren zurückgezogen, sie musste es hüten, damit ihr die Kraft nicht ausging. Doch warum beharrte sie so darauf, hier zu bleiben? Wusste sie etwas? Hatte nun, da sie Margarethe abhandengekommen war, womöglich Hilda die Gabe bekommen?

Nach langem Schweigen meldete sich Otto zu Wort: »Kann ich mit Erna gehen?«

Erstauntes Raunen im Wohnzimmer.

»Lasst uns zusammenbleiben«, antwortete Margarethe spontan, bereute es aber sofort, als sie Ernas enttäuschten Blick bemerkte. »Er würde dir zur Last fallen.«

»Ich glaube nicht«, antwortete diese mit leiser Stimme.

»Otto, du bist erst sieben Jahre alt.« Margarethe blickte zu Hilda, von der kam diesmal nichts.

»Otto muss selbst entscheiden«, meinte Tante Otti. »Niemand weiß, was jedem von uns bevorsteht, egal, welchen Weg wir wählen.«

Dann stand sie auf und schrieb zwei Zettel. Einen gab sie Erna, den anderen Margarethe. *Hilde und Ulla Poetzsch in Stuttgart* stand auf beiden Papieren. »Packt den Zettel ein, aber merkt euch zusätzlich die Namen, Zettel können verloren gehen. Das sind zwei Verwandte von eurem Vater und mir. Egal, wer geht: Versucht, nach Stuttgart zu gelangen und findet die beiden Frauen.«

Als Erna und Otto Hand in Hand am 22. Januar 1945 mit dem letzten hoffnungslos überfüllten Schiff Königsberg verließen, hatte Margarethe das Gefühl, als wäre eine Schlinge um ihren Hals und um die ganze Stadt gelegt worden, locker noch, aber sie lag schon jetzt bedrohlich nahe.

Am Abend erlitt sie einen Zusammenbruch. Schüttelfrost und Fieber streckten sie nieder, dann griff eine Dunkelheit nach ihr, der sie nicht standhalten konnte. Im Fieberwahn erschienen aus schwarzen Wolken Schreckgespenster: *Ihr Vater, erhängt, ihr Bruder und Erna in Wassermassen verschwindend, ihre Mutter mit leblosem Porzellangesicht sich immer weiter entfernend. Margarethe will die Augen schließen, will nichts mehr sehen, doch sie sind schon zu, die Augen, sie hält ihre Hand darüber, jetzt muss sie schreien, damit es aufhört, sie will es nicht sehen, will ihre Ruhe, will sterben, es geht nicht mehr, diese Schwere droht, sie zu überrollen, sie ist schwarz, diese Walze, sie ist der Tod, der tausendfache Tod.*

Hilda saß am Bett und kühlte ihre Stirn, als sie wieder atmen konnte. Ursula lag neben ihr im Bett und sang mit ihrer hellen Kinderstimme, so lange, bis Margarethe wieder zu sich kam. Als sie die beiden anschaute, sah sie sich bei ihren beiden Schwestern geborgen im dunklen, fensterlosen Raum. Sie weinte und konnte nicht mehr aufhören.

»Warum hast du immer gesagt: *Mama, ich kann das nicht*?«, fragte Ursula am nächsten Tag. Margarethe blickte auf ihre kleine Schwester. Sie war nicht nur nicht gewachsen, sondern sogar etwas schmächtiger geworden, als würde sie körperlich schrumpfen, weil sie in übereilter Geschwindigkeit innerlich reifen musste, als würde sie nicht ihren Körper brauchen für das, was vor ihnen lag, sondern ihren Geist, ihre Ernsthaftigkeit, ihren Mut. »Kannst du mir sagen, wo Mama ist?«, fragte sie vorsichtig.

»Nein, mein Schatz, das kann ich leider nicht«, antwortete Margarethe. »Ich habe heute Nacht geträumt. Aber ich weiß nicht mehr, was.«

»Können wir zu Mama gehen?«

»Nein, das können wir leider nicht.«

»Ich habe Herzweh nach Mama«, sagte Ursula nun so leise, dass es kaum hörbar war.

»Komm her«, kam von Hilda jetzt. »Ich habe auch Herzweh.« Dann nahm die große die kleine Schwester in ihre Arme und wiegte sie zärtlich. Margarethe erhob sich und räumte die Küche auf, obwohl die schon fast sauber war.

Dann kam eine weitere verheerende Bombennacht. Diesmal vonseiten der Russen. Die Mädchen fanden wieder Platz im Bahnhofsbunker und dachten, sie seien vorbereitet, jetzt, da sie zum zweiten Mal die Hölle erlebten. Doch an die Hölle kann man sich nicht gewöhnen. Sie nimmt sich jedes Mal aufs Neue alles: den Lebensmut, die Hoffnung, die Menschlichkeit, die Würde.

Doch was war Hoffnung? Was Glaube? Was war Leben? Russische Tiefflieger kreisten täglich über der Stadt. Sie schossen mit Maschinenpistolen auf alles, was sich bewegte.

Margarethe drückte sich die Mauern entlang, suchte vor jedem weiteren Schritt die nächste Möglichkeit, Deckung zu erlangen. An den Brandgeruch hatte sie sich gewöhnt, auch an die überall herumliegenden Leichen. Nur das ständige Sirenengeheul fraß sich in ihren Kopf, denn die Vorsicht brauchte wache Augen und gute Ohren.

Sie hörte das Flugzeug nicht. In letzter Sekunde fand sie Schutz in einem Hauseingang. Das Holz des Türrahmens krachte, als die Kugeln einschlugen.

Ursula hatte Keuchhusten bekommen und sie besaßen nichts, womit sie ihr helfen konnten. Als sie nur noch röchelte, hatte Margarethe es gewagt, zu Tante Otti an den Stadtrand hinauszulaufen. Spitzwegerich in Honig erhielt sie dort, zudem noch lindernde Tröpfchen, eine Dose Wurst und die Information, dass Hitler Königsberg zur Festung erklärt und damit der Bevölkerung jede weitere Möglichkeit zur Flucht genommen hatte.

Bald konnte man kaum noch den Luftschutzkeller verlassen. Dort ging neuerdings ein dunkles Wort um: *Sibirien*. Würden die Russen die Zivilisten nach Sibirien bringen, in die Konzentrationslager? Würde man sie alle erschießen? Wieder und wieder hörten sie auch das Wort *Vergewaltigung*. Keiner glaubte mehr an einen Endsieg, obwohl die Stadt noch immer gehalten wurde. Doch was tratschten die Weiber nicht alles: Die Russen würden sie aus ihren Wohnungen und Kellern zerren, sie würden sie nach Sibirien schaffen, wo sie in der Eiseskälte schuften müssten, bis sie verreckten, sie würden sie töten, an die Wand stellen, sie würden sie aushungern, vergewaltigen, aufschlitzen, zermalmen, erschlagen, verbrennen, in die Ostsee werfen, ins Moor treiben. Wo Margarethe zu Beginn Ursula die Ohren zugehalten hatte, wenn im Keller davon erzählt wurde, wie die Russen wüteten, stumpfte sie nach und nach ab. *Klatschweiber*, dachte sie. Nur nachts griff das Grauen nach ihr.

Margarethe betrachtete ihr kleines Schwesterlein mit seinem schönen roten Umhang, den es über all die anderen Kleider anziehen wollte, und der Mütze, die es auch im Luftschutzkeller nicht abnahm. Ursula konnte sich partout nicht von diesen Kleidungsstücken trennen, als wäre es eine matte Erinnerung an ihr früheres, behütetes Leben. Die kindliche rote Kleidung erzählte Geschichten voller Sehnsucht, vom Schlittenfahren, von kalten Wäldern, vom Kirchgang an Heiligabend, stapfend durch den Schnee, und vom Nachhausekommen an das prasselnde Kaminfeuer.

Wie alle anderen hatten auch die drei Schwestern ihre Rucksäcke mit Essen und ihren Papieren gepackt. Winterkleider trugen sie übereinander. Margarethe war es mulmig zumute, Ursulas Rot war auffällig. Dann ließ sie es zu, weil sie nicht mit dem Kind streiten wollte.

In den Kellern verwandelten sich wie von Zauberhand junge, schöne Frauen in schmutzige Männer. Die Haare kamen ab, die Gesichter wurden mit Ruß oder Dreck beschmiert, die Frauenkleider wurden in die Rucksäcke gestopft, Mützen ausgetauscht. »*Bol'naja*« sollte man rufen, was so viel bedeutete wie *krank*. Davor hätten die Russen Angst. Manche schnitten sich den Zopf ab und steckten ihn vorn in die Hose, um zu signalisieren, da sei ein Mann drin. Durch all die Horrorvorstellungen sickerte manchmal auch ein verwegenes Kichern. Hilda weigerte sich, ihre Haare abzuschneiden. Trotz ihrer schneeweißen Pracht konnte man sie schlecht in eine hässliche Greisin verwandeln, wie immer man ihr Gesicht auch zu verschmutzen versuchte. Von einer Frau bekam sie eine Mütze, unter der sie ihre Haare verstecken konnte.

»Lasch will die Truppen nach Westen ausbrechen lassen«, erfuhren sie im Keller. »Sie wollen uns evakuieren.« Lasch war der Stadtkommandant. Offenbar ersuchte er beim Wehrmachtskommando nach einer solchen Erlaubnis.

Der flackernde Hoffnungsschimmer für die, die noch in der Stadt waren, verbreitete sich wie ein brennendes Streichholz, das von Keller zu Keller weitergereicht wurde. Auch Hildas Augen bekamen einen selten gewordenen Schimmer und Margarethe war zu gern bereit, all die inneren Bilder, die sie schon gesehen hatte, als Trugbilder zu verstehen. Weg damit. Die Gabe hatte sie schon lange verloren, also waren es keine Vorahnungen, sondern unbegründete Ängste. Es ging aufwärts, sie würden gerettet werden, sollten die Russen doch sehen, wo sie blieben, wenn sie in eine leere Stadt kämen. Die Essensrationen in den Rucksäcken würde man auf dem Weg nach Westen brauchen. Warm war die Flamme der Hoffnung, sie schenkte Gemeinschaft, es roch schon wieder ein wenig nach Leben und Aufbruch, und die Späße waren hell.

Nachmittags dann die Information: Der Gauleiter Koch, der sich bereits in Sicherheit befand, hatte den Stadtkommandanten Lasch an seine soldatische Ehre erinnert und befohlen, standzuhalten.

Sie blieben eingeschlossen.

Nervosität umringte die Menschen, umkreiste sie, nahm sie gefangen, jeden Tag enger, kaum war es mehr möglich, die Keller zu verlassen. Stalinorgeln und Granatwerfer feuerten ununterbrochen über die Dächer, im Himmel kreisten die sowjetischen Flieger wie Aasgeier, die unvermittelt ihre tödliche Last abwarfen. Abschüsse dröhnten, Einschläge krachten, der Strom war schon lange weg.

Dann drang doch wieder Hoffnung durch die Ritzen des trostlosen Kellers. Margarethe wunderte sich, wie sich Gerüchte verbreiten konnten, vielleicht flogen sie durch die Luft und besonders Neugierige konnten sie mit ihrem Mund auffangen, wie Hunde nach Leckerbissen schnappten, wenn man sie ihnen hinwarf. Immer mal wieder wagte sich eine der Frauen hinaus, vielleicht, um sich zu erleichtern oder auch nur, um einen Fetzen frischer Luft zu erhaschen, die sich am Ende doch nur als Qualm und Staub erwies.

Lasch wäre nun doch auf eigene Faust und ohne Erlaubnis der obersten Heeresführung Richtung Westen ausgebrochen, hieß es. Er hätte mit der Evakuierung der Zivilpersonen begonnen. Die Perspektive auf Rettung wirkte wie ein Zaubermittel. Sofort wurden die Rucksäcke sortiert, die Frauen versuchten sich schon wieder in der Kunst, Witze zu machen, und alle hofften auf die erlösende Botschaft, man könne unter dem Schutz der Wehrmacht die Stadt verlassen und heim *ins Reich* ziehen. Schon waren die Bombeneinschläge und das Heulen der Stalinorgeln weniger geworden, vielleicht, vielleicht.

Dann, in einer stillen Minute, hörte man auf der Straße Maschinenpistolen.

»Sie kommen«, flüsterte eine Frau.

Als sich die Gerüchte verbreiteten, die Russen hätten den ausbrechenden Zug der Zivilisten beschossen und ein Blutbad angerichtet, wurde es still im Keller. Jeder hatte damit zu tun, die letzte Hoffnung zu begraben.

Der Granatbeschuss begann erneut, wieder dieses unerträgliche Heulen der Stalinorgeln. Doch etwas war anders: Zu all dem Lärm konnte man jetzt das

Rasseln der Panzerketten und fremdländische Befehle ausmachen. Die Russen waren in der Stadt. Wer sich bis jetzt an trügerischem Optimismus festgehalten hatte, musste auch diesen loslassen. Von draußen kam ein Einschlag nach dem anderen, die Wände des Kellers hatten schon so oft gewackelt, dass man abgestumpft war.

Margarethe schien es als Erste zu bemerken. Es war glühend heiß geworden und beißender Rauch schoss ihr in die Augen, Feuer züngelte durch die Ritzen vom Nachbarkeller her. Einige der Frauen, die an der Tür saßen, öffneten, da schlugen ihnen die Flammen entgegen, der Flur brannte. Schnell wurde die Tür wieder geschlossen. Jetzt brach das Geschrei aus.

Sekunden später Frauenstimmen, Schreie in fremder Sprache, es hörte sich nach Fluchen und Husten an, die Tür öffnete sich und einige russische Soldatinnen schälten sich aus dem schwarzen Rauch, der mit ihnen in den Keller quoll. Sie pflanzten die Bajonette auf und schrien: »*Uri, Uri!*«

Als manche der Eingeschlossenen aufstehen wollten, weil sie dachten, sie würden aus dem brennenden Haus geholt, hielten die Soldatinnen ihnen das Bajonett vor die Brust. »*Uri, Uri*«, schrien sie weiter. Endlich schüttelte eine der Nachbarinnen ihr Armgelenk, löste die Uhr und gab sie einer Russin. Dem Beispiel folgten alle anderen. Hilda und Margarethe hatten jeweils eine wertvolle Armbanduhr zur Konfirmation bekommen, für Margarethe war es das letzte Relikt einer unbeschwerten Zeit. Doch die Russinnen ließen nicht ab, bis sie die Uhr von jeder einzelnen Frau hatten. Dann verließen sie den Keller und legten von außen den Riegel um.

Das war das Ende.

Margarethe nahm Ursula auf den Schoß. Wie ein lähmender Schatten legte sich das Grauen über sie. Sie hielt ihr Gesicht an den Kopf der Kleinen, küsste sie und strich mit der Hand über die kindlichen, nassgeschwitzten Wangen. Liebe erfüllte sie. War das immer so, bevor man starb? Ursula verhielt sich still, als hätte sie schon mit dem Leben abgeschlossen. Hilda legte ihren Arm um sie beide und bei dieser zärtlichen, beschützenden Geste ihrer älteren Schwester begann Margarethe am ganzen Leib zu zittern.

Es dauerte einige Schocksekunden, bis alle im Raum verstanden hatten, dass sie hier drin eingeschlossen worden waren und dass man sie verbrennen lassen würde. Da brach ein unerträglicher Tumult aus. Manche warfen sich kreischend gegen die verriegelte Tür, die Hitze im Raum würde bald jeden Sauerstoff aufgefressen haben. Der Gestank nach Verzweiflung und Todesangst mischte sich mit dem Rauch, der durch die Ritzen kroch.

Wieder schlug die Tür auf und ein riesiger Russe füllte hustend, blasend, fuchtelnd den Türrahmen aus. Er stellte sein Bajonett zur Seite, riss die erste Frau am Kragen und schob sie hinaus. Hinter ihr her drückten und drängelten die anderen, der Russe zog und schob sie weiter, sorgte für eine geordnete Evakuierung, die Flammen schlugen immer weiter herein. Hilda ging vor Margarethe und stolperte direkt vor dem Soldaten. Der zog sie hoch, doch er war vorsichtig mit ihr, als wäre sie aus Glas, dann hielt er sie an den Schultern, bis sie sich stabilisiert hatte, und schob sie weiter. Seine Hände waren riesig und behaart wie Bärentatzen. Obwohl er hustete und mit den Armen den Rauch wegfuchteln musste, behielt er die Ruhe. Margarethes Blick traf sich mit dem seinen für den Bruchteil einer Sekunde. *Ein Mensch*, fuhr ihr durch den Kopf. *Da ist einer Mensch geblieben inmitten der Barbarei.* Und während sie benommen durch die Flammen und den Rauch hinter den anderen her Richtung Ausgang stolperte, dachte sie kurz an den SS-Mann Bernhard, den Sohn von Frau Fabritzki. *Ob sie und Tante Otti wohl noch leben?*, fragte sie sich noch, während sie die Straße betrat. Dann brauchte sie alle ihre Sinne, um zu begreifen, was da draußen vor sich ging.

## Margret, Wildblüt, Ende Juni 2015

Genug für heute. Morgen wird sie weiterschreiben. An alles erinnert sie sich. Jede Einzelheit ihres Lebens kann sie heute Abend sehen, riechen und hören. Fühlen will sie nichts.

Heute wird sie nicht in ihrem weißen Bett schlafen. Aus dem Schopf holt sie ihren Schlafsack und ihre festen Schuhe. Sie tritt vor die Tür, schließt hinter sich ab und begibt sich hinaus in den nächtlichen Forst. Weit ab vom Weg ist ihr Schlafplatz. Wie oft hat sie schon draußen geschlafen in ihrem Leben. Der Wald ist ihre Heimat, ihr Schutz und ihr Trost. Im dunklen Wald zu liegen, die Bäume als Hüter um sich herum zu haben, zwischen den Wipfeln in die Sterne zu starren, das Rascheln einer Maus in der Nähe, der Fuchs, der immer respektvoll in zehn

Metern Entfernung stehen bleibt, ein Käuzchen in der Ferne, manchmal auch in der Nähe, der morbide Duft des Bodens, die kühle Nachtluft, das ist ihr Leben. Sie wird diese Nacht nutzen, um im Traum das fremde Mädchen zu suchen.

Alle sollen sie zusammenkommen zu ihrer Beerdigung.

## *Inès träumt*

*Auf der Anhöhe steht eine alte Frau mit ausgestreckten Armen und blickt majestätisch über die tannengrünen Hügel. Ihre Haare sind weiß und lang und hängen über ihren Schultern wie ein rutschendes Schneefeld im Frühjahr. Sie trägt die Schürze einer Bäuerin und steht in schweren Schuhen fest auf der Erde. Rauch von dem kleinen Feuer zu ihren Füßen kringelt sich um die große, schlanke Gestalt.*

*Die Alte singt so schön, so voll und so mächtig, dass die Hirsche des Schwarzwalds ihr Geweih zu Boden neigen und die Wildschweine vergessen, die Erde nach den Eicheln zu durchwühlen. Die Rehe verschmelzen mit den Baumrinden, unsichtbar geworden für die Jäger mit dem Finger am Abzug.*

*Der Gesang der Frau erfüllt die Wälder mit Schmerz und bildet eine Brücke aus Licht und Klang nach Nordosten, dort, wo die goldenen Weizenfelder wogen und die Störche auf den Häusern ihre gewaltigen Nester bauen, dort, wo durch Pappeln und Schilf hindurch die Seen glitzern und wo der Pregel Kähne trägt, auf denen lachende Kinder zwischen der Fracht Versteck spielen. Hoch über der Ostsee schallt das Lied, und die See antwortet mit Millionen funkelnden Sternen, die auf ihren Wassern tanzen. Dann schwebt die Stimme der Alten über der Stadt Königsberg, klagend und weinend zusammen mit den Toten in den Gräbern.*

*Nachdem ihr Lied in der Stille versunken ist, nimmt die Frau ihre Hände an den Mund und ruft in jede Himmelsrichtung: »Komm zurück nach Hause, mein Enkelkind.«*

# Schicksalsstunden

## Alma, Wildblüt, Juli 2015

Vier Uhr achtzehn zeigt die Uhr, Almas Augen brennen, sie ist schlaflos, müde, fertig, krank. Mit einem Ruck schlägt sie die Decke zurück, und als sie vor dem Bett steht, wird ihr schwindelig, sie fällt zurück auf die Matratze. Alma will weg von hier, weg von ihrem verpfuschten Leben, von ihrer Vergangenheit und ihrer gottverdammten Mutter. Auch von diesem illustren Bruder will sie weg, der so freundlich ist und doch bedrohlich in ihr Leben hineinleuchtet mit seinen dümmlichen Augen. Dieser Typ scheint nicht nur naiv und sexy zu sein, er ist auch gewieft und hat etwas Manipulatives, sie wird vorsichtig sein müssen. Es fällt ihr schwer, sich seiner Wirkung zu entziehen.

Und wer ist Bernds Vater? Kaum vorstellbar, dass Margret außer während ihrer kurzen Ehe mit Almas Vater noch mit einem anderen Mann Sex gehabt haben könnte. Bernds imposante Körpergröße wirft Fragen auf: Wer waren Margrets Männer? Nicht einmal ihren eigenen Vater kennt Alma. Gestorben sei er, hieß es immer. Warum hat sie sich eigentlich nie darum geschert?

Fremd und doch auf eine seltsame Art nah wirkt dieser Bernd auf sie. Manchmal blitzt hinter seinen Augen oder in manchen seiner Bewegungen die Verwandtschaft zu Margret auf, als ob sie hinter ihm oder in ihm leben würde.

Ein Laut aus der Tiefe ihrer Seele. Auf einen Schlag füllen sich das Zimmer und das ganze Haus mit Leben, es kommt ihr vor, als ob von unten Kinderlachen an ihr Ohr dränge, *Komm runter, du Heulsuse*, ruft der kleine Bernd, *komm, wir bauen ein Baumhaus*, und sie beeilt sich, ihr Nachthemd auszuziehen und in Hose und Pullover zu schlüpfen und die Treppe hinunterzurasen. Haferflocken und Milch bleiben bei Mama in der Küche auf dem Tisch stehen, hinaus flitzt sie, um mit dem großen Bruder ein Baumhaus zu bauen.

*Warum durfte das nicht sein? Warum um alles hast du dieses Kind weggegeben, das du doch über alles geliebt haben musstest, Mama?*

Jetzt geht sie auf die kleine Toilette. Vor dem Morgenrot kommt das Morgengrau und vermischt sich mit dem Grau dieses Hauses und dem Grau in Almas Stimmung. Während sie zurück in ihr Zimmer schlurft, lastet dieser Hundert-Kilo-Bruder auf ihr wie ein überdimensionaler Rucksack.

Und der Verrat der Mutter zuletzt, ihre Rache für das Freiheitsstreben ihrer Tochter – hätte sich Margret diese Hinterlist erlaubt, wenn der Bruder bei ihnen gewesen wäre? *Was hast du nur mit uns gemacht, Mutter?*

Kurz streift der Gedanke an Bianca ihr Gehirn. Hat sie ihrer eigenen Tochter auch eine Last aufgebürdet? Hoffentlich nicht. Noch immer haben sie nicht miteinander telefoniert. Aber ach, wie könnte Alma in ihrem Zustand der Tochter mütterlichen Beistand bieten? Hoffentlich kommt sie nicht auf die Idee, hierherzukommen.

Müde, abgeschlagen und in der Hoffnung auf ein wenig zusätzlichen Schlaf, dreht sie sich zur Wand. Die Blümchen auf der Tapete bewegen sich, schlingen sich umeinander und werden zu Fratzen.

## Alma, Hamburg, 1978–1991

Heimweh machte sich in den ersten Wochen in Hamburg über sie her wie Wespen über reife Zwetschgen. Obwohl sie so verzweifelt um ihre Freiheit gerungen hatte, schrieb sie täglich Briefe nach Hause und wartete sehnsüchtig auf Post von der Mutter. Ein Tag ohne Brief brachte Grübeln, Schuldgefühle und Schlaflosigkeit.

Sie wurde angenommen an der Musikhochschule und hätte die Wochen bis zum Studienbeginn nach Hause fahren können. Stattdessen gab sie Geigenunterricht in der Volkshochschule. Ihre Tage waren lang, das triste, möblierte Zimmer, das sie gemietet hatte, umgab sie mit Heimatlosigkeit.

Doch mit dem Eintritt in das erste Semester kam das Leben wie von selbst auf sie zu, hofierte sie, legte den Arm um ihre Schulter und drehte sie von der Mutter weg. Sie zog in eine Kommune, eine Wohngemeinschaft, wie man neuerdings auch sagte. In einer heruntergekommenen Altbauwohnung teilten sich drei Frauen und zwei Männer fünf Zimmer, eine Küche, ein Bad und ein Klo. Alma schleppte ein paar leere Weinkisten an, befestigte eine Holzplatte darauf für den Schreibtisch und kaufte sich eine Matratze, zwei Stühle, Bettdecke und Kopfkissen im Gebrauchtwarenladen.

Am ersten Abend ließ sie sich zufrieden auf ihre Matratze fallen, erschöpft wie nach einem langen Marsch. Der Lärm, der von der Straße kam, war süß, denn er ersetzte den Lärm ihrer Vergangenheit, den sie wie ein Transistorradio mit sich schleppte, seit sie in Wildblüt in den Zug gestiegen war. Dann lauschte sie den abgerissenen Melodien der heutigen Probe, die das Fest ihrer Freiheit begleiteten. Obwohl sie nicht allein in der Wohnung war, sprach kein Mensch sie in diesem fremden, schönen, eigenen Zimmer an, niemand wollte etwas von ihr, keine Mutter beobachtete sie bei dem, was sie tat oder nicht tat. Ihre Anwesenheit weckte keine Unruhe im Herzen einer anderen. Sie würde sich nicht mehr verführen lassen zu einer mütterlich-töchterlichen Nähe, die ihr Süße und Last zugleich war. Diesmal würde sie nicht sofort zurückgehen, wenn die flehenden Rufe aus dem Schwarzwald kämen. Weit weg von der Mutter würde sie ihr freies Leben aufbauen. Sie warnte sich selbst davor, gleich den Schreibblock herauszunehmen und der Mutter zu erzählen, sie wohne jetzt in einer WG, denn die Mama wusste nicht, was eine WG war, und wenn sie schriebe *Wohngemeinschaft*, dann würde Margret fragen, ob da auch Männer wohnten. Und ja! Es wohnten Männer da, einer zumindest, der andere war noch ein Junge. Aber dieser gutaussehende

Blonde, der Hauptmieter der Wohnung, war ein echter Mann.

Auch auf der Toilette merkte man die Anwesenheit von Männern, denn die gelben Urinspritzer klebten bis eineinhalb Meter hoch an der Wand. Die gemeinsame Küche stand unter einem überbordenden Durcheinander aus gammeligen Lebensmitteln, schmutzigem Geschirr, Stapeln von fertig gelesener *taz* und überquellenden Aschenbechern. Morgen würde Alma zum Frauenarzt gehen und sich die Pille verschreiben lassen.

*Du kannst mich jetzt anrufen,* schrieb sie der Mutter. *Ich wohne im Studentenwohnheim. Das Telefon benutzen auch andere.* Die schon lange begonnene Lüge entwickelte sich zur tragenden Stütze ihrer Beziehung. In manchen von Margrets Briefen schien es, dass sie fröhlich und gelassen ihren alltäglichen Dingen nachging, in wieder anderen fragte sie, wie es Alma wohl ginge, ob sie Freundinnen gefunden habe, wie sie die Großstadt und das Studium meisterte. Nie fragte sie danach, aber zwischen all ihren Buchstaben, Sätzen und Fragen fühlte Alma die überwachen Nerven Margrets, ob sie wohl einen Freund habe, und die Hoffnung der Mutter, es möge nicht so sein, leuchtete ebenso durch die Zeilen wie deren Einsamkeit.

Udo hieß er, der Blonde, und am zweiten Abend nahm er sie mit zu einer Sitzung des SDS, dem Sozialistischen Deutschen Studentenbund.

Nach der Vorbereitungssitzung einer Solidaritätsdemo gegen den Schah Reza Pahlewi im Iran machte Udo Alma auf dem speckigen Sofa des verrauchten

SDS-Büros zu seiner Geliebten. Jetzt war die Mutter verraten und verkauft an ihren Feind, den Mann.

Die Post an Margret wurde seltener, auch die Anrufe. Hätte die Mutter wütende, fordernde Briefe geschickt oder hätte sie oft angerufen, ja, sogar Telefonterror gemacht, wäre es Alma leichtgefallen, sich dagegenzustemmen. Mamas Briefe wurden aber ebenfalls seltener, passten sich an Almas Schreibfrequenz an, fast so, als wolle sie sich mit der töchterlichen Bewegung verbinden, wie eine Frau sich an ihren Tanzpartner anschmiegt und mitschwingt.

Udo war es, der sie in ihrem eigenen Leben hielt wie ein massives Gegengewicht. War das ihr eigenes Leben?

Es war am Tag nach einer jener Liebesnächte, die die Kraft hatten, ein Leben zu verändern, eine Nacht, in der er alles versprochen hatte. Am Abend darauf traf sie Udo frisch rasiert mit sauber gebügeltem Hemd in der Wohnung an.

»Wo gehst du denn hin?«

»Das, meine Liebe, erzähle ich dir, wenn ich wiederkomme. Ich komme zu dir heute Nacht. Warte schön auf mich, ja?«

Er küsste sie wild und sehnsüchtig und Alma wartete wild und sehnsüchtig auf ihn. Sehr spät in der Nacht ging leise die Wohnungstür. Gleich würde er sich zu ihr ins Bett legen, sie würde verschlafen tun und es würde schön werden. Doch nicht ihre Tür ging, sondern die zu seinem Zimmer. Frauenkichern. Flüstern. Das Knarren des Bettes.

»Wolltest du nicht zu mir kommen, letzte Nacht?«, fragte sie am nächsten Morgen mit flatterndem

Herzen. Er saß in der Unterhose allein bei schwarzem Kaffee mit einer Zigarette in der Küche und las die UZ, eine kommunistische Zeitung.

»Wie – zu dir kommen?«

»Du hast gesagt, du kämst zu mir.«

»Ich werde doch wohl noch wissen, was ich gesagt habe.«

»Und ich werde doch wohl noch wissen, was ich gehört habe!«, kreischte Alma.

»Mädchen, lass mal. Ich glaube, du hast deine Tage.«

»Ich habe meine Tage nicht und du hast gestern gesagt, du würdest in der Nacht zu mir kommen.«

»Nein, das habe ich nicht gesagt, und damit Schluss.«

»Doch, du hast es gesagt, hör auf zu lügen!«, schrie sie.

»Lügen? Wer lügt hier?«

»Worum geht es gerade?«

»Es geht darum, dass du wahnsinnig manipulativ bist mit deiner Eifersucht«, sagte er, während er seelenruhig am letzten Stummel seiner Gauloises saugte und dabei ein Auge zukniff, um es vor dem Rauch zu schützen.

Als sie am Nachmittag von der Uni nach Hause kam, lag ein Brief von ihrer Mutter da.

*Es geht mir nicht gut, mein Kind. Ich wäre froh, wenn du bald kommen könntest.*

Der Mutter ging es schlecht! Sie würde nach Hause fahren und sich um ihre Mama kümmern. Sie würde sie versorgen, bekochen, und wenn es ihr dann wieder besser ginge, könnten sie miteinander reden und sich verzeihen.

»Du darfst dich von deiner Mutter nicht so terrorisieren lassen«, sagte Udo bei einem Spaziergang an der Alster entlang. »Kaum macht sie einen Mucks und schon packst du wie wild die Koffer, um in den Süden zu fahren.«

Sie blieb in Hamburg. Sie liebte diesen Mann und konnte nicht von ihm lassen. Sobald er sie anfasste, sie küsste und so zart wie kraftvoll berührte, schmolz ihre Abwehr dahin. Doch seine Lügen wurden immer absurder, sodass sie bald selbst nicht mehr wusste, wo oben und wo unten war. Im Restaurant etwa aß er ein Schnitzel und erzählte auf dem Heimweg, wie wunderbar der Gulasch geschmeckt hätte.

Ein anderes Mal lag er, als sie nachmittags von der Uni heimkam, in ihrem Bett und las die Briefe ihrer Mutter.

»Lass das, das ist privat!«, gellte sie, aber sie wagte nicht, ihm die Briefe aus der Hand zu reißen.

»Man kann schön sehen, welch ein psychisches Wrack du bist, wenn man die Briefe deiner Mutter liest.«

Ihre Wortgefechte waren wie ein Pingpong mit vergifteten Bällen. Nie schienen sie aufzuhören, bevor Alma schreiend und heulend die Wohnung verließ. Als sich die Semesterferien näherten, war sie zermürbt genug, sich eine Fahrkarte in den Schwarzwald zu kaufen. Lieber wollte sie sich von Margret auffressen lassen wie eine Fliege von der Blüte des Sonnentaus, als irgendwann verrückt zu werden und ihren Freund zu ermorden. Denn in dem Maß, in dem ihr Hass auf ihn wuchs, konnte sie auch den Hass in seinen Augen sehen.

Aber das Erschrecken, ohne Mutter und ohne Freund ein eigenes Leben zu beginnen, war zu monströs, um überhaupt in ihre Gedanken vorzudringen.

Grau war die Mutter geworden, und jetzt, wo sie sich am Bahnhof in Wildblüt gegenüberstanden, glättete das Lächeln die bitteren Furchen um Margrets Mund. Ihre Umarmung war herzlich, und beide Frauen fühlten in der anderen die Sehnsucht nach ihrer früheren Innigkeit.

Die ersten Wochen verbrachten sie wie früher: Wanderungen nach Kräutern und Pilzen, das Verarbeiten der Ausbeute, das Beschriften von Fläschchen und Dosen.

Alma blieb recht karg mit Informationen über ihr Leben in Hamburg. Anders verhielt sich Margret. Sie plauderte wie ein Kind, das seine Umgebung erheitern wollte, und Alma erkannte darin mit gemischten Gefühlen das mütterliche Eigenleben. War sie etwa eifersüchtig?

Margret schien über Almas Schweigen hinwegzusehen und fragte beim Mittagessen in fröhlichem Ton: »Fahren wir morgen in den Süden zum Jagen?« Das war das erste Mal, dass die Mutter sie auf eine ihrer illegalen Touren mitnahm.

Die intimsten Stunden, wie sie sie seit vielen Jahren nicht mehr gehabt hatten, verbrachten die beiden beim Ansitzen auf dem Jägerstand. Obschon unbeweglich, strahlte Margrets ganzer Körper vibrierende Lebendigkeit aus, als wäre sie selbst ein überwaches Wildtier. Auf der engen Bank im Jägerhochsitz berührte Almas Oberarm den ihrer Mutter, und da beide ihre Sinne hinaus in die nächtliche Natur scharf gestellt hatten, umgab sie nach und nach ihre frühere Verbundenheit. Die Mutter erlegte das Reh im ersten Morgenlicht, und jetzt war Eile geboten, es an den Vorderläufen aus dem Wald zu schleppen und in den Kofferraum des alten Kombis zu hieven.

In der dritten Woche kam ein Brief von Udo. Sie saßen beim Frühstück, als die Postbotin kam. Alma stopfte ihn in ihre Hosentasche. Von der Mutter an der anderen Tischseite kam kein Wort.

Er vermisse sie fürchterlich, las Alma oben in ihrem Zimmer, er wisse weder ein noch aus ohne sie. Alma verschmolz in Mitleid und Liebe wie ein Stück Butter in der heißen Soße.

Mutter und Tochter gingen sich aus dem Weg, und am Abend des dritten Tages nach Erhalt des Briefes räusperte sich Margret und fragte mit belegter Stimme, ob sie einen Freund hätte.

»Nein.« Alma verzieh sich die Lüge, denn sie würde ohnehin mit ihm Schluss machen, sobald sie wieder in Hamburg wäre.

Margret räumte den Tisch ab. Zu Ende war es mit der mühsam aufgebauten Nähe. Im Forsthaus breitete sich Sprachlosigkeit aus und füllte das Haus bis unter den Dachboden.

Schließlich entschied Alma, den Nebel zu vertreiben, zumindest so weit, dass wieder Luft zum Atmen zwischen ihnen wehen konnte. »Ich hatte einen Freund, aber ich habe vorgestern zu dir Nein gesagt, weil ich bereits mit ihm Schluss gemacht habe.«

»Ja«, sagte die Mama mit verschlossenem Gesicht.

»Der Brief ist von ihm, er will nicht akzeptieren, dass ich ihn nicht will. Aber ich bleibe dabei.«

Margret nickte. Beim Abendessen fragte sie: »Warum hast du mit ihm Schluss gemacht? Wollte er etwas von dir?«

Ob er etwas von ihr wollte! In welcher Welt lebte die Mama? Konnte es sein, dass Margret ihrer über zwanzigjährigen Tochter noch immer keine Sexualität zubilligte? War ihre Selbstlüge so riesig?

Dann antwortete Alma: »Er ist zu jung für mich. Er ist langweilig.«

»Ach so.«

Die Spitze der Spannung war gebrochen. Sie konnten ihr Boot wieder auf dem Wasser navigieren, doch unterhalb der Oberfläche brodelte ein Vulkan, und Alma war entschlossen, abzureisen, bevor die Fontäne nach oben schnellte.

Nachdem Margret erfahren hatte, dass Alma früher abreisen wollte, schien sie innerlich zu schrumpfen. Ihre Haare schienen noch weißer zu werden und ihre Haut durchscheinender, sodass die Frau, die letzte Woche noch wie ein Mann ein Reh geschossen und ausgeweidet hatte, nun wie ein hinfälliges Großmütterchen wirkte.

Udo machte es ihr leicht, Schluss zu machen. Als sie in der Hamburger WG eintraf, lag er mit einer anderen Frau in ihrem Bett. Nicht in seinem. In ihrem Bett lag er. Sie sah ihre Mutter vor sich, wie sie mit Ruhe und gelassener Spannung das Jagdgewehr in der Hand hielt, zielte, schoss und traf.

»Raus«, sagte Alma in genau dieser kaltblütigen Haltung.

Udo blickte sie mit vollendeter Überraschung an, und zum ersten Mal, seit sie ihn kannte, schaute sie für die Dauer eines Augenschlags in ihn hinein. Mit dem, was sie sah, wollte sie nichts zu tun haben.

Sie zog in eine Frauen-WG. Mutter und Ex-Freund blieben zurück. Briefe kreuzten von Zeit zu Zeit zwischen Nord und Süd. Doch es war ein qualvolles, leeres Spiel.

Dann lernte sie Manni kennen. Er war ein wenig jünger als sie, und seine Bewunderung war grenzenlos. Sie hatten recht hübschen Sex miteinander, und als Manni sie fragte, ob sie ihn heiraten würde, sagte sie Ja. Es war Zeit, sich gegenüber der Mutter ein berechtigtes Sexualleben einzurichten.

Diesmal würde sie nicht hörig werden, und bei Manni war es leicht, die Zügel in der Hand zu behalten.

Drei Monate dauerte die Ehe.

Nun hatte sie sich mit der Heirat endlich von ihrer Mutter emanzipiert als Weib mit Recht auf Sexualleben, und schon wieder musste sie lügen, denn mit ihrer schnellen Trennung wollte sie die Mutter nicht belasten.

Aus dem Schwarzwald kamen viele Klagen gesundheitlicher Art, und Alma wurde immer hartherziger. Was für eine Krankheit sie denn habe, fragte Alma per Brief.

Das sei eben unklar, sie selbst, mit ihrem ganzen Wissen, käme ihrem Leiden nicht auf die Spur. *Vielleicht möchtest du für ein paar Tage herkommen, das würde mich entlasten*, schrieb Margret etwa.

Unter Almas harter Kruste brodelte das Mitleid. Doch sie blieb starr und taub für die Qual ihrer Mutter. Sie ließ sie klagen und jammern, ließ sie bitter werden und ungerecht. Nicht, dass es Alma nicht berührte. Doch sie blieb bei ihrem Trotz und ihrer Härte.

Ein paar Männer kamen und gingen. Noch war es süß, ungebunden zu sein, sich verheiratete Männer zu angeln, sich begehren zu lassen und immer mehr Sicherheit in ihrer Anziehungskraft als Frau zu gewinnen. So vertrauensvoll und naiv wie bei Udo würde sie in keine Beziehung mehr stolpern. Sie war es jetzt, die führte.

Die Mutter zu Hause? Ein paar Briefe im Monat mussten genügen. Das Studium schritt voran, sie war erfolgreich, wurde auch als Musikerin bewundert, und immer öfter träumte sie von einer Solokarriere als Violinistin.

Einmal saß sie auf einer Parkbank und las einen Brief aus dem Schwarzwald. Wie aus heiterem Himmel überkam sie eine solche Sehnsucht nach ihrer Mama, dass sie spontan in Wildblüt anrief.

Die Stimme der Mutter klang wie ein Glöckchen, das einen Sprung hatte. Margret war überrascht von dem Anruf, verhaspelte sich, als würde sie Tränen hinunterschlucken. »Ich frage mich, wann du mir einmal deinen Mann vorstellst«, sagte sie am Schluss.

Schon so lange war sie geschieden, hatte schon viele andere Männer gehabt, und ihre Mutter lebte noch immer im Glauben, sie sei verheiratet. Hatte sie am Ende schlicht vergessen, die Mutter zu informieren?

»Ich habe mich schon lange von ihm getrennt«, sagte Alma mit einem Schuss Brutalität.

Erst nach einigen Sekunden konnte die Mutter antworten, und es war hörbar, dass sie sogar mit dem einfachsten Wort rang: »Seit wann?«

»Seit einigen Monaten, vielleicht einem halben Jahr«, antwortete Alma, während sich in ihr eine Schutzmauer aus Kälte aufbaute.

Die Mutter schwieg.

Alma musste dieses Gespräch beenden, um nicht einzubrechen. »Ich schreibe und erkläre dir alles«, sagte sie und versuchte, ihre Stimme ruhig klingen zu lassen.

»Ja.«

Am Abend probierte sie sich an einem Brief, der notdürftig erklärte, rechtfertigte, entschuldigte. Mehr war nicht drin.

Von Margret kam lange nichts, doch in dieser schweigenden Zeit erschien es Alma, als stünden sie sich tagsüber als Feindinnen gegenüber und als lauerte nachts bei beiden die Sehnsucht nacheinander.

Eines Morgens erschien ihr im Halbschlaf plötzlich ein Bild ihrer Mutter als Kämpferin: Sie sollte sich geschlagen geben? Niemals. Wer wagte es, sie anzulügen? Lächerlich. Wer wagte es, ihr das Kind wegzunehmen? Ihr gehörte das Kind und sonst niemandem. Sollte sie weiter leiden? Sie hatte genug gelitten. Das Maß war voll, sie würde sich holen, was ihr gehörte.

Unter der Dusche versuchte Alma, das mulmige Gefühl abzuwaschen. Dann trank sie eine Tasse Kaffee und ging zur Uni.

In ihren nächsten Briefen jammerte die Mutter wieder viel über körperliche Gebrechen, obwohl sie es doch war, die in der ganzen Umgebung Schmerzen linderte und Kranke heilte.

*Die letzten Tage konnte ich nicht aufstehen. Die Postbotin kommt jetzt zu mir herauf in mein Schlafzimmer und nimmt meine Briefe mit.*

Alma rang ihre aufkeimende Weichheit nieder. Auch die wachsende Sehnsucht nach der Nähe der Mutter versuchte sie zu verscheuchen.

Die Briefe Margrets wurden seltener und viel kürzer. Jetzt teilte sie ihrer Tochter mit, dass sie nur noch schwer aus dem Bett käme.

*Ich komme schon zurecht*, schrieb sie. *Es geht schon.*

Der nächste Brief war in einer anderen Schrift adressiert worden, wahrscheinlich von der Postbotin, und der Briefbogen enthielt nur zwei krakelig geschriebene Worte:

*Ich sterbe.*

*Mama stirbt!* Das Packen konnte nicht schnell genug gehen. Sie hätte es doch spüren müssen. Spätestens seit die Postbotin ihr die Briefe ans Bett gebracht hatte, hätte sie sorgsamer nachfragen müssen. Die Landschaft raste nicht wie sonst, sondern spazierte mit aufreizender Langsamkeit am Zugfenster vorbei. Alma war schuld, schuld, schuld. Sie hatte die Mutter in einer Weise vernachlässigt, die sie in den Tod trieb. Wenn der Zug nicht bald schneller fuhr, würde Mama allein sterben und Alma sich nicht einmal mehr verabschieden können. Umsteigen in Stuttgart, Regionalbahn. Noch langsamer. Ab Calw nahm sie ein Taxi. Im Haus war es dunkel, zumindest das, was man von dieser Seite aus sehen konnte. War Mama schon tot?

Die Haustür war angelehnt. War jemand dort? Sie trat durch die Tür, im Wohnzimmer brannte die Stehlampe. Ein kurzer Blick hinein. Und – da saß Margret kerngesund auf ihrem Sessel und spielte mit der Katze. Sie lächelte und sprach: »Bist du nun endlich zu Hause.«

Kälte kroch in Almas Leib. Die spärliche Beleuchtung warf seltsame Schatten auf das mütterliche Gesicht. Etwas Dämonisches ging von Margret aus. Jetzt fiel Alma der Koffer aus der Hand, aber sie hatte nicht den Impuls, sich nach ihm zu bücken.

»Willst du mich nicht begrüßen?«, fragte die Mutter mit einer falschen Liebenswürdigkeit.

Alma fröstelte, als wäre sie in einem Horrorhaus. Langsam drehte sie sich um. Die Handtasche noch in der Hand, ging sie Schritt für Schritt, Stufe um Stufe die knarrende Treppe des alten Schwarzwaldhauses nach oben und legte sich mit Jacke und Handtasche auf ihr Bett. Kalt war ihr, doch woher die Kraft nehmen, sich zuzudecken?

Später brachte Margret heiße Suppe. »Iss etwas, mein Mädchen«, sagte sie mit sanfter Stimme.

Alma drehte ihr Gesicht gegen die Wand. Diese Tapete mit den Blümchen und Ranken und Efeu, das war es, was ihr von ihrem Leben blieb. Sie suchte ihre Stimme. Sollte sie der Mutter antworten? Sie müsste doch wütend sein, Margret hinauswerfen. Nach ein paar Minuten verließ die Mutter das Zimmer und stellte, als sie wiederkam, einen Nachttopf neben das Bett, ging hinaus und drehte von außen den Schlüssel herum.

Vom Bett aus betrachtete Alma die Sterne. Ein paar Tannenwipfel ragten mit ihrem Schwarz in das

Dunkelblau des Himmels. Nur ein Käuzchen unterbrach die Stille. Sie fror. Der Halbmond zog seine Bahn, und als er zwischen den Nadelbäumen durch leuchtete, hob Alma die Decke und legte sich mit Jacke und Schuhen darunter.

Irgendwann vertrieb die orangefarbene Morgensonne das Dunkelblau des Nachthimmels. Almas Hand war noch immer in die Tasche verkrallt, als wäre diese Handtasche der letzte Rest ihres Selbst oder vielleicht ihres Frauseins, den sie niemals der Mutter überlassen dürfte.

Vom Dorf her kam das Läuten der Kirchturmglocke. Mittag. Später wurde es dunkel. Warum lag sie hier in ihrem Zimmer? Das Wort *Filmriss* fiel ihr ein. Wurde sie verrückt? Draußen standen schon wieder die Sterne – wie schön die waren. Dann suchte sie nach einem Ende des Fadens, damit sie sich nach und nach wieder erinnern konnte, was sie hier tat und warum sie im Zimmer eingesperrt war. Etwas musste passiert sein.

Als die Morgensonne hinter den Wiesen auftauchte, ging das Türschloss und die Mutter kam herein. Sie hielt in der Hand eine Kaffeetasse und einen Teller mit Marmeladenbrot. Das Brot war in Stücke geschnitten, wie man es für Kinder machte.

»Komm, mein Kind, du musst essen.«

Warum war sie hier? Warum brachte die Mutter ihr das Essen? War sie krank?

»Lass dich von mir ausziehen«, sagte die Mutter mit sanfter Stimme. Margret hob ein Nachthemd hoch. Rosafarben, mit Rüschen und Schleifchen. »Für dich, mein Mädchen. Für deine Rückkehr zu mir.« Alma ließ sich von ihr ausziehen, ließ sich das kindische Nachthemd anziehen, dann drehte sie sich wieder zur Wand und endlich schlief sie ein.

Sie erwachte, weil jemand neben ihr leise sang. »*Maikäfer flieg, dein Vater ist im Krieg, die Mutter ist in Pommerland, Pommerland ist abgebrannt, Maikäfer flieg.*«

Ihre Mutter hatte sie beim Schlafen beobachtet. Alma fröstelte.

Am nächsten Morgen stand sie aus dem Bett auf und ging mit wackeligen Beinen unter die Dusche. Die Mutter hatte ihr die frischen Kleider auf den Stuhl gerichtet. Danach legte sie sich auf den Liegestuhl, der auf der Terrasse aufgeklappt stand. Margret deckte sie mit einer leichten Wolldecke zu. Alma blieb liegen und vergaß jede Zeit. Nachbarn kamen offenbar von Zeit zu Zeit vorbei.

»Mein Mädchen ist wieder nach Hause gekommen«, hörte sie die Mutter flüstern. »Sie ist krank geworden in der Stadt.«

Alma versuchte, die Gedankenfäden festzuhalten. Was war geschehen? Nach und nach konnte sie sich an die Bahnfahrt von Hamburg erinnern. Hamburg. Wie weit weg ihr Leben in Hamburg war. Unwichtig, kaum spürbar. Was war da? Warum hatte sie im Zug solche Angst gehabt? Und dann umkreisten ihre Gedanken etwas, das sich ihr immer wieder entzog. Das, was sie suchte, schien vor ihr zu fliehen. Jetzt sah sie die angelehnte Tür und das dunkle Haus, die Lichtkegel im Wohnzimmer. Dort! Dort saß sie, die totgeglaubte Mutter, mit dem schaurigen Flackern in den Augen, wie sie mit der Katze spielte, und jetzt war alles wieder da. In Alma formte sich ein Schrei, doch er zerriss in ihrem Mund und drang als Husten heraus.

Margret eilte herbei. »Ist dir kalt, mein Mädchen? Möchtest du ins Haus?«

»Warum?« Diesmal stieß Almas Schrei ungehindert aus ihren Eingeweiden hervor. »Was hast du mit mir gemacht?«

»Schsch ... überanstrenge dich nicht. Du bist noch krank«, sagte die Mutter mit leiser Stimme und zog Alma die Decke über die Schulter, vermied es aber, ihrer Tochter in die Augen zu schauen.

Alma betrachtete ihrerseits das Gesicht der Mutter. Sie sah gut aus, erholt, gesund. Nur ihre Furche zwischen den Augenbrauen schien sich vertieft zu haben. Ihre eisenfarbenen Augen richteten sich auf Almas Körper und ihr war, als würde sie von Metall berührt.

Die Sonne wärmte ihre eiskalten Hände. Margret hatte sich wieder in die Küche verzogen.

Beim Abendessen saßen sie sich gegenüber. Vor Alma stand ein Teller mit Mangoldgemüse und Reis, doch ihre Hände blieben auf ihrem Schoß liegen wie zwei gebrauchte Wollsocken.

»Warum hast du das getan?«, brachte sie schließlich mit ruhiger Stimme heraus.

»Ich habe deinen Kummer gespürt. Du weißt, dass ich nur aus Sorge um dich gehandelt habe«, sagte Margret, und der Satz blieb in der Küche hängen wie eine bleierne Wolke. Die Mutter konzentrierte sich ganz auf sich selbst, schob mit der Gabelspitze die winzigen Reiskörner mal einen Zentimeter auf diese, einen Zentimeter auf jene Seite ihres Tellers.

»Du siehst ja selbst, wie krank und schwach du geworden bist. Kaum kommst du aus dem Liegestuhl.«

In Almas Kopf schwirrte es, *Warum hast du mich dann drei Tage eingesperrt?* wollte sie fragen, aber im Inneren ihres Mundes raschelte es wie trockenes Laub.

Mit fester gewordener Stimme, als hätte sie wieder Fuß gefasst und als würde sie sich selbst diese Lüge glauben, sagte Margret: »Sieh, wie dünn du in der Stadt geworden bist, kaum noch der Schatten deiner selbst.«

Mäuse schienen in Almas Körper einzudringen, die ihre inneren Organe anknabberten, Ameisen fraßen feine, nadelspitze Löcher in ihre Eingeweide. Sie übergab sich in den Teller. Alles, was sie seit ihrer Zugfahrt aus Hamburg sagen und schreien wollte, schüttete sie jetzt auf den Mangold und den Reis. Das Würgen hörte nicht auf und ihre Innereien verkrampften sich schmerzhaft. Alles schien aus ihr herauskommen zu wollen, ihre eigenen Lügen, die Lügen ihrer Mutter, der grausame Verrat, ihr ganzes leeres, entwurzeltes Leben. Am Ende war es Hass, der ihren Leib schüttelte.

Margret war aufgestanden, brachte eine Waschschüssel und hielt sie ihr hin. Wellen von Übelkeit trugen Alma weg, sie krümmte sich über der Wanne zusammen und jeder Tropfen Schleim, der herauskam, schien vermischt mit Glassplittern und schmerzte in ihrem Hals, in ihrer Kehle und sogar hinter ihren Augen. Dann wischte sie sich den Mund mit der Serviette ab, stand auf und ging hinauf in ihr Zimmer und legte sich aufs Bett.

Als es draußen dunkel wurde, zog sie sich aus, zog das rosa Nachthemd an und legte sich unter die Decke.

Am Morgen ging sie zum Frühstück nach unten, Margret war schon wach, hatte bereits Kräuter gesammelt und war dabei, diese zum Dörren auf einen Holzrost zu legen. Nach ein paar Minuten trocknete sie ihre Hände und schenkte Alma einen Tee ein. Das Gesicht der Mutter war glatt, verschlossen, undurchdringlich. Doch während Margret die Kanne auf den Untersetzer stellte, trafen sich ihre Blicke für einen winzigen Augenblick. Wie durch einen schmalen Spalt in ihren Augen erkannte Alma eine Verzweiflung, schwarz wie der Tee in ihrer Tasse und tief wie das Moor draußen im Wald. Diese Verzweiflung sprang auf Alma über, und anstatt am Tisch sitzen zu bleiben und mit ihrer Mutter zusammen über die Ausweglosigkeit zu weinen, in welche sie sich beide gebracht hatten, nahm Alma ihre Teetasse und legte sich in den Liegestuhl auf die Terrasse. Sie hatte wieder etwas gefühlt und das durfte nicht passieren, denn es würde sie wieder an die Mutter ketten und sie niemals loslassen. Immerhin hatte sie bereits so viel Kraft gewonnen, dass der Gedanke an die Rückreise in ihr Fuß fassen konnte. Doch es dauerte noch tagelang, bis sie stark genug war, fahren zu können. Diesmal brachte Margret sie nicht zum Bahnhof.

Ihre Briefe kreuzten regelmäßig, aber sie blieben nichtssagend und schmeckten wie ungetoastetes Toastbrot. Alma beendete ihr Studium und erhielt mühelos eine Anstellung in einem mittleren

Orchester. Später wechselte sie zu den Hamburger Symphonikern. Die Karriere als Solistin blieb als Traum in ihr, der sie manchmal gallig vor Neid machte oder sehnsüchtig wie eine schwärmerische Pubertierende.

Ihr Verlangen nach Liebe lebte sie weiterhin in einer unverbindlichen Sexualität aus, die sie noch einsamer zurückließ.

Zweimal im Jahr fuhr sie in den Schwarzwald. War sie jetzt frei? Sie wusste es nicht, denn wenn Glück zu Freiheit gehörte, war sie unfrei. Der Verrat der Mutter hatte sie in ihrem innersten Kern so verletzt, dass sie hinausgeschleudert worden war aus deren Kreis, und das war Freiheit und Schmerz gleichzeitig.

Erst mit Biancas Geburt weichte sich alles auf. In Alma breitete sich eine Liebe aus, die sie zuweilen an ihrem Verstand zweifeln ließ und Risse in die Verhärtung gegenüber der Mutter trieb. Margret weinte, als sie den Säugling in ihren Händen hielt, vorsichtig, als hätte sie Angst, ihm etwas anzutun. Die Mutter schien in den letzten Jahren bis an den Rand ihrer Einsamkeit gegangen zu sein, an die Grenze eines fremden Landes, das nur im Tod zu bereisen war. Mutter und Tochter begegneten sich im Kinderlachen Biancas, ohne sich anschauen zu müssen. Alma hatte sich außerhalb verankert und konnte ungefährdet und ohne Angst vor neuen Fallen Margrets deren zart aufkeimende Güte wieder annehmen.

Jetzt wurden auch die Briefe häufiger, Fotos lagen dabei, und die Besuche im Schwarzwald wurden nach und nach unbeschwerter. Die Macht lag nun auf Almas Seite.

## Alma, Wildblüt, 2015

Das Telefon schreckt sie aus ihrem Halbschlaf. Bianca vermutlich. Beim Aufstehen wird ihr schwindelig, sie fällt wieder ins Bett zurück, steht noch mal auf und hastet nach unten.

»Guten Morgen.« Bernd! Mein Gott, kann sie ihre Gefühle für diesen Typen jetzt mal abschalten?

»Ich hoffe, dir geht es besser.«

»Ja, ich habe gut geschlafen.« Sie lügt. Man will ja höflich bleiben.

»Barbara und ich sind schon hinten am Jägerstand und würden gerne etwas mit dir besprechen. In einem Viertelstündchen wären wir da, ist das okay für dich?«

Alma blickt an ihrem Schlafanzug herunter und unterdrückt ein genervtes Stöhnen. *Der Kerl rückt mir auf den Pelz mit seiner Barbara.*

»Ja, gerne, ich mach euch einen Kaffee«, flötet sie.

Ein schlankes Persönchen hat er zur Frau, eine attraktive Sechzigerin mit wuchtiger grausträhniger Lockenfrisur, gekonnt zu einem schwingenden Bob geschnitten. Das Schwingende umgibt die ganze Gestalt, selbst wenn sie stillsitzt. Ihre Augen lachen auch dann, wenn sie gerade nicht lacht. Flache rote Wildlederschuhe. An den Schuhen erkennt man das Teure ihrer Kleidung. Kommt das Strahlen von den starken Farben ihrer Bluse oder kommt es von innen, von ihrer Religiosität? Sie wird gut gevögelt, das ist es wohl. Obwohl Barbara nur die Hälfte ihres Mannes ist, hat sie ihn offenbar im Griff. Was heißt im Griff? Sie hält ihn an der langen Leine. Was heißt Leine? Sie scheint ihm den Rahmen zu geben, den er braucht, um überhaupt leben zu können, und Alma fragt sich, ob er sonst womöglich auseinanderdriften und seine Kräfte verpuffen lassen würde. Erst an ihrer Hand konnte er vermutlich seine Charakterstärke hervorbringen. Er dankt es ihr und bringt das Geld ein. Und den Sex. Der Verstand muss von ihrer Seite kommen, denn sie antwortet bereits, wenn Bernd sich noch zu bemühen scheint, die Frage zu verstehen. Oder unterschätzt Alma ihren Bruder? Manchmal kommt es ihr vor, als würde er alles sehen, ohne den Eindruck zu erwecken, hinzuschauen. Sie steht einem glücklichen Paar gegenüber und daneben liegen die Bruchstücke ihres Lebens, die man wie Brotreste an die Enten im Dorfteich verfüttern könnte. Niemandem würde sie fehlen. Nicht einmal Bianca. Wie kommt sie jetzt gerade auf Bianca? Sie sollte sie heute noch anrufen.

»Wir haben die Stoffpuppe im Moor gefunden«, sagt Bernd, nachdem er an seinem heißen Kaffee genippt hat.

»Stoffpuppe?«

»Die, mit der die Mutter auf dem Spazierweg gesehen wurde.«

»Ich fass es nicht! Hat diese Frau Spuren gelegt, um unsere kriminalistische Ader zu schulen?«

Während Bernd in sich hineinzuschauen scheint, um nach Worten und Bildern zu suchen, antwortet Barbara an seiner Stelle. »Ich denke, sie wollte euch etwas sagen, was sie zu Lebzeiten nie hat sagen können.«

»Wo ist die Stoffpuppe jetzt?«

Bernd räuspert sich, richtet sich auf und sagt: »Wir haben sie im Moor gelassen, um die Stelle zu markieren, an der gegraben werden muss.«

»Graben?«, ruft sie aus. »Nach was? Bist du verrückt? Das ist gefährlich und verboten. Es ist Naturschutzgebiet, es würde das Moor beschädigen. Und was, um Gottes willen, willst du finden?«

»Wenn ich das wüsste«, antwortet Bernd zögerlich. »Vielleicht ist eine Nachricht in der Stoffpuppe, aber so weit ins Moor zu gehen, ist zu gefährlich.«

Dieser Typ hat sie definitiv nicht mehr alle, sicher guckt er abends zu viele Krimis. Würde er doch lieber Pornos anschauen mit seiner Pfarrerin. Alma bleibt der Mund offenstehen, Feindseligkeit wirft schon wieder ihre Sporen aus.

In die Stille hinein fährt Bernd fort: »Nicht *wir* werden graben, sondern die Polizei.«

»Die Polizei? Ich kann nicht glauben, dass du so naiv bist. Du denkst, du kriegst die Polizei dazu, im Naturschutzgebiet aufs Geratewohl Löcher ins Moor zu graben, nur weil du eine Intuition hast?«

»Ja.« Bernds Stimme ist sanft und seine Augen sind schwarz vor Zuneigung. »Das Haus allerdings sollten wir nicht der Polizei überlassen, wir sollten es nach weiteren Hinweisen absuchen.«

Alma schnappt nach Luft, sie ist schon wieder den Tränen nahe, denn dieses Paar hat sich offenbar gegen sie verschworen. Sie wollen ihr zeigen, was man gemeinsam erreichen kann, wenn man nur zusammenhält, und wie nutzlos und ohnmächtig jemand ist, der allein lebt.

»Ich stelle es mir schwierig vor, wenn plötzlich ein neues Familienmitglied vom Himmel fällt«, wirft

Barbara mit leiser Stimme in das Schweigen hinein. »Und erst noch ein Kaliber wie Bernd.«

Warum wechselt sie das Thema? Alma kämpft um Fassung. Warum ist dieses Paar so versöhnlich? Sie könnten feindseliger sein, das gäbe ihr Kraft und Haltung. Diese Zuwendung lässt sie schmelzen wie Erdbeereis in der Sonne – was zurückbleibt, ist ein ekliger, klebriger Brei. Sie rauben ihr allen Selbstschutz.

Barbara. Warum ist sie nicht eifersüchtig oder wenigstens misstrauisch? Misstrauen und Eifersucht sind Almas Domäne, da könnte sie ihren Geist klar halten und müsste sich nicht die ganze Zeit als weinerliches Wrack präsentieren.

»Bernd hingegen wusste immer, dass da draußen zumindest noch eine Mutter sein muss«, fährt Barbara fort. »Dass er jetzt auch noch eine Schwester findet, ist für ihn die reine Freude. Ich an deiner Stelle wäre auch irritiert.«

»Das geht schon«, antwortet Alma, dankbar, dass Barbara ihr einen Grund für ihre Reizbarkeit liefert. Sie reibt sich kurz über die Augen. »Wenn Margret erst einmal unter der Erde ist, wird es leichter.«

Ihre Mutter hat Spuren gelegt und sie nimmt es ihr übel. Einen Abschiedsbrief zu verfassen, vielleicht mit einer Lebensbeichte, hätte es auch getan. Aber nein, Margret muss es indirekt machen, geheimniskrämerisch. Alma ist den dritten Tag hier und der Schleudergang in ihrem Inneren scheint sich immer schneller zu drehen.

»Ich freue mich übrigens sehr, dass du da bist und Bernd eine Schwester bekommen hat«, sagt Barbara jetzt. »Auf deine Tochter bin ich auch gespannt. Wird sie wohl zur Beerdigung kommen?«

»Das glaube ich kaum«, antwortet Alma schnell. »Also dann«, fährt sie fort, um das Thema zu wechseln, »was suchen wir? Eine Schatztruhe mit alten Schriftrollen?«

»Genau! Etwas Aufgeschriebenes wäre großartig. Alles können wir gebrauchen«, antwortet Bernd mit erstaunlichem Schwung. »Gibt es einen Dachboden? Was ist mit ihrem Schlafzimmer? Auch das Wohnzimmer ist voll mit Sachen.« Ihr älterer Bruder gibt Anweisungen und Alma weiß nicht, ob sie sich darüber freuen oder ob sie sich bevormundet fühlen soll. Sie entscheidet sich für Ersteres, denn nach und nach tastet sich etwas Neues in ihr Gemüt: Sie ist nicht mehr allein.

»Und warum darf die Polizei nichts finden?«

»Die Polizei, *dein Freund und Helfer«*, entgegnet Bernd mit feinem Schmunzeln. »Helfer sollen helfen, nicht bestimmen.«

»Na, dann mal zu.«

»Wirst du diese Medikamente alle der Polizei überlassen?«, fragt Barbara, als sie mit ihrer Suche im Keller angelangt sind.

»Wieso der Polizei?«

»Sie werden sie konfiszieren wegen Verstoßes gegen das Arzneimittelgesetz.«

»Oder sie werten es als illegalen Drogenbesitz«, wirft Bernd ein.

»Was sagst du?! Diese Menge lässt sich nicht verstecken.«

»Wir packen alles ein und bringen es zu uns, bis der Spuk vorbei ist«, schlägt Barbara vor.

»Zu euch?« Langsam wächst sich dieses Ding hier aus. Alma kann sich nichts mehr vormachen. Plötzlich hat sie Familie und diese beiden sind gekommen, um zu bleiben. In ihr tut sich ein gewaltiges Nein auf. Sie will das nicht, sie will keine wildfremden Leute in ihrem Leben, auch wenn die noch so nett und teilweise blutsverwandt sind. Keine Pfarrerinnen will sie, keine Möchtegern-Zuhälter, keine Hobby-Detektive und auch keine Millionäre. Sie will keinen Leichenchordirigenten und sie will nicht kommunizieren müssen, wenn es ihr nicht selbst gefällt, sie will nicht andauernd heulen, nur weil jemand freundlich ist, und vor allem will sie niemanden, der in ihr Leben hineinleuchtet, ohne dass sie es kontrollieren kann.

»Dann packen wir das Zeug mal in Kartons, davon gibt's welche im Schopf«, sagt sie widerwillig.

Bernd geht in den anderen Raum. Darf er das? Ohne sie zu fragen? Sie beschließt, sich locker zu machen. Während sie Barbara die Apothekerschränke zeigt, ist sie plötzlich stolz auf Margret. Welch ungeheures Wissen und wie viel Arbeit in all diesen Ampullen, Fläschchen, Gläsern und Schächtelchen steckt. Naturmedizin von ihr selbst gesammelt, getrocknet, vermahlen, mit Alkohol oder Honig versetzt, ein ganzer Kosmos von uralter Heilkunst steht vor ihnen. Eine Ahnung fliegt Alma an, dass sie ihre Mutter einmal geliebt hat. Während sie weiterredet, um Barbara zu erklären, wofür der Fingerhut gut ist und wie viel Vorsicht man bei ihm walten lassen muss, flattert ihre Stimme, und schon wieder rinnen ihr die Tränen über die Wangen.

»Du trauerst«, sagt Barbara leise. »Es ist normal, dass du heulst.«

»Echt? Ist das normal? Ich fühle mich wie ein altes Wrack, das sich kaum noch aufrechthalten kann.«

Barbara nimmt sie in die Arme, als wäre sie ihre ältere Schwester. Weich und still fühlt sie sich an.

»Ich glaube, ich brauche eine Pause«, sagt Alma schließlich. »Da oben wartet eine Mentholzigarette auf mich.«

»Pause ist gut«, antwortet Barbara. »Soll ich im Kühlschrank nach einem Frühstück suchen?«

»Prima«, ruft Alma und ist schon fast oben. Als sie auf dem Bänkchen im schattigen Vorplatz sitzt und einen wohltuenden Zug an der Zigarette nimmt, versucht sie, sich zu entspannen. Was passiert hier gerade? Würde sie diese ollen Medikamente überhaupt haben wollen? Ohne die beiden hätte sie sie unbesehen entsorgt. Doch jetzt scheint ihr alles aus der Hand zu gleiten. Nach dem letzten Zug an der Zigarette erhebt sie sich, zieht ihre Bluse glatt und begibt sich in die Küche, wo der Tisch bereits gedeckt ist. Schön, sich an einen gedeckten Tisch zu setzen. Wann hat sie das in ihrem Leben?

»Es fällt mir schwer, das alles aus der Hand zu geben. Schließlich war ich es, die die ganzen Jahre mit Margret zusammengelebt hat.«

»Das ist verständlich«, antwortet Barbara.

Bernd blickt kurz auf und fischt mit den Fingern eine Olive aus dem Schälchen. Alma legt ein paar Blättchen Salat auf ihren Teller und zieht ein Stück des fein geschnittenen Schwarzwälder Schinkens aus dem fettigen Papier. Barbara kaut genüsslich an ihrem Brot mit Schafskäse. Warum sagt Bernd nichts? Muss er erst den Hefeteig in seinem Gehirn aufgehen lassen? Was geht in ihm vor? Alma ist genervt und will das Thema abschließen. »Vielleicht packen wir die Medikamente in mein Auto.« Doch bevor jemand was sagen kann, fällt ihr ein: »Allerdings haben wir ein Problem, wenn sie das auch durchsuchen. Aber warte! Wieso soll die Polizei mein Auto durchsuchen? Du machst mich ganz krank mit deinem Krimi.«

»Nimm dein volles Auto und wohne erstmal bei uns«, sagt Bernd beiläufig.

Wohnen? Alma stützt sich mit dem Ellbogen auf den Tisch und legt ihre Stirn in die rechte Hand in der Hoffnung, dadurch ihre Gefühle verbergen zu können. Schon wieder eine Zumutung, getarnt als Liebenswürdigkeit. Sobald sie Klarheit und Distanz in eine Situation bringen will, kommt irgendetwas Verbindendes. Wie kann sie sich der beiden entledigen? Sie braucht ihre Ruhe, was soll sie im familiären Pfarrhaus? Womöglich rennen da noch halb erwachsene Kinder herum, und vielleicht – Gott bewahre – trifft sie diese Bettina Schwartz oder ... *ihn*. Die Familien müssen sich kennen. Wie kommt sie aus dieser Nummer nur wieder heraus? Sie muss ihren klaren Menschenverstand einsetzen!

»Ich fasse zusammen ...«, sagt sie an Bernd gerichtet. »Wir haben nichts zu verbergen, es gibt nichts, was wir auf dem Kerbholz hätten, und wir versuchen trotzdem ohne Not, einige Dinge von hier zu entfernen, damit sie der Polizei nicht in die Hände fallen bei einer – selbst provozierten – Hausdurchsuchung wegen nichts? So weit richtig?«

»Richtig.«

»Du stellst dir vor, die Polizei würde mit dir Schnitzeljagd spielen und im Naturschutzgebiet die weißen Stofffetzen herausholen oder sogar graben ohne konkreten Verdacht. Richtig?«

»Richtig.«

»Bist du sicher, dass du dich da nicht gottserbärmlich verrannt hast?«

»Ja«, sagt Bernd. »Sicher.«

Hinauswerfen sollte sie die beiden auf Nimmerwiedersehen, ihre alte Mutter unter die Erde bringen und nach Hause fahren. Mit einem wütenden Seufzer lehnt sie sich zurück. Dabei streift sie Barbaras Blick.

»Bernd wirkt manchmal etwas langsam«, sagt diese vorsichtig. Der, von dem die Rede ist, steckt sich ein Stück Käse in den Mund. »Manchmal blickt er drein wie ein Bernhardinerhund.«

»Das habe ich auch schon gemerkt.«

»Sein Gehirn arbeitet dabei jedoch überdurchschnittlich schnell. Er kann Schlüsse ziehen und Zusammenhänge erkennen, die für Normalbegabte in dieser Schnelligkeit nicht möglich sind.«

»Normalbegabte?«

»Vor allem hat er eine unglaubliche Menschenkenntnis und kann sein Gegenüber viel leichter durchschauen als andere.«

Hitze kriecht an Almas Hals empor. Hat sie diesen Kerl so grandios unterschätzt?

»Deshalb glaube ich ihm, wenn er sagt, er sei sicher«, schließt Barbara. »Bis jetzt hat er sich noch nie geirrt.«

»Mein Gott, wo bin ich gelandet?«, fragt Alma. »Warum können wir nicht endlich die Mutter unter die Erde bringen und fertig?«

»Was auch immer die Polizei im Moor findet, es gibt uns Antworten auf Mutters Geheimnisse.« Endlich hat Bernd sich bequemt, etwas zu sagen.

»Ich brauche ihre verdammten Geheimnisse nicht zu wissen, sie hat sie mir zu Lebzeiten nicht verraten, warum muss ich mich jetzt damit rumschlagen?« Alma hält ihre Finger an die Schläfen. Sie hat Kopfweh, ihr Herz klopft und die Augen brennen. Auf dem Teller liegt ein angefangenes Schinkenbrot. Weg ist der Appetit. Ihr neuer Bruder und seine Frau sitzen betreten am Tisch. Dann fährt Alma fort: »Und wenn du Menschen so gut durchschauen kannst, was denkst du dann von mir?« Sie will ironisch klingen, aber ihre Stimme ist schrill.

Bernd blickt sie so liebevoll an, dass er – wäre seine Barbara nicht da – sie gewiss wieder in den Arm nehmen würde. Das geht jetzt nicht. Schade eigentlich.

»Dass ich eine schöne, musikalische Schwester habe und ich sie gerne mag.«

»Du veräppelst mich.« Dann wendet sie sich an Barbara. »Was hat er über mich erzählt?«

»Dass du gekränkelt hast und er dich mit Spitzwegerich und Honig aufgepäppelt hat«, antwortet die. »Und dass er dich attraktiv findet. Mehr weiß ich nicht.«

»Was?« Alma starrt Bernd mit aufgerissenen Augen an und schlägt mit der flachen Hand auf den Tisch.

»Was, ›was‹?«, fragt er ausweichend.

»Was denkst du von mir?«

»Ach, das sind doch nur vage Rückschlüsse.«

»Was?«

»Willst du es wissen?«

»Natürlich.«

»Dass du mit dem Pianisten Wolfgang Schwartz ein Kind hast. Dass du es zur Adoption freigegeben hast. Dass er nichts davon weiß.«

Das Wort *Kind* hängt zwischen ihnen wie ein Sprung im Glas. Bevor Alma zusammenbricht, hört sie Barbara ihrem Mann noch zurufen: »Was redest du da?«

Immerhin hat er nicht mit ihr über sie gesprochen. Diesen Gedanken kann Alma noch denken, dann wird ihr seltsam schwindelig. Seine Arme. Er trägt sie und legt sie auf das Sofa. Sie will die Augen schließen. Die gehorchen ihr nicht. So starrt sie an die Decke. In ihrem Inneren stürzt etwas ein. Aber was?

Sie muss kurz weggetreten sein, denn Barbara sitzt am Ende des Sofas und hält Almas Füße an ihren Bauch. Die fühlen sich eiskalt an, doch von Barbara her strömt Wärme in sie ein. Sie schließt die Augen und wird sie nicht wieder öffnen, die Dunkelheit wird sie gegen diese beiden Gutmenschen abschirmen. Bernd hat den Sessel der Mutter zum Sofa hergezogen. Seinem Blick wird sie sich nicht aussetzen, sicher ist er wie immer liebevoll besorgt. Erbrechen könnte sie.

»Sie ist wieder da«, sagt Barbara leise.

Bernd räuspert sich und lässt seinen schönen Bariton über ihr verschlossenes Gesicht fließen. »Du hast keine Ahnung von meinem früheren Leben, du weißt nicht, dass Gewalt mein Leben beherrscht hat und du hast keine Ahnung, wie viele Frauen ich vielleicht zerstört habe, nur um meine Verlassenheit nicht zu bemerken.«

Alma horcht auf. Jetzt öffnet sie ihre Augen zu vorsichtigen Schlitzen. Er spricht ernsthaft, ohne Zerknirschung, ohne Belehrung, ohne Scham.

»Scham kannte ich besser als Trauer. Vor allem, als ich mehrere Unternehmen in den Sand gesetzt habe.«

»Was für Unternehmen?«, fragt Alma mit brüchiger Stimme.

»Puffs«, antwortet er.

Ein Grinsen bei allen dreien.

»Warum hast du die in den Sand gesetzt?«

»Weil ich nicht rechnen kann und meine Mädchen mich wohlorganisiert ausgetrickst haben.«

Alma ist jetzt hellwach, kichert, und während sie sich auf dem Sofa aufsetzt, grinsen auch die beiden anderen.

»Und wie schaffst du es jetzt mit den Finanzen?«

Er deutet mit dem Kopf Richtung Barbara. »Sie verwaltet das Geld, ich bringe es rein.«

»Und wie kommt die Pfarrerin an den Zuhälter? Hast du dich inkognito auf dem Straßenstrich ausprobiert?«

»Er ist mir zugelaufen«, antwortet Barbara.

»Sie hat mich gezähmt«, sagt Bernd.

»Er hat mich gefüttert.«

»Womit hat er dich gefüttert?«

»Mit seiner Liebe und mit langem, innigem Sex. Ich war so ausgehungert«, sagt die Pfarrerin.

Das darauffolgende Schweigen füllt sich mit Verbundenheit. Ein unbekanntes Gefühl für Alma. Ist es das, was man als Glück bezeichnet? Nichts Himmelhochjauchzendes ist es, sondern etwas Leises, Unfertiges, Verletzliches, etwas Wahres. Dann holt sie Luft. »Erzähl von deinem verruchten Vorleben«, fordert sie.

Der sekundenschnelle Blick zwischen dem Paar ist voller Intimität und Vertrautheit, ein Blick, der in Alma schmerzhafte Sehnsucht und die altbekannte Frage aufwirft: *Bin ich die Einzige, die kein Recht auf Liebe hat?*

»Später«, verspricht Bernd. »Wir haben jetzt unser ganzes Leben Zeit, uns alles zu erzählen.«

Alma erschrickt schon wieder über die Nähe, die ihr Bruder ständig herstellt. *Unser ganzes Leben*, sagt der Typ.

»Und wie um alles in der Welt hast du das über mich herausgefunden?«

»Du lügst so gottserbärmlich schlecht, dass es mir fast wehtut.«

»Kannst du es besser?«

»Natürlich. Ich kann dir ein Seminar geben.«

Alma lässt ihren Blick zwischen den beiden hin und her gleiten, ist plötzlich erneut unsicher. Lügen die beiden sie an? Was ist echt? Was ist Lüge? Ist ihr eigenes Leben nicht eine einzige gigantische Lüge? Wer hat sie je nicht angelogen und wen hat sie je nicht angelogen?

»Keine Angst«, sagt Bernd dann mit weicher Stimme. »Im privaten Bereich bleibt mein Herz unverteidigt.«

Bernds Erzählungen haben die Monsterwelle nur aufgehalten, sie haben sie hinausgezogen ins Meer, damit sie jetzt umso zerstörerischer über sie hereinrauschen kann. Ihr Gehirn vibriert, stampft und tost, sie wird mitgerissen und kann sich nicht daraus befreien. Wie soll sie ihr Leben sortieren und die ganzen Lügen auflösen? Diese eine riesige Lüge, von der niemand etwas weiß und die Bernd in kürzester

Zeit entlarvt hat – wie soll sie damit weiterleben? Will sie ihr Kind wiederfinden? Sie hat es schon versucht, halbherzig, das muss sie sich eingestehen. Sie sollte wenigstens damit aufhören, sich selbst zu belügen. Und Bianca? Sie wird sie hassen. Bianca darf es niemals erfahren, sonst verliert sie auch noch dieses Kind. Was dann? Weiterlügen? Und was, wenn es auftaucht? Ihr Kind? Irgendwann? Dann wird es so weit sein, dann wird ihr Koffer, übervoll mit Scham und Schuld, aufgerissen werden in aller Öffentlichkeit. Wolfgang Schwartz ist inzwischen weltberühmt. Sie wird in den Zeitungen stehen als sein Betthäschen, das sich hochschlafen wollte in der Musikwelt, und das sein Kind abgeschoben hat. Weg und fort. Und wo um alles in der Welt ist es? Wie geht es ihm? Lebt es noch? Ihr Kind, dieses Loch in ihrer Seele, das sie seit zwanzig Jahren nicht schließen kann.

Barbaras Hand legt sich wärmend auf ihr Brustbein. Die Gedankensturzflut, die sie gerade zu ertränken gedroht hat, stoppt für eine Sekunde, als wolle sie ihr eine kurze Zeitspanne gewähren, um Luft zu holen, bevor sie sie vollends hinabzieht auf den Meeresboden.

»Erzähl«, flüstert Barbara.

## Alma, Hamburg, 1995

»Sieh an, die erste zweite Geige«, sagte er, als sie hinter der Bühne fast mit ihm zusammengeknallt wäre.

»Sieh an, der Herr Starpianist.« Alma nickte ihm huldvoll zu und hoffte, souverän zu wirken.

Sie kam nach dem Konzert noch einmal zurück, weil sie ihre Partitur im Konzertsaal vergessen hatte. Er war gerade mit seiner Autogrammstunde fertig.

»Bei euch spielt die erste zweite Geige besser als der Konzertmeister.«

»Soso. Das will der Herr Pianist herausgehört haben?«

»Im Gegensatz zu unserem göttlichen Großmeister Beethoven höre ich sehr gut.«

»Danke für Ihr Kompliment zu meinem Spiel. Dann wünsche ich eine gute Nacht.«

»Auch Ihnen eine gute Nacht«, wünschte er ihr.

»Er spielt zu schwülstig«, sagte er in dem Moment, als sie an ihm vorbeiging.

»Wer?«

»Der Konzertmeister.«

»Aha.«

»Ihre Töne dagegen steigen empor wie weiße Lilien, klar und gerade. Sie öffnen sich nach oben und gehen nicht in die Breite.«

War das billige Anmache oder ein echtes Kompliment? Dass der Konzertmeister nach ihrem Geschmack das Vibrato gerne überstrapazierte, fand sie auch, war nun aber doch verwundert, dass Schwartz unter sechzehn ersten und vierzehn zweiten Violinen diese subtilen Unterschiede heraushören konnte. Alma klemmte die Partitur unter den Arm und fragte sich, ob sie gerade dabei war, schon wieder den gleichen Scheiß zu machen. Ihren Männerscheiß.

»Das Kompliment geht an Sie und Ihr feines Gehör«, sagte sie und schickte sich an, weiterzugehen.

»Auf der Fahrt hierher las ich mal wieder die drei Violinsonaten von Brahms und hatte plötzlich einen ganz anderen Klang im Kopf. Dann habe ich mich gefragt, mit wem ich sie spielen könnte.«

»Und – sind Sie fündig geworden?«

»Sie.«

Alma schloss kurz die Augen und versuchte, ihre Sinne beisammenzuhalten. Mit Wolfgang Schwartz ein Konzert oder eine Aufnahme zu machen, wäre der berufliche Durchbruch.

»Es würde mich wundern, wenn der international bekannte Shootingstar Wolfgang Schwartz eine Plattenaufnahme mit einer unbekannten zweiten Orchestergeigerin machen würde. Was wollen Sie wirklich, Herr Schwartz?«

»Ich wollte Sie nicht brüskieren, tut mir leid.«

»Ich wollte nicht so scharf klingen, tut mir auch leid.« Es war zu spät, sich zu verkrümeln. »Jemand wie Sie könnte mit Anne-Sophie Mutter spielen«, fügte sie an, nur um noch etwas zu sagen.

»Sie spielt zu dick.«

»Wie, zu dick?«

»Es liegt mir fern, die Kollegin Mutter zu kritisieren. Den Ton, den ich für diese drei Violinsonaten suche, haben jedoch Sie.«

Sie ließ die Schultern fallen, blickte ihn an und wusste, dass sie schon jetzt verliebt war. »Oder ist es so, dass Sie einer Frau wie Anne-Sophie Mutter nicht vorschreiben könnten, wie sie zu spielen hat?«

»Vielleicht.« Er zuckte die Schultern.

Almas Schlagfertigkeit hatte sich erschöpft. Sie erhielt gerade ein berufliches Angebot, das sie sich nicht zu wünschen gewagt hätte, und fühlte bereits den Schmerz, mit dem sie dafür bezahlen würde.

»Im Übrigen bin ich kein Shootingstar, sondern Pianist.«

»Ich wollte Sie nicht ärgern.«

»Was Sie auch noch wissen sollten«, sagte er in die kurze Pause hinein, »ich will den alten Brahms nicht als Vehikel für ein erotisches Abenteuer missbrauchen.«

»Sie meinen, Sex gegen einen Auftritt mit Ihnen wäre keine Option?«

»Das sehen Sie richtig. *L'art pour l'art*, gute Musik verträgt kein ›Um-zu‹.«

»Was genau haben Sie im Kopf, Herr Schwartz?«

»Ich will diese drei Stücke auf die Art spielen, wie ich sie im Kopf habe, dazu brauche ich eine gottverdammte Fidel und jemanden, der diese überdurchschnittlich gut spielen kann.«

Ihre Blicke trafen sich im Halbdunkel. Der Kampf war vorbei und bereits verloren. »Wenn Sie schon nicht mit mir schlafen wollen, dann küssen Sie mich wenigstens«, sagte sie.

»Unter der Bedingung, dass Sie mit mir die Violinsonaten einspielen«, antwortete er, und sein Kuss war so süß und weich und verboten wie der zwischen Johannes Brahms und Clara Schumann seinerzeit. Dann löste er sich sacht. »Der Kuss hat unser berufliches Projekt besiegelt, einverstanden?«

»Einverstanden.«

»Was das andere angeht, so muss ich Sie vor mir warnen.«

»Das ist nett von Ihnen.«

»Wie Sie schon angedeutet haben, bin ich ein notorischer Fremdgänger.«

»Was Sie nicht sagen!«

»Ich liebe meine Frau wie mein Leben.«
»Klappt es mit dem Sex nicht bei ihr?«
»Wundervoll klappt das.«
»Warum dann …?
»Warum trotzdem die Fremdgeherei, meinen Sie?«
»Mhm.«
»Keine Ahnung. Ich liebe den Sex, die Nähe, die Frauen und die weibliche Haut. Vielleicht ist es ganz einfach.«
»Womöglich werden Sie einmal dafür bezahlen müssen.«
»Umso wichtiger, das Leben zu genießen, solange man es noch hat.« Sein Blick strömte über ihr Gesicht wie ein warmer Sommerwind. »Sie haben unglaublich schönes Haar.«
»Da Sie mich vor sich selbst warnen, würde ich für heute gerne allein schlafen«, entgegnete Alma.
»Ich werde Sie so lange siezen, bis Sie Du zu mir sagen.«
»Clever! Sie waschen Ihre Hände schon vorab in Unschuld.«
»Da ich nicht einmal eine langfristige Geliebte suche, muss eine Frau wissen, worauf sie sich einlässt.«
»Danke für Ihre Aufrichtigkeit«, sagte sie und gab ihm die Hand zum Abschied.
»Ich bleibe einen Tag länger in Hamburg. Wir können morgen mit den Proben beginnen.«
»Prima.«
»Ende des Jahres will ich es aufführen, wenn möglich in Süddeutschland, die Plattenaufnahmen sind schon früher. Ich kläre alles mit meinem Agenten.«
»Okay, also – gute Nacht.« Sie musste weg, nach Hause, Biancas Kinderduft einatmen, Bettdecke über

den Kopf und heulen, damit sie nicht schon jetzt anfangen würde, ihn zu duzen.

Sie begannen mit der Probe am späten Vormittag im leeren Konzertsaal. Schwartz übernahm sofort die Führung. »Spielen Sie bitte die ersten Takte.« Nach dreißig Sekunden unterbrach er sie. »Lassen Sie das Vibrato weg und spielen Sie einen ganz geraden Ton.«

»Wie jetzt?«

»Wie ich sage.«

»Das klingt wie bei einem Geigenschüler der Volkshochschule«, sagte sie, nachdem sie begonnen hatte, zu spielen, wie er sagte.

»Nur, weil Sie widerborstig sind. Sie könnten diese Töne so spielen, dass sie in den Himmel aufsteigen und von dort wieder herabströmen.«

»Ich bleibe gerne erdverbunden.«

»Das macht nichts«, meinte er.

Alma war schon jetzt gereizt. Keine Spur von lockerem Umgang, schon gar keine von Flirt. Er war im Arbeitsmodus – streng, diszipliniert, herrisch.

Sie schloss die Augen, blies die Luft aus. *Mädchen, lass dich ein, entspann dich, gib dein Bestes.* Dann setzte sie den Bogen neu an und spielte einen der schönsten Striche, die sie je in ihrem Leben gespielt hatte.

»Genau. Noch mal von vorn. Wenn Sie wollen, können Sie das Vibrato im Lauf des Stücks dezent einsetzen. Achtung – ich spiele mit.«

Nach einigen Takten war sie es, die unterbrach. »Warum spielen Sie Arpeggio? In den Noten stehen einfache Akkorde!«

»Brahms muss mehrere Spielmöglichkeiten bedacht haben. Man hat damals oft Arpeggio gespielt.«

»Sie sind nicht gerade für ›historisch informierte Spielweisen‹ bekannt«, entgegnete Alma.

»Hier sehen Sie den Unterschied zwischen einem Pianisten und einem Shootingstar: Ich will neue Hörräume öffnen. Manchmal werfe ich dem Publikum zum Fraß vor, was es kennt und liebt, und manchmal mache ich etwas Anderes, Unbekanntes, Irritierendes.«

»Ihnen gesteht man künstlerische Souveränität zu. Mir als Orchesterviolinistin wird man sie übelnehmen.«

»Es könnte ein Erfolg werden. Dann wird man Sie beachten.«

»Im Moment fühlt es sich beschissen an.«

»Sie spielen aber ganz und gar nicht beschissen«, antwortete er in einem gewinnenden Ton.

»Langsam verstehe ich, warum Sie eine wie mich gesucht haben. Sie wollen Ihr experimentelles Ding durchziehen.«

»Lassen Sie uns die erste Sonate einmal ganz durchspielen, dann wissen Sie, was ich meine.«

Trotzdem unterbrach sie ihn nach ein paar Minuten wieder. »Das Klavier hat in diesem Stück nicht die Führung, sondern die Begleitung. Es heißt Violinsonate und nicht Klaviersonate.«

»Herrgott, machen Sie sich locker und spielen Sie einfach, wie ich sage.« Dann wurde er sanft: »Die Geige und das Klavier machen Liebe miteinander. Clara Schumann war deutlich älter als Brahms. Wir wissen, dass er sie geliebt hat. Die beiden Instrumente sind auf Augenhöhe, wie jedes gute Liebespaar.«

*Wir beide sind keineswegs auf Augenhöhe*, dachte sie. *Er bestimmt von vorne bis hinten, für mich ist es ein Wagnis.* »Haben Sie das Vibrato bei Itzhak Perlman gehört?«, fuhr sie mit hitziger Stimme fort.

»Wir wollen ja etwas Eigenes machen.«

»*Sie* wollen etwas Eigenes machen«, versetzte sie.

»Genau.« Streng und sachlich beendete er den Streit. »Spielen wir die erste Sonate durch und entscheiden Sie dann, ob Sie dabeibleiben wollen. Sie sind ein freier Mensch.«

Sie versuchte, sich zu entspannen und setzte den Bogen an.

»... und eine harte Nuss«, sagte er in dem Moment.

»Wie?«

»Ein freier Mensch und eine harte Nuss.«

»Frieden. Ich spiele.«

Schon während der ersten Takte war ihr, als hätte er eine unsichtbare Decke über sie gelegt und sie mit hineingenommen in einen heiligen Raum der Zweisamkeit, vielleicht war es auch eine ätherische Zauberhülle unter Ausschluss der Öffentlichkeit. Aller Kampf war weg. Er führte wie ein Tänzer, obwohl sein Spiel nicht dominierte, sie gab sich hin, er nahm sie mit und sie flog mit ihm, sie schenkte ihm das Schönste, was sie hatte. Er dankte es ihr, antwortete und ließ sie sich entfalten. Vor seinem Hintergrund gelangen ihr Klänge von intensiver Schönheit, eigenständig und klar, und doch gingen sie beide ineinander auf. Ein Liebesspiel.

Er war mental schon auf festem Grund, als sie noch beglückt taumelnd zur Landung ansetzte.

»Spielen Sie ab Takt fünfzehn noch mal.«

Sie tat wie geheißen.

»Gut. Das können wir so lassen. Und jetzt, schauen Sie hier, da dürfen Sie noch feiner, noch leichter spielen. Achtung – ich spiele mit.«

So ging es die nächste Stunde weiter. Sie wurde immer ärgerlicher. War sie etwa eine Studentin in seiner Meisterklasse?

Dann bat er sie um ihre Meinung zu den ersten Takten des Adagio. Für einmal auf Augenhöhe. Sie wusste, dass sie eine ausgezeichnete Violinistin war. Vielleicht nagte gerade deshalb dieser Ehrgeiz an ihr. Unbefriedet war sie. Ohne Frieden mit sich. Weder beruflich noch in der Liebe. Dumm, sich mit Schwartz zu vergleichen, er bewegte sich in einer anderen Liga, und bald musste sie sich eingestehen, dass sie eine entsprechende Spitzenposition im kalten Wind der Klassik-Branche nie würde halten können.

Während der halbstündigen Sonate hatte er sich ohne Notizen und ohne Notenblatt jeden Takt gemerkt, den er überarbeiten wollte – eine unvorstellbare Gedächtnisleistung.

»Wie kannst du dir das alles merken?«, fragte sie.

»Ich merke mir nur, dass Sie mich gerade geduzt haben«, kam prompt zurück.

»Oh – das war ein schrecklicher Fauxpas. Entschuldigen Sie bitte.«

»Für diesen Fauxpas müssen Sie sich jetzt ein Kompliment anhören.«

»Wenn es sein muss.«

»Sie spielen wunderbar.« Sein Blick war ohne jede Spur von Flirt. »Sie setzen zart an, fast wie ein Hauch, und entwickeln den Ton mit großer Wärme, dann geht er nach oben hin auf«, fuhr er fort.

Alma musste sich abwenden.

Er nahm ihre Hand. »Für diesmal lasse ich das *Du* durchgehen. Beim nächsten Mal küsse ich Sie.«

»Dann muss ich ab jetzt aufpassen«, antwortete sie und versuchte zu grinsen, denn ihre Stimme klang ganz und gar nicht locker. Sie entzog ihm ihre Hand.

»Ab Takt einundachtzig bitte noch mal.«

Eine weitere Stunde intensiver Arbeit folgte, und nachdem Alma ihre Streitlust aufgegeben hatte, entwickelte sich ein beglückendes gemeinsames Kreieren. Später sagte er: »Was Ihnen fehlt, ist Chuzpe.«

»Was ist das denn?«

»Ein jiddisches Wort, es ist nicht ganz so hart wie *Frechheit*, geht aber in die Richtung. Mit *Mut* oder *Kühnheit* ließe es sich vielleicht übersetzen.«

»Ich nehme an, das ist unverzichtbar für jeden Solisten.«

»Langfristig schon. Die Regeln brechen bei absoluter Perfektion. Unter die Haut des Komponisten schlüpfen, ohne Angst vor blasierten Musikjournalisten. Den Konzertsaal als Resonanzraum nehmen und sich nicht einen Millimeter kleiner machen als die größte Halle. Musikalisch wären Sie an der Spitze.«

»An Selbstbewusstsein fehlt es mir, meinen Sie?«

»Mhm.«

»Machen Sie Gedächtnisübungen?«, fragte sie.

»Nö, mein geistiger Horizont ist stark begrenzt, deshalb gibt es Platz im Gehirn. Wenn ich nicht gerade an Sex denke, denke ich an Musik. Das ist es im Wesentlichen. Wollten Sie nicht Du zu mir sagen?«

»Du.«

»Komm.«

Die *Sonate in Du* entfaltete sich in seinem Hotelzimmer zu einer wahrhaften Symphonie. Du, du, du, verschwenderisch, verschmelzend, verschlingend, atemlos, atemvoll, aufgelöst, du, du, du, aus der Tiefe schöpfend, aufgetaucht und wieder hinabgestürzt, schleimig, schweißig, rückhaltlos.

Für ihn endete dieses Du, wie abgemacht, mit der Aufführung ihres Projekts am dritten Advent im ausverkauften Mozartsaal der Stuttgarter Liederhalle. Für sie würde es erst enden, wenn sie im Grab lag. Was ihr blieb, war eine CD mit den Aufnahmen, ein Kind, das sie weggegeben hatte, und eine Wunde, die nie verheilen würde.

## Alma, Wildblüt, 2015

Alma hält ihre Stirn, sie könnte brüllen vor Kopfschmerzen, ihre Augen brennen und von ihrer Haut scheint sich eine Schicht abzulösen, eine Art Schutzfilm, der im Laufe der Jahre immer erstickender wurde und sie nun wund und ausgeliefert hinterlässt. »Abgesehen davon, dass ich schlecht gelogen habe: Was hattest du denn für Anhaltspunkte?«, fragt sie Bernd mit brüchiger Stimme.

»Die CD steht dort im Regal. Ein Cover mit Bild von Wolfgang und dir. Ich kenne ihn und weiß, dass er eine Frau wie dich nicht auslassen würde. Du lachst auf dem Foto, aber deine Augen sind voller Trauer.«

»Da war ich noch nicht einmal schwanger.«

»Dann habe ich dir Bilder von seiner Frau Bettina gezeigt. Du hast so stümperhaft bestritten, dass du sie kennst, da wusste ich, dass hier der Hase im Pfeffer lag.«

Sie sackt wieder in sich zusammen. In die Stille hinein berührt Barbara sie auf eine so sanfte Art, die sie hemmungslos zum Schluchzen bringt. Sie weint. Und zum ersten Mal fühlt es sich nicht wie Zerfall an. Während sie sich beruhigt, genießt sie dieses schweigende Paar neben sich. Neid, Ablehnung, Stress, Herablassung und hitzige Spannung sind wie weggeblasen. Stille füllt den Raum. Oder so etwas wie Familie?

»War er etwa Kunde in deinen Puffs?«

»Nein, ich kenne ihn über seine Stiefmutter Yvonne, aber das ist eine andere Geschichte.«

Yvonne, geht Alma durch den Kopf, Wolfgangs Stiefmutter, die hat sie doch schon einmal gesehen, diese spezielle Frau mit ihrem alles sehenden und doch gnädigen Blick. Damals hat sich Alma bereits im Stadium der Auflösung befunden.

»Erzähl!«, sagt sie schnell zu ihrem Bruder, damit sie nicht schon wieder weich wird und mehr ausplaudert, als sie will.

»Später. Wir haben noch viel zu tun.«

»Du weichst aus. Was ist mit dieser Yvonne? Da steckt auch ein Hase im Pfeffer«, feixt Alma und schnäuzt ihre verquollene Nase.

»Da steckte mal einer drin. Jetzt nicht mehr.«

»Was?«

»Da war sie noch nicht seine Stiefmutter. Letztlich ist es Yvonne zu verdanken, dass ich Barbara kennengelernt habe. Mit ihr bin ich glücklich geworden. Und jetzt wird gearbeitet.«

# Sturm und Drang

## Bernd, Wildblüt, Juli 2015

Er sitzt im Auto. Der Geruch nach Metall und Staub. Zwischen seinen Knien das Gewicht seiner Vergangenheit – Margrets Hefte. Sie sind dicht beschrieben mit der Schrift seiner Mutter. Atemlos blättert er sie durch, überfliegt die eine oder andere Stelle, liest sich fest, blättert weiter. Hier hat er alles vor sich liegen. Die Suche ist vorbei. Das Rätsel seines Lebens liegt auf seinem Schoß. Und seine Vermutungen scheinen sich zu bestätigen.

Er nimmt das Handy.

»Herr Lorenz, ich verstehe Ihre Sorge«, sagt Herr Wagner vom Polizeirevier Wildblüt. »Aber das ist ein Naturschutzgebiet. Ohne konkrete Beweise kann ich keine Grabung anordnen.«

»Und wer könnte das prüfen?«

»Da müssten Sie bis zum Innenministerium gehen, aber mit vagen Verdächtigungen kommen Sie dort nicht weiter.«

»Innenministerium«, wiederholt Bernd.

»Morgen gebe ich die Leiche Ihrer Mutter frei«, sagt der Beamte jetzt in schärferem Tonfall.

»Das wäre gut. Vielen Dank«, antwortet Bernd, legt auf und sucht eine bestimmte Nummer des Innenministeriums auf seinem Handy.

Zehn Minuten später kehrt er ins Haus zurück und sagt: »Na, Mädels, wie weit seid ihr mit Packen? Morgen früh ab fünf Uhr wird gegraben.«

»Wie hast du das denn geschafft?«, ruft Alma aus. Sie scheint schon wieder auseinanderzufallen.

»Es ist mein Job, gute Kontakte zu pflegen.«

Als sie fertig sind, ist der Audi-SUV voll bis unters Dach.

»Wir lassen zwei Kisten von harmlosen Kräutern oder Tees hier im Haus stehen«, befiehlt er.

»Wozu das denn?«

»Liebe Schwester, vielleicht überlässt du das Denken mir.«

Alma gibt ihm einen Klaps auf den Arm, ihre Hand ist warm und weich auf seinem Unterarm.

»Kann ich mir noch ein wenig die Beine vertreten? Zum Mittagessen bin ich wieder hier«, bittet er die beiden Frauen.

Er nimmt den bequemen Waldweg, der zu einer Anhöhe hinaufführt. Dort setzt er sich auf einen Baumstumpf und blickt über die dunkelgrünen Hügel. Hier hat sich also das Leben seiner Mutter abgespielt, nachdem sie ihn weggegeben hat. Wie oft mag sie hier gesessen und gestanden haben? Vor seinen Füßen ist eine kleine Feuerstelle. Die Aussicht über den Schwarzwald hat etwas Magisches. Hier hätte sich seine eigene Jugend abgespielt, wenn sie ihn wieder zu sich geholt hätte. Alles wäre anders gekommen, wenn er hier mit Alma zusammen hätte aufwachsen dürfen. Harte Zeiten hat er erlebt. Seine Gedanken schweifen aus – ungeordnet und breitflächig bewegen sich die Bilder seines Lebens über dem weiten Horizont. Irgendwann wird er es Alma erzählen, heute noch nicht. Zu hart war seine Jugend, zu schmerzlich seine Erfahrungen und zu rücksichtslos seine Taten. Die schönen ersten Jahre im Stuttgarter Milieu wichen bald der bitteren Realität.

## Bernd, Stuttgart, sechziger Jahre

Es kamen die Jahre, in denen er immer Hunger hatte. Er aß so viel, dass die Tanten Hühner und Kaninchen kauften. Bald musste er auch das Schlachten übernehmen – eine Lektion, die ihm Tante Hilde mit harter Hand beibrachte.

Dreimal die Woche trainierte er im Boxclub, spielte im Schachclub, wuchs wie der Teufel und wurde immer hübscher. Seine Mutter rückte weiter weg. Wenn er an sie dachte, hatte er nur noch ein verschleiertes Bild vor Augen.

Einige Wochen vor seinem dreizehnten Geburtstag saß er vor Schulbeginn auf der üblichen Parkbank in der Nähe der Schule und übertrug die abgelieferten Hausaufgaben in sein Heft. Aus dem Gebüsch hinter ihm kam ein Mann, der sofort wieder verschwand. Dann tauchte er erneut aus den Büschen auf, fuchtelte mit den Armen und jammerte, sein Freund sei gerade gestürzt und bräuchte Hilfe. Bernd folgte dem Mann in die Büsche, der ließ ihn vorgehen und ehe er verstand, was geschah, legte sich ein Riemen um seinen Hals, der ihm die Atemluft abklemmte. Instinktiv wollte er mit den Fingern am Lederriemen reißen, bekam ihn aber nicht zu fassen. Er drehte sich um und versuchte, den Fremden zu erreichen, der jedoch war geschickt im Ausweichen und zog weiter an der Leine. Nun brach Panik aus. Er versuchte zu schreien, aber da zog der Mann so kräftig, dass Bernd sich schon sterben fühlte. Wie wild schlug er mit den Armen um sich, zerrte und riss, doch je mehr er sich bewegte, desto weniger bekam er Luft.

»Auf die Knie, dann lass ich locker«, sagte der Kerl mit leiser, hoher Stimme. »Sei brav, dann passiert dir nichts.«

Bernd ging in die Knie.

»Kopf runter«, sang der Typ. Es lag eine zuckersüße Art von Befehl in diesem sanften Singsang, weich und tödlich.

In dem Moment wusste Bernd, er würde sterben, wenn er sich weiter wehrte, und er legte den Kopf in die Herbstblätter. Es roch nach Erde und Pisse. Mit brutaler Gewalt zerriss der Mann Bernds Unschuld und seine kindliche Seele. Ein Schmerz, der alles Licht auslöschte. Wehrlos, würgend lag er am Boden, da kam es ihm vor, als säße der hasenschartige Hermann neben ihm. Er saß nur da, ohne ein Wort zu sagen, und schien ihm in der äußersten Not Kraft zu spenden.

Als der Typ seine grauenhafte Gier gestillt hatte, zog er wieder am Lederriemen. Augenblicklich wusste Bernd, dass der Mann ihn ermorden würde. Wäre Hermann nicht bei ihm gewesen, hätte Bernd in diesem Moment der Lebenswille verlassen. Doch jetzt richtete sich der Löwe in ihm auf. Mörderinstinkt nun auch bei ihm. Auf diese schändliche Art würde er sich nicht umbringen lassen und wenn Hermanns Tod auch nur irgendeinen Sinn gehabt haben sollte, dann den, dass Bernd jetzt überlebte.

Er drehte sich um, und nun flossen ihm von irgendwoher Kräfte zu. Mit aller Gewalt entriss er dem Mann das Band und bemerkte für den Bruchteil einer Sekunde das Flimmern der Angst in dessen Augen. Eine Ratte. In dem Moment hatte er schon gewonnen, und er schlug zu. Er schlug zu, immer wieder, getrieben von einem Hass, der keine Grenzen kannte und der ihm jede Kontrolle raubte. Im letzten Moment öffnete sich in seiner Blindwütigkeit ein schmaler Lichtspalt. *Beobachten*. Da sah er sich von außen wie ein Fremder, der im Begriff war, eine Schwelle zu überschreiten, von der es kein Zurück gab.

Er ließ die Ratte fallen, zog sich die Hose hoch, ging aus dem Gebüsch. Auf der Parkbank lagen seine Schulsachen. Mechanisch wie ein Roboter packte er alles zusammen und ging zur Schule. Als er im Klassenzimmer ankam, hielt er sich am Türrahmen fest und sah wie durch einen Blitz, der für einen Augenschlag die Nacht zerriss, seine Mutter, als sie an jenem Abend in ihr Hamburger Zimmer getaumelt kam, abgerissen, zerstört, halb tot. Dann brach er auf der Türschwelle ohnmächtig zusammen.

Das Geschehene legte einen Schatten auf sein Leben, dem er viele Jahre lang nicht entkommen konnte. Durch alle Poren drang etwas Dunkles in ihn, er wurde dumpf und leer, und sein inneres Lebensfeuer, das auf Liebe ausgelegt gewesen war, verkehrte sich ins Gegenteil.

Zunächst war er melancholisch, ging nur noch selten aus dem Haus, malte Bilder mit dunklen Farben von Gewalt und Tod, dann strich er die Tapete in seinem Zimmer schwarz. Die Hausaufgaben ließ er sich nicht mehr abliefern, er ging fast immer ohne. Es war sein zweitletztes Schuljahr, und diese Kerkerzeit würde er vollends absitzen – ehrgeizlos und skandalfrei.

Sein erstes Mal hatte er zum Glück schon im Alter von zwölf Jahren, einige Monate vor der Vergewaltigung, erlebt. Das geschah im Dreifarbenhaus, ohne Aufhebens, ohne Geld und mit großer Wärme. Darauf hätte er sein Sexualleben aufbauen können.

Nach der Vergewaltigung zog es ihn nicht mehr hinunter in das Dreifarbenhaus, und auch das Leonhardsviertel, wo sich ein blühender Straßenstrich entwickelte, hatte seine Faszination verloren. Er blieb zu Hause, machte seine Pflichten in Haus und Garten und lag ansonsten stundenlang auf seinem Bett. Das Interesse an Mädchen, Liebe und Sex war bei ihm erloschen wie ein Pflänzchen, das zertrampelt wurde, kaum dass es seine ersten Blätter neugierig aus der Erde emporgestreckt hatte. An seine Mutter dachte er nie.

Er hatte überlebt. Und Überleben bedeutete: stärker werden als jeder, der ihn je berührte.

Dann flog er aus dem Boxclub.

»Du hast deinen Killerinstinkt nicht im Griff«, sagte der Trainer.

»Ich trainiere einfach nur fleißig«, konterte Bernd.

»Du trainierst, als ob du einen Mord vorbereiten wolltest.«

Bernd versuchte, gelassen zu wirken, doch in seinem Inneren brodelte es. Wer war er ohne den Boxclub? Wortlos packte er seine Sachen zusammen.

Zwei Tage lang lag er nach der Schule reglos auf seinem Bett. Dann besprach er sich mit den Tanten. Die schienen erleichtert zu sein.

Morgens um fünf trug er jetzt Zeitungen aus, um sich den teuren Judounterricht leisten zu können, um halb acht ging er in die Schule, und an drei Nachmittagen nahm er Judo- und später Karateunterricht.

Es waren die japanischen Kampfsportarten, die ihn im Laufe der Jahre lehrten, mit seiner zuweilen zügellosen Aggressivität und seinem Jähzorn umzugehen. Vermutlich bewahrten sie ihn davor, irgendwann einen Totschlag zu begehen, denn in seinem Herzen loderte der Hass.

Nach der Volksschule absolvierte er eine Maurerlehre. Wenn er im Sommer mit nacktem Oberkörper arbeitete, zog er Blicke von Frauen, aber auch von Männern auf sich. Er war noch keine siebzehn und sah aus wie zwanzig.

An einem neu gebauten Einfamilienhaus in der vornehmen Halbhöhenlage Stuttgarts musste er eine Grenzmauer zum Nachbargrundstück hin hochziehen. Das Fenster im Erdgeschoss stand offen, und drinnen spielte jemand so grottenschlecht Klavier, dass Bernd nicht anders konnte, als einen Blick hineinzuwerfen. *Für Elise* wollte offenbar jemand spielen.

»Falsch«, sagte er. »A-Moll.«

Das Mädchen fuhr herum und wurde rot. Sie spielte weiter, fand zunächst den richtigen Ton, aber danach war ihr Spiel kaum noch zu ertragen. Bernd legte die Kelle auf die Mauer, wischte seine Hände an der Hose ab, zog sich am Fenstersims hoch, stieg ins Zimmer und spielte ihr im Stehen die nächsten Takte vor.

Sie starrte ihn an, als käme er vom Mond, ihre Augen glänzten, und am Hals prangten rote Flecken.

»Du bist schön«, sagte er. »Vielleicht brauchst du einen besseren Klavierlehrer.« Dann stieg er wieder durchs offene Fenster, um sein Tagewerk zu vollbringen.

Am nächsten Nachmittag ließ sie den Klavierdeckel geschlossen, zeigte sich aber im Wohnzimmer, verschwand wieder, kam kurz in den Garten, scheinbar um Kräuter zu schneiden, verzog sich wieder ins Haus, weil die Mutter nach ihr rief, und noch vor Feierabend hatte Bernd sie für einen Abendspaziergang gewonnen.

Auf einer Parkbank küsste er sie, und endlich sprudelte das Leben wieder wie eine Wasserquelle in der Wüste. Er war verliebt. Ihren Eltern blieb nicht verborgen, mit welch unpassendem Mann Lilo anbändelte, und so spielte sich eine Romeo-und-Julia-Romanze ab, zum Glück ohne Liebestod am Schluss. Zumindest Bernd blieb am Leben. Er entjungferte sie in seinem Zimmer unter dem Versprechen, sie zu heiraten. Endlich gaben die Eltern resigniert klein bei.

Just an dem Tag, an dem er bei den Schwiegereltern in spe offiziell um ihre Hand anhalten sollte, lernte er Rena kennen und blieb dem Verlobungstermin mit Lilo ohne Absage und ohne Entschuldigung fern.

Nach Rena kam Andrea, dann Corinna, dann Klara, dann Sabine, dann Silvia, dann Claudia, dann viele andere. Wie in einem andauernden Rausch griff er eine junge Frau nach der anderen auf und ließ sie fallen, wenn der Schmerz am größten für sie war. Ein Don Juan der schlimmsten Sorte wurde er.

»Wie oft willst du dich denn noch an deiner Mutter rächen?«, ließ Hilde eines Abends beiläufig fallen.

»Was?« Er war irritiert und versuchte, seinen wild auflodernden Zorn zu zügeln.

»Wo immer du hingehst, hinterlässt du zerstörte Mädchenseelen.«

Bernd stürmte nach draußen und schlug die Haustür derartig ins Schloss, dass der Rahmen wackelte. Doch seine Schandtaten endeten erst, als der Einberufungsbefehl zur Bundeswehr auf dem Küchentisch lag. Er musste nach Hannover.

Er, der ohne Vater aufgewachsen war, lechzte nach Vorbildern, genoss das Männlichkeitsgehabe, das Kräftemessen und den militärischen Drill. Andererseits lernte er viel über Respekt, Ritterlichkeit, Ordnung. Die eiserne Hierarchie störte ihn nicht, solange er seinen direkten Vorgesetzten respektieren konnte.

Nach der Grundausbildung landete er beim Stab und wurde zur Ordonnanz abkommandiert, musste also bei Offiziersabenden kellnern.

Ein fast übertrieben gepflegter blonder Oberfeldwebel verfolgte ihn bei einem Offiziersdinner mit den Augen und schikanierte ihn, wo er konnte.

»Gefreiter Lorenz, schenken Sie nach!«

»Gefreiter Lorenz, kommen Sie mal her!«

»Gefreiter Lorenz, haben Sie Tomaten auf den Augen?«

»Was man nicht im Kopf hat, hat man in den Muskeln, nicht wahr, Gefreiter Lorenz?«

Am Pissoir trafen sie sich. Die Augen des Oberfeldwebels waren bereits etwas glasig und schlürften Bernd von oben bis unten ab. Im selben Augenblick, in dem er seinen Hosenladen zuzog, schwänzelte der Offizier an ihm vorbei und grapschte Bernd in den Arsch. Mit einem Kracher landete der Blonde auf den Fliesen, seine Nase blutete bereits, als Bernd Schlag auf Schlag das Gesicht des Schönlings bearbeitete. Glück für beide, dass ein Generalmajor von der Toilette kam und die Waffe zog.

Bernd wurde ins Militärgefängnis verfrachtet und blieb dort zwei Wochen in Einzelhaft. Die strafrechtliche Verfolgung der Angelegenheit wurde fallen gelassen – angeblich wegen Bernds außergewöhnlicher sportlicher Leistungen.

Bei der Bundeswehr konnte er alle Führerscheine machen, lernte Fallschirmspringen sowie Schießen, und als sein Dienst beendet war, hatte er die Größe von einem Meter achtundneunzig und wog hundertzehn Kilo, ohne dass er ein Gramm Fett zu viel an seinem Körper gehabt hätte. Alles in allem war es eine gute Zeit gewesen.

Zurück in Stuttgart arbeitete er bei Daimler am Band, damit er sich endlich eine eigene Wohnung leisten konnte.

»Wir haben schon früh erkannt, dass wir dich nicht kontrollieren können«, sagte Tante Hilde beim Abschiedsessen. »Aber wir konnten dir unsere Liebe geben, das musste reichen.«

»Das habe ich gemerkt.« Wie in einem schnell eingestellten Stummfilm liefen die Bilder seiner Kindheit in ihm ab. »Ich verdanke euch alles.«

Nach der Mutter fragte Bernd nicht, obwohl er sicher war, dass die Tanten um ihren Verbleib wussten. Lieber wollte er versuchen, sie vollends zu vergessen.

»Besuch uns ab und zu«, sagte Ulla zum Abschied.

»Ganz gewiss.« Dieses Versprechen hielt er ein, bis zum Tod der Tanten.

Während seiner Bundeswehrzeit war er zuweilen zu Prostituierten gegangen, und als er wieder in seiner Heimatstadt war, erinnerte er sich an seine farbenfrohe Kindheit im Sexgewerbe Stuttgarts.

Er sparte sich Geld zusammen, zog sich fein an, ging ins *Paradise* und lernte an der Bar Beate kennen. Sie hatte dunkelbraune Locken, blaue Augen und ein hübsches Gesicht. Wie eine selbstbewusste Gastgeberin bewegte sie sich in dem Etablissement und strahlte nichts als Eleganz und Grazie aus, ohne die geringste Spur von Nuttenhaftigkeit.

»Dich habe ich hier noch nie gesehen«, sagte sie und musterte ihn von oben bis unten.

»Vielleicht war die Zeit noch nicht reif«, antwortete er in seiner langsamen Art und schaute über den Rand seines Roséglases.

»Interessant«, sagte Beate und ließ ihren Blick an ihm hinabgleiten. »Was hat dich hergeführt?«

»Du womöglich?« Unter seiner offenen Hand schob er ihr die Geldscheine zu, doch Beate legte ihre Hand auf die seine und schob sie sanft zurück. Sie nippte an ihrem Getränk und schien nachzudenken, während sie ihn musterte.

»Warte auf mich.«

Bernd hatte genügend Erfahrung, um die Blicke von Profifrauen von denen interessierter oder gar verliebter Mädchen zu unterscheiden. Beate war ein Profi der obersten Schublade, eine der meistgebuchten Luxushuren Stuttgarts. Ihr Blick zeigte beides.

Gegen fünf Uhr morgens gingen sie zusammen in seine Wohnung. Sie legte ihm fünfzehnhundert Mark auf den Tisch. So viel verdiente er in einem Monat bei Daimler am Band, und das auch nur dann, wenn Nachtschichtzuschläge dabei waren.

»Für wen läufst du?«

»Jetzt für dich.«

»Wer ist es?«

»Luden-Karl. Ich habe genug von ihm. Er ist runzelig geworden und ein wenig pervers.«

»Das bedeutet Krieg bei einer Frau wie dir.«

»Kennst du ihn?«

»Er gilt als gefährlich«, antwortete Bernd.

»Wer sollte den Kampf aufnehmen können, wenn nicht ein Mann wie du?« Beate knöpfte sein Hemd auf. »Du bist jung und stark.« Mit dem Blick auf seinen entblößten Oberkörper wurde ihre Stimme noch sanfter: »Und du siehst gut aus.«

Er nahm sie mit einer Naturgewalt, die aus dem Erdinneren zu kommen schien. Silvester Stallone war er oder John Wayne. *Hier bin ich, was kostet die Welt?* Jetzt galt es nur noch, sein neues Leben anzupacken.

Den nächsten Tag verbrachten sie zusammen und am Abend fuhr er Beate ins *Paradise*. Unaufgefordert legte sie ihm eine ähnliche Summe auf den Tisch, als sie am frühen Morgen wieder bei ihm war.

Am nächsten Abend schien es schon Routine zu sein, dass er sie hinbrachte und sie am Morgen Geld auf den Tisch blätterte. Als er sie am dritten Tag abholte, weinte sie.

Der Luden-Karl ließ ausrichten: »Sag dem Tarzan, ich will siebzigtausend Abstecke in bar am Sonntag im *Paradise.*«

Das Wort *Sklavenmarkt* kam ihm kurz in den Sinn, dann wischte er es weg wie eine lästige Fliege. So war das Leben. Beate war jetzt seine Frau. Ob er in das Geld oder in die Frau verliebt war, wusste er nicht so genau, aber für beides zusammen zu kämpfen, würde sich lohnen.

Dann tat er das, was er immer tat, wenn er vor etwas Bammel hatte: Er ging in den Kraftraum und trainierte. Dort hatte er sich schon vor Wochen mit zwei Muskelprotzen angefreundet, die als Türsteher in Sexclubs für Schwule arbeiteten.

»Pass mal auf mit dem«, sagte der eine mit Namen Stefan. »Dieses Mädchen verdient so viel Geld, da könnte der schon durchdrehen.«

»Das glaube ich gern.«

»Wenn er Schusswaffen hat, wird es brenzlig.«

»Schusswaffen?« Damit hatte Bernd nicht gerechnet.

»Stuttgart ist wohlhabend geworden«, fügte der andere an. »Die Szene ist ein hart umkämpftes Pflaster. Man darf nicht romantisch sein.«

»Seid ihr dabei?«, fragte Bernd.

»Klar, immer.«

Zu dritt betraten sie am Sonntag das Hinterzimmer des *Paradise*. Bernd war bereit, zu töten. Im fensterlosen Raum trafen sie drei teuer gekleidete

Männer im Alter von Mitte vierzig beim Kartenspiel an.

Die zwanzigjährigen Kraftprotze stellten sich ihnen gegenüber.

»Sieh an, der Tarzan ist ein Dummerchen«, sagte Luden-Karl mit einem dünnen Lächeln.

Einer der Typen fasste sich an die Brusttasche, als ob er nach seinem Portemonnaie tasten wollte. Das Messer darin blitzte. Der andere trug es am Hosengürtel. Doch Luden-Karl war alt, verbraucht und lebte offensichtlich nur noch durch sein Image, sein Geld und seine dicken Autos.

»Man sagt, Dummheit sei gefährlicher als Bosheit«, antwortete Bernd mit fast schläfriger Stimme. Und leise, aber für alle hörbar, sagte er zu seinen Jungs: »Stellt euch an die andere Tür, lasst keinen entkommen.«

Luden-Karl richtete sich im Stuhl auf, blickte ihn gelangweilt an, drehte an seinem Goldring, öffnete dann die Hand und sagte: »Die Kohle.«

Der Kerl hatte etwas Süffisant-Verschlagenes, auf das Bernd in anderen Zeiten mit Aggressivität reagiert hätte. Doch jetzt schoss ihm das Wort *Beobachten* durch den Kopf und er schickte im Stillen ein Dankgebet an Tante Hilde. Weniger geübte Augen als die Bernds hätten das feine Zittern von Luden-Karls Knie nicht gesehen, doch Bernd hatte es bemerkt und auch, dass Karl seinen Blick gesehen hatte. So war die Sache erledigt, bevor sie richtig anfing.

»Deine siebzigtausend kannst du dir in den Arsch stecken«, sagte Bernd nun und gab seinen beiden Kompagnons ein Zeichen. »Wir gehen.«

Draußen stellte sich fast eine Enttäuschung ein, dass alles so leicht gegangen war. Doch dies hatte er bei den japanischen Kampfsportarten gelernt: Mühelosigkeit. Jetzt war er im Geschäft und kündigte seine gut abgesicherte Arbeitsstelle bei Daimler.

Luden-Karl trug seine Niederlage mit Würde, er hatte die Zeichen der Zeit erkannt und ließ sich auf seiner Finca in Gran Canaria nieder. Dort betätigte er sich als Drehscheibe für den Schmuggel von blutjungen Mädchen aus Venezuela.

Bernd begehrte Beate, wie er noch nie eine Frau begehrt hatte, und wenn sie in den frühen Morgenstunden von einer arbeitsreichen Nacht zu ihm nach Hause kam und nach Gummi und Zigarettenrauch roch, vermischten sich Eifersucht, Leidenschaft und Geldgier mit seinen sexuellen Vulkanausbrüchen.

Nie fragte er Beate nach Geld, nie kontrollierte er sie, nie nahm er es sich einfach. Wie viel sie verdiente und wie viel sie für sich behielt, wusste er nicht und wollte es auch nicht wissen. Er respektierte ihre Selbstständigkeit und auch wieder nicht. Er war ihr Mann.

Im Judo brachte er es zum Dan-Gürtel, begann sich tätowieren zu lassen und entwickelte einen regelrechten Körperkult. Das hielt ihn davon ab, dem Rauchen und dem Trinken zu verfallen. Von Drogen wie der *Weißen Dame*, die gerade aufkam, hielt er sich völlig fern.

Am Straßenrand lief er an zwei Frauen vorbei, die eine Zeitschrift namens *Wachturm* vor ihrer Brust hielten. Zwei Schritte weiter machte er kehrt.

»Kostet das was?« Mit dem Finger zeigte er auf das Pamphlet, während sein Blick die jüngere der Frauen umfasste und sie einhüllte wie in ein warmes Handtuch nach einem kalten Bad. Ihre Augen wurden zu glänzenden Tautropfen. Dann rötete sich ihr Gesicht und sie senkte den Kopf. Als sie wieder aufblickte, sah Bernd die Verzweiflung hinter ihrer Stirn.

Schon am nächsten Tag gelang es ihm, ihr einen Zettel mit Treffpunkt und Uhrzeit für einen Spaziergang zuzustecken. Sie kam. Ihr grau karierter Rock ging bis zu den Waden, ihre Füße steckten in geschnürten Halbschuhen, und die roséfarbene Bluse schloss mit einer hängenden Schleife am Hals.

»Sind Sie glücklich?«, fragte Bernd

»Ich bin verheiratet.«

»Glücklich?«

»Es ist Glück, verheiratet zu sein.«

»Er schlägt Sie.«

Da fuhr sie auf, machte riesige Augen und fiel dann in sich zusammen. Wie ein verblühtes Gänseblümchen saß sie auf der Parkbank, im Schoß die gefalteten Hände, die Daumen rieben aneinander.

Als Bernd sie küsste, blühte eine Rose auf. Er nahm sie mit zu sich nach Hause, machte sie weich, zart und offen, und nach dem Sex war er auch in sie verliebt. Monika hieß sie.

Es dauerte nicht lange, bis sie die Kraft gefunden hatte, sich von ihrem Mann zu trennen. Damit flog sie aus der Gemeinschaft der Zeugen Jehovas. Bernd mietete ihr eine Wohnung und brachte seiner gelehrigen Schülerin alles bei, was eine Frau wissen musste. Danach lehrte er sie all das, was eine Hure wissen musste. Bei Hannelore am Olgaeck konnte er sie unterbringen, einem heimeligen Studio, wo die Atmosphäre menschlich und die Freier ordentliche Familienväter waren. Monika schaffte ihm noch einmal zwischen vier- und fünfhundert Mark am Tag an.

Damit hatte er eine zweite Frau für sich laufen und musste aufpassen, dass Beate nichts davon mitbekam. Er war sportlich, aufgeweckt, soff nicht und verbreitete noch nicht den frostigen Atem eines Luden-Karls. Beate war verliebt in ihn, wollte ihn in feinen Kleidern sehen und dass er ein BMW-Cabrio mit weißen Sitzen fuhr. Frauen wie sie konnten einen Mann wie einen Prinzen aufleben lassen und ihn, wenn es ihnen gefiel, wie den Nibelungen-Siegfried zum Sterben bringen, indem sie seine Verwundbarkeit nach Belieben für sich nutzten. Doch Bernd war Anfang zwanzig und wusste nichts von Verwundbarkeit.

»Willst du nicht endlich aufwachen?«, sagte er zu Monika, der Zeugin Jehovas, als sie sich verschlafen an ihn kuschelte. Die erste Hälfte der Nacht, während Beate arbeitete, verbrachte er jetzt meist bei ihr.

»Ich habe geträumt, ich sei von zu Hause weggelaufen«, murmelte sie.

»Von deinem Mann?«

»Nein, aus der Wohnung meiner Eltern. Ich habe geträumt, dass ich eine Bettlerin wäre und am Straßenrand saß und meine Eltern mich nicht erkannten, als sie an mir vorübergegangen sind.«

»Du stehst nicht mit leeren Händen da. Schau deine Wohnung an, schau, wie gut du lebst.«

Dann weinte sie. »Aber ich bin eine Bettlerin.«

»Wieso?«

»Liebst du mich denn?«, fragte sie Bernd, und jetzt hörte er die Stimme einer Bettlerin.

»Was ist Liebe?«

Sie schwieg. Dann: »Mein Vater war Prediger in unserer Glaubensgemeinschaft. Er hat mich nie beachtet, außer wenn ich etwas falsch machte, da hat er mich geschlagen. Manchmal spielte er mit mir *Hoppe, hoppe, Reiter*. Da steckte er seinen Finger bei mir unten rein.«

Bernd küsste sie und hielt sie fest und überlegte sich, ob die Frauen ihren Männern deshalb gerne ihr Geld gaben, weil sie Liebe suchten.

Beim Friseur lernte er Maria kennen, eine kleine, etwas dralle Spanierin mit wuchtigem Temperament und einem Herzen am rechten Fleck. Sie war etwas älter als er, schätzungsweise Anfang oder Mitte dreißig.

»Was haben wir denn da für ein Goldstückchen!« Maria begrüßte ihn mit Begeisterung und einem Schuss Ironie.

Er grinste. »Ganz kurz, wenn es geht.«

»Ganz kurz? Das glaub ich nicht«, lachte sie.

»Darauf könnten wir es ankommen lassen.«

Während des Haarschnitts flogen anzügliche Blicke hin und her. Als Bernd zahlte, legte sie ihm ein Zettelchen hin: *Um neunzehn Uhr auf dem Birkenkopf?*

Sie spazierten miteinander auf den Birkenkopf, genossen die herrliche Aussicht von dort und auf einem der Trümmersteine der Nachkriegsruinen küssten sie sich. Sie nahm ihn mit zu sich nach Hause, in eine Wohnung, die den spanischen Katholizismus in Reinform spiegelte. Marienbildchen, Bilder von goldenen Monstranzen, Figuren von Jungfrauen aus Plastik mit Plastikrosen umrankt, Fotos von üppigen Fiestas, in denen die Heilige Jungfrau unter dem Jubel und dem Tanz der Bevölkerung von einer Ecke des spanischen Dorfes zur anderen getragen wurde.

»Hmm, wie gut du dich anfühlst«, schwärmte er und meinte es auch so. Sie liebten sich auf ihrem breiten Bett zwischen Puppen und Plüschtieren und sie verschenkte sich willig und ganz. Lustig, herzlich und innig war sie, doch darunter spürte Bernd ihre Trauer in der seinen. Danach plauderten sie über dieses und jenes, sie erzählte von ihrem Heimweh nach Granada, von ihrem Geldmangel und von der Perspektivlosigkeit für Frauen in Spanien.

»Ich habe da etwas für dich«, sagte Bernd.

Maria brachte er im Dreifarbenhaus unter. Jetzt hatte er drei Frauen für sich laufen, und es wurde langsam kompliziert. Er musste sich etwas einfallen lassen.

»Könntest du dir vorstellen, dass wir einen eigenen Laden hätten?«, schlug er Beate vor.

»Wieso das denn?«

»So ein kleines Studio auf mittlerem Niveau fürs Erste.«

»Da willst du mich arbeiten lassen?«

»Natürlich nicht! Du bleibst die Göttin im *Paradise*«, konterte er. »Später einmal könnten wir gemeinsam etwas ganz Großes aufziehen.«

»Vielleicht keine schlechte Idee.« Sie strahlte. »Dann bleiben wir für immer zusammen.«

Er bekam seinen eigenen Laden, es war ein abgewirtschafteter Puff im Stuttgarter Süden. Beate bezahlte die Ablöse und die Renovierung. Bernd holte sich seine beiden Mädels, Monika und Maria, und hatte bald noch sieben weitere Frauen von anderen Luden. Solange Beate ihren Platz als Königin und als Bernds Frau hatte, konnte sie sich damit arrangieren, dass er noch andere Nutten für sich laufen hatte. Nur mit Beate flog er in den Urlaub nach Mallorca oder Gran Canaria, nur mit ihr ging er am frühen Morgen noch in die Bar auf einen Absacker, nur mit ihr mietete er in der alten Weinsteige eine elegante Altstadtwohnung und nur mit ihr lebte er zusammen. Die anderen betrachtete sie offensichtlich als Arbeitsmittel.

Bernds Laden lief gut. Stundenlang hing er bei seinen Mädchen rum, sie saßen in der verrauchten Küche und tratschten, wenn sie gerade nicht arbeiteten. Er hörte, was Männer beichteten, wenn sie zahlten: ihre Scham, ihre Einsamkeit, ihre Ehe. Ab und zu überlegte er sich, wie er diese Informationen über die Freier, die Luden und all die Vorgänge im Milieu beruflich nutzen könnte.

Doch das Geld floss jetzt schon wie ein sprudelnder Bergbach und Bernd konnte Sex haben, wie viel und wann immer er wollte. Seine Mädchen mochten ihn, weil er respektvoll zu ihnen war. Aber vor allem kontrollierte er sie nicht. Am frühen Morgen holte er jeweils Beate im Paradise ab und verbrachte den halben Tag mit ihr.

Monika weinte, als er mit ihr schlief. Er hielt sie fest und küsste sie, wischte ihr die Haare aus der Stirn und hielt seine Nase an ihre Wange.

»Möchtest du aufhören mit der Arbeit? Was fehlt dir?«

»Ich will nicht aufhören.« Sie schlang ihre Arme um seinen Hals. »Es ist die Liebe, die mich krank macht.«

»Und deshalb weinst du?« Von allen seinen Mädchen war sie es, die Zärtlichkeit in ihm auslöste. Sie war unglücklich, vielleicht berührte sie seinen Beschützerinstinkt.

»Ich darf meine Familie nicht mehr sehen und auch mein Kind nicht«, sagte sie. »Meine Tochter fehlt mir so.« Monika schluchzte und sie vereinigten sich und verschmolzen ineinander mit einer Intimität, die Bernd zum ersten Mal erlebte.

»Ich liebe dich so sehr«, sagte sie, und er wusste nicht, ob er sie auch liebte und ob das, was er mit Beate hatte, ebenfalls Liebe war, und was das überhaupt war, die Liebe, denn vielleicht war sie ihm schon lange abhandengekommen.

Jetzt, wo Monika so zart daran pochte, spürte er den Schutzwall um seine Brust. Neugierig lauschte er diesem leisen Strömen, als würde etwas sein Herz aus einer uralten Betäubung aufwecken wollen. Still hielt er sie umklammert und hoffte, sie würde noch lange so regungslos bleiben.

Die Haustürklingel grätschte in ihre Innigkeit. *Ist wohl ein unangemeldeter Kunde*, dachte Bernd noch, *die Mädels sind ja da*. Dann schlug die Tür des Zimmers auf mit dem Lärm eines Infanterieregiments, das in einen Kindergarten einbrach. Drei bewaffnete Bullen mit gezückten Pistolen standen vor ihnen, einer davon stellte seinen Springerstiefel an die Tür. Hinter den Bullen standen zwei Männer in

Zivil. Einer trug eine Aktentasche, der andere hatte ein Schreibbrett in der Hand.

»Sind Sie Bernd Lorenz?«, fragte die Aktentasche.

»Und wer sind Sie, bitte?«

»Wir stellen hier die Fragen.«

»Wenn Sie das so sagen«, seine Stimme klang schläfrig, doch innerlich raste der Killer in ihm. *Beobachten*, kreischte es in seinem Kopf.

»Weisen Sie sich aus«, befahl der Aktentaschenträger.

»Dann sagen Sie bitte Ihren Wachhunden, sie sollen ihre Schießgewehre einpacken, damit ich mich anziehen kann.«

Ohne auf Bernds Anliegen einzugehen, wedelte der andere mit einem Papier. »Steuerfahndung! Wir haben einen richterlichen Durchsuchungsbefehl. Ziehen Sie sich an! Das Mädchen auch.«

»Das Mädchen bleibt unter der Decke, solange die Kerle im Raum sind.« Bernd bemühte sich um eine ruhige Stimme.

»Als ob sich die Nutte nicht auch vor anderen Kerlen ausziehen würde«, blökte der mit der Aktentasche, und die anderen grinsten.

Monika stand zitternd auf. Er sah ihr Herz unter der Haut schlagen. Und wusste, dass er jetzt keinen Fehler machen durfte. *Beobachten, sonst gibt es Tote*. Der mit der Aktentasche trug einen eleganten Kamelhaarmantel und einen Seidenschal mit Paisleymuster. Der andere hatte eine einfache, etwas aus der Form geratene Anzugsjacke mit dunkler Krawatte an. Mehr brachte er nicht in sein brennendes Gehirn.

Bernds Steuererklärungen waren Geschichten aus Tausendundeiner Nacht in Zahlen gefasst. Die Wirklichkeit seines Ladens spielte sich auf einem anderen Planeten ab, nicht einmal er selbst hatte einen Überblick.

»Solchen Typen wie Ihnen muss man das Handwerk legen«, sagte Herr Kruse, als Bernd am Nachmittag in dessen Büro im Finanzamt stand. Der Kamelhaarmantel hing an der Garderobe, darunter stand die Aktentasche.

»Ihnen wird Folgendes zur Last gelegt ...«, fuhr der Beamte fort und nahm mit einem feinen Grinsen das Dokument in die Hand, um es Bernd vorzulesen: »Schwerer Steuerbetrug, Kuppelei, Nötigung, Vergewaltigung, illegales Glücksspiel. Die Kriminalpolizei ist bereits informiert.«

Bernd war so erschöpft, dass er nicht einmal wütend wurde. »Wie kommen Sie auf diese absurden Anschuldigungen?«

»Wir werden sehen, was davon hängen bleibt.« Herr Kruse hörte nicht auf zu grinsen. »Es wird auf einen Gefängnisaufenthalt für Sie hinauslaufen.«

Bernd stand auf.

»Wie auch immer es ausgehen wird«, fügte der Beamte noch an, »wir behalten Sie im Auge und werden zu verhindern wissen, dass Sie in der Sexbranche je wieder einen Fuß auf den Boden kriegen.«

Bernd starrte den Mann an und verließ das Büro.

Während dieser schweren Tage war Beate seltsam kühl. Sie brachte wenig Geld und hatte auch nicht viel Zeit für ihn.

Als er nach Hause kam, fand er einen Herrenmantel aus Kamelhaar an der Garderobe hängen, darüber einen Seidenschal mit Paisleymuster. Wie ein Blitz kam die Erkenntnis: Er war raus.

Leise verließ Bernd die Wohnung, schloss die Tür hinter sich und setzte sich auf die Eingangsstufe des Hauses, wie er es als Kind am Haus seiner Tanten immer getan hatte. Zuerst musste er mit seiner Betäubung fertig werden und die Gedanken sortieren. Dann wachten die Lebensgeister in ihm auf wie ein Schwarm Wildgänse. So dümmlich würde er sich nicht besiegen lassen, er würde nicht den Luden-Karl machen. Mit seiner Harley raste er hinunter in die Innenstadt und kaufte sich eine gute Kamera mit Teleskop. Auf der brüchigen Feuerleiter ihres Hauses stieg er zu ihrem Stockwerk hinauf. Von einem bestimmten Blickwinkel aus konnte man ins Schlafzimmer sehen. Bernd fotografierte, was er sah. Als die Bilder entwickelt waren, legte er zwei davon in die Steuerunterlagen und schrieb eine Notiz dazu. Den Umschlag adressierte er an Herrn Ulrich Kruse persönlich.

Innerhalb von zwei Tagen wurde die Angelegenheit der Steuerhinterziehung, des schweren Steuerbetrugs und all der anderen vorgeworfenen Straftaten gegen Herrn Bernd Lorenz fallengelassen.

Von Beate trennte er sich gütlich. Die Wohnung mit den wertvollen Möbeln blieb in ihrem Besitz, er bekam dafür alles Bargeld, das in der Schublade war: sechzigtausend Mark.

»Warum?«, fragte er sie am Schluss. Obgleich er den Kampf gegen die Behörden gewonnen hatte, war er erschlagen, erschöpft, besiegt.

»Dass du mit deinen Mädels herumfickst, das gehört zum Geschäft, okay. Aber dass du ausgerechnet an dieser grauen Maus Gefallen gefunden hast, das war unter meiner Würde. Ich denke schon länger darüber nach, wie ich dich vernichten kann.«

»Vernichten?«

»Tu nicht so blöd. Aber vielleicht bist du einfach genauso dumm, wie du aussiehst.«

»Vielleicht«, sagte Bernd und wandte sich zum Gehen.

»Dann habe ich meinen Stammkunden Ulrich gebeten, mir zu helfen.«

»Und was hast du ihm erzählt?«

»Dass du mich vergewaltigt und gezwungen hast, für dich zu arbeiten, und mein ganzes Geld verspielst.« Ihr triumphierendes Grinsen wirkte nicht einmal bösartig, eher wie das eines kleinen Mädchens, das den Papa hereingelegt hatte, und genau das Unbedarfte an ihrem Blick machte Bernd fassungslos. Ihre Augen spiegelten ihm, dass er wieder einmal ausgesprochen dumm aussehen musste.

Dann fragte er: »Läufst du jetzt für den Finanzbeamten?«

»Nur, um seine Scheidung zu finanzieren und unsere Villa abzuzahlen. Dann wollen wir heiraten.«

*Gibt es Menschen, die noch dümmer und gleichzeitig noch gerissener sind als er*, fragte sich Bernd und verließ die Wohnung ohne Gruß und ohne die Tür zu schließen.

Seinen Laden musste er aufgeben, denn Steuerfahndung in einem Puff war für die Kundschaft so etwas wie Ratten im Edelrestaurant. Monika arbeitete wieder bei Hannelore am Olgaeck und Maria und die beiden anderen im Dreifarbenhaus.

## Bernd, Wildblüt, Juli 2015

In seine eigenen Erinnerungen vertieft und auf seltsame Art erschöpft, kehrt er ins Forsthaus zurück. Die zwei Frauen decken gerade den Mittagstisch. Schweigend sitzen sie zu dritt beim Essen. Ob er den beiden von Margrets Heften erzählen sollte? Lieber noch nicht. Almas Augen sind verquollen und verbreiten einen nicht endenden Strom von Trauer. Sie wirkt wund und schutzlos wie ein Igeljunges, das auf dem Rücken liegt. Wie kann sie in diesem Zustand am Leben der Mutter Anteil nehmen?

Almas Geheimnis war zwanzig Jahre lang im Innersten ihres Herzens versteckt, er hat es aufgerissen und ans Licht gezerrt. War er zu grob? Doch nein! Sie hat es herausgefordert, als ob sie sich selbst überlisten wollte, weil sie es nicht mehr länger allein tragen konnte.

Jetzt, wo die Dinge auf dem Tisch liegen, wird sie sich der Realität stellen müssen. Falls sie die Suche nach ihrem Kind nicht bald aufnimmt, wird er nachhelfen. Schließlich ist er der Onkel. Und wenn es der Wahrheitsfindung dient, ist Rücksichtslosigkeit nicht das schlechteste Mittel.

Dann schüttelt er den Kopf. *Ich wette, du hast auch über dieses Kind Bescheid gewusst*, sagt er im Stillen zu seiner Mutter und freut sich schon auf ein wenig Ruhe, um ihre Aufschriebe lesen zu können.

Dass sie einmal von Lortz hieß und aus einem Gutshof stammte, weiß er schon vom Durchblättern des ersten Hefts. Auch er wäre also heute ein *von Lortz*. Wie ist ihr wohl der Name abhandengekommen? Während des Lesens ahnt er, wie unendlich weit Margrets Weg war und dass sie nicht nur ihre Familie, sondern auch ihre Identität verloren haben muss. *Was ist dir nur geschehen, Mama?*, fragt er immer wieder, manchmal nur im Kopf, manchmal murmelt er beim Lesen. Aus dem brennenden Keller scheinen die drei Schwestern aber noch wohlbehalten entkommen zu sein.

# Schneeglöckchenmut

## Margarethe, Königsberg, Ende Mai 1945

Alle hatte der riesige Russe aus den Flammen gerettet, kein Kind, keinen Greis, keinen Verletzten hatte er zurückgelassen. Während sie hinausstolperte in die Luft, konnte Margarethe zunächst nicht erfassen, was passierte, denn das Geschrei auf der Straße übertraf das im Keller bei Weitem, die Luft war schwarz vom Rauch und der Himmel waberte höllenrot.

Mit gezückten Gewehren trieben die Russen Tausende von Königsbergern vor sich her. »*Dawai, dawai! Vorwärts, weiter!*« Die Soldaten brüllten und lärmten, wer zu langsam war, bekam den Gewehrkolben in den Rücken. Die kleine Ursula krallte sich am Hosenbein Margarethes fest, an der anderen Seite hielt ihre ältere Schwester Hilda ihre Hand. Zahllose, aus den Kellern geflohene Menschen mit erstarrten Gesichtern wurden von grölenden, saufenden Soldaten in den Treck hineingezwungen. Die Straßen waren gepflastert von verbrannten, verstümmelten Leichen, Russen wie Deutschen.

Die Menschenmassen wurden bis zum Verschiebebahnhof getrieben und mussten sich in Reihen aufstellen. Jetzt nahmen die Soldaten ihnen ab, was sie noch hatten: ihre Rucksäcke, ihr Brot, ihre warmen Kleider, ihre Papiere, alles. Auf den freien Plätzen der Stadt lagen Dinge, die aus den Häusern gerissen worden waren, Möbel, Kinderspielzeug, Betten und Wäsche. Dazwischen Leichen und der Geruch nach verbranntem Fleisch.

Noch immer hielten sich die drei Mädchen fest an den Händen. *Sie können uns alles nehmen*, ging Margarethe durch den Kopf, *nur uns selbst nicht*. Ein kleiner, asiatisch aussehender Russe stürzte sich auf Margarethe und riss ihr den Mantel vom Leib. Die kleine Ursula trug noch immer ihren Rucksack, sogar ihre rote Mütze und den roten Umhang. In dieser Hölle musste Margarethe schmunzeln. Vielleicht war die rote Mütze eine Tarnkappe und machte das Kind unsichtbar. Die kühle Frühlingsluft ließ sie frösteln, jetzt war sie nur noch mit einem wollenen Unterhemd, dem Männerhemd und der Männerhose bekleidet, die sie von Frau Fabritzki bekommen hatte. Dann drehte sie einen inneren Schalter um. Nichts mehr spüren, nichts mehr denken. Wo sie vor einer halben Stunde noch Panik hatte, zu verbrennen, wuchs in ihr wieder dieser Eisblock und sie wusste, dass sie ohne ihn nicht überleben würde.

Was mit den Männern passierte, die man aussortierte, konnte sie an den fernen Gewehrsalven erahnen. Würde man sie als Mann erkennen und sie von ihren Schwestern trennen? Würde man sie erschießen und die beiden anderen den Soldaten überlassen? Doch niemand scherte sich um die drei. Unter dem Gebrüll und Gejohle der angetrunkenen Russen wurde ihr Treck mit einigen Hundert Frauen, Kindern und Greisen in Gang gesetzt und über die breite, fast bis zur Unkenntlichkeit zerstörte Dirschauerstraße getrieben. Vom Haus, in dem sie gewohnt hatten, war nichts mehr übrig außer verbrannte Mauern, die wie abgenagte Rippen gegen den Himmel standen.

Die Soldateska trieb sie zur Stadt hinaus und bei der ersten Bewaldung mussten alle stehen bleiben. Wahllos rissen die ungefähr dreißig Soldaten Frauen aus dem Treck und zerrten sie an den Haaren und den Kleidern zum Waldrand. Schreie zerrissen die Luft. Hilda war geistesgegenwärtig genug, Ursula mit dem Gesicht an ihren Bauch zu pressen, um ihr den Anblick zu ersparen.

Die Russen fielen über die Frauen her, ohne sich die Mühe zu machen, sie vor den Blicken abzuschirmen. Frauen, die sich wehrten, bekamen Soldatenfäuste ins Gesicht oder wurden erstochen, und die Davonlaufenden wurden erschossen. Die drei Mädchen wussten schon seit Wochen, was Sterben und Morden war, sie wussten, dass Leichen von Fliegen aufgefressen wurden und dass verbrannte Menschen zusammenschrumpften auf Säuglingsgröße. Aber die Bilder, die man ihnen hier vor die Füße warf, vernichteten den Rest ihrer Kindheit. Margarethe wollte die Augen schließen, doch ihre Wimpern waren wie an den Augenbrauen festgefroren.

Später wankten blutüberströmte Frauen zurück in die schweigende Reihe, leere Blicke, bleibende Kälte. Leblose, nackte Körper an Bäume gebunden und liegengelassen.

Wie eine Viehherde wurden sie weitergetrieben. Wo es zu langsam ging, halfen Gewehrkolben und Peitschen nach. Tag um Tag ging es auf matschigen

Feldwegen und gepflasterten Straßen entlang durch ausgebrannte Dörfer. Alte Frauen und Männer blieben liegen und starben. Kalt waren die Nächte, zum Glück hatte wenigstens Ursula ihre rote Mütze mit Umhang behalten dürfen. Schlimmer als alles war der Durst. An Dorfbrunnen konnten sie manchmal Halt machen und mussten dort stundenlang für ein paar Schluck Wasser anstehen.

Die Vergewaltigungen gingen weiter, immer wieder, Nacht für Nacht. Die Frauen waren längst verstummt.

Schon lange hatten die drei Mädchen nicht mehr gesprochen, sich nicht einmal angesehen. Doch immer, wenn es möglich war, hielten sie sich an den Händen. Sie fühlten sich, also waren sie Menschen.

Als es regnete, öffneten alle ihre Münder, um ein paar Tropfen Wasser abzubekommen. Dann warf sich Ursula unvermittelt in eine Pfütze und trank das schlammige Wasser, andere Kinder taten es ihr gleich. Am nächsten Tag wurde die Kleine so krank, dass sie nicht mehr laufen konnte. Hilda und Margarethe wechselten sich ab, sie zu tragen, ihre Kräfte reichten nicht, sie waren ausgehungert, stürzten, rutschten aus, die eine ließ sich von der anderen aus dem Dreck ziehen. Frauen, manchmal auch Alte, stützten sie oder halfen, Ursula zu tragen, doch auch andere Kinder waren krank geworden. Als sie durch ein verbranntes Dorf zogen, fiel Margarethe ein, was sie von ihrer Tante Otti gelernt hatte. Sie brach einige Kohlestücke aus einer Brandruine, füllte ihre Hosentasche damit und reichte die Stücke an andere weiter. Margarethe zwang Ursula, immer wieder an der Kohle zu knabbern. Bald konnte das Kind wieder selbst laufen.

Kommissbrote wurden von Lastwagen in den Dreck geworfen. Das erste Essen seit Tagen. Gieriges Grapschen, die Würde war schon lange zerstört.

Ab und zu stießen sie auf andere Trupps. Dann wurden die Züge neu aufgeteilt und Familien auseinandergerissen. Ständig stockten die Soldaten die Trecks mit den Menschen aus den Dörfern auf, so wurden die Züge nie kürzer, obwohl so viele Menschen am Straßenrand liegen blieben.

Einmal konnten sie zusammen mit einem anderen Trupp in der Scheune eines verlassenen Gutshofs übernachten. Dunkle Silhouetten der Soldaten gingen umher und leuchteten mit Fackeln in die zusammengekauerten Gefangenen. Hässlicher, flackernder Lichtschein tanzte auf Hildas Porzellangesicht, gefolgt von einem Bajonett und dann schmutzigen Russenhänden. *Komm, Frau.* Sie ging aufrecht wie eine Königin. Margarethe drückte das Gesicht Ursulas gegen ihren Bauch, wollte schreien, doch das Innere ihres Mundes brannte, als hätte man ihr eine glühende Fackel in den Rachen geschoben. Die Augen ätzten und als sie sie schloss, bedrängten sie innere Bilder, denen sie nur entkommen konnte, wenn sie die Augen wieder öffnete. Wohin hatten sie sie verschleppt, die Bestien? Margarethe blieb mit Ursula sitzen, keine von ihnen schlief. Das Gejohle der besoffenen Soldaten hörte nicht auf. Dazwischen bullerte Motorenlärm von Lastwagen, das Gewieher von Pferden und von etwas weiter entfernt ertönten hin und wieder Maschinengewehrsalven oder das Dröhnen von Panzern. Erst im Morgengrauen wurde es etwas ruhiger. Hand in Hand machten sich die beiden Mädchen auf die Suche nach ihrer Schwester, stiegen über Leiber, Schlafende, Tote. In einer Art Zwischenbau zwischen Wohnhaus und Ställen des Gutshofes lag sie mit nacktem Unterleib, am Knie hing der lindgrüne Schlüpfer von Bleyle, den sie zu Weihnachten bekommen hatte, Augen und Mund starr aufgerissen. Margarethe fasste sie an. Die Kälte, die von Hildas Leib ausging, fuhr ihr wie ein Elektroschock durch Mark und Bein.

Wie unter Wasser drang das Gebrüll der Soldateska zum Aufbruch an Margarethes Ohr. Mit Ursula an der Hand ging sie weiter im Treck. Die Hand der Kleinen war eisig und nass. Manchmal fasste sie das Kind am Handgelenk, um es nicht zu verlieren. Sie sah nicht, wohin es ging, und es war auch egal. Vor ihr lief eine Frau mit Schuhen, an denen die Sohle halb abgerissen war. Bei jedem Schritt öffnete sich ein Maul zwischen Schuh und Sohle. Dreck und Schuh und Sohle. Maul auf, Maul zu.

Nach einigen Stunden Marsch wurde das Geschrei der Russen noch lauter, sie stritten und diskutierten. Offensichtlich war nicht klar, was aus den vielen Menschen werden sollte. In diesem Dorf waren sie vor zwei Tagen schon einmal vorbeigekommen. Sie wurden im Kreis herumgetrieben! Durch Margarethes gefriergetrocknetes Gemüt sickerte langsam die Erkenntnis, dass das Überleben für die Menschen der Trecks nicht vorgesehen war. Die Soldaten wussten offenbar schlicht nicht, wie sie so viele Menschen umbringen sollten. Bei einem kurzen Halt setzte sich Margarethe wie alle an den Straßenrand und sah Ursula an. Es war der erste Blick seit dem Tod Hildas, die erste Verständigung ohne ein Wort. Ihre vierjährige Schwester hatte den müden Blick einer alten Frau. Margarethe konnte sich nicht erinnern, wann Ursula das letzte Mal gesprochen hatte.

Als sie wieder aufstanden, um den Weg fortzusetzen, wurden sie bald von der Landstraße weggetrieben und kamen auf einen klitschigen Weg, der mit Brettern ausgelegt war. Der Boden unter ihren Füßen schwankte, da wusste Margarethe, wohin die Reise ging. Es war der Schwingboden, der in das Moor führte. Im gleichen Moment wunderte sie sich über den Lebenswillen, der in ihr ausbrach wie eine Feuerfontäne aus einem schlafenden Vulkan. Schriller Horror kochte auf, obwohl sie heute Morgen noch bereit gewesen wäre, zu sterben. Auch bei den anderen brachen Bewegung und Geschrei los, viele waren bereits draußen auf dem Steg und wurden von den Nachkommenden weitergeschoben, wieder andere drängten zurück, manche, die vom Steg fielen, schrien, zappelten und versuchten verzweifelt und vergebens, sich aus dem schwarzen Sumpf zu retten, bevor sie untergingen. Ihre Schreie verschluckte das Chaos. Die meisten aber ließen sich stumm fallen und begrüßten den schwarzen Tod wie eine kühle Wohltat.

Im Gedränge wurde Ursula von ihrer Hand weggerissen. Margarethe blickte um sich, die rote Mütze musste schnell auffindbar sein. Wild schreiend raste sie durch den Tumult, nach vorne zum Steg, die Masse drückte nach hinten, alle suchten die Sicherheit des festen Bodens, dort standen aber die Russen und jagten die panische Menschenmenge wieder nach vorn Richtung Moor. Margarethe scherte sich um nichts und niemanden, schlug mit den Ellbogen um sich, raste hierhin, raste dorthin, um die rote Mütze zu finden, es konnte nicht sein, dass dieses Kind schon so weit weggeschoben worden war, das Rot fiel auf, wo war Ursula? Als wäre sie irre, verschaffte sie sich Bahn, schrie, heulte, brüllte.

Dann kam sie auf den Steg.

Die rote Mütze trieb auf dem Moor, der Umhang blähte sich auf, eine schmale Hand ragte noch heraus, bevor sie verschwand.

Es dauerte eine Weile, bis das Geschehen Margarethe erreichte. Still wurde es um sie, als wäre sie von einer unsichtbaren Hülle umgeben, die sie abschirmte gegen die Umgebung, gegen die Welt, gegen die Hölle, gegen das Leben. Die Zeit hörte auf, sich zu bewegen. Nur das Moor atmete weiter. Dann kam das Begreifen über sie wie die Gewehrsalve eines Erschießungskommandos. Sie hatte ihre beiden Schwestern verloren, sie war nicht fähig gewesen, sie durchzubringen, sie hatte ihren Bruder ziehen lassen und ihr Versprechen gegen die Mutter gebrochen. Wer war sie, dass ausgerechnet sie noch lebte? Schreien wollte sie, aber die Kraft dafür war versiegt, ihr Leben hatte sich aufgebraucht, ihre Batterie war leer, der Körper nur Haut und Knochen, nicht mehr wert als der Dünger, den sie abgeben würde. Sie setzte an zum Sprung. Da stand ihr Vater vor ihr. Sein Blick war gebieterisch.

In diesem Moment zerbrach die Blase der Stille um sie und das Geschrei, die Todesangst und die Lebensmüdigkeit der Menschen drangen wieder an ihr Ohr und griffen nach ihrem dürren Leib. Sie wurde mit der Menge zurückgedrängt.

Die Russen hatten die Sperre geöffnet. Margarethe reihte sich in den Zug der Todgeweihten ein, als wäre sie ein aufziehbarer Zinnsoldat mit einer Schraube am Rücken. Wann würde ihre Schraube abgelaufen sein? Neben sich hörte sie das müde Getrampel der Notleidenden wie von weit her, es war ihr gleichgültig. Sie hatte zu leben, aber sie war schon tot. Der schmatzende Schlamm an ihren Füßen, der Schweißgestank der Menschen um sie herum, deren schweigendes Schlurfen wie eine Herde Schafe, die zur Schlachtbank geführt wurde, das Geschrei der immer betrunkenen Russen, Hunger, Durst, Regen, nichts hatte Bedeutung. Dumpf dachte sie an das innere Bild von ihrem Vater, das sie in ein unnötiges, widerwärtiges Leben zurückgezwungen hatte. *Warum muss ich leben? Ist das die Strafe dafür, dass ich versagt habe?* Dann rutschte sie aus und schlug mit dem Kopf an einen Stein.

Etwas Leichtes umgab sie. War es so schön, zu sterben? Gleich darauf strömte der Atem wieder ein. Ihr Kopf schmerzte, sie blieb liegen mit der Wange auf dem frühlingskalten Boden, wo es nach frischer Erde duftete. Unweit musste eine Buche stehen, denn um sie herum hatten einige Bucheckern ihre harte Schale aufgebrochen und streckten ihre Keimblätter in die Luft, als ginge sie das Grauen nichts an. Also lebte sie. Denn Tote sahen keine Keimblätter. Tote wurden auch nicht vergewaltigt. Tote wurden nicht ins Moor getrieben. Tote schwebten mit den Wolken, den Rest fraßen die Fliegen. Hier würde sie liegen bleiben, hier am Wegrand, der schon von so vielen Leichen gesäumt war. Dann fielen ihr vor Erschöpfung die Augen zu. Gerade als der sanfte Schlummer sie einhüllte, wurde sie von groben Händen hochgerissen, die Hände waren behaart und schmutzig, wo hatte sie die schon einmal gesehen? Der Kerl schüttelte sie und rief etwas Unverständliches, er war dreckig und stank wie alle anderen. An den Händen erkannte sie den Mann, der sie aus dem brennenden Keller geholt hatte. Seine Augen waren Zorn. Und doch stieß er sie erstaunlich vorsichtig mit seinem Gewehrschaft an, dann packte er sie mit der anderen Hand an der Schulter und schob sie nach vorn. »*Dawai, dawai!*«, sagte er, aber er schrie nicht.

Wochenlang waren sie im Kreis herumgetrieben worden, oft kamen sie drei- oder viermal durch die gleichen Dörfer. Jetzt öffnete die Stadt ihr Maul wie ein riesenhafter Drache mit schwarzen, verfaulten Zähnen, die einmal Häuser gewesen waren. Das war nicht mehr Königsberg, sondern eine Stadt der Toten und der Fliegen, irgendwo in der Hölle.

Die Soldaten scheuchten die Übriggebliebenen ihres Trecks in ein ausgebranntes Gebäude mit einem halben Dach, dessen Rest jederzeit auf sie einstürzen könnte. Todesmüde ließen sich alte Männer, geschundene, geschändete Frauen und längst verstummte Kinder auf dem Boden nieder. Ob die Russen sie jetzt freilassen oder an die Wand stellen würden, wusste niemand, aber es war auch nicht mehr spannend, denn die Grenze zwischen Leben und Tod besaß schon lange keine klare Kontur mehr. Margarethes Familie war dort auf der anderen Seite. Keine Mauer trennte sie von ihnen, nicht einmal mehr eine dünne Wand, höchstens ein Vorhang, hinter den man schlüpfte, wenn die Kräfte aufhörten oder wenn man ein Bajonett in den Rücken bekam oder von einem Messer aufgeschlitzt wurde oder an Erschöpfung starb. Ihre Leute hatten es vorgezogen, sich vornehm hinter den Vorhang zu verkriechen, sie rümpften vermutlich die Nase über das würdelose Schauspiel, dem sie allein noch beiwohnen musste. *Wieso habt ihr mich hiergelassen? Wieso ich allein?*

Ihre Eltern. Sie hatten ihren Kindern ein weiches Nest bereitet und doch waren sie auf ihre Art streng gewesen. Pflicht, Ehre, Opferbereitschaft, Haltung lag ihnen im Blut. Was würden sie wohl von ihr denken? *Aufhören mit dem Selbstmitleid*, würde die Mutter sagen. Der Vater würde kaum sichtbar dazu nicken. Margarethe straffte sich. Doch die Kälte in ihrem Inneren blieb, obwohl die Luft schon heiß war.

Sie trug Männerkleider, war grob geworden in ihren Bewegungen, sie selbst wusste nicht mehr, ob sie Männlein oder Weiblein war. Das letzte Mal, als sie ihre Tage hatte, war sie noch zu Hause, das war vor einem knappen Jahr. Sogar ihre Brüste schienen sich wieder zurückgebildet zu haben, vielleicht war das dem mangelnden Essen geschuldet. Oder ihr Körperzyklus war in dem Moment erstarrt, als sie in der Zeitung von der Hinrichtung ihres Vaters erfuhr. Ab jenem Moment musste sie ihren Mann stehen.

Wie ein Mann saß sie auf dem Boden, breitbeinig mit angewinkelten Knien, auf denen sie ihre Ellbogen stützte. Die Hände fielen zwischen ihren Beinen nach unten. Ein paar Butterblumen leuchteten goldglänzend zwischen Steinbrocken und Gras. Es musste Mai sein, im Mai war ihr Geburtstag, aber sie hatte vergessen, wie alt sie war. Die Jahre und ihr Alter mussten auseinanderklaffen wie die Wunde ihres Heimatlandes.

Am Nachmittag wurden alle Überlebenden der Todesmärsche freigelassen. Aber niemand würde je wieder davon freikommen, und wie sie bald feststellten, waren sie auch nicht frei, denn Königsberg war eingekesselt. Alle, die drin waren, waren lediglich vogelfrei.

Die entkräfteten Menschen suchten sich in den Ruinen eine Bleibe, suchten Essen, Decken, Matratzen, rissen den Toten die Kittel vom Leibe, nahmen alles, was zwischen Leichen und Steinen zu finden war.

Man sollte sich registrieren lassen, hieß es, aber Margarethe ging nicht hin. Sie würde sich durchschlagen. Zum ersten Mal in ihrem Leben schmeckte sie die bittere Freiheit, für niemanden verantwortlich zu sein. Nichts gab es in der Stadt, keine Nahrung, kein Wasser, Strom sowieso nicht. Nichts gab es außer Leichen. Tausende von hungernden Zivilisten schleppten sich durch die Trümmer von Königsberg, immer auf der Suche nach einem Einweckglas aus dem Keller eines zerbombten Hauses, einem Päckchen Puddingpulver oder Mehl. Konkurrenz hatten die Einwohner von den unteren Rängen der russischen Soldaten, die jedem alles zu jeder Zeit wegnehmen konnten. Margarethe richtete sich im einzigen geschlossenen Zimmer einer Wohnung im ersten Stock ein. Ein schmutziger Mantel, den sie einem frisch Verstorbenen abgenommen hatte, war ihr erster Einrichtungsgegenstand. Sie war jung und sportlich und fand immer etwas zu essen, selbst wenn es nur ein verfaulter Apfel war.

Der Stoß eines Gewehrkolbens weckte sie eines Morgens in ihrem Unterschlupf. Drei Russen bedeuteten ihr, mitzukommen.

Als hätte ein Schalter ihre letzten verbliebenen Empfindungen ausgelöscht, stand sie auf. Der Körper funktionierte, innen war sie tot. Die Soldaten stießen sie grob nach draußen. Dort stand eine Reihe von Frauen und einigen Männern mit einem Holzkarren voller Leichen. Sie wurde zum Leichenräumtrupp geholt. Die mehr oder weniger verwesten Leichen mussten sie auf Karren laden und am Stadtrand in Massengräber werfen. Dass ihr vom Gestank nicht schlecht wurde, lag nur daran, dass der Geruch schon lange und schwer in der Luft lag. Vierhundert Gramm Brot bekamen diejenigen, die in Arbeitsgruppen eingeteilt waren.

Bald waren auch die wenigen Nahrungsmittel, die noch zwischen den Ruinen zu finden gewesen waren, in den leeren Mägen verschwunden. All die Vorräte, die von den Höfen und Gütern aus ganz Ostpreußen konfisziert worden waren, reichten nicht einmal, um die russischen Truppen ausreichend zu ernähren. Jetzt war es der Hunger, der sein schwarzes Tuch über die verbliebene Zivilbevölkerung ausbreitete.

Während des Sommers hielt er sich in Grenzen, man konnte sich Brennnesseln, Melden, Sauerampfer und Pilze zwischen den Ruinen ausrupfen, doch gegen Herbst war alles abgegrast. Eine Zeit lang tat sie sich mit Kindern zusammen, wo sie immer die Führung übernahm, weil sie die Älteste war. Sie schlichen sich an russische Soldaten heran, die oft auf den Gehwegen saßen und ihren Brei aßen. Manchmal warfen sie die Reste den Kindern vor die Füße, die sich wie die Tiere auf die Essensreste stürzten.

Einmal durchwühlten sie gemeinsam die Abfälle vor einem Haus, in dem die Russen sich eine Art primitive Gaststätte eingerichtet hatten. Da schlug die Tür auf und ein riesiger Soldat kam heraus und gab ihnen eine ganze Schüssel voll Schalen von gekochten Kartoffeln. Eine Kostbarkeit, die sie schon lange nicht mehr hatten. Sie waren zu dritt und machten sich gierig darüber her. Der Russe ging währenddessen ein paar Schritte weiter und pisste an die Hauswand. Als alles aufgegessen war, drehte Margarethe die Schüssel in der Hand und überlegte, wie sie die unauffällig mitnehmen konnte. Gerade, als sie sie unter ihr Hemd stecken wollte, kam der Riesenkerl zurück und fluchte. Den kannte sie doch. Erst jetzt, mit einem Imbiss im Magen, konnte sie die Augen heben. Es war der mit den Bärenhänden, der sie damals aus dem brennenden Keller getrieben hatte, das war schon Jahrhunderte her, da hatten Hilda und Ursula noch gelebt. Dieser Mann hatte sie auch vom Boden gepflückt, als sie sterben wollte, und sie mit dem Gewehrkolben nach vorne geschoben. Sofort streckte sie ihm die Schüssel wieder hin. Dann lachte er, als ob er sie kennen würde, aber das konnte nicht sein, denn es mussten Tausende gewesen sein, denen er auf dem Todesmarsch begegnet war. Er hatte eine Zahnlücke.

Im Spätherbst begann die wirkliche Hungerphase. Bis aufs Skelett abgemagerte Menschen schlichen durch die Ruinenstadt. Viele davon starben an einer der grassierenden Seuchen, und das war gnädiger als der langsame Hungertod. Manche fielen auf der

Straße einfach um. Mit den anderen Kindern ging sie schon lange nicht mehr auf die Pirsch, jeder war sich selbst der Nächste, man konnte für eine Kartoffelschale töten. Immer schwieriger wurde es für Margarethe, ihr Ruinenzimmer zu verlassen, auch sie bekam mit dem einsetzenden Winter einen Wasserbauch. Sie hatte die Krätze in der Haut, die Haare fielen ihr aus, und der Hunger machte Wahnvorstellungen. Horrorbilder, Besuche von Menschen, die schon lange tot waren und einfach dastanden, Farben, Töne, Tod und Schwärze umschwirrten sie tagelang.

Was gab ihr die Kraft, aufzustehen und sich zum Verschiebebahnhof zu schleppen, um dort nach Abfällen auf den Gleisen zu suchen, welche die Russen zuweilen achtlos wegwarfen?

Wie fette Schlangen transportierten Güterzüge noch immer unentwegt Beute aus Ostpreußen nach Russland. Lokomotiven schnaubten, zischten und verströmten beißenden Geruch nach Kohle. Räder knirschten und mahlten über die Schienen, Kupplungen rumpelten zwischen dröhnenden Waggons. Es war, als ob die Sprache des Bahnhofs Margarethes innere Stimme wachrüttelte. *Weg von hier,* hörte sie so klar wie schon lange nichts mehr in ihrer dumpfen Welt. Für einen Moment überblickte sie ihre Situation wie ein Kranker, der erst weiß, dass er krank ist, wenn er aus seinem Delirium erwacht. Sie hatte nicht einmal gemerkt, dass sie nur noch vegetierte, dass kein Gedanke und kein Gefühl sie mehr erreicht hatte seit so langer Zeit. Vielleicht war irgendwo außerhalb der Hölle ein gelobtes Land, in dem es Essen und Menschen gab. Hier war sie mit all den anderen zum Tier geworden. Vielleicht war der

Krieg inzwischen vorbei, aber was wusste sie schon von der Außenwelt? Was hatten sie für ein Jahr? Die Todesmärsche waren im Mai, den Sommer über hatte sie sich durchgeschlagen, seit einiger Zeit war Winter, doch welcher Monat? Hunger und Kälte war alles, was sie bewegte.

Wie die Zwiebel eines Schneeglöckchens beginnt, sich in dunkler, eisiger Erde auszudehnen, ohne vom Licht zu wissen, so rüttelte Margarethe ohne Hoffnung, ohne Kraft und ohne Haare am Rolltor eines Güterwaggons. Hinter sich hörte sie einen Russen sprechen. Hätte sie mehr Energie gehabt, wäre sie in diesem Moment geflohen – er würde sie verprügeln, das war ihr schon einmal passiert, als sie im Hafen nach den letzten Resten von Essen gesucht hatte. Heute konnte sie sich nur langsam umdrehen. Der Mann lachte. Er war nicht so groß wie der Zahnlückenmann, aber auch er war ein Mensch, denn er öffnete das Rolltor und ließ sie einsteigen. Er half ihr sogar hinauf, als ihre Kräfte versagten. Dann setzte er sie hinter eine Kiste in der Nähe eines Kanonenofens und deckte sie mit seiner Jacke zu. Erst als der Zug anfuhr, erschrak sie. *Sibirien.* Dieses Wort kam dem Wort *Vergewaltigung* am nächsten. *Erschießen* war auch so ein Wort. Oder *Moor*. Doch die beiden ersten Worte trugen am meisten Angst in sich. Dann kuschelte sie sich in die Wärme der Russenjacke, tastete nach ihrem Messer, das sie einmal unter Lebensgefahr von einem toten Russen gestohlen hatte, und atmete aus. Ob sie in Königsberg starb oder in Sibirien oder auf der Fahrt dorthin, war schließlich einerlei. Hauptsache, jetzt hatte sie es warm.

Im Güterwaggon warf nur die Glut des Ofens ein schwaches Licht, Männerstimmen kamen von irgendwoher. Als sich ihre Augen an die Dunkelheit gewöhnt hatten, konnte sie Soldaten ausmachen, die eine Flasche kreisen ließen. An Schnaps schien es den Russen nie zu mangeln, immer waren sie besoffen. Im Halbdunkel des Waggons, in der plötzlichen Wärme, die sie nicht mehr kannte, im rhythmischen Hämmern der Eisenbahn verlor sie Zeit und Ort. Ob es noch Vormittag war oder schon Abend, konnte sie nicht mehr ausmachen, denn allein die kurze Wanderung von ihrer Unterkunft bis zum Bahnhof hatte ihre Kräfte erschöpft. Dann schlief sie ein. Zwischendurch wachte sie auf, die Soldaten vorne schliefen, der Ofen brannte nicht mehr, es wurde kalt. Zum Glück hatte sie die Jacke des Russen. Sie schlummerte wieder ein.

Jemand rüttelte an ihrer Schulter. Der Zug stand, der Soldat hatte seine Jacke schon wieder zu sich genommen und winkte ihr, aufzustehen. Er öffnete das Rolltor und sagte »*Dawai, dawai*«. Wie unterschiedlich man diese Worte aussprechen konnte. Sie kletterte aus dem Waggon und spürte dabei jeden Knochen ihres abgemagerten Körpers, dann lief sie durch die verschneiten Felder, ohne dass sie wusste, wohin, und ohne dass sie wusste, wo sie war. Der weiße Morgennebel vermischte sich mit der weißen Landschaft und verschluckte jeden Sinn. Hinter ihr schnaubte der Zug beim Abfahren wie von weither. Sie blieb stehen. Waren da vorne Häuser in dieser Zauberlandschaft oder war sie schon tot und in den Wolken? Märchenhafte Häuser mit unbeschädigten Dächern, weißer Schnee statt schwarzen Brandruinen. Wie weit war sie gefahren? Ihr kam eine alte Frau entgegen, die sie in einer fremden Sprache ansprach. Russisch war es nicht. Die Frau fuchtelte mit den Armen und Margarethe folgte ihr. Sie erreichten eine Hütte. Die Alte öffnete den Stall im Anbau. Dort fraßen zwei Ziegen aus ihren Trögen. In Königsberg hätten diese Ziegen keine Stunde überlebt.

Heute konnte sie sich nach dem Querfeldeinlaufen nur noch aufs Stroh fallen lassen. Dort schliefen fünf klapperdürre Kinder mit hohlen Wangen. Aus Erschöpfung blieb auch sie liegen, obwohl sie im Zug die ganze Nacht geschlafen hatte. Später brachte ein Mädchen ihr eine Schüssel voll warmer Milch.

»Du kannst noch schlafen«, sagte das etwa zehnjährige Mädchen. Warum es Deutsch sprach, war Margarethe egal, sie wollte nur schlafen. Als sie wieder erwachte, richtete sie sich auf und ging hinüber in die Hütte. Das Mädchen stand am Herd und schälte gekochte Kartoffeln. Margarethe stürzte sich auf die Schalen und fraß sie mit beiden Händen. Dann schnappte sie sich eine der ungeschälten Kartoffeln und stopfte sie in ihren Mund. Dem Mädchen schien es nichts auszumachen.

»Du kommst aus Königsberg«, sagte die Kleine.

»Du auch?«

»Ich bin schon seit drei Wochen hier. Immer mehr Kinder kommen jetzt her und schlagen sich durch.«

»Kannst du hier wohnen?«

»Ich habe Glück, ich kann hierbleiben. Doch alle kann Anna nicht durchbringen.«

»Was ist das für ein Land?«

»Litauen.«

Die Tür öffnete sich und die Alte kam herein. Peinlich, dass alle Kartoffelschalen so schnell weg waren, wie das Mädchen sie geschält hatte. Dann sagte diese Anna etwas und das Mädchen übersetzte: »Was kannst du?«

Noch nie war Margarethe diese Frage gestellt worden, weder früher zu Hause noch in der Zeit des Schreckens, den sie seither erlebt hatte. Klavierspielen fiel ihr ein, aber das fand sie unpassend. Reiten konnte sie gut, sogar wie der Teufel. All das waren Tätigkeiten, die jetzt keinerlei Wert besaßen. »Schießen«, sagte sie schließlich.

»Wenn du nicht so eine hohe Stimme hättest, würde ich dich hinauswerfen. Soldaten, auch junge, will ich nicht im Haus.«

»Ich kann Rehe schießen.«

»Ohne Gewehr kann niemand schießen und wenn die Russen dich damit finden, bist du das Reh.« Die Russen waren also auch hier.

Margarethe nahm Annas Hand, strich über die Linien, und plötzlich kamen Bilder – keine Zukunft, sondern Vergangenheit. Da war ein junges Mädchen, eine Braut und ein Kind im Kinderwagen. Nach und nach wuchsen Kinder auf, fünf waren es, fünf Jungs. Sie wurden der Reihe nach erwachsen, dann sah sie jeden in Uniform und danach, wie und auf welche Weise jeder einzelne zu Tode kam. Jetzt konnte Margarethe sich selbst von außen sehen, sie konnte beobachten, wie in ihrem Inneren Mitgefühl aufstieg, als ob es nicht das ihre wäre. Schnell öffnete sie die Augen. Wie lange hatte sie so gesessen? Hatte sie geträumt? Erwartungsvoll blickte die Alte sie an.

»Sie haben alle fünf Söhne verloren«, sagte Margarethe.

Die Frau erstarrte. »Einer ist vermisst«, antwortete die Alte.

»Er ist auch tot.«

Anna sackte in sich zusammen und schloss die Augen. Dann richtete sie sich wieder auf. »Und wann darf ich zu meinen Kindern?« Das Mädchen am Herd übersetzte schnell und flüssig.

»Im Frühjahr, wenn der Bärlauch blüht«, antwortete Margarethe und dachte kurz an Tante Otti, die ihr streng verboten hatte, den Tod vorauszusagen. Tante Otti war tot. Sie selbst hatte sie auf den Leichenkarren geladen. Vor den Eingangsstufen ihres halb verbrannten Hauses hatte die Tante gelegen, auch sie mit entblößtem Unterkörper. Alle, denen sie früher aus der Hand gelesen hatte, waren tot. Überall hatte sie Dunkelheit und Schwärze gesehen. Nicht ihre Gabe hatte sie verloren, sie hatte sich damals nur nicht vorstellen können, dass die Zukunft für alle so schwarz sein würde.

Noch eine Weile durfte sie bleiben. Sie schlief im Stroh und dachte, sie wäre im Paradies. Sie ließ sich zeigen, wie man Ziegen molk und durfte am Tisch mitessen. Als wieder ein Zug aus Königsberg eintraf, ging sie mit dem Mädchen zum Güterbahnhof. Da erkannte sie den Russen, der ihr seine Jacke geliehen hatte, wieder. Aus dem Zug purzelten unzählige Kinder, schwach, krank, skelettartig abgemagert, viele mit Hungerbauch. Der Russe schien Margarethe erkannt zu haben, denn er winkte ihr zu. Dann trat ein zweiter hinzu, noch ein dritter kam, auch er lachte. Einer davon war der Zahnlückenmann. Schon drei echte Menschen unter den Russen. Einige wenige Männer schienen Kinder aus der Hölle zu schmuggeln und sie dadurch vor dem sicheren Hungertod zu retten.

Die Neuankömmlinge wurden von der Alten aufgenommen oder an die Nachbarn des Dorfes verteilt, dort wurden sie notdürftig aufgepäppelt, damit sie nicht gleich im Schnee liegen blieben. Margarethe ging nach einer Woche. Aber da war sie schon so gestärkt, dass sie sich zutraute, über den Winter zu kommen.

Noch immer drehte sich in ihrem Leben alles um Essen und Unterkunft. Oft durfte sie bei Bauern im Heu schlafen. Milch holte sie sich direkt aus den Eutern der Kühe oder Ziegen. Irgendwo konnte sie dringend benötigte Schuhe stehlen. Die waren viel zu groß, doch das war in Ordnung, denn sie stopfte sie mit Kleidungsstücken aus, die sie von den Wäscheleinen der überdachten Veranden klaute. Sie stapfte durch den Schnee von einem Gehöft zum anderen und als sie unterwegs deutsche Kinder traf, gingen sie aneinander vorbei, ohne sich anzusprechen. Sie waren kleine, hungernde Tiere. Gelassen um Nahrung herumsitzen und dem anderen seinen Teil lassen, war eine menschliche Fertigkeit, die man schnell verlernte, wenn der Hunger einmal Löcher in den Magen gegraben hatte.

Der Winter ließ nicht nach. Wenn sie Glück hatte und ein Haushund sie nicht vertrieb, konnte sie in Ställen schlafen und sich an den Tieren wärmen. Oft allerdings musste sie in halboffenen Schuppen übernachten oder sie grub sich mit bloßen Händen ein Loch im Wald, kleidete es mit Tannenzweigen aus und deckte sich auch damit zu. Kälte quälte sie inzwischen mehr als der Hunger, denn mindestens Milch von irgendeinem Euter konnte sie fast jeden Tag erhaschen. Glück bedeutete in ihrem Leben jetzt: mehrere Nächte bei einem Bauern im Stroh schlafen zu dürfen, dort zu arbeiten und essen zu können. Doch Arbeit gab es wenig im Winter. Sie hatte Krätze, Läuse, Schorf, Flechten. Ihre Haare waren wieder etwas nachgewachsen, nachdem sie in Königsberg vollständig ausgefallen waren.

Als sie einmal einer Bäuerin aus der Hand las, lud diese sie in ihre Küche ein und ließ sie am Tisch essen. Sie machte Wasser heiß und holte die Zinkwanne. Baden! Ihre ausgestopften Schuhe waren wie festgebacken. Seit Wochen trug sie sie Tag und Nacht und als sie daran rüttelte, entströmte ihnen ein unerträglicher Gestank, der sofort die ganze Küche ausfüllte. Hatte sie eine tote Ratte im Schuh? Wurde sie verrückt? Nie wieder würde sie den Königsberger Leichengeruch vergessen. Die Bäuerin stieß einen Schrei aus. An beiden Füßen waren einige Zehen braun erfroren. Einer der Zehen blieb gleich im Schuh, die anderen drei konnte man vom Fuß abpflücken, ohne dass Margarethe etwas spürte. Die Frau verarztete sie mit reichlich Schnaps. Dann, als Margarethe in der warmen Badewanne saß, begann der Schmerz, als würden ihre Füße von einem Panzer überfahren. Ihr wurde schwarz vor Augen, zum Glück lag sie im Wasser, als sie ohnmächtig wurde. Dann kam sie wieder zu sich und der Schmerz entzog ihr fast den Lebenswillen. Die Bäuerin kam in die Küche, zuckte die Schultern und bedeutete ihr, dass da nichts zu machen sei. Dann zeigte sie in das graubraune, dreckige Badewasser, in dem Hunderte von Läusen und anderen Parasiten schwammen. Die Frau hieß sie auszusteigen, weil sie das Wasser wechseln wollte. Margarethe versuchte, auf ihren Fersen zu stehen. Es ging nicht. Nackt fiel sie auf den Lehmboden.

Die Bäuerin lachte und zeigte ihr zwischen die Beine. »*Mergaitės*«, sagte sie. *Mädchen*. Margarethe hatte vergessen, dass es einen Unterschied gab zwischen einem Mädchen und dem, wie sie nach außen wirkte.

Aus der Hand der Bäuerin wusste sie, dass sie ihren einzigen Sohn im Krieg verloren hatte. Vielleicht hatte sie sich Margarethes deshalb so liebevoll angenommen. Jetzt durfte sie im Bett dieses Sohnes so lange bleiben, bis sie wieder auf ihren Füßen gehen konnte. Das Wunder eines weißen Bettes!

Als sie sich Tage später von der Bäuerin verabschiedete, trug sie die Kleider und Schuhe von deren Sohn, war sauber, genährt und erfrischt an Leib und Seele. Ihre alten Kleider, samt den Schuhen und den Zehen, hatte die Bäuerin im Ofen verbrannt. Erste Anzeichen des Frühjahrs zeigten sich, das nächste halbe Jahr würde sie gut überstehen. Bis zum nächsten Winter war es lange hin.

Im Sommer arbeitete sie bei Bauern auf dem Feld und bekam am Abend eine Suppe, half den Fischern auf der Memel und bekam einen Fischkopf, putzte beim Müller das Haus und die Stallungen, half im Hochsommer bei den Ernten und durfte die restlichen Körner einsammeln, half bei der Kartoffelernte und bekam am Abend ein warmes Essen.

Wann sah sie die ersten russischen LKWs mit den verzweifelten Gesichtern von Litauern auf der Pritsche? Es musste schon im Sommer gewesen sein. Bereits seit einiger Zeit hatte sich die Stimmung bei den Bauern verändert. Immer öfter wurde sie auf den Höfen abgewiesen, obwohl es im Spätsommer und Herbst genug Arbeit gab.

Der Hofhund hing erschossen an seiner Kette, als sie sich einmal einem Hof näherte. Altbekannter Leichengeruch stieg ihr in die Nase und auf dem Hof verteilt lagen der Bauer, die Bäuerin und weiter hinten ein alter Mann und ein Kind. Der Hunger trieb Margarethe in die Küche, leises Rascheln und der zu Tode erschrockene Blick eines Jungen in ihrem Alter. Ein deutsches Hungerkind.

Die Sowjets hatten den Bauern inzwischen verboten, so erfuhr sie, die deutschen Kinder bei sich aufzunehmen. Alle Nahrung war den russischen Soldaten vorbehalten. Doch im Wald hausten die litauischen Partisanen, die sich ebenfalls von den Bauern ernährten, zur Not auch mit vorgehaltenem Gewehr. Zwischen all dem trieben die gefürchteten Spione des russischen Geheimdienstes ihr Unwesen. Ihnen war diese Bauersfamilie zum Opfer gefallen. Vielleicht waren zuvor Partisanen bei ihnen gesichtet worden.

Wie sollte sie über einen weiteren Winter kommen? Es war Oktober, noch gab es im Wald und auf den abgeernteten Feldern Reste zu finden, doch immer mehr Kinder mussten sich die immer weniger werdende Nahrung teilen. Im November schneite es bereits, da kam der verhasste Hunger zurück und mit ihm die Kälte. Tausende von Kindern irrten in den Wäldern umher, starben an den Straßenrändern vor

Erschöpfung. Margarethe war im Laufe der Monate immer tauber geworden. Jeder Anflug von Verzweiflung oder auch Mitgefühl hätte sie Energie gekostet. Sie grub Wurzeln aus, sie stahl sich in Ställe und trank Milch, aß, was immer sie finden konnte. Kaum traute sie sich, tagsüber außerhalb des Waldes zu marschieren, denn immer öfter sah sie diese LKWs mit Litauern, die nach Sibirien verschleppt wurden. Der Wald war ihr Schutz und bis zum völligen Wintereinbruch auch ihre Nahrungsquelle. Was dann?

Eines Abends stapfte sie in der Dämmerung zwischen Straße und Waldrand, um sich einen Schlafplatz zu suchen, als hinter ihr ein LKW hielt. Zum Fliehen war es zu spät, zwei Russen zielten mit dem Gewehr auf sie. Sie wurde gepackt und auf die Ladefläche gehoben, auf der schon mehrere Kinder saßen, alle jünger als sie, sprachlos vor Angst, zitternd vor Kälte.

Bei einem Verschiebebahnhof wurde ein Güterwaggon geöffnet, in dem noch viel mehr Kinder saßen und lagen. In der Mitte des Güterwaggons stand ein Eimer, in den die Kinder ihre Notdurft verrichten konnten, ein paar Brotlaibe wurden in den Wagen geworfen, dann wurde das Rolltor verschlossen. Niemand hatte eine Ahnung, wohin es gehen würde. Das Wort *Sibirien* trug noch immer seinen Schrecken in sich. Erst nach Tagen hielt der Zug. Als die Waggons geöffnet wurden, purzelte Margarethe zusammen mit all den anderen spindeldürren Kindern nach draußen. Passanten liefen vorbei, manche hielten die Hand vor den Mund, andere kramten in ihrer Tasche und verteilten ihre Einkäufe, weitere Menschen wurden gerufen, die Essbares brachten, so wurden die

Kinder versorgt, manche bekamen sogar etwas zum Anziehen. Die Sprache dieser Menschen konnte Margarethe nicht ausmachen, aber offensichtlich fuhren sie nicht nach Sibirien, denn es war wärmer geworden anstatt kälter. Bald scheuchten die Soldaten sie wieder in den Waggon. Doch solange der Zug noch stand, steckten die Menschen weitere Brote und Trinkflaschen durch die Gucklöcher. Dann ruckelte und zischelte die Lokomotive wieder an. *Warszawa* las Margarethe auf dem Bahnhofsschild, als sie bei der Anfahrt durch das Guckloch schaute. In Polen waren sie also.

Irgendwann erspähte sie deutsche Ortsschilder. Gab es überhaupt noch ein Deutschland? Nur sich nicht zu viel Hoffnung machen. Neben ihr saß ein Mädchen im gleichen Alter, wie Ursula jetzt sein müsste. Seither hatte Margarethe es ignoriert, sie musste hart bleiben, durfte sich keine Verpflichtung aufladen, doch jetzt blickte dieses Mädchen sie mit seinen durch den Hunger riesig gewordenen Augen an.

»Deutschland«, sagte Margarethe mürrisch.

»Meine Mama ist in Deutschland«, antwortete das Mädchen. Es legte seinen Kopf auf den Schenkel Margarethes und nach einigem Zögern legte diese ihre Hand an die Wange der Kleinen und ließ sie dort liegen. So schliefen beide ein.

Sie erwachte von den kreischenden Bremsen des anhaltenden Zuges. Das Tor rollte auf. Um sich zu erheben, wollte Margarethe das Mädchen auf ihrem Bein wecken. Es war tot.

Nach Tagen im eiskalten Güterwagen, nach Hunger, Krätze und Koliken waren sie in Thüringen angekommen. Die Kinder wankten aus dem Waggon. Die, die unterwegs gestorben waren, blieben einfach liegen.

Sie wurden registriert. Viele der Kleinen wussten nicht einmal mehr, wie sie hießen.

»Margarethe von Lortz«, sprach sie, als sie an der Reihe war, und noch während sie diese drei Worte aussprach, überkam sie ein seltsames Gefühl von Fremdheit. Wer war sie?

Die Frau hinter dem Schreibtisch fuhr sie an: »Das *von* kannst du dir sonst wohin stecken, wir sind im Sozialismus. Also noch mal: wie?«

»Margarethe Lortz.«

»Ein Mädchen?«

»Ja.«

Sie bekam einen Zettel. *Margret Lorenz* stand darauf.

Für den, der aus der Hölle kam, war ein Quarantänelager für Kriegsgefangene das Paradies. Alle wurden ausgezogen, geduscht, bekamen frische Lagerkleidung, heißen Tee, Milch und aßen an einem richtigen Tisch. Jeder erhielt ein Feldbett mit sauberer Zudecke ganz für sich allein. Man wurde ärztlich untersucht und geimpft. Margret hatte Wasser in den Beinen, eine schwer entzündete Leber, ihre Zähne waren kaputt, drei Backenzähne fehlten bereits und sie hatte kaum Haare auf dem Kopf. Der Arzt erklärte ihr, dass ihr Körper bereits in der Phase des Verhungerns gewesen war.

Drei Wochen sollte sie im Quarantänelager bleiben. Als die Essensrationen auch hier immer schmaler wurden, fand sie ein Loch im Zaun, durch das sie schlüpfte, um bei der Bevölkerung betteln zu gehen oder die Gärten danach abzusuchen, ob sie schon Wurzeln ausgraben konnte. Gegen Abend kehrte sie ins Lager zurück, denn auf ihr Bett wollte sie nicht verzichten. So machte sie es jeden Tag. Nicht nur die zusätzliche Nahrung trieb sie nach draußen, es war auch das Gefühl des Eingesperrtseins im Lager, das sie nicht ertragen konnte.

Auch in Thüringen stand die Rote Armee. Margret trug Frauenkleidung. Die Angst explodierte in ihren Zellen bei jedem vorbeifahrenden Armeefahrzeug.

Nach der Quarantäne teilte man ihr ein winziges Kämmerchen mit Feldbett auf einem Bauernhof zu. Ein Traum. Sie durfte bei dem Bauern arbeiten und hatte regelmäßig zu essen, ein ganzes Zimmer für sich allein. Der Bauer war erstaunt, wie schnell und hart sie arbeiten konnte und wie viel sie von Landwirtschaft verstand.

Das regelmäßige Essen, ein eigenes Kämmerchen mit Feldbett und Decke, Frauenkleidung, gute Arbeit und ein angstfreier Schlaf ließen sie an Gewicht zunehmen. Eines Morgens war ihre Periode wieder da. Mit der Zunahme an Körpergewicht wuchsen auch ihre Brüste und die Haare.

So lange hatte ihr Überleben davon abgehangen, dass sie ein Junge war, doch wer war sie wirklich? Ein Bursche vom Nachbarshof kam öfter zu ihrem Dienstherrn. Er war schüchtern, lächelte sie an. Kam er wegen ihr? Sie ging ihm aus dem Weg. Mit Liebe hatte sie nichts zu tun.

Dann wurde sie angewiesen, in der Knopffabrik zu arbeiten. Nun, da ein normales Leben möglich war, schlug diese Aufforderung eine erste Kerbe in ihr neues Glück. Sie wollte sich nicht herumkommandieren lassen. Notgedrungen begab sie sich in die Reihen der Fabrikarbeiterinnen.

Eines Nachts träumte sie von ihren Schwestern. Sie stellten sich vor:

»Ich bin Hilda«, sagte die Ältere und kicherte.

»Ich bin Ursula«, piepste die Kleine.

Schon waren sie wieder verschwunden wie zwei aufspritzende Wassertropfen auf einem glatten See.

Margret erwachte irritiert. Wollten die beiden ihr eine Botschaft schicken, oder noch eher – sie an etwas erinnern? Es ging um die Namen. *Ich bin Ursula, ich bin Hilda*, den ganzen Tag über wiederholten sich die Stimmen ihrer Schwestern in ihrem Kopf. Am Abend kam es über sie, gerade, als sie nicht daran dachte: Die beiden fremden Tanten in Stuttgart hießen fast gleich wie ihre Schwestern. Ulla und Hilde Poetzsch. Sie würde in den Westen weiterziehen.

Doch zunächst waren ihre Tage wie die Knöpfe, die sie glattschliff und polierte, sodass einer wie der andere aussah, morgens, mittags, abends, Knopf für Knopf, Tag für Tag. Sie schliff das Überschussmaterial von dem gepressten Rohling, polierte ihn, facettierte ihn, der nächste, der nächste, der nächste. Dieser Mann am Schmelzofen sah aus wie der Zahnlückenrusse mit den Bärentatzen, denn so, wie er am Ofen stand und Schaufel für Schaufel das Kunststoffgranulat in die Glut warf, so stand er damals in der Tür des glühenden Kellers und hatte Mensch für Mensch hinausgeschaufelt, nur um sie noch schlimmerem Terror auszuliefern. Ihr Gehirn spielte verrückt. Am ersten Tag in der Fabrik musste sie sich bei jedem Handgriff dazu überreden, keinen Knopf zu essen, nicht einmal hineinzubeißen, denn alles, was sie früher angefasst hatte, war auf Essbarkeit überprüft worden, und jetzt, wo die nervtötende Arbeit ihr Gehirn erweichte, kamen sie wieder, diese Kröten-Schlangen-Angst und Kälte-Erinnerungen, die Bilder von aufgeschlitzten Frauen und verhungerten Kindern, Bilder, die ihre Tage mit der Zeit zu totem Material machten, hart und ungenießbar wie die Kunststoffknöpfe. Kein Wunder, dass sie andauernd den Russen und das brennende Königsberg am Schmelzofen sah. Sie wollte wieder beim Bauern an der frischen Luft arbeiten.

An einem Feierabend stand er vor ihr. Er sprach sie auf Deutsch an, und obwohl Deutsch ihre Muttersprache war, hatte sie ihn nicht verstanden, denn er sah genauso aus wie dieser Russe, und das bekam sie nicht in ihren Kopf. Eine Mischung aus Angst, Misstrauen, Wiedersehen und äußerster Irritation durchfuhr sie. Hatte er einen russischen Doppelgänger?

»Wie bitte?«, fragte sie und schaute knapp an ihm vorbei, als wollten ihre Augen schon den Fluchtweg ausmachen.

»Du erinnerst mich an einen dreckigen Jungen«, sagte er. Er sprach mit einem seltsamen rollenden R, es konnte ein russischer Akzent sein, aber man hatte Januar 1948. Ein russischer Soldat konnte nicht in einer Fabrik in Deutschland arbeiten und innerhalb kürzester Zeit Deutsch gelernt haben. Was tat der Russe hier? War er überhaupt ein Russe? Sie hatte kein Bedürfnis, ihn genau anzuschauen, nickte unbestimmt, versuchte freundlich zu lächeln, wand sich an ihm vorbei und ging nach Hause.

Am nächsten Morgen winkte er von seinem schweißtreibenden Arbeitsplatz am Schmelzofen zu ihr herüber und lachte. Er hatte eine Zahnlücke.

Nach Feierabend stand er wieder vor ihr.

»Wer sind Sie?«, fragte sie.

»Das wollte ich dich auch fragen.«

Er konnte ein russischer Spion sein, einer dieser mörderischen Spitzel, gefährlicher und brutaler als die litauischen Partisanen und die Soldaten der Roten Armee zusammen.

»Königsberg?«, fragte sie vorsichtig.

Er nickte und lächelte breit. »Dass du ein Mädchen bist, hätte ich dir nicht zugetraut.«

Jetzt, wo das bedrohliche Wort *Mädchen* aus seinem Mund kam, brach die Kraft einer Wölfin in ihr auf, die sie in den litauischen Wäldern von Weitem gehört hatte. »Ich bin keine Gefangene mehr, die man nach Belieben töten und vergewaltigen kann.«

Er blickte sie an, offenbar hatte sie ihn überrascht. Etwas schien in seinem Kopf zu arbeiten, als würde er sein Gehirn nach Worten durchsuchen. »Ich habe den Offizier aufgehalten«, gab er dann grinsend von sich. »Als ihr Kinder seinen Hund abgeschleppt habt. Eine ganze Flasche Schnaps habe ich mit ihm gesoffen, damit ihr Zeit hattet, das Tier zu schlachten, zu essen und die Reste verschwinden zu lassen.«

Waren das die Nachwirkungen ihres Hungerwahns? Wurde man auch mit vollem Bauch noch verrückt, wenn man einmal fast verhungert wäre? Dann schossen ihr die Fragen wie Maschinengewehrsalven aus dem Mund: »Warum sprechen Sie deutsch? Was machen Sie hier? Warum haben Sie den Offizier zurückgehalten, damit wir seinen Hund essen konnten? Warum haben Sie uns die Kartoffelschalen rausgebracht? Wie viele Frauen haben Sie vergewaltigt? Wie viele Menschen umgebracht? Und wie viele Zivilisten waren darunter? Was wollen Sie von mir? Wer sind Sie verdammt noch mal?«

»Warum ich dich vom Wegrand aufgelesen und nicht hab verrecken lassen, hast du vergessen.«

»Ja.«

»Und warum ich die Kinder nach Litauen hab entkommen lassen?«

»Genau.«

»Aus dem hässlichen, dreckigen Jungen ist ein schönes, aber freches Mädchen geworden.«

Sein Zungenschlag war schwer und langsam, man wusste nicht, ob er dümmlich oder gerissen war, er sprach ein Deutsch, das wie Russisch klang, und hatte runde Augen wie Untertassen. Sie machte den Mund auf und schloss ihn wieder.

»Gehen wir spazieren«, befahl er.

»Es ist dunkel und kalt.«

»Seit wann hast du Angst vor Dunkelheit und Kälte?«

Schweigend gingen sie durch die Altstadtgassen bis hinunter zur Gera. Dort wandte er ihr sein Gesicht zu, und trotz der Dunkelheit sah sie seinen aggressiven Blick: »Wie viele Frauen ich vergewaltigt habe, weiß ich nicht mehr, es waren viele. Aber mit genügend Alkohol geht alles«, begann er. »Wenn sich eine gewehrt hat, hat sie meine Pranke ins Gesicht bekommen, dann gings besser. Und wie viele Menschen ich umgebracht habe, weiß ich auch nicht, es waren viele. Erst kürzlich war die Töterei noch heldenhaft.«

Margret fror. Er wäre körperlich ohne Weiteres in der Lage, sie zu überwältigen, aber seine groben, hässlichen Worte bedrohten sie nicht, sie widerten sie nur an. Wenn auch körperlich geschwächt, so war sie doch wehrhaft geworden in ihrer Zeit in Litauen. So leicht würde sie sich nicht überwältigen lassen, denn auch bei ihr war die Schranke, zu töten, schon längst gefallen. Sie hatte nie vor der Notwendigkeit gestanden, es zu tun, aber sie wusste, dass sie noch immer fähig dazu wäre, genauso wie sie jederzeit in der Lage wäre, welches Tier auch immer zu schlachten und zu essen. Roh oder gekocht.

»Warum sprechen Sie deutsch?«

»Ich bin Russlanddeutscher. Stalin hat unsere Volksgruppe nach Sibirien vertrieben. Meine Mutter und mein kleiner Bruder, der so aussah wie du, als du noch ein Junge warst, haben das nicht überlebt. Mein Kind auch nicht. Mein Vater wurde hingerichtet, Stalin braucht für derlei Kleinigkeiten keinen besonderen Grund. Als der Krieg begann, wurden auch wir Volksdeutsche in die Armee gepresst. Nach dem Krieg hatten manche, so auch ich, das Glück und konnten als Umsiedler hierherkommen. Ich war im gleichen Quarantänelager wie du.«

»Ihr Kind ist tot?«

»Ja.«

»Und Ihre Frau?«

»Tot.«

»Und sonst?«

»Tot.«

»Alle?«

»Ja.«

»Meine auch.«

»Ich weiß.«

Damit war alles gesagt und sie blieben auf der kalten Holzbank am Ufer der Gera schweigend sitzen. Dann fiel ihr doch noch etwas ein: »Ich gehe in den Westen.«

»Ich auch«, kam prompt von ihm.

»Saufen Sie noch immer?«

»Natürlich.«

»Sind Sie dann gewalttätig?«

»Wenn man mich reizt.«

»Dann suche ich mir meinen Weg allein.«

»Bitte schön. Wir werden uns vermutlich auch so wieder begegnen. Das wäre nicht das erste Mal.«

Dass er nicht mehr wusste, wie viele Menschen er getötet hatte, konnte sie ihm gut verzeihen, das war schließlich das Handwerk des Krieges. Doch seine Worte über die Vergewaltigungen pflügten ihre Eingeweide um wie Wühlmäuse ein Gartenbeet. Fest musste sie ihre Lippen zusammenpressen, um ihren Brechreiz zu unterdrücken.

Der Mann neben ihr räusperte sich. Dann sagte er doch nichts. Außer Abscheu ging noch etwas anderes in Margrets Körper vor, das sie nicht kannte und das sie nicht haben wollte.

»Soll ich sagen *wir* Russen oder lieber *die* Russen?«, fragte er dann.

»Wie Sie wollen.«

»Wir Russen seien Tiere – ich habe alles verstanden, was die Deutschen sagten. Tatsächlich hatten wir den Auftrag, die Bevölkerung zu dezimieren. Wir wussten effektiv nicht, wie wir es anstellen sollten, so viele Menschen zu töten. Es waren ja alles Zivilisten. Der Alkohol hat geholfen.«

Margret schloss die Augen.

»Die Deutschen hätten sich kaum Gedanken über so ein Problem gemacht. Sie waren effizient. Massengrab ausgehoben, Maschinengewehrsalven nacheinander, eine halbe Nacht lang und fertig ist der Salat. Wir benötigten für die gleiche Menge an Toten mehrere Wochen und viele Hektoliter Schnaps.«

Margret zog die Luft ein.

»Der half auch beim Vergewaltigen, auch das war Befehl.«

»Befehl?«

»Wie immer im Krieg. Blutrausch, Rache, Alkohol – das sind Schmiermittel der Kriegsmaschine, keine Selbstläufer.«

»Ihr wart wie die Tiere.«

»Die Russen sind Tiere, die Deutschen sind Maschinen. Ich bin durch Dörfer gekommen, durch die vorher die Wehrmacht gezogen war. Effiziente Arbeit, wie gesagt. Dann habe ich aber gesehen, wie manche Wehrmachtskompanien den russischen Partisanen in die Hände fielen. Die Partisanen waren nicht einmal mehr Tiere, das waren Bestien. Am Ende war die deutsche Kompanie ausgelöscht, aber – was soll ich sagen. Bestialisch eben.«

»Warum sprechen Sie so? Der Krieg ist vorbei.«

»Du wolltest wissen, wer ich bin.«

»Man muss nach vorne schauen.«

»Du schon, du bist noch ein Kind.«

»Ich bin fast achtzehn.«

»Ein Kind eben.«

»Und Sie?«

»Achtunddreißig.«

»Der andere Soldat, der die Kinder nach Litauen mitfahren ließ, war der auch Russlanddeutscher?«

»Nein, der war Russländer, ein echter Russe.«

»Also doch nicht alles Tiere.«

Er zuckte die Schultern. »Viele von uns hatten noch einen letzten Rest Mensch in sich. Deshalb haben wir so viel Fusel gebraucht.« Als Margret nichts sagte, fuhr er fort: »Du warst bei den Ersten nach Litauen. Als es sich herumgesprochen hat, kamen die Kinder zu Tausenden. Wir hatten den Auftrag, sie von den Zügen zu fegen, bevor wir losfuhren. Viele blieben auf dem Dach sitzen und erfroren unterwegs oder fielen herunter wie die Fliegen, andere versteckten sich zwischen den Waggons, da konnten wir dann in Litauen die steifgefrorenen Körperchen abgreifen und in die Felder werfen. Wann immer es möglich war, ließen wir sie also in die Güterwagen. So war es halt.«

Jetzt fiel Margret nichts mehr ein, und mehr wollte sie auch nicht wissen. Auch er schwieg. Doch das Schweigen wurde ihr bald unangenehm, und je länger es dauerte, desto mehr tat es weh. So lange war sie allein gewesen. Schweigend nebeneinander zu sitzen und voneinander zu wissen, löste in ihr einen Schmerz aus, ähnlich wie damals ihre eingefrorenen Füße geschmerzt hatten, als sie aufgetaut wurden. So viel Nähe konnte sie nicht mehr ertragen.

Bald verabschiedeten sie sich. Margret schlich zurück auf den Bauernhof in ihre Kammer. Müde und stumpf legte sie sich auf ihr Feldbett und starrte an die Decke.

Wenn sie überleben wollte, musste sie ihre Erinnerungen auslöschen. Die meisten jedenfalls. Sie würde sich eine Disziplin des Vergessens angewöhnen müssen. Auch der Vergessenszauber von Tante Otti fiel ihr wieder ein. Jetzt waren ihr alle Mittel recht, um ein neues Leben zu beginnen. Sie würde allein in den Westen ziehen. Dieser Mann war ihr zu nahe am Grauen, zu nahe an ihrer eigenen seelischen Verfassung, zu viel Mensch, zu viel Trauer, zu viel Kälte, zu viel Tier. Sie würde ihn meiden. Am Morgen läutete der Wecker, ohne dass sie geschlafen hatte.

Ihm schien es ähnlich zu gehen, jedenfalls kreuzten sich weder ihre Blicke noch ihre Wege.

Nach einer Woche holte er sie beim abendlichen Verlassen des Fabrikgeländes ein und sagte ohne Gruß:

»Am Sonntagmorgen um fünf Uhr.«

»Was?«

»Nach Berlin.«

»Wie? Wo? Warum?«

»Weil man am besten über Berlin in den Westen kommt und weil wir am Sonntag auf einem Lastwagen im Armee-Konvoi nach dorthin reisen, was war die dritte Frage?«

»Armee-Konvoi?«

»Ja.«

»Mit Russen?«

»Mit Chinesen.«

»Was?«

»Mädchen! Ja! Mit den Russentieren. Ich habe gute Kontakte zu meinen früheren Kameraden. Wir können mit nach Berlin fahren, dort müssen wir uns durchschlagen und einen Westausweis ergattern, was angeblich gar nicht so schwierig ist, weil keine Bilder drauf sind, und schwupp, sind wir Westler.«

»Ich auch?«

»Hätte ich es dir sonst so genau erklärt?«

»Wie heißen Sie?«

»Svia.«

»Wie?«

»Sviatoslav Schmid und du?«

»Margret Lorenz.«

»Bis Sonntag. Ich hol dich um viertel vor fünf hier am Fabrikeingang ab.«

Mit ungefähr dreißig russischen Soldaten saß sie auf dem offenen Verdeck eines Militärlastwagens inmitten einer elend langen Kolonne von gleich aussehenden Fahrzeugen. Bis vor Kurzem wäre dieselbe Situation gleichbedeutend mit Misshandlung, Verschleppung und sicherem Tod gewesen. Schritt für Schritt wich der blanke Horror einer Unsicherheit und schließlich konnte sie sich entspannen. Sie trug warme, dunkle Frauenkleidung und ein Kopftuch, darunter eine Wollmütze. Ihre dicke Wolldecke lag auf ihren Knien. Im Rucksack hatte sie eine Männerhose, ein warmes Hemd, etwas Unterwäsche, eine Dose Wurst, ein Stück Schinkenspeck und ein Brot. Verglichen mit dem, wie sie in Deutschland angekommen war, war sie reich.

Es war Ende Februar und der Winter schien noch einmal zu zeigen, was er konnte. Der Zahnlückenrusse, wie sie ihn innerlich noch immer nannte, obwohl sie selbst auch Zahnlücken hatte, nur nicht so sichtbare, saß neben ihr. Im eisigen Fahrtwind war sie froh, dass er Wärme abstrahlte wie die Kühe, an denen sie sich in Litauen manchmal wärmen konnte. Auch er besaß einen Umhängesack. Nach einer Stunde Fahrt war sie so durchgefroren, dass sie zitterte. Der Mann öffnete seine Tasche, zog eine Wolldecke heraus und legte sie ihr um. Da geschah eine kleine Explosion in ihrem Inneren, weil sein warmer Atem ihre Stirn streifte und seine Hand ihre Schulter. Er merkte nichts, setzte sich mit verschränkten Armen wieder neben sie und starrte geradeaus. Männlicher Schutz und Fürsorge. War es eine Sehnsucht oder eine uralte Erinnerung? Da sprach eine innere Stimme in ihr: *Disziplin. Erinnerungen meiden. Kein Selbstmitleid. Nicht weich werden.*

An diesem Tag begann sie damit, einen Panzer um ihren Brustkorb zu bauen, Stück für Stück, Stein um Stein.

Keiner der Russen auf der Ladefläche warf ihr auch nur den kleinsten unverschämten Blick zu. Dieses glückliche Desinteresse an ihrem Frauenkörper hatte sie ihrem Begleiter zu verdanken. Jetzt war sie froh, dass sie sein Angebot akzeptiert hatte. So war die Frage gelöst, wie sie nach Berlin kommen konnte. Dort würden sie sich trennen und jeder würde seinen eigenen Weg suchen, um in den Westen zu gelangen. Und wenn sie sich mal wieder treffen sollten, was durchaus sein konnte, denn so viele Zahnlückenrussen gab es schließlich nicht im Westen, dann könnten sie sich als alte Bekannte begrüßen.

Am frühen Abend sprangen sie vor dem eisernen Tor des russischen Militärstützpunkts in Berlin-Friedrichshain vom LKW, während der etwas langsamer fuhr, bevor er mit dem Konvoi in der Kasernenanlage verschwand.

Russische Soldaten mit Bajonettgewehren patrouillierten entlang hoher Ziegelmauern. In den Wachtürmen saßen weitere Uniformierte mit Fernglas und Maschinengewehren. Ein Lastwagen nach dem anderen wurde von diesem riesigen Tier aus Gebäuden, Stacheldraht und Betonwänden verschluckt.

Nach dem zu weiten Teilen verschont gebliebenen Erfurt erinnerte Berlin in seiner Zerstörung an Königsberg. Wo sollten sie übernachten? Margret dachte mit Wehmut an ihr eigenes Feldbett auf dem Bauernhof. Wie oft hatte sie in den letzten Jahren weiterziehen müssen, nachdem sie irgendwo für kurze Zeit untergekommen war. Kaum hatte sie Atem geholt, sich ein wenig ausgeruht, musste sie wieder hinaus in die Kälte und in die Ungewissheit, mit Angst im Nacken vor dem Erfrieren, dem Verhungern, vor dem Verschleppt- und Vergewaltigtwerden.

Es war vorbei, sie würde nicht mehr verhungern.

Was machte sie mit diesem Kerl neben sich? Auch wenn er nichts sprach, war seine Gegenwart so wuchtig, als hätte sie einen halb gezähmten Bären neben sich. Ohne genau zu wissen, wohin, gingen sie durch die schmalen Wege, die zwischen Steinhaufen und Geröllhügeln freigeräumt worden waren. Dann packte er sie am Arm und wies mit dem Kinn auf die andere Seite der breiten Straße. Eine Kleingartenanlage! Ein Gartenhäuschen neben dem anderen. Doch alle schienen bewohnt – natürlich, auch hier gab es fast nur Ruinen und dazu massenweise Flüchtlinge. Schon wollten sie enttäuscht weiterziehen, da fanden sie ganz am Ende ein fast eingefallenes Häuschen ohne Glas in den Fenstern. Besser als nichts. Mäuse hatten sich eingenistet, Blätter und Äste lagen herum. Margret nahm den Besen und begann mit der Reinigung. Es gab einen Tisch mit zwei Stühlen, zwei Betten übereinander. Die Matratzen waren feucht und stockfleckig, aber das war kein Problem, denn die Schlafplätze besaßen eine Liegefläche aus Holz. Sie hatte schon auf unbequemerem Grund geschlafen. Svia fand im Garten ein paar Bretter und in einem alten Schränkchen einen Hammer sowie einige rostige Nägel. Sofort begann er, die Fensteröffnungen zuzunageln, um Nachtkälte abzuhalten. Sogar Kerzenstummel und Streichhölzer gab es in einem halb zerbrochenen Schränkchen.

Später setzte sich Margret an den Tisch und packte ihre Essensschätze aus. Wo war Svia? Sie öffnete die Tür einen Spalt, nur wenig, damit nicht noch mehr Kälte hereinkam. Keine zwei Meter weiter stand er und pinkelte ins Gebüsch. Ein wenig ekelte sie sich. Dann schüttelte sie über sich selbst den Kopf. In ihren noch nicht einmal achtzehn Jahren hat sie alles Menschliche und Unmenschliche gesehen. Jetzt ekelte sie sich vor einem Mann, der vor ihrer Nase ins Gebüsch pinkelte.

Auch er packte sein Essen aus. Wann hatten sie das letzte Mal miteinander gesprochen? Heute jedenfalls nicht. Das war vor ein paar Tagen, als er ihr die Berlinfahrt vorgeschlagen hatte. Wie ein Gespenst, das erst existiert, wenn man daran denkt, so steigerte das Schweigen jetzt langsam seine Intensität, Stufe um Stufe. Je mehr Stille sich in dem Häuschen verbreitete, desto mehr Lärm machte ihr Inneres. Ihr Herz klopfte wie der Trommler einer Militärparade. Er schnitt sich noch ein letztes Stück vom Speck ab, lehnte sich kauend auf seinem Stuhl zurück und blickte sie an. Sie konzentrierte sich darauf, mit ihrem angefeuchteten Finger die letzten Krümel vom Tisch zu tupfen.

»Hat es dich auch erwischt?«, fragte er nach einer Weile.

»Nein, und wenn, wäre er tot, und wenn es mehrere gewesen wären, wären alle tot.«

»Klingt absolut überzeugend.«

»Ich habe von meiner Tante einen Rachezauber gelernt, und wenn es mir nicht gelingt, ihn zu töten, wird er sich selbst umbringen, ins Wasser gehen oder sich erschießen oder sonst was.«

»Dich hätte man als Kommandant einsetzen sollen, und die Deutschen hätten sich von allein in die Ostsee gestürzt.«

Jetzt packte der Schreck sie mit eisernen Krallen. Wie konnte sie nur so verrückt sein, mit einem Russen im gleichen Raum schlafen zu wollen? Noch immer hatte sie ihr Russenmesser unten in ihrem Rucksack, das würde sie ihm nicht verraten. Das Messer hatte ihr mehr als einmal das Leben gerettet, nie würde sie sich von ihm trennen. So manches, was in ihrem Mund gelandet war, hatte sie damit aufgeschnitten, weggeschnitten, abgeschnitten. Das erste Mal, als sie es nutzte, schnitt sie sich ein Stück vom Oberarm einer soeben tot umgefallenen Frau. Sie nahm es mit in ihren Unterschlupf und holte dort ihre Streichhölzer aus dem Versteck, die sie wie Goldbarren gehütet hatte. Dann machte sie Feuer und briet das Stück Fleisch am Stock. Da war sie aber schon fast tödlich entkräftet und als sie wieder laufen konnte, ging sie zum Bahnhof und weg nach Litauen.

Irgendwann würde sie all diese Erinnerungen auslöschen müssen. Wie machte man das nur?

»Schläfst du unten oder oben?«, fragte er jetzt.

»Oben.«

Er hörte nicht auf, sie anzuschauen, doch seine Augen waren freundlich, höchstens spöttisch, nicht aggressiv wie neulich am Gera-Ufer.

»Ich tue dir nichts, keine Angst.«

In ihrem Kopf lärmte es wie Flugzeuggeschwader und Bombenalarm gleichzeitig. *Disziplin*, ermahnte eine Stimme sie. *Aufhören mit Selbstmitleid. Haltung*. All die Worte, die sie ständig mit sich herumtrug wie ein Stützkorsett, halfen nichts gegen diesen Strom, der in ihr den Grund aufwühlte.

»Obwohl du ein verdammt schönes Mädchen bist.«

Jetzt brach der Staudamm, denn dieser Strom war nicht erst seit zwei Stunden, sondern schon den ganzen Tag in das riesige Staubecken gerauscht und zurückgehalten worden von einer hundert Meter hohen und zehn Meter dicken Mauer. Und vielleicht war das Dreckwasser schon, seit sie ihre tote, kalte Schwester angefasst hatte, gegen die Staumauer geschwappt, nur hatte sie es nicht gemerkt, weil das Leben auch ohne Gedanken schon genug war. Jetzt brach der Damm. Mit Geschrei und Tränen schossen all die Sätze aus ihr heraus: »Warum müssen die Männer ausgerechnet die verdammt schönen Mädchen zerstören? Und warum sie dann auch noch aufschlitzen? Was sind Männer für Bestien? Man hat mir gesagt, auch die Deutschen machen das, alle, alle, alle. Warum brauchen die Männer so etwas? Warum müsst ihr uns zerstören? Hat es nicht gereicht, so viele zu töten, warum musstet ihr das noch mit den Frauen machen? Was gibt es euch, wenn ihr noch mal und noch mal eine Frau aufreißen, aufschlitzen, aufbrechen könnt?« Mit jedem Satz wurde sie lauter und schriller und irgendwann sagte sie gar nichts mehr und schrie nur noch, sie stand auf, hielt ihre Hände an den Kopf, riss an ihren noch immer kurzen Haaren und schrie und schrie und konnte nicht mehr aufhören. Dann ging sie auf ihn zu und begann auf ihn einzuhämmern und wo er sie am Anfang nur angeschaut hatte, zuerst spöttisch, dann zunehmend hilflos, packte er sie jetzt und nahm ihre beiden Handgelenke in seine Riesenhände. »Schschsch...«, machte er, »schlag mich nicht, ich hab dir nichts getan. Schschsch...«

Sie wollte sich losreißen, wollte hinaus, wollte sich im Schnee wälzen, ins Wasser springen, sterben. Er hielt sie zurück, versperrte die Tür und hielt sie fest, so lange, bis sie aufhörte zu zittern und zu schreien. Seine Filzjacke roch ein wenig nach Schaf, denn sie war feucht, doch sein Körper strahlte Wärme und Geborgenheit aus. Er half ihr hinauf ins obere Bett und legte ihre Decke um sie. »Mein Rucksack!«, schrie sie als Letztes. Er gab ihn ihr und sie nahm ihn unter ihre Decke. Dann legte er sich, wie sie, mit Kleidern und Schuhen auf das untere Bett.

Margret erwachte am frühen Morgen mit Schüttelfrost. Das Bett unter ihr war leer. Sie zündete ein Streichholz an und leuchtete in den Raum. Seine Sachen waren weg. So fest, wie es nur ging, rollte sie sich in ihre Wolldecke, doch ihr Körper zitterte von innen heraus, da half keine noch so dicke Decke. Es waren zwei! Er hatte sie mit seiner Decke zugedeckt, bevor er verschwunden war.

Sie schlief den ganzen Tag, und als sie am Abend dringend rausmusste, kletterte sie mit Mühe vom oberen Bett. Da wurde ihr schwarz vor Augen. Mit knapper Not schaffte sie es nach dem Pinkeln wieder hinein, dann zog sie ihre Decken herunter, samt Rucksack, und ließ sich völlig erschöpft ins untere Bett fallen. Ihr Schlaf war flach und fiebrig und als sie erwachte, waren die beiden Decken nassgeschwitzt. Sie verbrachte einen weiteren Tag im Bett und genoss die Ruhe. Zu essen hatte sie noch, erst in ein oder zwei Tagen brauchte sie wieder dafür zu sorgen.

Stundenlang standen die Menschen in der Stadt für Grundnahrungsmittel an, kaum jemand besaß Geld oder hatte etwas zu essen übrig. Zwei Leuten konnte sie die Hand lesen und bekam jeweils zehn Pfennig. Dafür kaufte sie sich einen halben Laib Brot.

Auf dem Heimweg kam ihr ein Liebespaar entgegen. Auch in Erfurt hatte sie schon Liebespaare gesehen, die sich ganz offen die Arme um die Schulter legten oder Hand in Hand gingen. Etwas, das in der strengen Atmosphäre des Landadels in Ostpreußen kaum zu sehen war. Vielleicht hatte sich die Welt mit dem Krieg gedreht und heute war es selbstverständlich, dass man Berührungen so offen zur Schau stellte. Ihre Haut schmerzte am ganzen Körper, und das war nicht vom überstandenen Fieber. Es musste doch eine schöne Art geben, von dem, was Mann und Frau miteinander machten. Sonst wären diese Paare nicht so froh, sich zu haben. Wieso wurde es dann so hässlich und grausam im Krieg? Wie machte man es, wenn es schön sein sollte?

Leer und abgeschlagen kam sie am Abend in ihr Gartenhäuschen zurück. Was war das für eine Schwere, die sich über sie legte wie eine Decke aus Blei? Sie nahm Holz, machte Feuer, holte Schnee, machte ihn warm und wusch sich zum ersten Mal seit Tagen mit Genuss. Sie würde diese Tanten in Stuttgart suchen, vielleicht konnten die ihr helfen, eine Arbeit in einer Apotheke zu finden. Dann würde sie sich eine Existenz in Süddeutschland aufbauen. Dieses Zukunftsbild war wie ein Leuchtturm in der Ferne, an dem Seeleute sich im Sturm orientieren konnten, um nicht an den Klippen zu kentern.

Etwas fehlte in ihren Träumereien. Heute fehlte es ihr zum ersten Mal schmerzhaft. Es fehlte die Liebe. Vielleicht auch ein Kind. Wenn sie mal ein Kind hätte, bräuchte sie keinen Mann. Ach, was machte sie sich für verrückte Gedanken, wie sollte sie auch noch ein Kind über die Runden bringen, wo sie es noch nicht einmal geschafft hatte, ihre Geschwister zu beschützen? Sie zog ihre Schuhe aus und wusch auch ihre verkrüppelten Füße. Heute würde sie barfuß schlafen. Dann blies sie die Kerze aus, rollte sich in ihre beiden Decken, den Rucksack gegen den Bauch gedrückt, und schloss die Augen. Warum war er einfach gegangen? Was war nur mit ihm? Wieso hatte er ihr die Decke dagelassen? Sie dachte an den Geruch seiner Filzjacke und wie er sie festgehalten hatte, und jetzt musste sie sich zum ersten Mal eingestehen, dass sie sich nach ihm sehnte. Vielleicht nicht speziell nach ihm. Oder doch?

Gerade, als sie am Einschlafen war, ging die Tür. Sie hielt den Atem an. Er setzte sich aufs Bett. »Du schläfst in meinem Bett.«

Jetzt fiel ihr nichts ein, nur, dass sie sich freute. Auch er zog seine Schuhe aus. Sie machte ihm Platz im Bett.

»Du schläfst unter meiner Decke.« Sie ließ ihn unter die Decke. Seine Jacke roch noch immer nach Schaf. Er legte seine Hand an ihre Wange, dann strich er ihr über ihre kurzen Haare. Es war sehr schön.

»Hat es Ihnen gefallen, als Sie die Frauen vergewaltigt haben?«, fragte sie.

»Romantisch war es nicht.«

»Ist es jetzt romantisch?«

»Mädchen, ich bin ein Mann.« Er versuchte, sich im engen Bett auf den Rücken zu drehen.

»Hat es Ihnen mit Ihrer Frau gefallen?«

»Autsch!«

»Was?«

Dann lachte er ein grobes, fast schmutziges Lachen. »So wie du fragst, kannst du jeden Mann abschrecken, und wenn er noch so spitz ist.«

Jetzt fiel ihr nichts mehr ein. Er hatte seine Hände hinter dem Kopf verschränkt. Das Bett war schmal, sie berührte mit ihrer Stirn seine Achsel. Er roch nach Schweiß und nach Rauch. Ihre Stimme kam etwas zittrig aus dem Mund, als sie sagte: »Ich will es, aber ich habe Angst.«

»Ich weiß.«

Dieses *Ich weiß,* so leise wie es auch gesprochen war, enthielt alles, was es zwischen ihnen zu wissen gab. Es barg den wertvollen Rest von Liebe und Menschsein, der zwei zerbrochenen Seelen möglich war. Dann umgab das Schweigen sie beide wie ein wärmender Hauch.

Als seine rauen Hände ihre Schulter und ihre Haut berührten, war es, als würden sie einen Stacheldrahtzaun entfernen, vorsichtig, damit sie keine Hautfetzen herausrissen. Atem der Erleichterung strömte in ihre Lunge und mit dem Atem die noch fremde Lust. Mit ihrem Gesicht berührte sie die Haare auf seiner Brust, auch das war schön. Dann schob er sich auf sie. Als er in sie eindrang, versteifte sich ihr Körper, als würde er sich selbständig machen. Svia merkte es und küsste sie über das ganze Gesicht, so konnte sie sich wieder entspannen. Doch als er seine harte, stoßende Kraft entfaltete, achtete er nicht mehr auf sie, sie musste sich disziplinieren, denn die verschlossenen Kisten ihrer Erinnerungen öffneten sich einen Spalt und der Horror streckte seine Nase in die Luft. Sie hatte Mühe, sich von diesen Bildern nicht überwältigen zu lassen. Dann stieß er einen Seufzer aus und brach über ihr zusammen. Sie genoss die Nähe, schlang ihre Arme um seinen Hals und steckte ihre Nase in die Kurve zwischen Hals und Schulter. Sie mochte seinen Duft und seine Haut. Nun hatte sie es einmal getan. Es war gar nicht schlimm, es war sogar fast schön.

In der Nacht erwachte sie von seinem Schrei. Er schrie wie ein Tier, das geschlachtet werden sollte, oder vielmehr wie ein Tierjunges, dem man die Mutter abschlachtete. Sie trommelte mit den Fäusten an seine Schultern, endlich wachte er auf.

»Bist du es?«, fragte er und schlang seine Arme noch fester um sie.

»Ja«, sagte sie, obwohl sie nicht genau wusste, wen er meinte. Dann atmete er aus und schlief wieder ein.

Am nächsten Morgen zog er ein Päckchen aus seiner Jacke. »Zichorienkaffee!«

Sie machte Feuer, dann erhitzte sie Schnee, nahm ihren halben Laib Brot aus dem Rucksack, und jetzt hatten sie ein richtiges Frühstück wie die normalen Leute.

»Wohin gehst du im Westen?«, fragte er.

»Nach Stuttgart. Und Sie?«

»Hamburg, dort gibt es Arbeit am Hafen, vielleicht kann ich auf einem Schiff anheuern.«

»Ja.«

Er fasste noch mal in die Jacke und legte zwei Westausweise auf den Tisch. »Heute noch gehen wir rüber.«

Dann lachte er, küsste sie, zog sie an sich und wieder ins Bett. Es gefiel ihr, wenn er sie umarmte und küsste, sie hatte gerne seine rauen, warmen Hände an ihrem Körper, und sie war glücklich, dass er sich so um sie kümmerte, als wäre er Vater und Mann gleichzeitig. Als er in sie eindrang, sah sie sich plötzlich von oben, als hätte sie ihren Körper verlassen, alles war leicht und sie spürte nichts, auch keinen Horror, und als er fertig war, war sie wieder da, genoss seine Wärme und seinen Duft.

## Margret, Wildblüt, Ende Juni 2015

Das Haus ist geputzt und vorbereitet für das Eintreffen ihrer Kinder zu ihrer Beerdigung. Nicht alles hat sie aufgeschrieben, von dem, was sie auf diesem Todesmarsch erlebt hat. Wieso soll sie Bernd und Alma derart verstören? Dass Hilda nicht allein durch die Vergewaltigungen der Russenhorde zu Tode gekommen ist, müssen die Kinder nicht wissen. Dass Ursula nicht erst im Moor ihr Leben beendet hat, sondern beim Anblick von Hildas aufgeschlitztem Bauch ihr inneres Licht abgeschaltet und nur auf eine Möglichkeit gewartet hat – auch daran hat sich Margret erst jetzt wieder erinnert. Vieles hatte sie von sich selbst abtrennen, vergessen, verleugnen müssen, um so lange leben zu können.

Es ist Nacht geworden in Wildblüt. Auch heute wird sie wieder draußen schlafen. Sie wird noch etwas von dem Pilztee trinken, denn sie muss das fremde Mädchen finden, vorher kann sie nicht gehen.

## Inès träumt

*An der Hand der Alten fliegt sie durch die Nacht und durch Myriaden von Sternen. Auch das Gewand der Greisin ist aus Sternen und Wolken gewoben, und ihr Haar ist zu einem langen, schneeweißen Zopf geflochten. Locker umschlingt es den Hals der alten Frau und windet sich um ihren Kopf wie ein Siegeskranz.*

*Auf einmal formen sich aus goldenem Sternenstaub ihre Eltern heraus, deutlich kann sie das liebende Gesicht der Mutter und die freundlichen Augen des Vaters ausmachen. Sie windet sich aus der Hand der Alten und stürzt sich in die Arme ihrer Maman.*

*»Endlich habe ich dich gefunden«, schluchzt sie. Sanft wie ein Baby wiegt die Mutter sie und sagt: »Du musst wieder gehen, mein Kind«, und legt sie in ein Boot, so klein wie die Wiege des Moses auf dem Nil.*

*Die Alte und die Eltern legen einen Rosenkranz um ihre Stirn und Narzissen an ihre Seite. Sie legen Tulpen zu ihren Füßen und Lilien in ihren Schoß. »Adieu, ma petite, mon grand amour«, sagt Maman leise, und ein unsichtbarer Fluss trägt das Boot sanft schwankend ins Unbekannte.*

*In der Ferne steht die Alte mit dem Sternenkleid und dem Silberzopf. »Geh zurück nach Hause, wo du herkommst, mein Enkelkind«, ruft sie und hat die Arme erhoben wie zum Segen. Das Mädchen schließt die Augen und lässt sich treiben, getragen von der dunklen Nacht.*

# Loslassen

## Alma, Wildblüt, Juli 2015

Die Luft im Forsthaus steht still. Der Geruch nach Reinigungsmitteln hängt zwischen ihnen, als wollten sie das Leben der Mutter aus dem Haus wischen. Die Medikamente sind im Auto verstaut, eine Schachtel mit harmlosen Kräutertees steht in der Küche. Schweigend sitzen die drei beim Mittagessen. Fast unanständig durchbricht das Klappern des Bestecks die Stille und jeder versucht, so wenig wie möglich Lärm beim Essen zu machen. Vor allem Bernd wirkt seltsam in sich gekehrt. Ob er sich wohl gerade Sorgen darüber macht, welchen Blödsinn er bei der Polizei angezettelt hat? *Vielleicht gibt es eine Botschaft auf der Stoffpuppe!* Was geht nur in seinem Kopf vor? Vielleicht ist der Tod seiner so lange ersehnten Mutter zu überwältigend und er setzt Himmel und Hölle in Bewegung, um doch noch etwas über sie in Erfahrung zu bringen. Natürlich will er unbedingt wissen, warum sie ihn weggegeben hat. Doch was soll's. Margret hat das Zeitliche gesegnet und das ist gut so. Alma hat kein großes Interesse an ihren Hinterlassenschaften, es werden Kriegsgeschichten sein, wie alle in dieser Generation. Hätte die Mama mal zu Lebzeiten geredet, vielleicht hätte das der Verständigung gedient. Soll Bernd doch der aufwändigen Inszenierung ihres Todes und ihren verschlüsselten Botschaften hinterherlaufen, sie hat selbst genug Probleme.

In dem Moment, als Alma die Gedanken ihren eigenen Schwierigkeiten zuwendet, peitscht etwas ihr Inneres auf wie ein Herbststurm die Tannenwipfel. Ihr Geheimnis ist gelüftet. Wenn auch noch nicht in der feindlichen Öffentlichkeit, aber es wird seinen Weg finden. Wie soll sie damit umgehen? Bianca! Sie wird sie verlieren, diese Lüge wird Bianca ihr nie verzeihen. Wie soll das alles wieder unter dem Teppich verschwinden? Und wird ... *er* es erfahren? Die Familien kennen sich, Bernd wird nicht mit Bettina zusammenarbeiten können, ohne ihr von ihrem Kuckuckskind zu erzählen, und dann? Und was ist mit dem verlorenen Kind? Wo ist ihr Kind? Ihr Kind?

Barbara räuspert sich neben ihr, natürlich bemerkt sie Almas Aufruhr. Bernd hingegen tut so, als ob nichts wäre, aber dieser Typ kriegt alles mit, jede noch so kleine Bewegung. Sie will heim nach Hamburg, will mit diesen beiden nichts mehr zu tun haben und noch weniger mit der toten Mutter und diesem gottverdammten Forsthaus und ihrer ganzen Vergangenheit. Ihr Kind! Wo ist es? Wäre sie bereit, ihm zu begegnen? Noch nicht, noch nicht! Seiner Ablehnung, seinen Vorwürfen und seiner Fremdheit wäre sie nicht gewachsen, sie würde zerbrechen wie ein Getreidehalm. Und Bianca! Wieder und wieder Bianca! Sie darf nicht auch noch ihre Bianca verlieren, ihr Mädchen, das Liebste, was sie hat.

»Hast du Lust, mit mir einen Spaziergang zu machen?«, fragt Barbara.

Bernd steht auf und räumt den Tisch ab, tut, als ob er mit all dem nichts zu tun hätte. Ein Spaziergang mit Barbara, warum nicht, schließlich ist sie Seelsorgerin.

Schweigend betreten sie den Wald. Während sich die äußere Ruhe über die beiden senkt, durchzieht Alma eine schier unerträgliche Trauer um ihr unbekanntes Kind. Mit dem Verschwinden der Lüge kommt der Schmerz mit einer Wucht, die sie fast umhaut. Noch ungeschützter fühlt sie sich durch die ungewohnte Freundschaft zu Barbara.

»Andere Frauen hätten den Vater zur Rechenschaft gezogen«, sagt Barbara in die Stille hinein.

»Kurz habe ich es erwogen. Aber dann …« Alma fällt es schwer, ihre Gedanken zu ordnen. »Ich war es ja, die den Mist gebaut hat, nicht er.« Schnell schließt sie den Mund, denn genau dieses Detail wird sie Barbara nicht erzählen, dieses Geheimnis wird sie mit ins Grab nehmen.

»Du musst unheimlich gelitten haben.«

»Ja.«

## Alma, Hamburg, 1995–1997

Sie verließ das Hotel, als es noch hell war. Er hatte sie gefragt, ob sie über Nacht bleiben wolle. War das ernst gemeint oder nur Höflichkeit? Nein, ein Mann wie Wolfgang Schwartz verschwendete keine Energie in falsche Höflichkeiten. Sie musste nach

Hause, weil der Babysitter in den Feierabend wollte, und Alma war froh, dass sie einen Fixpunkt hatte, einen Anker ihrer Selbstbehauptung, denn natürlich wäre sie über Nacht geblieben, natürlich hätte sie alles getan für jede Minute, in der sie mit ihm zusammen sein konnte. Schon saß sie wieder mittendrin in ihrem Männerscheiß. Offenbar lag ihr Glück in den Hosen verheirateter Männer.

Ihre Schritte flogen über das Pflaster, die Rolltreppe führte in den U-Bahn-Schacht, der heute nur für sie festlich beleuchtet war wie ein Konzertsaal. Mitleidig betrachtete sie die armseligen Passanten und fühlte sich, als hätte sie eine Botschaft für sie. *Seht her*, würde die Botschaft lauten, *noch gestern habe ich so ausgesehen wie ihr, grau, schwer und einsam. Seht, wo ich jetzt bin. Ich probe mit einem der genialsten Pianisten für ein Konzert und ich hatte soeben Sex mit genau diesem Mann, Sex, wie ihn kaum eine Frau je bekommt.* Das alles würde sie sagen. *Seht her, mein Leben ist neu geworden, weil ich keine Angst vor dem Wandel habe und auch nicht vor dem Abenteuer.* Die schmeichelhaften Fensterscheiben der U-Bahn spiegelten eine aufrechte, strahlende Schönheit. *Seht her, ihr grauen Mitreisenden, so kann das Leben spielen.*

Auf einen kurzen Abstecher bei Silvia hatte sie Lust und machte mit fliegenden Schritten einen Schlenker nach rechts, während sie eine SMS an die Babysitter-Studentin schrieb: *Bin schon unterwegs.*

Das bekannte Krächzen von Silvias Nymphensittich mit dem Namen Herr Hoffmann war aus dem Inneren der Wohnung zu hören: *Der Vogelfänger bin ich ja*, ein Liedchen aus der Zauberflöte, das

Silvia ihm zu pfeifen beigebracht hatte. Alma besaß einen Wohnungsschlüssel, weil sie sich hin und wieder um den Vogel kümmerte, während ihre Freundin zu kurzfristig anberaumten Treffen mit ihrem Liebhaber flog.

Silvia war offensichtlich nicht da. Herr Hoffmann war einsam. Sie sollte kurz nach ihm schauen. Als sie die Tür aufschloss, kam er ihr sofort entgegengeflogen, dachte wohl, sie sei seine Silvia. Kurz setzte er sich auf Almas Schulter, aber anstatt dort zu bleiben und mit ihr wieder in die Wohnung zu gehen, flog er weiter, hinaus in den offenen Himmel. Alma pfiff sein bekanntes Papageno-Lied. Der Vogel war wohl selbst erschrocken, denn kaum, dass er sich in die Lüfte erhoben hatte, kamen die Stare und griffen ihn an. Er war den Flug in der freien Wildbahn nicht gewohnt und segelte durch die schmale Gasse auf eine breite Durchfahrtsstraße zu, wollte vor den wilden Vögeln fliehen, während Alma ihm pfeifend und schreiend hinterherlief. Kurz verlor sie ihn aus den Augen, bis sie an der großen Straße war. Sie stand am Gehweg, die Stare mobbten den Eindringling, sie drängten ihn nach unten, und als ein LKW herandonnerte, schlug Herr Hoffmann auf dessen Windschutzscheibe auf, während die flinken Mörder, geübt im Ausweichen von Windschutzscheiben, nach oben wegzogen. Am Ende blieb eine dünne, blutige, fedrige Folie auf dem Asphalt liegen.

Nachdem ihr Herz wieder anfing zu schlagen, rannte sie nach Hause. Die Babysitterdame stand schon mit Jacke im Flur und blickte vorwurfsvoll auf die Uhr. Bianca schlief. Alma ließ sich auf den Sessel fallen und stierte auf den schwarzen, ausgeschalteten Bildschirm des Fernsehers.

Später legte sie sich ins Bett und starrte an die Zimmerdecke. Biance weinte in ihrem Bettchen. Sie nahm das Kind zu sich und sofort schlief es wieder ein. Alma blieb hellwach. Kurz vor Mitternacht läutete das Telefon.

»Herr Hoffmann ist verschwunden.«

»Wie, verschwunden?«

»Er ist weg, obwohl alle Fenster geschlossen waren. Warst du hier bei mir?«

»Natürlich nicht. Wenn du wüsstest, wo ich war.«

»Das Einzige, was ich wissen will, ist, wo Herr Hoffmann ist.«

»Hast du überall nachgeschaut? Vielleicht versteckt er sich irgendwo?«

»Der versteckt sich nie. Er fliegt mir jedes Mal entgegen, wenn ich komme«, weinte Silvia.

»Hör zu, es ist mitten in der Nacht, du weckst mich aus dem Tiefschlaf, Bianca schläft auch. Lass uns morgen noch mal reden, dann hat sich alles aufgeklärt.«

»Ohne Herrn Hoffmann weiß ich gar nicht, wie ich die Nacht überstehen soll.« Aufreizend drang Silvias Schluchzen in Almas Ohr. »Kannst du nicht vorbeikommen?«

»Was denkst du dir? Ich habe ein Kind. Es ist nicht mehr wie früher.«

»Du hast wenigstens ein Kind«, heulte ihre Freundin.

»Beruhige dich. Du wirst ihn finden. Also, meine Liebe. Gute Nacht.«

Alma schlug die Decke zurück und stand auf. Jetzt war einer dieser Momente, in denen sie ein doppeltes Glas vom Baldrianschnaps ihrer Mutter brauchte.

Am Morgen kam eine SMS: *Danke für das unfassbar schöne Zusammensein mit dir. W. S.*

Er hatte darum gebeten, keine E-Mail- oder SMS-Kontakte zwischen ihren Treffen zu pflegen. Seine ganzen Sinne bräuchte er immer für das Hier und Jetzt.

*Die nächste Probe könnte am 14. und 15. September in Mailand sein. Geht das bei dir? Dann lasse ich einen Flug für dich buchen.*

Natürlich machte sie es möglich. Natürlich fand sie jemanden für Bianca.

»Dein Spiel ist voller Trauer«, sagte er bei der Probe in Mailand.

»Deins auch.«

»Ich habe beim Spielen keine Gefühle.«

»Das glaubst du wohl selbst nicht. Du bist bekannt dafür, dass du beim Publikum ganz große Gefühle wecken kannst.«

»Ja, aber das ist Unsinn. Mag sein, dass jemand seine eigenen Gefühle fühlt«, konterte er.

»Du hast als Kind deine Mutter verloren, das weiß jeder. Also hast du Trauer.«

»Meine Mutter verfolgt mich in der Musikbranche!«, sagte er augenrollend. »Das war vor Jahrzehnten!«

»Wenn man einmal richtige Trauer durchlebt hat, bleibt sie das ganze Leben in einem, ohne dass man es merkt«, antwortete Alma.

»Dann, Frau Psychologin, spielen Sie doch noch mal ab dem Takt sechsundsiebzig, mit oder ohne Trauer.«

Als sie zu ihrem gemeinsamen Hotelzimmer gingen, legte er seinen Arm um ihre Schulter – eine Geste von größter Intimität, fast ein Liebesbeweis, denn er war schon bekannt und es hätte sie jemand fotografieren können. Natürlich hatte sie Trauer. Sie brodelte in ihrem Bauch bis in ihren Hals, und als sie sich dem Lift näherten, versuchte sie, ihre Tränen wegzublinzeln. Oder verwechselte sie Trauer mit Liebe? Oder war die Liebe immer mit Trauer vermischt wie Erdbeerquark, den man schließlich auch niemals ohne Erdbeeren bekam?

Später in der Nacht, als beide von ihrer Leidenschaft ermattet in den Kissen lagen, strich er zärtlich über ihre Kaiserschnittnarbe. »Ist es ein Junge oder ein Mädchen?«, fragte er.

»Bianca heißt sie und ist dreieinhalb Jahre alt.«

»Unsere Sarah ist schon vier. Zum Glück ist meine Frau wieder schwanger. Sie hat sehr unter einer Fehlgeburt gelitten.«

Seine Frau war zum Glück wieder schwanger! Seine Sarah war schon vier! Seine Frau hatte sehr unter einer Fehlgeburt gelitten! Und sie? Alma? Fragte jemand, wie ihre Geburt war? Fragte jemand, ob sie gelitten hatte? Fragte jemand, wie es ihr mit dem Kind ging, das sie allein erzog? Fragte jemand, ob sie ihr Kind nicht überfrachtete mit ihrer Liebe, die sie nirgends unterbringen konnte, außer hin und wieder bei einem unerreichbaren Mann? Fragte sie jemand, ob sie noch ein Kind wollte? Wollte sie nicht, wie sollte das auch gehen! Aber jetzt, wo das Wort *Kind* einmal ausgesprochen war, wie konnte man es wieder zurückbekommen in seine Nichtexistenz? War ein Gedanke nicht wie Zahnpasta, die man nicht mehr in die Tube zurückbekommt, wenn sie bereits im Mund schäumt? Sie schüttelte den Kopf, um ihre wirren Gedanken loszuwerden, damit sie ihr nicht aus dem Mund schlüpften.

»Bist du verheiratet?«, fragte er.

»Natürlich nicht.«

»Hätte ja sein können.«

»Ist aber nicht.« Alma hörte selbst den Hauch von Bitterkeit in ihrer kurzen Antwort.

Er legte sich auf den Rücken und starrte an die Decke. Nachdenklich.

Alma blieb stumm, damit ihre Tränen dort blieben, wo sie waren, direkt in der Kehle lagen sie nämlich, wie ein Teich, der von irgendwoher ständig mit Wasser gespeist wurde.

Dann gab er sich einen Ruck, stand aus dem Bett auf und holte die Menükarte. »Ich will dich in der kurzen Zeit, die wir haben, nicht mit Restaurantgästen teilen. Lassen wir uns Essen aufs Zimmer bringen.«

Sie nahmen zusammen eine Portion Spaghetti mit Muscheln und fütterten sich gegenseitig im Bett. Eine Spaghetti blieb an ihrem Busen hängen. Er lutschte sie genüsslich auf. Heute gehörte ihr Busen ihm, ihr Leib leugnete, dass einmal ein anderes Wesen in ihm gewesen war. Ein neues Menschlein, das es trotz seiner gewaltigen Anstrengung nicht geschafft hatte, durch sie hinauszudringen, man musste es ihr aus dem offenen Bauch herausschneiden. Aber an ihrem

Busen, der nun von seiner Zunge so erregt wurde, hatte einmal ein winziger Mund gesaugt und süßliche Milch war aus ihm getropft. All das ließ Wolfgang sie rasch vergessen, denn jetzt war dieser Körper nur für ihn da und wollte nichts außer Lust, seiner und ihrer Lust, denn *alle Lust will Ewigkeit*, wie Nietzsche, der fraulose Philosoph, einmal treffend gesagt hatte.

Wolfgang war ein geübter Kondombenutzer. Er war keiner der Männer, die das Verhütungsthema der Frau überließen und einfach drauflos rammelten. Alma kannte sich aus in der Welt der Fremdgänger. Sie hatten stets ihr eigenes Muster bei ihrem promiskuitiven Sex. Sie meinten zu wissen, was der Frau gefiel, machten dies und taten jenes. Man war informiert genug, um zu warten, bis die Frau gekommen war, bevor man dann zügig dem eigenen Ziel entgegenarbeitete. Das Verhüten überließ man ihr.

Wolfgang hingegen hatte kein Muster. Er musste geschult sein. Ein Mann konnte nicht von sich aus so werden. Ein Mann war immer das Geschöpf von Frauen. Bei Wolfgang musste es eine wissende Frau gewesen sein, die ihn geschult hatte, eine, die die Männer liebte und die Frauen, denn sie hatte der Frauenwelt ein Zuckerstückchen hinterlassen, nachdem die sonst lange suchen musste. Dass seine eigene Frau ihn so geprägt hatte, war kaum zu vermuten. Auf den Bildern in der Zeitung wirkte sie jung und unerfahren, sogar naiv.

Er war geschult, weil Alma sich als etwas Einzigartiges fühlte, und obwohl sie wusste, dass er jede Frau genau das fühlen ließ, wusste sie auch, dass es keine Masche war. Er liebte nicht nur den Sex, sondern die

Frauen. Er schöpfte aus dem Vollen, wie bei seiner Musik. Was für ein Glückskind.

»Schsch… wo bist du?« Wolfgang blies ihr ins Gesicht. Sie waren in eine Pause gefallen und gerade, als sie über Lust nachgedacht hatte, war ihr dieselbe abhandengekommen.

»Bei dir«, sagte sie.

»Nö. Wo denn?« Dann küsste er ihre Augen, denn der Teich ihrer Tränen war jetzt doch ohne ihre Erlaubnis übergelaufen. Er küsste sie und hielt sie fest, sie umklammerte ihn und er antwortete mit seiner noch festeren Umklammerung und seinem Mund, der sie überall dort küsste, wo sein Körper sie nicht bedeckte und jetzt war sie wieder da, die Lust mit ihrer ganzen Wucht.

Die weiteren Termine hatten sie nach ihren jeweiligen Spielplänen vereinbart. Im Oktober in Köln und Mitte November in München zu den Studioaufnahmen. Dort würde sie zwei Tage und zwei Nächte mit ihm haben. Sie würde sich wie ein altes Ehepaar fühlen. Stolz würde sie sich an seiner Seite im Hotel bewegen, sich vielleicht sogar bei ihm einhängen, wie es langjährige Ehepaare taten. Junge, verliebte Paare gingen Hand in Hand. Aber sie würde nicht Hand in Hand mit ihm gehen, sie würde sich einhängen, denn zwei Tage und zwei Nächte waren wie zweimal zwanzig Jahre. Welcher Luxus. Das würde im November sein. Am dritten Advent würde in Stuttgart das Konzert stattfinden und ab da musste er »wieder ganz frei sein«.

Am Mailänder Flughafen küsste er sie in aller Öffentlichkeit zum Abschied. Mutig. Sie ließ sich in der Business Class nieder. Gerade, als sie wegschlummern wollte, setzte sich ein bärtiger Mann neben sie.

»Entschuldigen Sie, ich bin Journalist von *Klassik-Info*, einem Magazin für klassische Musik.«

»Kenne ich.«

»Sie sind Violinistin?«

»Woher wissen Sie das?«

»Ich habe Sie soeben mit Ihrem Geigenkasten und dem Pianisten Wolfgang Schwartz gesehen und nehme an, Sie spielen mit ihm.« Das *spielen* sprach er in einem süffisanten, zweideutigen Ton, und in Alma stand die Tigerin auf, ein urgesundes Vermächtnis ihrer Mutter.

»Jüngelchen«, sagte sie. »Falls Sie ihn und mich widerrechtlich fotografiert haben und dieses Foto irgendwo veröffentlichen, werde ich Sie verklagen und überdies einen Agenten auf Sie ansetzen, der jeden einzelnen Ihrer Seitensprünge und Puffgänge dokumentiert und diese Dokumente eins zu eins Ihrer Frau vorlegt. Schleichen Sie sich und gehen Sie wieder nach hinten in die Holzklasse, wo Sie hingehören.«

»O… okay.«

Alma lehnte sich zurück, die Wolken unter ihr schwebten leicht und tröstlich über der Welt da unten, dort, wo er gerade auf sein Flugzeug nach Stuttgart wartete, wo er vielleicht seine Frau schon angerufen und ihr gesagt hatte, dass er sie liebte und sich auf sie freute, wo vielleicht seine Sarah ihr *Papawann-kommst-du* ins Telefon gekräht hatte und er vermutlich gerade eine Partitur von Arnold Schönberg las, denn er las Partituren wie andere Menschen

Bücher. Sie war zufrieden mit sich. Sie hatte ihm den Arsch gerettet. Das war ihr Dank dafür, dass er den Mut hatte, sie in der Öffentlichkeit zu küssen.

Bianca stürzte sich auf sie mit Gebrüll und ließ Julia, die Babysitter-Studentin, durch die Tür entwischen, wie ein Fischlein aus dem Netz, ohne sich zu verabschieden.

»Mama, Mama, ich habe einen Teddy! Mein Papa war hier und hat ihn mir gebracht, er hat ihn in Merika gefunden«, krähte sie in einer neuen Lautstärke.

»Amerika heißt das. Wann war denn dein Papa hier?«

»Gestern, und er hat gefragt, wo du bist.«

»Und was hast du ihm geantwortet?«

»Itaaalien.«

»Ja, meine Liebste, ich war in Italien«, sagte Alma und wollte ihr Kind zu sich ziehen, aber Bianca machte sich los, rannte durch die Wohnung und hielt den Teddybären, als wäre er ein Flugzeug.

»Ich fliege, ich fliege, ich fliege nach Merika und nach Italien«, schrie sie und Alma kam es vor, als hätte sich ihre Stimme in nur zwei Tagen fulminant verändert.

»Das Flugzeug stürzt ab!«, brüllte sie jetzt, ließ ihr Teddy-Flugzeug auf den Boden fallen und kreischte: »Ich bin tot, ich bin tot, Mama, ich bin tot. Das Flugzeug ist abgestürzt und alle sind tot, auch du und mein Papa.«

»Komm her, mein Schatz, und gib der Mama einen Kuss. Ich bin nicht tot, siehst du?«

»Du bist tot, tot für immer«, jubelte sie und stürzte mit noch lauterem Gebrüll auf ihren Teddy, riss ihn wieder vom Boden auf und nahm ihn in den Arm wie ein Baby. Alma streckte ihre Arme aus, aber sie kam nicht zur Mama, sondern tanzte mit ihrem Merika-Teddy um den Tisch herum, trillerte und sprang dann vor ihrer Mama auf und ab und schrie: »Ei gelegt, ich hab dich Ei gelegt, ich bin gar nicht tot!«

»*Reingelegt* heißt das. Du machst mich noch schwindelig mit deinem Geschrei. Komm lieber zu mir, ich habe dich noch gar nicht richtig begrüßt.«

Entweder war ihr Kind durch den Wind, weil sein Papa gestern überraschend aufgetaucht war, was selten genug passierte, oder es hatte in zwei Tagen einen Reifeprozess gemacht, vielleicht beides gleichzeitig.

Ihr Papa, ihr Papa. Sie hatte einen solchen Vaterhunger, als müsste sie die Väter der beiden Generationen vor ihr ganz allein herbeisehnen. Es war zum Verzweifeln, dass ihr Papa sich so selten blicken ließ. Bianca durchbrach gerade ihr Kleinkind-Dasein wie ein Überschallflugzeug den Schall. Zum ersten Mal zeigte sie sich in ihrer unbeugsamen, unzweifelhaften Existenz als eigenständiges Wesen. Ihr Mädchen war keine Fantasiegestalt mehr, sie war nicht mehr Teil Almas, sie war keine romantische Wunschfigur und keine Gestalt aus einem Märchenbuch und sie war auch keine Frucht der Liebe mehr. Diese Liebe – hatte sie je existiert? Bianca hatte die Schale ihrer Verschmolzenheit mit Geschrei und fliegenden Fahnen durchbrochen, sie hatte sich emanzipiert und stand nun vor ihrer Mama, mit geballten Fäusten und mit einem eigensinnigen Lebenswillen, der mit dem Willen ihrer Mutter nichts mehr zu tun hatte.

Später, als ihr Kind nach dem Abendessen und dem Zähneputzen im Bettchen lag, umgeben von ihren Puppen und Plüschtieren, betrachtete Alma die sich sanft hebenden Wimpern und die rosafarbenen Wangen ihres Mädchens. Sie beugte sich so nah wie möglich hinunter, ohne sie aufzuwecken. Selbst ihr Duft hatte sich verändert. Er war immer noch köstlich, aber etwas Neues hatte sich hineingemischt.

*Mein Wunder, mein liebstes Wunder*, sagte Alma ohne Worte. Dann läutete das Telefon.

»Ich habe einen Neuen.« Silvia. Zwei Monate hatte sie um ihren Vogel geweint.

»Glückwunsch. Ist er nett?«

»Wolfgang heißt er.«

»Hast du sie nicht mehr alle?« Alma schrie auf, vergaß dabei sogar, dass Bianca aufwachen könnte. Dann überlegte sie, ob sie Silvia von Wolfgang erzählt hatte. Nein, hatte sie nicht.

»Was ist denn?«

»Was für ein unendlich bescheuerter Name.«

»Amadeus heißt er mit Nachnamen. Ich glaube, ihm gefällt es bei mir.«

»Dann nenne ihn wenigstens beim zweiten Namen!«

»Jetzt hat er sich schon an Wolfgang gewöhnt, ich belasse es dabei.«

Alma fasste sich an den Kopf. Ihr Leben war ein einziges Irrenhaus. Sie war selbst verrückt und umgab sich mit verrückten Leuten, wie Wolfgang Schwartz, der seine Mutterwunde in fremden Frauen auf der ganzen Welt auslebte. Die saßen später allein in ihren Wohnungen und weinten dem Einzigen hinterher, der sie nicht einfach gevögelt, sondern erreicht hatte als Weib. Vögeln, Vogel, wie hing das nur zusammen? Sie umgab sich mit einer Freundin, die buchstäblich einen Vogel hatte, nur damit sie sich hin und wieder von ihrem Uwe vögeln lassen konnte, und nun nannte sie diesen Scheißvogel auch noch Wolfgang, ein Name, der Almas Schuld und Lüge mit spitzen Reißnägeln an ihrer Haut befestigte. Und sie, Alma, hatte sich vor vier Jahren sehenden Auges ein Kind machen lassen von einem verheirateten Opernsänger, dessen bereits marode Ehe dadurch krachend unterging und der herzlich wenig Interesse an seinem Kind und noch weniger an dessen Mutter zeigte. Wenigstens zahlte er Alimente und brachte Teddybären aus Amerika.

»Traure nicht um mich«, sagte Wolfgang in Köln zu ihr. Dann grinste er schief. »Ich bin zwar ein Traummann …«

»Was du nicht sagst.«

»Leider bin ich für jede normale Frau unbrauchbar.«

»Wegen deiner Fremdgeherei?«

»Natürlich.«

»Und deine Frau, ist die nicht normal?«

»Nein.«

»Wie ist die?«

»Sie ist vom Himmel gefallen.«

»Das ist die klassische Nummer!« Alma brauste auf und setzte sich mit einem Ruck im Bett auf. »Die Heilige und die Hure. Und natürlich ist die Ehefrau immer die Heilige, denn man würde sich ja keine Hure ins Haus holen, oder?«

»Du bist für mich keine Hure!«

»Was dann? Was bin ich für dich?«, rief sie, und ihre Stimme war schrill.

»Zudem habe ich kein Problem mit Huren«, antwortete er gelassen. »Sie haben meinen ganzen Respekt, wie jede Frau meinen Respekt hat.« Wolfgang blieb entspannt diagonal auf dem Bett ausgestreckt liegen.

»Das ehrt dich«, versetzte Alma. »Trotzdem: Was bin ich für dich?«

Jetzt zog er sie zu sich und schob einen Arm unter ihren Kopf. »Eine wunderbare Geliebte, die mir ein bisschen Sorgen macht.«

»Wieso Sorgen?«

»Ich will nicht, dass du traurig bist, wenn wir jeweils wieder unsere eigenen Wege gehen.«

»Was geht dich das an? Hast du nicht überall solche traurigen Waschlappen wie mich herumliegen lassen?«

»So schlimm ist es auch wieder nicht. Ich habe einige alte Freundinnen, die ich immer mal wieder treffe. Wir haben lustigen, unbeschwerten Sex miteinander. Fast alle sind verheiratet und die meisten älter als ich.«

»Und mit mir ist es nicht unbeschwert?«

»Nein.«

Alma drehte sich auf seinem Arm zur Seite mit dem Rücken zu ihm. Natürlich war sie nicht unbeschwert. Sie war nicht verheiratet und auch nicht älter als er. Sie hatte keinen Mann zu Hause, der sonntagmorgens auf ihr ruckelte und dem sie mal eben durch eine lustige, unbeschwerte Nacht Hörner aufsetzen konnte. Oder mit dem sie dann am Wochenende mit dem Fahrrad ins Grüne fuhr oder einen Ausflug mit dem Heimatverein machte oder am Abend vor dem Fernseher saß, wenn die Kinder im Bett waren.

Sie hatte selbst ein Kind zu Hause mit langen Wimpern und samtener Haut, mit feinem Haar, das sie manchmal küsste, und mit einem Duft, den sie nicht aufhören konnte, zu schnuppern. Jetzt breitete sich die Liebe wie ein riesiger Schmerz in ihr aus. Wie sollte sie diesen Schmerz bei sich behalten und dem Kind einfach nur die Liebe geben? Wie sollte das ohne Mann gehen?

»Ich schlafe und arbeite wahnsinnig gern mit dir.« Er legte seinen anderen Arm um sie und hielt sie fest, dann fuhr er fort: »Du rührst etwas in mir an, aber frag mich nicht, was.«

Alma machte den Mund auf, dann wieder zu. Was sollte sie sagen? Sie würde diese Aussage mitnehmen und in das Schatzkästlein ihres Lebens legen. Dort, wo auch seine SMS lagen, die er jedes Mal nach ihrem Zusammensein schickte und die er immer anders und noch schöner formulierte. Sie lagen direkt unter ihrem Herzen, wo es sonst nicht so vieles gab, was es aufzubewahren wert gewesen wäre. Er schlief und arbeitete wahnsinnig gern mit ihr, aber in seinen Kern ließ er sie nicht vordringen, verletzlich machte er sich nicht. Sie hingegen war aufgebrochen worden wie ein gewildertes Reh, das nun ausgeweidet wurde, und dessen noch zitterndes Herz man im Begriff war, zu entnehmen.

Nach einer Weile sagte er: »Du brauchst einen Mann, der ein ganz normales Leben mit dir führt, der dir treu ist, dir vielleicht noch ein Kind macht.«

Alma antwortete nicht, weil ihre emotionalen Tentakeln an den beiden Vokabeln *Kind macht* hängenblieben und weil sie damit beschäftigt war, die Tentakeln von diesen Worten wegzubekommen.

Sie würde sie mit dem Messer wegschneiden müssen, so fest klammerten sie sich daran. Ihr Körper lag still, ihr Verstand schrie Zeter und Mordio und alles, was Weib war in ihr, wollte ein Kind von genau diesem Mann, in dessen Armen sie in diesem Moment lag. Er merkte nichts von dem Höllenkampf in ihr und küsste sie auf die Haare.

Die zwei Tage und zwei Nächte in München entfalteten sich zu einem wahren Traum. War Alma je so glücklich gewesen? Schon von Anfang an war das Musizieren mit Wolfgang eine Art Vogelflug in der Abendsonne, das Adlerpärchen schwebte über der Welt, versonnen und im Gleichklang mit dem Universum. Wenn Mühe eine beseligende Seite hatte, dann war es die gemeinsame Arbeit an den Brahms'schen Sonaten. Wolfgangs Detailversessenheit, sein Perfektionismus, ihre gemeinsame Kreativität und die Lust am Experimentieren, aber auch ihr Streiten um den richtigen Klang und immer wieder das Erstaunen über sein fast übersinnliches Gehör, seine künstlerische Sorgfalt bei gleichzeitiger Frechheit – all das empfand sie während dieser ganzen Monate als pures Glück. Dann liefen auch die Studioaufnahmen entsprechend reibungslos, und wenn es etwas Unbeschwertes gab in ihrem Zusammensein mit Wolfgang, dann war es die Musik.

Anders ging es ihr mit dem Fotoshooting für das Cover. Für sie war es ein Hochzeitsfoto, denn eine Hochzeit war eine Art Höhepunkt, ab dem es nur noch bergab gehen konnte. Sie war wie eine Kriegsbraut, die schon wusste, dass ihr Mann nicht mehr aus dem Krieg zurückkehren würde und die die

Trauer bereits mit sich trug wie einen schwarzen Unterrock unter dem weißen Hochzeitskleid.

Er hingegen plante voraus. »In Stuttgart, nächsten Monat, werden wir unsere Zeit gut einteilen müssen. Ich will ein paar Stunden mit dir allein verbringen.«

»Ich auch.«

»Schlafen werde ich zu Hause.«

»Ja.«

»Generalprobe ist am Vormittag. Ich habe den Tonmeister bereits informiert.«

»Ja.«

»Nachmittags komme ich zu dir ins Hotel. Wir haben ungefähr vier Stunden zusammen.«

»Ja.«

»Wenn ich in Stuttgart spiele, kommt immer meine ganze Familie. Sie werden mich nach dem Konzert erwarten und dich natürlich auch. Schaffst du das?«

»Ja.«

»Falls du das nicht willst, kann ich es organisieren, das Natürliche wäre aber, ich stelle dich vor.«

»Ja.«

»Ich werde mich dann vor den Augen meiner Leute von dir verabschieden. Geht das für dich?«

»Geht.«

Er atmete auf. Alles würde störungsfrei laufen, jedes Detail war geplant, so wie jede einzelne Zweiunddreißigstelnote im musikalischen Werk ihren Platz hatte und man nicht aus einer Zweiunddreißigstelnote eine Sechzehntel machen konnte, wo käme man da hin? Sein ganzer Körper entspannte sich, er streifte den Arbeitsmodus ab und wurde zum Jungen. Er neckte und küsste sie und brachte sie zum Lachen. Es würde ihre letzte ganze gemeinsame Nacht in ihrem

Leben sein und in dieser Nacht wollte sie ihm alles schenken und nichts zurückhalten.

Die vier Stunden am Nachmittag des Samstags vor dem dritten Advent im Zeppelinhotel Stuttgart waren es dann, die ihr Leben für immer veränderten.

Jedes Mal hatte sie es geliebt, wenn er auf ihr einschlief nach dem Sex. Sie genoss seinen regelmäßigen Atem, seine feuchte, warme Haut, seinen feinen Schweißgeruch, seine Schwere und vor allem seine Nähe. Niemals war sie selbst müde nach dem Sex, vielmehr waren ihre Poren weit und ihr Geist hellwach, als hätte ihr gesamter Organismus auf Empfang gestellt. Sie liebte es, wenn sein Glied langsam in ihr erschlaffte. Und wenn er sich dann träge von ihr herunterwälzte, kam jeweils der heikle Moment, in dem das Kondom abrutschen könnte. Genau das passierte diesmal, und zwar deshalb, weil sie ihren vaginalen Muskel zusammenzog und mit Zeige- und Mittelfinger beiläufig an ihre Scheide fasste. Wolfgang schlief auf dem Rücken weiter und das Kondom blieb in ihr. Weil sie schon gerade mit der Hand an der Stelle war, schob sie das offene Ende vollends hinein. Nach einigen Atemzügen fasste sie in ihre Vagina und zog es am hinteren Ende heraus. Sie wickelte es in ein Papiertuch wie in eine Windel und legte es ihm auf den Bauch.

Erst dreißig Sekunden später atmete sie wieder und beschloss, dass aus dieser grenzenlosen und belanglosen Dummheit keine Folgen entstehen konnten. Sie beschloss außerdem, es zu vergessen, denn wenn sie wirklich so bescheuert wäre, das zu tun, was sie soeben getan hatte, müsste sie zum Psychiater, und darauf hatte sie keine Lust.

Die Aufführung war ein voller Erfolg. Natürlich! Die Schwabenmetropole war stolz auf ihren spät, aber kometenhaft aufsteigenden Musikus, der erst noch Sohn einer weiteren Stuttgarter Berühmtheit war, nämlich der legendären und viel zu früh verstorbenen Opernsängerin Helene Schwartz. Seit Wochen war der Mozartsaal in der Liederhalle ausverkauft. Heimspiel für ihn. Alles für Alma.

Sie hatte sich eine schulterfreie, bodenlange Abendrobe in rotorangenen Tönen gekauft und ließ sich von einer Friseurin die Haare hochstecken. Fort mit dem ewigen Schwarz der Orchestergeigerin! Jetzt war sie Solistin.

Während des Konzerts hatte sie wie immer das Gefühl, er nähme sie mit, er hielte den gesamten Raum nur für sie und sie könne sich in diesem Raum schwingend und klingend entfalten. Ihr ganzes Spiel war eine einzige Woge von Liebe und Hingabe, eine mystische Heilige Hochzeit des Hohen Lieds der Liebe von König Salomon. Die erste Zugabe spielte sie allein. Die *Partita für Solovioline Nummer eins* in h-Moll von Bach war ein schnelles, freudiges, dreieinhalbminütiges Stück, das die Zuhörer von den Sitzen riss – ihr erster eigener stehender Applaus von siebenhundert Menschen. *Glück.* Die zweite Zugabe spielten sie wieder gemeinsam, ein Teil von Schuberts Sonate in A-Dur.

Man würde sich nach der Autogrammstunde im *Fenice* an der Bar treffen, die Familie würde dort mit einem Umtrunk auf sie warten, hieß es.

Eines musste sie ihm lassen. Er hatte an alles gedacht, vor allem daran, dass er den Erfolg mit ihr teilte. So einfach wäre es für ihn gewesen, ihn für sich zu verbuchen. Schon allein, dass er sie ermutigt hatte, die erste Zugabe ohne ihn zu spielen. Er ging auch kein einziges Mal allein auf die Bühne, um den Applaus zu empfangen. Immer verbeugten sie sich zu zweit oder nur Alma allein. Sogar die Autogrammkarten waren so gestaltet, dass ihre Unterschrift zuerst kam und es unvollständig wirkte, stünde nur die seine auf der Karte. Auch die Journalisten wurden an sie weitergereicht, mit den Worten: »Es sind schließlich Violinsonaten und keine Klaviersonaten.« *Chapeau bas, Wolfgang Schwartz.*

Dann der Showdown im *Fenice*: Das große Finale einer kleinen Liebesgeschichte oder die kleine Theaterbühne einer großen Lüge? Ihre Endorphine ließen sie nicht im Stich. Wie Drogen überschwemmten sie ihre Blutbahnen und hielten sie bei exzellenter Laune.

»Papa, du hast einen Fehler gemacht.« Das blonde Kind, das nur seine Sarah sein konnte, schwenkte eine Partitur, als es auf ihn zu rannte. Seit wann nahm man kleine Kinder mit ins Konzert und an die Bar? Seit wann lasen Kinder Partituren mit, wenn der Papa Klavier spielte?

»Kann nicht sein!«, rief der mit gespieltem Entsetzen und nahm sein Kind auf den Arm.

»Ganz am Anfang, da hast du die Akkorde nicht richtig gespielt.«

»Das nennt man *Arpeggio*, mein Kind. Das Wort kommt von *Harfe*, und man kann das so spielen wie eine Harfe. Und sonst?«

»Dann bin ich eingeschlafen.«

Mit einem Seitenblick auf Alma setzte er sein Kind ab und sagte mit rollenden Augen: »Weiber.«

Seine Frau: die Heilige Jungfrau von den sieben Gnaden, eine unscheinbare Schwangere mit den strahlendsten Augen, die Alma je gesehen hatte. Sie himmelte ihren Mann an, doch als sie sich an Alma wandte, hörten ihre Augen nicht auf zu strahlen, im Gegenteil, auch sie wurde angehimmelt. Oder war diese junge Frau tatsächlich vom Himmel heruntergefallen? Ein Engel, der ausgerechnet bei diesem umtriebigen Nichtengel Wolfgang Schwartz gelandet war, um ihn aus seinem sündigen Leben zu retten? Wie lange würde dieses halbe Mädchen dem Wissen um das Treiben ihres Göttergatten noch ausweichen können?

Bei näherer Betrachtung sah man ihre Schönheit. Ihre seidige, rosige Haut, das fein geformte Kinn, die elegant geschwungene Nase. Diese Frau war so naiv, so kindlich und fromm. Es würde sie töten, wenn sie von Wolfgangs Doppelleben erführe, oder – Gott bewahre – er von einer anderen Frau ein Kind bekäme. Ein ungebührlicher Blitzgedanke, den Alma sofort in die hinterste Schublade ihres Gehirns verpackte.

Am Rand des Geschehens stand der Senior Schwartz, ein eleganter, stiller Mann mit durchdrungenem Geschmack. Ein Mann der alten Schule und des alten Geldes. Daneben die nicht weniger elegante Stiefmutter. Auch sie bestrahlte Alma mit Wohlwollen und Bewunderung. Yvonne hieß sie und war eine schöne Fünfzigerin, viel jünger als ihr Gatte, doch die beiden schienen in einer einträchtigen Intensität zu leben. Ein fast unsichtbares Schwenken von Yvonnes Pupillen zu Wolfgang hin und dann wieder zu Alma zeigte, dass die Stiefmutter um Wolfgangs Fremdgeherei wusste und auch, dass die beiden Musizierenden eine Liebesgeschichte hinter sich hatten. Das Mitfühlende im Blick Yvonnes hätte Alma fast zu Fall gebracht. Auch das sah die Stiefmutter und wandte sich ab.

Die Einzige in dieser Familie, die einen Instinkt für Eifersucht zu haben schien, war das blonde, aufgeweckte Kind. Es weigerte sich, Alma die Hand zu geben, und hielt sich stattdessen am Bein seines Vaters fest, umklammerte es mit beiden Armen, wie man eine griechische Säule umarmte, während jemand anderes Urlaubsfotos machte. Dieses Bein war jetzt in vornehmen schwarzen Anzugstoff gehüllt, aber vor fünf Stunden hatte es noch nackt und behaart an Almas warmem, schwitzenden Körper gelegen. Jetzt gehörte dieses Bein wieder seiner Sarah und später vermutlich seiner Frau.

Mit Sachverstand und Bewunderung wurde die Aufführung nachbesprochen.

»Ihre Spielweise hat mich tief berührt«, sagte Vater Schwartz, und Alma war über dieses Kompliment in seiner schlichten Schönheit besonders glücklich.

Später der Abschied. Sie standen draußen. Für Alma hatte man ein Taxi bestellt, die anderen würden zum Parkhaus gehen. Alma verabschiedete sich von der jungen Ehefrau mit Handschlag. Wolfgang umarmte sie fest und freundschaftlich. Wie eine Betäubungsspritze beim Zahnarzt ihre Wirkung entfaltet, so wurde Almas Herz wattig und fühllos. Als sie der Stiefmutter und dem Vater Schwartz gerade die Hand reichte, fuhr das Taxi heran.

Wolfgang schickte sich an, mit dem schlafenden Kind auf dem Arm an der Seite seiner schmalen Frau voranzugehen, und als Yvonne und der Senior der jungen Familie folgten, blieb Alma stehen wie Lots Frau in der Bibel, die zu einer Salzsäule erstarrte, während ihre Angehörigen für immer von ihr weggingen. Vorne drehte sich die Stiefmutter an der Hand ihres Mannes noch einmal zu ihr um. Alma setzte sich in den Fond des Taxis und konnte nicht einmal mehr weinen.

Zunächst blieb alles, wie es immer war. Sie herzte ihr Kind beim Nachhausekommen. Zum Glück ließ sich Bianca wieder einfangen, küssen und umarmen, und zum Glück setzte sie sich schon lange wieder auf ihren Schoß.

Alma spielte die Weihnachts- und Neujahrskonzerte mit ihrem Orchester. Sie ließ sich von den Kollegen bewundern und von den Kolleginnen beneiden für ihren gemeinsamen Auftritt mit Wolfgang Schwartz in Stuttgart, der sogar im adventlichen Vorabendprogramm des Fernsehens übertragen worden war. Und natürlich wussten zumindest die Frauen, dass der Sex ihr zu diesem Erfolg verholfen hatte. Sie spielte weiterhin morgens in den Vormittagsproben und abends in den Abendproben. Bianca ging in den Kindergarten.

Ihre Tage flossen dahin, sogar die Wochen, kaum bemerkte sie das Roboterhafte am Verrichten ihrer Alltagspflichten.

Bianca schien ihre neu gewonnene Emanzipation wieder rückgängig zu machen und wurde anhänglich wie ein Baby.

»Mama, warum muss ich heute in den Kindergarten?«

»Weil alle Kinder in deinem Alter in den Kindergarten gehen.«

»Ich will aber nicht.«

»Schatz, es geht nicht anders. Du weißt doch, ich habe um neun Uhr Probe.«

»Ich will mit dir zur Probe.«

»Das geht nicht, mein Kind.«

Als Julia kam, begann Bianca zu schreien und krallte sich am Fußknöchel der Mama fest. Sie heulte so gottserbärmlich, dass Alma nicht anders konnte, als sie mit zur Probe zu nehmen.

»Muss ich auch mit?«, fragte Julia mit langem Gesicht.

»Wer soll sie denn bespaßen, während ich spiele?«

Es war inzwischen zehn vor neun, Bianca schrie, als würde man sie abstechen, Julia machte das Gesicht einer ausgebeuteten Hausangestellten, und Almas Auto war in der Werkstatt.

Das Kinder-Theater wiederholte sich am nächsten Morgen. Am dritten Tag brachte Alma ihr Kind selbst in den Kindergarten, egal, wie verzweifelt es schrie. Um elf Uhr, gerade war die Vormittagsprobe zu Ende, läutete das Handy. Bianca hatte sich eingekotet, obwohl sie schon lange sauber war.

»Sie hat sich verändert in den letzten Wochen«, sagte die Erzieherin.

»Das ist mir auch aufgefallen.«

»Meist sind es familiäre Veränderungen, auf die die Kinder empfindlich reagieren.«

»Bei uns ist immer alles gleich. Komm, mein Schatz.« Ohne ein weiteres Wort nahm sie ihr Kind an die Hand und verließ den Kindergarten. Sollte sie einen anderen Hort suchen? Einen anderen Babysitter?

»Was ist nur mit dir los?«, fragte Alma, als sie nach dem Mittagessen im Kinderzimmer auf dem Boden saßen.

Bianca antwortete nicht, stattdessen nahm sie den Teddy am Bein und schlug mit seinem Kopf auf den Boden.

»He, du machst ihn noch kaputt. Komm doch mal her, mein Schatz. Komm her zur Mama.« Alma setzte sich zu ihr und nahm sie fest in die Arme. Nachdem Bianca eine kurze Weile um sich geschlagen hatte, begann sie endlich zu weinen. Alma hielt sie fest, streichelte ihr über die Haare. »Meine Liebste, was ist los mit dir?«

»Nichts«, sagte die Kleine, gleichzeitig entfuhr ihr ein Schluchzer.

Um siebzehn Uhr traf Julia ein. Als Alma von der Abendprobe nach Hause kam, lag Bianca friedlich schlafend im Bett, umgeben von ihren Plüsch- und Puppenfamilien. Alles war wieder normal. Am liebsten hätte sie Julia umarmt.

Am nächsten Morgen hatte Bianca sich wieder eingekotet. Alma stellte sie unter die Dusche, und als Julia kam, schlüpfte sie trotz des riesigen Geschreis ihrer Tochter zur Tür hinaus. Sollte die Studentin sehen, wie sie das Kind zum Kindergarten brachte. Sofort nach den Proben holte sie sie dort ab. Alles normal. Gott sei Dank. *Einfach nur Wachstumsschmerzen*, sagte sie sich und nahm die Kleine mit nach Hause.

Doch das, was Alma Wachstumsschmerzen nannte, hörte nicht auf, und als sie eines Abends wieder einmal bei Bianca auf dem Boden saß, mit dem Rücken an das Kinderbett gelehnt, beschloss sie, eine Kinderpsychologin zu Rate zu ziehen. Bianca musste funktionieren, schließlich musste auch sie als alleinerziehende Mutter funktionieren. Wenn sie schon keinen Mann hatte, mit dem sie sich besprechen konnte, musste eben professionelle Hilfe her.

»Ist bei Ihnen etwas passiert?«, fragte nun auch die Kinderpsychologin. »In der Partnerschaft vielleicht?«

»Bei mir ist alles immer gleich. Der Alltag als Alleinerziehende ist eben manchmal eng, jedes Rädchen muss ineinandergreifen, sonst kommt man nicht über die Runden.«

Nun kam noch der wöchentliche Termin bei der Psychologin hinzu. Ein Termin mehr, den sie zu bewältigen hatte.

Eines Mittags saß sie schweigend und sinnierend mit ihrer nun über Vierjährigen am Tisch, da patschte Bianca wie ein tapsiges Baby mit ihrer flachen Hand in den vollen Suppenteller und schob ihn blitzschnell über den Rand des Tisches. Die Gemüsesuppe und die Scherben lagen auf dem Parkettboden. Noch ehe Alma es begriff, war ihre Hand geflogen. Die Stille danach schnitt wie ein Messer durch den Raum. Dann begann ihre Tochter zu brüllen, als würde man ihr ans Leben gehen, stand ebenfalls auf, trampelte mit ihren Strümpfen in der ausgelaufenen Suppe zwischen den Scherben auf dem Boden und hielt ihre rot verbrühte Hand in die Luft.

»Geh in dein Zimmer«, schrie Alma.

»Nein«, kreischte das Mädchen und trampelte weiter.

Da packte Alma sie am Kragen und zog sie ins Kinderzimmer. »Du bleibst da, bis ich aufgeputzt habe, und wage es ja nicht, herauszukommen.« Sie schlug die Tür zu, putzte alles sauber, dann setzte sie sich an den Tisch, legte ihre Wange darauf, die Arme hingen nach unten. War sie jemals so allein gewesen? Ja, schon oft.

Im Kinderzimmer war es ruhig. Es stank. Bianca saß auf dem Boden und hatte in die Hose gemacht. Alma zerrte sie unter die Dusche und zog ihr frische Kleider an. Ihr Mädchen ließ erstaunlicherweise alles mit sich machen, ohne aufzumucken. Sie musste den Zugang zu ihrem Kind wiederfinden. Wie nur?

»Komm, meine Liebe«, sagte sie, als sie sich niederkniete. »Es tut mir leid, dass ich dich geschlagen habe. Komm, ich lese dir eine Gutenachtgeschichte vor.« Sie versuchte, Bianca in den Arm zu nehmen. Die ließ es geschehen, blieb aber seltsam stumm. Als sie im Bett lag und Alma am Rand saß, strich sie ihrem Kind über die Stirn, bis es schläfrig wurde und die Augen schloss.

Am nächsten Tag wurde sie schon wieder in den Kindergarten zitiert. Bianca hatte eine dicke Beule am Kopf. Sie hatte im Zorn derartig mit dem eigenen Kopf gegen die Wand geschlagen, dass sie blutete.

»Das Kind hat ein Problem.«

»Als ob ich das nicht wüsste.«

»Sie braucht mehr Aufmerksamkeit und Zeit.«

»Wenn Sie das so genau wissen«, entgegnete Alma, nahm Bianca an der Hand und verließ den Kindergarten.

So ging es weiter. Jeden Tag. Nachts lag Alma wach und überlegte, was los sein könnte. Die Masche mit dem Einkoten hörte nicht auf, jetzt kam hinzu, dass Bianca bei der geringsten Aufregung mit dem Kopf gegen die Wand schlug.

An einem dieser Abende, als ihr Kind endlich eingeschlafen war, schlich Alma aus dem Kinderzimmer und schenkte sich mal wieder einen Wodka ein. Ein zweites Glas noch, dann noch ein halbes, damit die Flasche leer war. Morgen würde sie wieder eine kaufen.

Sie stand auf, um ins Bad zu gehen, da stolperte sie über Biancas Lieblingsdinosaurier. Der Stuhl, an dem sie sich abstützen wollte, fiel um. Sie lag auf dem Boden und ihr Handgelenk schmerzte so höllisch, dass sie fast wieder in sich zusammengesackt wäre, als sie das Telefon holen wollte.

Der Kindsvater war nicht begeistert darüber, dass er seine Tochter holen und Alma ins Krankenhaus bringen musste. Doch eine halbe Stunde später stand er da.

»Du bist besoffen.«

»Ein Glas Wodka habe ich getrunken. Ich bin eben nicht so trinkfest.«

Er nahm die schlafende Bianca aus ihrem Bett, legte sie auf den Rücksitz seines Autos und brachte Alma ins Krankenhaus.

»Sind Sie sicher, dass Sie nicht schwanger sind?«, fragte die Ärztin, während sie den Fragebogen studierte. Sie blickte sie an, als würde sie ihr die Schwangerschaft an der Nasenspitze ablesen.

»Ich hatte keinen Sex.«

»Machen Sie trotzdem kurz den Test, wir müssen Sie röntgen.«

Nachdem der Test positiv angezeigt hatte, musste sie sich übergeben. Die Ärztin schaffte es gerade noch, ihr eine Nierenschale unterzuhalten.

»Irgendwann vor ungefähr vier Monaten müssen Sie Sex gehabt haben«, sagte die Ärztin und starrte sie an.

»Aber es war immer mit Kondom.«

»Da kann schon mal was daneben gehen. Haben Sie nicht gemerkt, dass Ihre Regel ausgeblieben ist?«

»Schon, aber ich hatte solchen Stress, dass ich es darauf schob.«

»Das Handgelenk ist gebrochen, wir müssen es operieren. Sie müssen fünf Tage hierbleiben.«

Gebrochen! Jetzt riss die Schale ihrer Selbsttäuschung auf. Ihre gesamte Existenz hing von ihrem beweglichen Handgelenk ab. Sie hatte sich in eine zweifache Katastrophe manövriert und nur flüsternd kam es aus ihrem Mund: »Ich bin Berufsgeigerin.«

Offenbar hatte sie endlich das Mitgefühl der Ärztin hervorgerufen, denn ihre Stimme war jetzt warm und viel leiser. »Machen Sie sich keine Sorgen, wir haben die besten Chirurgen hier.«

»Du scheinst nicht fähig zu sein, ein Kind zu erziehen«, sagte der Kindsvater kalt, als sie anrief.

Als Alma aus der Narkose aufwachte, rief sie als Erstes dort an.

»Es geht ihr gut. Meine Frau kann gut mit Kindern.«

»Hat sie sich nicht eingekotet?«

»Eingekotet? Bist du verrückt? Sie ist doch schon vier!«

»Kommst du mal vorbei mit ihr?«

»Mach, dass du bald wieder gesund wirst. Dann sehen wir.«

Alma legte auf. Panik schwirrte in allen ihren Zellen. *Du bist nicht fähig, ein Kind zu erziehen*, hatte er gesagt. Und: *Meine Frau kann gut mit Kindern.* Was zum Teufel hatte dieser Typ vor? Von der Schwester ließ sie sich eine Schmerztablette geben, die auch ihr Gemüt beruhigte, und langsam verfiel sie in einen leichten Schlummer.

Als sie die Augen wieder aufschlug, hatte die Bettnachbarin gerade *DIE ZEIT* fertiggelesen und legte sie schlecht zusammengefaltet auf ihr Nachtschränkchen.

»Darf ich?«

»Bitte.«

Der erste Blick. Wolfgang im Feuilleton. Sein Bild füllte das obere Drittel der Zeitungsseite aus, unglaublich gut fotografiert, vor schwarzem Hintergrund von der Seite beleuchtet, sein typischer konzentrierter Blick beim Spielen. Sie wollte den Text nicht lesen, wollte nicht wissen, dass er mit den Berliner Philharmonikern ein phänomenales Konzert gegeben hatte, wollte nicht wissen, welche musikalischen Spitzfindigkeiten er mit dem Journalisten zu besprechen hatte. Wolfgang war Lehrer gewesen und konnte auf gut verständlichem Niveau komplexe musikalische oder musikgeschichtliche Zusammenhänge erklären. Das machte ihn zu einem beliebten Interviewpartner. Seine gewinnende Art und sein gutes Aussehen taten beim Publikum ihr Übriges. All das würde Wolfgang als Aspekt seines Erfolgs nicht gelten lassen. Er wollte perfekte Qualität abliefern, mehr nicht. Und sie? Während er seine Füße in den tosenden Bach des Lebens hängte, musste sie sich durch die Dürre quälen, ohne Wasser und ohne süße Datteln, denn Oasen gab es nur wenige in ihrer Lebenswüste.

Dann, durch die Schmerztabletten und durch alle ihre sonstigen Sorgen hindurch, schlich sich diese andere Wahrheit heran: Sie war schwanger, und zwar von dem Mann, dessen Bild gerade in der Zeitung prangte. Die Frist zur Abtreibung war vorbei.

Am Nachmittag kam Bianca mit ihrem Papa. Sie schien wieder ganz die Alte zu sein und hüpfte aufgeregt am Krankenbett auf und ab.

»Mama, Mama, ich habe ein Fahrrad bekommen und kann schon fahren.«

»Was? Du kannst schon Fahrradfahren?«

»Ja, mit Stützrädern«, krähte Bianca. Ihre Augen waren zwei glitzernde Wunderkerzen.

»Du bist unglaublich!«

Thomas, der Kindsvater, blieb an der Tür stehen und tippte eine SMS in sein Handy.

»Ich will zu dir aufs Bett«, rief Bianca, und Alma warf einen zweiten Blick auf deren Papa, der sich nun bequemte, ihre gemeinsame Tochter auf das Krankenbett zu heben.

»Wann kannst du wieder nach Hause?«, fragte Thomas. Offenbar würde er keine Anstrengungen unternehmen, ihr das Kind wegzunehmen, wenn er es nicht einmal ein paar Tage behalten konnte.

»Am Samstag«, antwortete sie.

»Wir ziehen nächste Woche um. Bei uns stehen schon die Umzugskartons herum. Wäre gut, wenn sie dann wieder bei dir sein könnte.«

»Kein Problem, das schaffe ich schon.«

»Gut.«

Alma hielt sich an Bianca fest, die sich mit dem Daumen im Mund an sie gelehnt hatte. Ihr Kind, das vor vier Jahren mit ihren Zellen und mit ihrem Blut erschaffen und doch etwas Neues, Fremdes geworden war, löste in Alma einen Liebesanfall aus. *Die frische Verkörperung eines Engels ist meine Bianca*, kam ihr in den Sinn. Mit ihren Herbstlaubhaaren, der Seidenhaut, den wackeligen Zähnen und dem warmen Atem lag sie an ihrem Herzen. *Mein Kind, ich habe in deinem kleinen Körper mein Haus gebaut, mein einziges Haus der Liebe*, jubelte es in Alma, und in diesem Moment schmolz sogar die Feindseligkeit gegenüber deren Vater.

»Wohin zieht ihr denn?«

»Ich habe eine feste Anstellung im Chor der Berliner Staatsoper.«

»Im Chor? Bist du da musikalisch nicht unterfordert?«

»Wie du sicher weißt, ist man im Chor – wie du im Orchester – arbeitsrechtlich abgesichert. Meine Frau ist schwanger, hier habe ich Alimente zu zahlen.« Er deutete mit dem Kinn auf Bianca.

»Stimmt.«

»Das Solisten-Dasein ist eine brotlose Kunst, wenn man nicht an der obersten Spitze steht.«

»Da hast du auch wieder recht.«

»Nicht jeder hat eine berühmte Mutter und einen reichen Vater wie dein schwäbischer Gigolo.«

»Wie – mein schwäbischer Gigolo?«

»Schwartz. Mit dem spielst du ja jetzt, und ich kenne dich gut genug, dass es nicht beim Spielen bleibt.«

»Jetzt hör aber auf! Ich habe eine CD mit ihm gemacht und ein einziges Promotion-Konzert! Was redest du?«

»Und – stimmt's? Hast du was mit ihm?«

»Nein! Natürlich nicht. Du bist schon wieder so zum Kotzen.«

»Und du fällst betrunken über deine eigenen Füße und ich muss alles geradebiegen.«

Sie zog ihr Mädchen noch enger an sich, legte ihren geschienten Arm über den gesunden. Durch Biancas Körper strömte ohne deren Willen die Feindseligkeit ihrer Eltern. Sie war eingeschlafen. Alma konnte den Typen nicht rausschmeißen. Oder war Bianca eingeschlafen, damit sich ihre Eltern wieder einmal unterhalten mussten? Machten Kinder so etwas? Hatten sie einen siebten Sinn, damit beide Eltern mit ihnen wachsen konnten? Wollten sie sich auf diese Art ein paar Brosamen *Familie* erschleichen? Für ein paar Minuten einschlafen und im Traum auftanken, was im Wachsein nicht existierte – machten Kinder so etwas, um sich selbst zu ernähren, mit Vaterluft und Mutterluft? Was sollte sie mit dem Kerl reden? Was hatte sie an ihm so sexy gefunden, damals? Ach, es waren die Hormone gewesen. Schlecht sah er nicht aus und er hatte einen wundervollen Bass. Das reichte für eine hungrige Frau im Normalfall aus.

»Dann ziehst du nach Berlin?«, fragte sie in einem besänftigten Ton und auch, weil sie das Thema wechseln wollte.

»Ja.«

»Und bekommst dein zweites Kind?«

»Mein viertes, wohlgemerkt.«

»Stimmt, deine beiden Großen. Wohnen sie noch bei deiner Ex-Frau?«

»Sie studieren beide. Auch die wollen noch an mir nuckeln.«

Alma atmete durch, strich ihrem Kind über das feine Samthaar und wusste nicht, ob sie es gut fand, mit dessen Vater hier zu sitzen oder ob sie die Kleine aufwecken sollte, damit er mit ihr verschwand. Biancas Duft, ihre Schlafwärme und ihr regelmäßiger Atem weichten sie auf. Dann sagte sie: »Sie liebt dich.« Almas Stimme war warm und leise und dieses eine Mal ohne jeden Vorwurf.

»Ja, das merke ich.« Er schluckte. »Was soll ich machen?«

»Ich weiß nicht.«

In der folgenden Stille lag alle Versöhnung, die zwischen zwei Menschen sein konnte, die sich nichts mehr zu sagen hatten und die doch bis an ihr Lebensende verbunden sein würden. So blieben sie sitzen, ohne Langeweile und ohne Handy. Er saß breitbeinig da, stützte seine Ellbogen auf die Knie und blickte zu Boden. Als ihre Tochter sich rührte, begegneten sich die Elternblicke für einen kurzen Moment.

Er nickte. Dann nahm er Bianca mit einem väterlichen »Hopp« hoch. Sie strahlte ihn an, er hielt sie auf dem Arm, und während er mit ihr hinausging, blickte sie über seine Schultern, ein Ärmchen um seinen

Nacken geschlungen, winkte und rief: »Ciao Mama, bis bald.« Sie hatte rote Bäckchen und lächelte selig.

Dem Kind schien die warme Dusche unter der Vaterliebe gutgetan zu haben, denn als sie beide wieder zu Hause waren, schien alles wie früher. Das Leben konnte wieder seinen Gang gehen. Alma war erleichtert.

Als sie für ein Konzert ihre schwarze Arbeitskleidung anzog, ging ihre elegante Hose nicht mehr zu. Sie schaute sich von der Seite im Spiegel an und ließ die weite, festliche Seidenbluse locker an sich herunterfallen – über das Bäuchlein, über den offenen Hosenknopf und über den halb offenen Reißverschluss.

Am Dienstag der folgenden Woche holte sie Bianca von der Therapiestunde ab. Die Psychologin sprach sie an: »Bianca spielt noch mit der Assistentin, ich habe eine kurze Frage an Sie.«

»Bitte schön.«

»Ihre Tochter ist ein temperamentvolles, gesundes Kind. Sie scheint verunsichert zu sein aufgrund ihrer familiären Situation.«

»Welcher familiären Situation?«

»Biancas Vater lebt ja mit seiner eigenen Familie zusammen.«

»So ist es«, sagte Alma kühl.

»Wird Bianca dann bei ihm sein während der Zeit Ihrer Niederkunft?«

»Niederkunft?«

»Haben Sie sich schon etwas überlegt? Es wäre gut, wenn Bianca möglichst viel Sicherheit bekäme während dieser Zeit.«

»Ich bin nicht schwanger.«

Den verblüfften Blick der Psychologin ließ Alma an sich abprallen. Die Therapeutin klopfte ein paar Mal nachdenklich mit dem hinteren Ende ihres Füllers auf das weiße Papier, das vor ihr lag. Dann straffte sie sich und sagte: »Okay, dann wünsche ich Ihnen eine gute Woche.«

»Danke, bis zum nächsten Mal.«

Dann fing es wieder an: Ihr Mädchen schlug bei jeder Irritation mit dem Kopf an die Wand. Am Donnerstag war Alma mit ihr in der Stadt, und während sie einen Parkplatz suchte, spielte Bianca gedankenverloren mit dem Öffnungsknopf des Autofensters. Alma parkte ein, und als sie den Motor abstellte, bemerkte sie aus dem Augenwinkel, dass das Fenster offen blieb.

»Bleib schön sitzen, ich muss nur kurz bezahlen.«

Während sie das Parkticket entnahm, hörte sie das gottserbärmliche Geschrei ihrer Tochter, die mit blutendem Kopf auf dem Gehweg lag. Sie war zum Fenster hinausgefallen. Alma raste zur Notaufnahme, Bianca bekam einen riesigen Kopfverband, auf den sie ungemein stolz war, und am nächsten Morgen ging es ganz leicht, sie in den Kindergarten zu bewegen. Doch die Freude war kurz. Alma wurde um zehn Uhr vom Kindergarten angerufen, weil Bianca trotz Verletzung und Verband mit dem Kopf gegen die Wand schlug und nicht mehr aufhören wollte. Sie unterbrach ihre Vormittagsprobe, raste zum Hort, da wurde ihr Kind gerade frisch verbunden.

Zu Hause ließ Bianca sich von Alma ins Bett bringen, obwohl es noch nicht einmal Mittagessenszeit war. Die Kleine wirkte genauso erschöpft wie Alma es war. Eine müde, traurige Zärtlichkeit durchflutete sie, auch ihr Mädchen wirkte aufgelöst und dünnhäutig. Sie setzte sich an den Bettrand und strich ihrem Kind über die Wangen, da begann es zu weinen.

»Ist alles gut, mein Liebes«, flüsterte Alma und hätte sich am liebsten zu ihr ins Bett gelegt und mitgeweint. Langsam schlossen sich die langen, rotbraunen Wimpern und der kindliche Atem ging regelmäßig. Das Telefonläuten zerbrach ihre zarte Verbundenheit.

»Hier ist deine Mutter«, schallte es vom anderen Ende der Leitung.

Alma ließ sich mit dem Telefonhörer in der Hand aufs Sofa fallen.

»Wie geht es dir?«, fragte die Frau Mama.

»Ach, ganz gut, eigentlich«, flötete Alma.

»Du warst doch im Krankenhaus. Bianca hat mich angerufen, als sie bei ihrem Vater war.«

»Ja, ich hatte einen kleinen Unfall. Das Handgelenk war gebrochen, aber jetzt ist alles wieder gut.«

»Und Bianca?«

»Mit Bianca ist alles okay.«

Die Mutter schwieg. Natürlich glaubte sie ihr nicht. Jetzt schwieg auch Alma und ließ sich auf diesen neuerlichen Machtkampf ein. Wer würde zuerst das Schweigen brechen? Diesmal war es die Mutter.

»Das Kind bräuchte halt mehr Zeit und Aufmerksamkeit«, tönte es aus dem Hörer.

»Mama, hör zu, es reicht mir langsam! Ich reiße mir den Arsch auf, habe täglich zwei Proben, viele Konzerte. Ich muss mein Geld verdienen, damit ich uns beide über Wasser halten kann, einen Babysitter bezahlen. Hör einfach auf!« Die letzten Worte hatte sie regelrecht geschrien. In der kurzen Pause hörte Alma, dass Bianca weinte.

»Jetzt muss ich auflegen, das Kind ist gerade aufgewacht.«

»Natürlich, wenn du so rumschreist.«

»Tschüss, Mama.«

So war die *gute Woche*, die die Psychologin ihr gewünscht hatte, und als sie Bianca am nächsten Dienstag dort abholte, wurde sie schon wieder zum Gespräch gebeten.

»Sie sind schwanger, Frau Rasmussen.«

»Unsinn!«

»Ich sehe es doch.«

»Geht Sie das etwas an?«

»Es geht mich etwas an, weil Ihr Kind in meiner therapeutischen Obhut ist und massive Probleme hat. Bianca braucht Sicherheit und eine berechenbare Umgebung.«

»Wieso sollte ich ihr das nicht geben?«

»Ich war auch alleinerziehend und weiß, was das heißt«, sagte die Psychologin jetzt mit veränderter, mitfühlender Stimme. »Wenn ein neuer Mann dazukommt, gerät das Zweiersystem zwischen Mutter und Kind ins Wanken.«

»Ich habe keinen neuen Mann«, sagte Alma und hielt der Psychologin die Hand zum Abschied hin.

»Melden Sie sich, wenn Sie Hilfe brauchen.«

»Ich komme schon durch.«

In der Nacht klopfte etwas von innen gegen ihren Bauch und weckte sie. *Hallo Mama, ich bin auch da!* Alma fuhr im Bett auf, hielt die Hände an den Bauch. Die Kronen der beiden Ulmen vor ihrem

Fenster bewegten ihr sattes Blätterkleid im nächtlichen Frühsommerwind und ihre Schatten tanzten an der Wand, als wollten sie der lautlosen Stimme antworten mit ihrer wogenden Lebendigkeit.

Nicht eine seltsame Schwangerschaft hatte sie, die sie dicker machte wie eine vorübergehende Verstopfung, sondern ein Kind, das bereits angeschlossen war an den großen Strom des Lebens, das gerade zum ersten Mal seine Existenzberechtigung einforderte, ein Kind, das einmal so eigenständig, lebendig und laut werden würde wie Bianca. Und dieses Kind hatte einen Vater. Wolfgang Schwartz. Ihre Liebe zu ihm hatte sie schnell weggesteckt. Hopp, hopp, weg damit, nur keine Tränen mehr vergießen, wieder mal ein Verheirateter, wieder mal eine chancenlose Liebschaft wie viele andere auch. Die Mühe lohnte sich nicht, der Nächste, der Nächste, das half beim Vergessen. Die Liebe für dieses purzelbaumschlagende Kind kam auf sie zu wie eine Woge, und die trug auf ihren Schaumkronen den reißenden Schmerz, denn in Almas Leben gab es keine Liebe ohne Schmerz. Ihre Mutter hatte es ihr noch im Mutterleib eingepflanzt, wie eine spezielle Art von Herzschrittmacher, der jeden liebenden Herzschlag mit Bitterkeit eintrübte.

Sie stand auf, zog ihre Jacke über den Pyjama, setzte sich auf den Balkon. Ihre Augen brannten, im Kopf dröhnte ein Vorschlaghammer und in ihrem Hals waberte ein Kloß aus Wasser und Schleim. Das Handy lag auf dem Tisch. Mit der aufziehenden Dämmerung wurden die städtischen Geräusche lauter. Sie zündete ihre Zigarette an und drückte sie wieder aus. Das Kind. Sie klappte ihr Handy auf und schrieb:

*Ich bin schwanger und du bist der Vater. A. R.* Dann leckte sie sich über die Lippen, die nass vom Weinen waren, und der Geschmack ihrer eigenen Tränen kam ihr vor wie gezuckerter Wein, künstlich, süßlich, selbstgefällig. Ein böser Dämon riss den Schleier ihres Selbstbetrugs in Stücke und sie erfasste das ganze Ausmaß dessen, was sie angerichtet hatte, als sie raffiniert das Kondom abrutschen ließ.

Dieses Bild stieg in ihr auf, das sie damals im *Fenice* eingefangen hatte und schnell aus ihrem Gedächtnis wischte: In dem Blick, mit dem Wolfgang seine Frau anschaute, erkannte sie, dass Wolfgangs Verlassenheit ohne seine Bettina grenzenlos wäre. Er würde als promiskuitiver Junggeselle mit den Jahren bitter und abgestanden werden, sein ausgetrocknetes Genie würde seine Haut fahl und seinen Duft abstoßend machen. Es war diese Frau, die ihm den Rahmen gab, in dem er sich entfalten konnte, sie war der Wind unter seinen Flügeln und die Stärke hinter seinem Ruhm, sie gab ihm die nötige Kühle, damit er nicht im Scheinwerferlicht verbrannte wie ein Falter in der Flamme. Keine andere Frau konnte sie ersetzen, auch Alma nicht. Mit einem Schlag wurde ihr bewusst, dass sie mit ihrer Narretei nicht nur eine Familie zerstören würde, sondern auch den Mann, den sie zu lieben vorgab. So saß sie mit offenem Mund auf dem Balkon und schaute zum ersten Mal ungeschönt auf die Wirklichkeit, ohne sich etwas vorzumachen. Anstatt auf *Senden* klickte sie auf *Löschen*. Dann legte sie ihr Handy wieder auf den Balkontisch, lehnte sich im Stuhl zurück. Ruhig war sie auf einmal, ja, sogar froh. Sie hatte ihm wieder einmal den Arsch gerettet. Vermutlich lag er jetzt gerade in seinem Ehebett und drehte sich schläfrig zu seiner jungen Frau um, legte seinen Arm um sie und kuschelte sein Gesicht in ihre Haare, bevor er weiterschlief, denn das hatte er auch bei Alma gerne getan. Dann horchte sie in sich hinein und war erstaunt: Sie gönnte es ihm und sie gönnte ihn seiner Frau. Die Ehefrauen der Männer, die sie in ihrem Leben im Bett gehabt hatte, hatte Alma entweder heimlich verachtet oder unheimlich beneidet. Aber gegönnt hatte sie den Mann bisher noch keiner.

Einschlafen konnte sie nicht mehr in dieser Nacht, denn zum ersten Mal tauchte die Frage auf, wie sie zwei Kinder allein erziehen sollte. Biancas Vater kümmerte sich zwar herzlich wenig, aber wenn es darauf ankam, war er da. Wie sollte das mit dem anderen Kind gehen, gänzlich ohne Vater? Jetzt drehten sich die Gedanken im Kreis wie eine altmodische Schallplatte, die an einem Kratzer hängen blieb.

Wann hatte das Zittern in ihren Händen begonnen? Bei einer Vormittagsprobe musste sie so oft aussetzen, dass der Dirigent sie ansprach.

»In Ihrem Zustand sollten Sie sich schonen.«

»Welcher Zustand?«, fragte Alma und starrte den Dirigenten mit aufgerissenen Augen an. Sie streckte ihm die Hand zum Abschied hin.

Dann fuhr sie zur Kinderpsychologin, um ihre Tochter abzuholen.

»Können Sie sich auf den Kindsvater verlassen?«, fragte die Therapeutin.

»Wenn es drauf ankommt, ist er da. Aber er nimmt Bianca viel zu selten.«

»Ich meine auf den anderen Kindsvater.«

»Welchen?«

Die Frau deutete mit dem Kinn auf Almas Bauch und sagte: »Der hier.«

»Der wird es nie erfahren.«

Die Psychologin schwieg, doch dieses Mal klopfte sie nicht mit dem Füller auf das Papier, sondern lehnte sich nach hinten und starrte an die Decke.

»Ist das nicht ein wenig pubertär? Ich meine ...«

»... das ist nicht pubertär, das ist mein Beschluss«, konterte Alma und stand auf, bereit zu gehen. »Wo ist Bianca?«

»Frau Rasmussen, im Verhalten Ihrer Tochter könnte man eine mütterliche Vernachlässigung sehen. Sie müssen mit mir zusammenarbeiten, sonst muss ich das Jugendamt benachrichtigen.«

»Was müssen Sie?«, brachte Alma heraus.

Dann setzte diese Frau noch eins drauf: »Sie zittern, wie wollen Sie Ihren Beruf ausüben?«

Alma blinzelte, denn jetzt spielte ihr Gehirn verrückt. Was war das hier? Wollte man ihr das Kind wegnehmen und dann auch noch die Geige? In ihrem Kopf gab es lauter kleine Explosionen, es funkelte und blitzte. Plötzlich war sie unter Wasser. Alles ging langsam vonstatten, das Bild hinter dem Schreibtisch der Psychologin bewegte sich, es verschmolz oder verfloss, als würde es sich auflösen, das Gesicht der Therapeutin wurde schief wie die schmelzende Uhr von Salvador Dalí. Die Frau stand auf und ging auf Alma zu. In ihrem Kopf schrie eine alte Stimme, die sie schon aus der Kindheit kannte: *Lass mich in Ruhe! Du darfst mich nicht berühren, Mutter. Du hast mich verraten, du, meine eigene Mutter, fass mich nie wieder an mit deinen falschen Fingern, die nach mir greifen wie eine Spinne nach der Fliege.*

*»Atmen Sie«, hört Alma auf einmal, aber sie sieht nichts. Natürlich sieht sie nichts, sie hat die Augen geschlossen, sie muss die Mutter abwehren und will sie nicht sehen. »Atmen Sie«, sagt diese Stimme zu ihr. Das ist nicht die Mama, wer ist das?*

Endlich schoss wieder frische Luft in ihre Lunge. Sie öffnete die Augen. Die Hand der Therapeutin lag auf ihrem Rücken.

»Frau Rasmussen, Sie brauchen Hilfe«, sagte sie sanft, und sofort bröckelte es in Alma wie ein Turm aus Bauklötzen. Einer nach dem anderen fiel in eine bodenlose Tiefe, sie selbst auch, und als die Therapeutin näherkam, lösten sich in Almas Kehle Schluchzer, immer schneller und schneller. Sie konnte sie nicht mehr zurückhalten und irgendwann verbarg sie ihren Kopf am Bauch dieser fremden Frau, ihr ganzer Körper schüttelte sich.

»Ich kann Sie krankschreiben«, schlug die Psychologin später vor. »Damit bekommen Sie ein wenig Entspannung in Ihr Leben, aber das wird Ihr Problem nicht lösen.«

»Es wäre aber trotzdem gut, denn ich kann zurzeit wirklich nicht spielen.« Alma war froh, dass sie diesen vernünftigen Satz herausgebracht hatte.

»Sie sollten in eine Kur oder in eine psychosomatische Klinik.«

»Ich habe ein Kind.«

»Bald haben Sie zwei.«

»Tut mir leid. Ich bin in der Tat ratlos. Bianca würde liebend gerne zu ihrem Vater gehen, aber er kann sie zurzeit nicht nehmen.«

»Haben Sie eine Mutter, bei der das Kind für ein paar Wochen sein könnte?«

»Meine Mutter? Um Gottes willen.«

»Kann sie mit ihrer Enkeltochter nicht umgehen?«

»Doch, und wie! Die beiden kommen prima miteinander aus.« Noch während Alma diesen Satz sprach, war die Lösung da. In eine Klinik allerdings würde sie nicht gehen.

Zu Hause rief sie bei ihrer Mutter an.

»Ich bin krank«, sagte sie. »Ich muss in die Klinik, kannst du sie für drei Wochen nehmen?«

»Natürlich! Was hast du? Komm auch mit, ich kann dir helfen.«

»Nein, Mama, da kannst du nicht helfen.«

Die Mutter schwieg, dann räusperte sie sich und fragte: »Wann bringst du sie?«

»Julia, die Babysitterin, bringt sie.«

»Du lässt sie allein mit einer jungen Studentin reisen?«

»Julia ist absolut zuverlässig und die beiden mögen sich.«

»Ich bringe Bianca gerne in den Schwarzwald«, sagte Julia später. »Aber wenn das andere einmal da ist ...«

Alma starrte sie an wie eine Schlange das Kaninchen.

»... wäre ich überfordert«, fügte Julia unsicher hinzu.

»Ich habe einen Tumor und muss ins Krankenhaus. Es mag wie schwanger aussehen.«

»Oh. Das tut mir sehr leid! Entschuldigen Sie bitte. Natürlich bringe ich Bianca zu ihrer Großmutter.«

Ihr Kind ging bereitwillig auf das Angebot ein, obwohl es noch nie allein bei der Oma gewesen war.

Am Bahnhof ließ sich Bianca von Alma umarmen und sagte: »Ciao, Mama.« Während sie an der Hand Julias in den Zug stieg, drehte sie sich noch mal um: »Ich habe dich lieb, Mama«, und Alma wischte sich ihre Tränen ab.

Frei! Ohne Arbeit, ohne Kind. Drei Wochen für sich selbst! Hüpfen könnte sie! Sie war schwanger, aber sie hatte drei Wochen Zeit, eine Lösung zu finden. Etwas würde sich ergeben.

Am dritten freien Tag rief die Psychologin an. Alma war gereizt, empfand es fast als übergriffig, was die Frau sich erlaubte.

»Wie geht es Ihnen?«

»Ich komme zurecht, danke.« Alma hörte selbst die Schärfe in ihrer Stimme.

»Dann wünsche ich Ihnen alles Gute.«

»Warten Sie«, schoss es aus Alma, als würde sie im letzten Moment einen Rettungsring greifen wollen, der gerade im Begriff war, eingezogen zu werden.

»Wenn ich etwas für Sie tun soll, bräuchte ich Ihr Krankenkassenkärtchen«, sagte die Therapeutin nach einigen Sekunden.

»Was könnten Sie denn für mich tun?«

»Sie sind schwanger. Sie haben keine Ahnung, wie Sie die Situation mit zwei Kindern meistern wollen, Sie sind erschöpft, vielleicht sogar im Burn-out. Ich könnte mit Ihnen die Situation sortieren, vielleicht Lösungsansätze finden.«

»In dem Fall wäre ich froh, Sie würden mir einen Termin geben.«

»Biancas Termine sind ja nun frei geworden.«

Nachdem Alma aufgelegt hatte, setzte sie ihre Zeitungslektüre fort, die der Anruf unterbrochen hatte. Sie blätterte um und auf der nächsten Doppelseite gab es eine Serie mit Kriminalfällen aus dem Mittelalter, und einige schreckliche Bilder zierten diesen langen Artikel. Schnell wollte sie weiterblättern, aber ihr Blick blieb an einem Gemälde aus einem früheren Jahrhundert hängen, auf dem eine Frau im weißen Unterrock ein Kind in Biancas Alter tötete. Alma las den Artikel widerwillig, wie in einer Art Trance und ohne, dass sie wollte, las sie ihn ganz zu Ende.

Dann faltete sie die Zeitung zusammen und lehnte sich in ihrem Sessel zurück. Warum dachte sie jetzt gerade an ihre Mutter? Panisch griff sie zum Hörer.

Als sie ihr Kind am Telefon hatte, schnatterte Bianca und erzählte, was sie schon alles mit der Oma unternommen hatte. Eine Welle von Liebe und Erleichterung überflutete Alma, und als sie auflegte, weinte sie und konnte nicht mehr aufhören.

Sie begab sich zu Bett, doch als sie einschlafen wollte, kamen die Dämonen und all die Bilder, die sie auf dieser Zeitungsseite gesehen hatte. Sie schleimten und schwirrten um sie herum, all diese gefolterten und gequälten Frauen in ihrer Agonie, die bestialisch ermordeten Kinder und Säuglinge.

Während des ganzen Wochenendes schlief sie kaum, aß praktisch nichts und traf am Dienstag als seelisches und körperliches Wrack bei Biancas Kindertherapeutin ein.

»Wollen Sie Ihr zweites Kind behalten?«, fragte die Psychologin in ihrer freundlich-distanzierten Art.

»Was denn sonst?«

»Ich dachte nur, wenn es schon keinen Vater bekommt, könnten Sie es vielleicht zur Adoption freigeben, dann hätte es wenigstens beide Eltern.«

Als Alma antworten wollte, kam nichts aus ihrem Mund.

»Nur Sie können entscheiden«, fügte die Frau jetzt an, und ihre Stimme klang gemessen und langsam.

»Adoption? Daran habe ich noch nie gedacht.«

»Sie müssen noch nicht entscheiden. Wie lange haben wir noch?«

Alma rechnete, denn beim Arzt war sie nicht gewesen. Sie wollte keinen Ultraschall, sie wollte nicht das Bild mit dem Herzschlag ihres Babys sehen und niemandem sagen, dass sie schwanger war, auch keinem gottverdammten Arzt. Am dritten Advent war die Zeugung gewesen, jetzt hatten sie Juni.

»Noch etwa drei Monate«, antwortete Alma.

»Es ist nicht gut, dass Sie allein sind. Auch wenn Bianca wieder zu Hause ist und Sie wieder arbeiten gehen. Der Alltag ist zu aufreibend für Sie.«

»Das weiß ich selbst.«

»Klar, trotzdem spielen Sie die starke Macherin, auch gegenüber sich selbst.« Die Psychologin stand auf und ging im Raum auf und ab. Almas Gedanken flogen aus dem halb offenen Fenster und verloren sich im Straßenlärm.

»Sind Sie bereit für ein Abenteuer?«

»Abenteuer hört sich gut an«, antwortete Alma nun und wurde hellhörig.

»Meine Schwester lebt in Südfrankreich in einer spirituellen Gemeinschaft. Dort können Gäste zeitweise mitwohnen und leben, wenn sie sich in starken Veränderungsprozessen befinden. Allerdings müssten Sie in der Küche oder in der Landwirtschaft mithelfen.«

»Was sagen Sie da? Eine Sekte?«

»Keine Sekte, die Gemeinschaft ist weltanschaulich ungebunden. Es gibt Regeln des Zusammenlebens, Meditation und jede Stunde zehn Minuten Stille für alle.«

»Was?«, fragte Alma nach und dachte, sie sei im falschen Film. Dann tauchten in ihr Bilder von ihrer Jäger- und Sammlerinnenzeit in den Wäldern des Schwarzwalds auf. Ihre Ressource, auch in den schlimmsten Zeiten, war immer die Bewegung in der Natur gewesen.

»Sie könnten dort leben, in Ruhe Ihre Entscheidungen fällen und mit den Menschen reden. Gegebenenfalls könnten Sie in Frankreich entbinden und je nach Entschluss mit oder ohne Baby wieder zurückkommen.«

»Und Bianca?«

»Es würde Ihnen guttun, diese Wochen für sich selbst zu haben.«

Da ging in Alma ein Lichtlein auf. Nicht hell, sondern zart wie eine Teekerze, aber sie wusste in dem Moment, was die Redewendung *Licht der Hoffnung* bedeutete.

Nach einem langen Telefonat mit der Schwester der Therapeutin in Frankreich hatte sie sich entschieden. Die Ärztin konnte sie als Langzeitkranke diagnostizieren und nach sechs Wochen würde sie Krankengeld bekommen. So blieb nur das Problem mit Bianca. Dann kam ihr auch dafür eine Idee. Sie rief den Kindsvater an und fragte ihn, ob er sie nach vier Wochen im Schwarzwald abholen und zu sich nehmen könnte.

»Du bist schwer krank, nicht wahr?«, fragte er am Telefon und seine Stimme klang überraschend teilnahmsvoll.

»Woher weißt du das denn?«

»Deine Mutter sagte, du hättest einen riesigen Tumor.«

»Meine Mutter? Wie kommst du denn zu meiner Mutter?«

»Bianca hat mich angerufen. Du hattest meine Telefonnummer in ihren Rucksack gelegt für den Notfall. Sie erzählte mir allerhand, unter anderem, dass du krank seist. Ich glaube, sie macht sich ein bisschen Sorgen.«

Alma schluckte und schluckte, es wollte nicht aufhören. Ihr Kind, ihre Bianca, ihr Liebstes.

»Dann kam deine Mutter ans Telefon«, fuhr Thomas fort, »und erklärte mir das mit dem Tumor. Deine Mutter ist eine sympathische Frau.«

Alma räusperte sich. Dann fiel ihr Julia ein. Diese kleine Lüge zog ihre Kreise. Alma sollte es recht sein. Der Kindsvater war bereit, seine Tochter abzuholen und Alma ihre Auszeit zu gönnen.

Die Wochen in der südfranzösischen Gemeinschaft waren für Alma Heilung und Ruhe, sie hatte einen Platz an der Sonne zwischen wohlwollenden Menschen. Die körperliche Arbeit unter freiem Himmel tat ihr gut, ebenso die Meditationen und vor allem die stündliche Unterbrechung des Tages. Zum ersten Mal tastete sie nach dieser Stille, die nicht vom

Ausruhen und Schlafen kam, sondern von einem bislang unbekannten inneren Kern.

Am Ende war der Satz ihrer Zimmernachbarin ausschlaggebend: »Du darfst dein Kind lieben und trotzdem, vielleicht sogar deshalb, hergeben.« Der Satz traf sie wie plötzlicher Regen – so einfach, so grausam, so wahr.

Sie gebar es in Frankreich *sous X*, anonym, und bat darum, man möge es, wenn möglich, in eine musikalische Familie bringen. Dass der Schmerz und die Trauer um dieses Kind niemals enden würden, wusste sie in dem Moment, in dem man es aus dem Kreißsaal trug.

Zurück in Hamburg rief sie Thomas an und wollte Bianca sprechen.

»Sie ist noch bei deiner Mutter«, sagte der.

»Was redest du da? Hast du sie nicht abgeholt?«

»Das wollte ich, aber deine Mutter hat gemeint, es wäre zu viel Unruhe für das Kind. Wie sollte ich mich mit deiner Frau Mutter streiten?«

»Warum hast du mich nicht angerufen?« Alma war so außer sich, dass sie hätte schreien können.

»Es war ausgemacht, dass du deine Auszeit brauchst. Ich denke schon, dass unsere Tochter dort gut aufgehoben ist.«

*Unsere Tochter*, sagte dieser Mensch, *unsere Tochter*, als ob sie auch seine wäre, *seine* Tochter, um die er sich nur im größten Notfall kümmerte. Wie kam er dazu, dieses Kind so lange der Mutter zu überlassen, dieser alten Hexe.

»Wir haben alle paar Tage telefoniert. Sie war immer fröhlich und quirlig, hat mir viel erzählt und ab und zu hat sie nach dir gefragt.«

Immerhin hatte er sich gekümmert. Alma wurde etwas gnädiger und als sie auflegte, straffte sie sich, um sich in den Kampf mit der Mutter zu stürzen, denn sie ahnte schon etwas.

»Schön, dass du dich meldest!«, flötete Margret. »Ich hoffe, es geht dir wieder gut.«

»Ja, viel besser«, antwortete Alma. »Ich komme morgen in den Schwarzwald und hole Bianca ab.«

»Morgen?«

Alma konnte es regelrecht wahrnehmen, wie im Gehirn der Mutter die Rädchen gingen, wie sie arbeiteten, stampften und rotierten. Dann hörte sie die Mutter einatmen. Sie tankte Atemluft wie ein Auto an einer Tankstelle Benzin, damit sie Energie bekam, um ihren heiligen Plan durchzuführen.

»Bianca kommt nächstes Jahr in die Schule«, sagte die Frau Mama. »Ich dachte, wir würden sie hier einschulen und du kannst jederzeit kommen und sie besuchen.« Margrets Stimme war klar und entspannt und Alma hegte nicht den geringsten Zweifel daran, dass die Mutter Bianca bis zum Abitur bei sich behalten wollte.

Wieder einmal hatte sie Margrets Willen zur Macht unterschätzt. Dieser Kraft hatte sie im Augenblick nichts entgegenzusetzen, denn ihr Herz war weich geworden in der französischen Gemeinschaft und auch durch die Geburt und die Trennung von ihrem zweiten Kind. Sie war hier die Schwächere. Sollte sie mit ihrer Mutter um ihr Mädchen kämpfen wie die beiden Weiber, die vor das Gericht des

Königs Salomon kamen und der dann vorschlug, das Kind in zwei Teile zu reißen?

»Okay, wenn du das so siehst«, sagte sie. »Ich melde mich.« Und weil sie mit ihrer Mutter durch ätherische Fäden verbunden war, spürte sie deren Überraschung, dass alles so einfach zu gehen schien.

Dann rief sie den Kindsvater an. »Wenn dir deine Tochter auch nur das Kleinste bedeutet, dann tu mir diesen einen Gefallen«, sagte sie.

So kam es, dass sie ihn zwei Tage später vom Flughafen in Stuttgart abholte. Sie fuhren mit ihrem Auto in den Schwarzwald. Bianca blinzelte, als ihre Eltern zusammen aus dem Auto stiegen. So etwas hatte es noch nie gegeben. Zuerst blieb ihr der Mund offenstehen, dann schoss das Leben in sie ein wie ein gigantischer Wasserfall, sie schrie »Mama, Papa!« und stürzte auf beide zu wie eine Tigerin auf ihr Beutetier.

Der Papa hob sie zuerst hoch, auf seinen Armen griff sie nach Alma und als diese sie in die Arme nahm, griff sie nach dem Papa.

Wieder machte sie sich frei, rannte wie ein wild gewordener Welpe im Kreis, nahm einen Stock und jubelte. »Peng, peng, peng, Papa, ich habe ein Reh totgeschossen, peng, peng, peng.«

Sie warf den Stecken auf den Boden, rannte in die Küche, ihre Herbstlaubhaare flatterten hinter ihr her wie die Flagge am Heck eines Motorboots. Rasch kam sie wieder zurück mit einem offenen, klebrigen Glas in der Hand. »Mama, Mama, die Oma hat jetzt Bienen, ich habe selbst Honig gemacht.« Dann stellte sie das Glas auf die Eingangsstufe, nahm wieder den Stock und kreischte: »Peng, peng, peng!«

Am Schluss grapschte sie nach dem Hosenbein ihres Vaters, zog ihn näher zu Alma und umfasste dann mit ihrem rechten Arm das Bein des Vaters, mit dem linken das Bein von Alma, blickte zwischen den beiden durch und überschlug sich fast, als sie brüllte: »Oma, Oma, das ist mein Papa und meine Mama!«

Die Oma stand ihnen gegenüber. Sie stand da, still, mit einem Taschentuch in der Hand. Ihre Niederlage sah aus wie Frieden.

»Danke«, sagte Alma und umarmte ihre Mutter. »Danke, dass Bianca es so gut bei dir gehabt hat.« Und sie meinte es ehrlich.

## Alma, Wildblüt, 2015

Ohne, dass sie es wollte, hat sie alles haarklein erzählt, und während sie jetzt mit Barbara schweigend Richtung Forsthaus zurückgeht, bewegt sie sich zögerlich auf dem sommerlich trockenen Erdweg, fühlt ihre eigene Geschichte unter ihren Füßen wie ein Geröllfeld. Auch mit ihrer Mutter ist sie häufig diesen Weg gegangen, auch deren Geschichte ist in diese Erde eingeschrieben, ihr Wissen und ihre Verzweiflung und ihre dunklen Rätsel.

Das schmerzhafteste Geheimnis in Almas Leben ist nun endgültig aus der Asche gehoben, nie wieder wird es dorthin zurückkehren, und nichts wird sie mehr kontrollieren können.

»Wirst du das alles deinem Bernd erzählen?«, fragt sie Barbara und hört selbst, wie wackelig ihre Stimme klingt.

»Sicher nicht«, kontert ihre Schwägerin fast empört. »Es gibt schließlich ein Seelsorgegeheimnis.«

»Und er – wird er Bettina Schwartz von ihrem Kuckuckskind erzählen?«

»Bernds Beruf lebt von Diskretion«, sagt Barbara. »Aber das ist nicht das Problem.«

»Was ist das Problem?«

»Wirst du dein Kind suchen?«

»Und wenn ich es dann sofort wieder verliere, weil es mich dafür hasst? Und wenn ich dann auch Bianca verliere, weil sie mir diese gigantische Lüge nicht verzeihen kann? Und wenn ich vor Scham sterbe, wenn Wolfgang all das erfährt?«

»Kannst du deiner Mutter die Lüge mit Bernd verzeihen?«

»Es gibt vieles, was ich meiner Mutter verzeihen müsste und nicht kann.«

»Vielleicht ist die Zeit noch nicht reif. Aber du solltest aufhören, deinen Kopf in den Sand zu stecken«, sagt Barbara, und weil in ihrer Stimme kein Vorwurf liegt, klingt es wie ein Lockruf des Lebens.

Bernd kommt gerade die Treppe herunter, als sie das Haus betreten.

# Lebenswandel

## Bernd, Wildblüt, Juli 2015

*Liebe Mama*, sagt er in Gedanken, *ich bin sicher, du hast mir einen persönlichen Gruß hinterlassen, nach all dem, was zwischen uns war. Etwas, das nur für mich bestimmt ist.*

Das dritte Heft der Mutter liegt noch ungelesen im Auto, doch Bernd wollte die Abwesenheit der beiden Frauen nutzen, um einen Rundgang durch das Haus zu machen. Seine Intuition hat ihn selten im Stich gelassen. Irgendwo muss noch etwas sein, das nur an ihn gerichtet ist, und er will es finden, bevor die zwei von ihrem Spaziergang kommen. Dachboden, Wohnzimmer, Küche, Keller, kurz war er sogar im Mädchenzimmer seiner noch unbekannten Nichte Bianca. Almas Zimmer hat er nicht betreten. Gerade öffnet er die Tür zum mütterlichen Schlafzimmer. Wie ordentlich sie ihr Bett hinterlassen hat. Bei einem kurzen Blick aus dem Fenster sieht er Alma und Barbara zurückkehren, nur noch schnell die Nachttischschublade aufziehen – und da! *Für Bernd* leuchtet ihm aus der Schublade entgegen.

Unten wird die Haustür geöffnet.

»Jetzt einen Kaffee«, hört er Barbara sagen.

Leise schließt er die mütterliche Schlafzimmertür, und mit dem Umschlag in seiner Hosentasche geht er nach unten.

Alma sieht aufgeräumter, aber noch weicher, noch verletzlicher aus. Als sie am Kaffeetisch sitzen, fragt sie unvermittelt: »Wirst du das Wolfgang und Bettina erzählen, die Sache mit meinem Kind?«

»Natürlich nicht«, betont er, aber Alma scheint sein leichtes Zögern bemerkt zu haben. Er kommt ihr zuvor. »Vielleicht ist es an der Zeit, dass du deinen Kopf aus dem Sand nimmst.«

»Ich soll meinen Kopf aus dem Sand nehmen?«, ruft sie aufbrausend. »Ich bin hier diejenige, die sich verletzlich gemacht, die ihr Leben vor euch ausgebreitet hat wie ein Teppichverkäufer auf dem orientalischen Basar. Und ihr beiden? Ihr haltet euch bedeckt, kommt nicht aus der Reserve. So ganz ohne Probleme wird euer Leben auch nicht gewesen sein!« Schon wieder prangen rote Flecken an ihrem Hals.

»Nein, so ganz ohne Probleme war mein Leben nicht«, antwortet Bernd leise.

»Weiß Gott«, pflichtet seine Frau bei.

»Los, erzähl von deinem verruchten Leben, aber lass nichts aus! Vor allem die Geheimnisse nicht!« Almas Stimme tönt schon wieder munterer.

Er überlegt, wie er sich aus der Affäre ziehen kann, denn er will unbedingt Mutters Brief lesen und hat vor allem keine große Lust, schon wieder in seiner Vergangenheit zu rühren. Dann atmet er durch und gibt klein bei, denn Alma hat recht. Sie hat schon sehr viel von sich preisgegeben, auch wenn er etwas nachgeholfen hat.

Mit zuerst geschlossenen Augen fängt er die wenigen Erinnerungsfetzen ein, die er aus Hamburg hat, erzählt von seiner Kindheit bei den zwei Tanten und seiner schrecklichen Schulzeit. Auch von dem kurzen, brutalen Aufenthalt im Heim für Schwererziehbare erzählt er und von dem kleinen gequälten Hermann. Wie einen verstorbenen Bruder hat er den Jungen über all die Jahre in seinem Gedächtnis behalten. Während Bernd von der Vergewaltigung spricht, wird ihm bewusst, dass nur Barbara von dieser dunklen Zeit weiß. Yvonne natürlich auch, aber das ist eine andere Geschichte. Während des Erzählens horcht er in sich hinein. In ihm ist Ruhe. Es ist vorbei. Noch vor wenigen Jahren hätte er sich nicht vorstellen können, davon zu sprechen. Bernd erzählt von der Edelhure Beate, die seinen ersten Absturz in die Wege geleitet hat, von den Fotos, die er an den Finanzbeamten geschickt hat und die seinen Kopf aus der Schlinge zogen. Erst ganz am Schluss erzählt er von Monika, der Zeugin Jehovas, die ihn als erste Frau an einer unbekannten Stelle seines verschlossenen Herzens berührte.

## Bernd, Stuttgart, sechziger und siebziger Jahre

Vier Tage nach Bernds Trennung von Beate wurde Monika tot aus dem eisigen Neckar gefischt. Zum Glück hatte sie einen Abschiedsbrief hinterlassen, denn nun war Bernd schon wieder im Visier der Behörden, diesmal der Kripo. Ihr Zuhälter hätte sie vermutlich in den Tod getrieben, unkte die Stuttgarter Zeitung. Von Zwangsprostitution munkelte man und behandelte ihn mit äußerstem Misstrauen. Am Ende konnte man ihm nichts anhängen.

An einem frühen Abend fuhr er hinunter zur Neckarbrücke, von der Monika gesprungen war. Träge zog sich der Fluss dahin, so wie die Zeit sich unbemerkt durchs Leben zog und mitnahm, was ihr gehörte. Mit brennenden Augen starrte er in das graubraune Wasser.

*Monikas Gesicht verschwimmt mit den kleinen Wellen, durchsichtig wie ein Gruß aus der Endlosigkeit, sie ruft ihn mit einem lautlosen Seufzer, und während er in diesen sich langsam dahinwälzenden Strom starrt, scheint die Brücke sich zu beugen, als würde sie ihn abwerfen wollen. Schon rinnt das Gleichgewicht aus seinem Körper.*

Da krachte das Hupen eines Autos in sein Ohr und brachte ihn zurück ins Leben.

Schnell stieg er auf seine Harley und gab Gas. Den Helm an den Lenker gehängt, raste er durch die Straßen und ließ den Fahrtwind die Qual aus ihm herausblasen. Weg mit der Trübsal. Monika war tot und er musste weiterleben. Wenn er etwas aus dieser Angelegenheit gelernt hat, dann, dass er die Behörden unter Kontrolle bringen musste.

Mit ausgewählter Höflichkeit ersuchte er beim Finanzamt um einen Termin bei Herrn Ulrich Kruse, der inzwischen zur Oberfinanzdirektion aufgestiegen war.

»In Zukunft möchte ich alles richtig machen«, sagte Bernd nach der förmlichen Begrüßung.

»Das wäre gut«, antwortete Kruse langsam. Aus seinem Kopf schienen unsichtbare Antennen zu wachsen.

»Ich höre im Milieu das Gras wachsen«, sprach Bernd weiter.

»Gut für Sie.«

»Auch für Sie«, sagte Bernd.

Die Augenbrauen Kruses zuckten. Bernd lehnte sich auf dem Stuhl zurück, um Entspannung in die Situation zu bringen. »Sie können auf mich zählen.«

»Das wäre gut«, antwortete Kruse und wirkte schon etwas erleichterter. »Auch für Sie.«

»Dann sind wir uns einig«, sagte Bernd, erhob sich von seinem Stuhl und reichte Kruse die Hand.

»Sehr gut«, antwortete der und schlug ein.

Das Finanzamt hatte er im Griff. So würde er nach und nach und ein für alle Mal das Behördenproblem lösen.

Seine Kamera mit Teleskop und die Plauderlust seiner Mädchen wurden von nun an das wertvollste Kapital für ihn, und er führte akribisch Buch. Da er im Milieu bekannt und beliebt war, landeten mit der Zeit praktisch alle interessanten Nachrichten bei ihm. Ein Team von Fotografen stattete er mit guter Technik aus und bezahlte sie üppig.

Ein kleiner Haschisch-Dealer war mal wieder erwischt worden, und der Staatsanwalt schien an ihm ein Exempel statuieren zu wollen. Hier konnte Bernd mit einem Foto behilflich sein, das den Juristen zeigte, während er auf der Toilette eines stadtbekannten Edelpuffs eine Linie zog. Auch bei diesem Staatsanwalt stattete Bernd einen höflichen Besuch ab und sicherte ihm jederzeit seine Hilfe und Verlässlichkeit zu.

Das war der Beginn einer fruchtbaren Zusammenarbeit zwischen Behörden, hohen Kirchenleuten, Politikern, Medienschaffenden und dem bunten, vielfältigen Menschengewusel der Halbwelt. Weder nutzte Bernd sein Wissen für schäbige Erpressungen, noch mischte er sich ungefragt irgendwo ein. Er deckte auch die Beamten und half, wo immer es ging. Das rechnete man ihm auf beiden Seiten hoch an. Sein größtes Geschick lag aber darin, sich selbst mit der Zeit unsichtbar zu machen. Bald wusste niemand mehr, dass er die Fäden eines umfangreichen Netzwerks in der Hand hielt.

Zwischendurch hatte er wieder einen eigenen Laden in der Nähe des Leonhardsviertels eröffnet und schick ausgebaut. Die Miete war exorbitant, doch Bernd hatte viel vor. Schnell waren die Mädels beieinander und das Ding lief.

Eines Morgens konnte er nicht mehr aufstehen. Sein Körper wog gefühlt zwei Tonnen, der Kopf war leer. Das Haus könnte brennen, ohne seinen Fluchtreflex zu aktivieren. Alles – der Gang zum Laden, Geld abholen, Miete bezahlen, selbst der Weg ins Bad – war ein unüberwindbarer Berg. Er blieb im Bett, reglos, während die Stunden verstrichen.

Die Nächte waren schlaflos, die Tage eine dunkle Leere. Selbst Essen wurde zur Herausforderung – er schlief mit Brotkrümeln auf der Wange ein.

Eines Morgens weckten ihn die Sonnenstrahlen. Da stand er auf, um den Vorhang zu schließen, und ging zur Toilette. Ein Gedanke durchbrach seine innere Dunkelheit: *Wenn ich schon stehe, kann ich auch aufbleiben.* Er zog sich an und beschloss, seinen Laden aufzusuchen.

Gerade mal bis zum Stadtpark kam er. Dort setzte er sich auf eine Bank und starrte auf den kleinen See vor der Oper. Die Sonne spiegelte sich darin und brannte in seinen trockenen Augen. Er schloss sie. Da kam es ihm vor, als würde ihn etwas hinunterziehen in den Schlamm, und dort war es plötzlich still, keine albernen Sonnenstrahlen gab es mehr, keine lachenden Kinder, keine Spaziergänger, nur er allein. Allein. Das war sein Leben. Es war immer schon so gewesen.

*Er sieht den Rücken der Mutter, wie sie mit hängenden Schultern und gesenktem Kopf das Haus der Tanten verlässt. Sie trägt eine Bluse mit Blümchen und einen engen Rock. An der letzten Stufe stolpert sie, fängt sich wieder und geht weiter. Er bleibt allein.*

Die Mutter hatte er schon lange vergessen. Nur dieses *Allein* war geblieben. Es war schwarz und hatte lange in einer Ecke seines Leibes gesessen, doch jetzt breitete es sich aus wie die mondlose Nacht.

Wie sollte er leben? Wollte er leben? Bei der großen Buche wechselte zwischen zwei abgerissenen Jugendlichen ein Briefchen mit Drogen den Besitzer. Sollte er es damit versuchen? Drogen und Alkohol waren in seinem Umfeld allgegenwärtig. Waren andere auch so allein wie er? Müdigkeit kam über ihn und schob seine Augen wieder zu, doch es war kein seliges Schlummern, in das er fiel, sondern eine drückende Lähmung. Kindergeschrei weckte ihn. Kinder. Die Sehnsucht, selbst Kinder zu haben, kam als stechender Schmerz und vertrieb die Schwere zumindest so weit, dass er aufstehen und nach Hause gehen konnte. Nur noch ins Bett.

Am nächsten Tag schaffte er es bis zu seinem Laden. Die Mädchen waren beschäftigt, er ging an die Schublade, um das Geld herauszuholen und die Miete zu bezahlen. Nachzählen wollte er nicht. Für die Miete würde es reichen.

Als würde sie ihm aus dem Totenreich einen Besuch abstatten, war auf dem Rückweg plötzlich Monika an seiner Seite. Überraschend schmerzhaft griff die Trauer nach ihm. Er schleppte sich nach Hause, doch anstatt sofort wieder ins Bett zu fallen, suchte er ihren Abschiedsbrief heraus. So genau hatte er ihn bisher gar nicht gelesen. Seit die Polizei ihn zurückgegeben hatte, lag er in der Schublade.

*Lieber Bernd,*
*du bist der einzige Mann, den ich je geliebt habe. Ich sehe, dass du mich gern hast, aber dein Herz ist von einem eisernen Ring umgeben. Du und meine Tochter Tabea, ihr seid mein Leben. Meine Kraft ist aufgebraucht. Würdest du Tabea finden und ihr mitteilen, dass ich sie von Anfang an geliebt habe und in Ewigkeit lieben werde?*
*Deine Monika für immer*

Er suchte die Adresse ihres früheren Mannes. Das war nicht schwer.

»Kann ich Ihre Tochter sprechen?«

Der etwa vierzigjährige Mann hatte ein Gesicht, als hätte ein Zimmermann es aus Holz geschnitzt. Scharfkantig, grob, ungehobelt.

»Ich habe keine Tochter«, antwortete er und wollte die Tür schließen. Bernd hielt seinen Fuß dazwischen.

»Es ist Tabea, die Tochter Ihrer ersten Frau Monika.«

»Ich habe keine erste Frau und auch keine Tochter«, blaffte der Mann.

Bernd packte ihn mit beiden Händen am Hemd, hob ihn hoch und drückte ihn gegen die Wand.

»Sagen Sie mir augenblicklich, wo Ihre Tochter ist, sonst machen Ihre Eierchen Bekanntschaft mit meinem Knie.«

Bernd stellte ihn wieder auf den Boden, hielt ihn aber am Kragen fest. Da schrie der Kerl mit einem wüsten Ton ins Innere der Wohnung: »Tabea!«

Ein Mädchen kam langsam näher, mit Spuren im Gesicht, die offensichtlich von Schlägen herrührten. Es blieb im Halbdunkeln stehen.

Bernd bückte sich und sagte: »Komm her, Mädchen, ich tu dir nichts.«

Das Kind rührte sich nicht. »Deine Mama ist gestorben, das weißt du, nicht wahr?«

Da nickte das Kind, und in seinen Augen stand Angst.

Der Sozialarbeiterin des Jugendamts konnte er das Versprechen abringen, dass sie Tabea nur aus der Familie nehmen würde, wenn eine gute Pflegefamilie gefunden worden wäre.

»Nicht ins Heim«, sagte Bernd noch mal mit Nachdruck.

Einige Monate später besuchte er ein aufgewecktes, hübsches Mädchen in einer stabilen Pflegefamilie.

Dort konnte er ihm sagen, was die Mutter ihm aufgetragen hatte. Er würde Tabea sein Leben lang im Auge behalten und beschützen.

Die Trauer um Monika hörte nicht auf, aber sie war besser als gar nichts. Sein Laden lief gut, doch das Geld, das die Frauen ins Kästchen legen sollten, wurde immer weniger. *Wenn der Laden den Bach runtergeht, dann geht er eben den Bach runter*, sagte er sich und drehte sich gegen die Wand.

Sein Laden ging den Bach runter.

Monika. Immer wieder sie. Manchmal schien es ihm, als würde sie noch immer am Eisenring um seine Brust klopfen. Seltsam, dass sich gerade in den lichten Momenten die Traurigkeit so auf ihn legte. Vielleicht ging es nicht nur um Monika. Doch jedes Mal, wenn er in seinen Gedanken an dieser Stelle angekommen war, begab er sich wieder zu Bett. Als sich seine Muskeln in Fett verwandelten, zwang er sich, wenigstens spazieren zu gehen und ein bisschen zu joggen. Bald konnte er sich sogar wieder seinem Extremsport zuwenden, und das half ihm über die Runden, auch wenn die Depressionen nicht ganz verschwanden. Er konnte weiterleben.

Vulkanartig brach das Leben wieder aus, als er Theresa kennenlernte. Sie arbeitete in der Villa Roma und war eine Luxushure der Extraklasse. War da was? Schwermut? Depression? Die Welt war gut, Sex und Geld flossen reichlich, wie von Zauberhand verwandelte sich die Schwere in Leichtigkeit, die Leere in Fülle, die Lebensmüdigkeit in Lebensgier.

Zusammen bauten sie einen Edelschuppen auf. Bernd war am Ziel seiner Träume angekommen. Ein paar Mal trank er etwas über den Durst. Welch ein wundervolles Gefühl, daran könnte er sich gewöhnen. Nach einer langen Nacht an der Bar kotzte er neben Theresa ins Auto.

Kurze Zeit nach diesem Vorfall lud sie ihn zu einem Dreier mit einer Freundin ein. Auch da war er bereits angeschickert. Die beiden nötigten ihm trotzdem einen Aperitif auf, und schon wurde ihm unwohl, die Wände bewegten sich. Es war der verschlagene Blick dieser fremden Frau, der ihn sexuell abstieß, er wollte plötzlich nicht mehr, und zum ersten Mal in seinem Leben bekam er keinen hoch. Durch den Drogenschleier hindurch sah er eine alte, gefährliche Hexe. Was hatte er getrunken? Er wollte sich befreien von der Frau, wollte ihre Hände abklauben von seiner Haut, sie krallten sich fest wie riesige Blutegel. In Bernd stieg die Wut auf, die er so gut kannte – und schließlich schlug er zu.

Theresa übergoss ihn mit stinkendem Wasser aus der Blumenvase. Die andere Frau kreischte nach der Polizei, als wäre ihr Leben in Gefahr. Zum ersten Mal in seinem Leben hatte er eine Frau geschlagen.

Das Nachspiel war nicht so einfach, wie erhofft und erwartet. Die beiden Frauen hatten sich nicht an die Polizei, sondern an eine Sozialarbeiterin des Gesundheitsamts gewandt, und jetzt wurde es brenzlig. Zusammen mit der giftigen Sozialarbeiterin wollten sie ihn unbedingt ins Gefängnis bringen. Vier Monate saß er in Untersuchungshaft, doch Vergewaltigung konnten sie ihm nicht nachweisen.

Auch von Theresa konnte er sich gütlich trennen. Alkohol oder Drogen rührte er nie wieder an.

Es war der Sport, mit dem er seine Depressionen in Schach halten konnte, und manchmal machte er wie ein Rentner lange Spaziergänge, meist im Park, manchmal auch oben im Kräherwald. Seltsam, wie wohl ihm die Natur und die Ruhe taten.

Einmal saß eine Joggerin am Wegrand und rieb ihren Knöchel. Sofort sah er sie nackt und bemaß ihre Möglichkeiten in seinem Geschäft. Ein ansprechendes Gesicht hatte sie zwar, aber für diese Arbeit wäre sie nicht geeignet. Sie zuckte ein wenig zurück, als er sie ansprach.

»Ich bin über die Wurzel hier geknickt, geht gleich wieder.«

»Wo steht Ihr Auto?«

»Gleich da drüben, geht schon, geht schon«, wehrte sie ab, wirkte peinlich berührt und doch ein bisschen dankbar.

»Ich trage Sie rüber«, sagte er, nachdem er ihren geschwollenen Knöchel gesehen hatte.

Unscheinbar im Aussehen, sympathische Stimme, Typ Krankenschwester oder, Gott bewahre, Sozialarbeiterin – sein Typ war sie nicht, aber sie fühlte sich gut an in seinen Armen, sogar ihr Herz konnte er pochen hören. Als er sie bei ihrem Auto vorsichtig abstellte, schien sie aufzuatmen. Das Autofenster spiegelte ihm sein typisches Zuhältergesicht, massig, mit schweren, vielleicht auch leeren Augen und einer dicken Goldkette um den tätowierten Hals.

»Können Sie so fahren?«, fragte er sie.

»Ist ein Automatik, geht schon.«

»Tschüss dann«, sagte er schnell und hob beim Weggehen seinen Unterarm zum beiläufigen Gruß.

»Vielen Dank«, rief sie ihm zögerlich hinterher.

Dieser kurze Zwischenfall, so unbedeutend er war, schenkte ihm das genaue Bild seiner Sehnsucht, das er vorher immer nur als einen verschwommenen Traum wahrgenommen hatte:

Eine Frau, die er unterstützen konnte, der er dienen konnte, die ihm einen Rahmen gab, die er beschützen konnte, mit der er etwas aufbauen konnte, die ihm Heimat gab, der er Sex und Liebe geben würde, gleichauf, gleichstark und doch unterschiedlich, mit der er Kinder haben könnte, welchen er ein Vater sein dürfte, obwohl er nie einen Vater hatte, eine Frau, die sein Geld verwaltete, das er ihr überreichlich einbringen würde. Seine neue Geschäftsidee hatte er schon lange begonnen, doch allein würde sie verpuffen wie alles in seinem Leben.

Der Wandel kam durch Yvonne. Sie war ein paar Jährchen älter als Bernd, schätzungsweise Anfang bis Mitte dreißig. Bei Hannelore am Olgaeck sah er sie und wusste, dass er diese Frau immer lieben würde. Tag und Nacht schlich sich ihr Bild durch jede Faser seines Körpers.

Sie war eine der ganz wenigen Nutten, die konsequent ohne Kerl arbeiteten. Ein gefährlicher Lude hatte einst versucht, sie zwangsweise unter seine Fittiche zu bekommen. Er bezahlte teuer dafür. Wie sie es angestellt hatte, diesen Typen zur Strecke zu bringen, konnte niemand so richtig sagen.

Einmal traf Bernd sie zufällig auf der Straße. Wie einen weitläufigen Bekannten lächelte sie ihn an, offen und bar jeden Interesses. Sie gingen aneinander vorüber, ohne etwas zu sagen, und er wunderte sich über seine eigene Schüchternheit. Schon wollte er sich umdrehen, ihr hinterherlaufen, sie ansprechen, wie er es normalerweise getan hätte, da verwirrten sich die Gedanken in seinem Kopf zu einem Gordischen Knoten. Was konnte er einer Frau bieten, die ihm kein Geld brachte?

Noch ein letztes Mal versuchte er es dann mit einem eigenen Laden, doch auch der ging pleite. Noch keine dreißig war er, und schon liefen seine Kräfte leer, er konnte sie nicht mehr bündeln, hatte weder Ziel noch Richtung. Weil er von etwas leben musste, baute er sich ein Team auf dem Straßenstrich auf. Diese Mädels zu beschützen, war seine Aufgabe, und die machte er gut. Wenn er Sex brauchte, nahm er sich eine und fickte sie. Wo früher noch Respekt, manchmal Leidenschaft oder sogar Zärtlichkeit im Spiel war, ging es ihm jetzt nur noch um – Entleerung. Die Arbeit auf dem Straßenstrich machte die Haut der Frauen fahl und ihre Augen leer. Doch so war das Leben. Eines Morgens begegnete ihm im Spiegel ein Muskelprotz mit dümmlichem Blick und gräulicher Haut. Dann legte er sich wieder ins Bett.

Yvonne ließ ihn kommen. Sie hatte sich vom Escort-Service verabschiedet und ein eigenes, elegantes Studio bezogen, in dem sie allein arbeitete.

»Personenschutz«, sagte sie. »Du arbeitest für mich, nicht ich für dich, das ist ein Unterschied.«

Er würde sein Leben für sie geben. Dass er sie ständig beobachtete und auch schon vorher seine schützende Hand über sie gehalten hatte, erzählte er ihr nicht. Er liebte sie aus der Ferne wie der Glöckner von Notre Dame seine Esmeralda.

Ihre Kunden blieben oft Stunden, manchmal einen ganzen Tag bei ihr, was Bernd seltsam vorkam. Erst viel später fragte er sie, ob er sie auch einmal ficken dürfe, wenn er sie regulär bezahlte. Fast hätte sie ihn rausgeworfen, dann überlegte sie es sich offensichtlich noch einmal anders.

»Unter der Bedingung, dass du erst gehst, wenn ich dich gehen lasse, auch wenn du vor Langeweile aus dem Bett fällst«, sagte sie.

Als er dann in ihrer Badewanne saß, was sie grundsätzlich jedem neuen Kunden abverlangte, kam es ihm vor, als löste sich Schicht für Schicht ein unsichtbarer Schmutz von seiner Haut. Die Art, wie sie ihn anschaute, wie sie versuchte, ihn kennenzulernen, weichte ihn auf wie Zucker im warmen Tee.

Mit ihr hatte er Sex, wie er ihn höchstens von Monika kannte. Er liebte sie. Zeitlos, ohne Ziel, ohne Geilheit, nur Wärme und Lust. Endlich konnte er diesen Ausdruck verstehen: sich lieben.

Nach dem Sex schlummerte er eine Weile, denn sie schickte ihn noch nicht weg. Als er die Augen öffnete, saß sie am Bettrand.

»Soll ich jetzt gehen?«, fragte er verlegen wie ein Schuljunge.

»Nein«, antwortete sie. »Du wirkst so erschöpft, kannst gerne noch ein Weilchen rumhängen.« Sie legte sich zu ihm. Neben ihr rumhängen, das gefiel ihm, und er legte schläfrig-zärtlich seinen Arm um sie.

»Kommst du aus dem Norden?«, fragte sie.

»Wieso?«

»Weil du Hochdeutsch sprichst.«

»Ganz ursprünglich aus Hamburg«, antwortete er, und als er *Hamburg* sagte, grapschte dieses Wort nach ihm wie ein Gespenst, denn er hatte es seit Jahren nicht mehr ausgesprochen. Sofort drehte er sich auf den Bauch, damit Yvonne nicht merkte, wie ihn die Traurigkeit überwältigte. Diese Frau legte zart wie ein Vögelchen ihre Hand auf seinen Rücken. Zu viel – das war der eine Tropfen zu viel. Der Damm brach. Er flennte und schluchzte, wie damals in Tante Ullas Schürze, nachdem sein Bett in Flammen gestanden hatte, und etwas später noch mal in die Bluse seiner ersten Hure im Dreifarbenhaus, da war er neun Jahre alt. Yvonne blieb unbeweglich neben ihm sitzen, sie tröstete ihn nicht, sagte nichts, behielt aber ihre Hand wie beiläufig auf seinem Rücken.

Er vergaß die Zeit und schämte sich nicht einmal. Zum Glück gab sie ihm kein Papiertaschentuch, lieber schnäuzte er in das Bettlaken. Es dauerte lange, bis er ruhiger wurde. Als er regelmäßig atmete, küsste sie vorsichtig sein Schulterblatt, und sie verschmolzen wieder so intim miteinander, dass alle Grenzen verwischten, er wollte nicht mehr auftauchen und schloss die Augen. Immer, wenn er gewohnheitsmäßig seine harte, stoßende Kraft von der Leine lassen wollte, hielt sie ihn noch einmal zurück, ließ ihn durchatmen und ihre Nähe fühlen. Schweiß und Spucke, Atem und Haut – alles eins.

Gegen Abend, als sie frisch geduscht und angekleidet am Tischchen saßen, sagte sie: »Du bist ein wunderbarer Liebhaber. Das hätte ich dir nicht zugetraut.« Er zuckte die Schultern. Was sollte er sagen? Mit ihr war es leicht, ein guter Liebhaber zu sein. »Doch eine Sache ist mir aufgefallen«, fuhr sie fort.

»Was denn?«

»Du klemmst deinen Arsch zusammen. Bist du mal vergewaltigt worden?«

Er zuckte, als hätte ihn ein Skorpion gebissen. Gerade jetzt, wo er so aufgeweicht war, nach all dem, was an diesem Tag geschehen war, traf ihn die Aussage wie ein Dolch in den Rücken. *Beobachten*, schrie es in ihm. Das uralte Vermächtnis seiner Tante Hilde half ihm, die Situation mit Anstand zu meistern.

»Tut mir leid«, sagte Yvonne jetzt. »Ich wollte dich nicht brüskieren.«

»Schon gut.« Kalt und abweisend griff er nach seiner Jacke.

»Hatten wir nicht ausgemacht, dass du erst gehen darfst, wenn ich es dir erlaube?« Yvonne war nicht spöttisch, es lag eine Bestimmtheit in ihrer Stimme, der er sich nicht widersetzen konnte.

»Was willst du noch von mir?«

»Du bist vergewaltigt worden und es ist nicht geheilt.«

Er stand schon an der Tür mit der Jacke im Arm, die Türklinke in der Hand und den Mund halb geöffnet. In seinem Inneren tobte ein zwölfjähriges Kind, da fuhr Yvonne fort: »Ich wurde auch vergewaltigt.«

»Und?«, fragte er und hoffte, dass sie die Wut nicht allzu stark in seiner Stimme knistern hörte. »Bist du etwa *geheilt*, wie du so schön sagst?«

»Zumindest so, dass ich damit leben kann.«

»Ich kann auch damit leben.«

»Okay – dann«, sagte sie, stand auf und reichte ihm ihre Hand zum Abschied.

So würde er sich nicht abspeisen lassen. Was wollte diese Frau? Warum erzählte sie ihm das? Vergewaltigung heilen? Was für ein Quatsch. Er hatte es vergessen, es war schon Gras darüber gewachsen, jetzt kam sie daher und riss die Wunde wieder auf. Er war müde, erschöpft, erschlagen und wollte nur noch heim. War es die Wut, die ihm half, das Wort noch mal zu ergreifen? »Was meinst du mit heilen?«, brummte er.

»Ich hatte das Glück, eine Frau zu treffen, mit der ich es heilen konnte, zumindest so weit, dass ich keine Depressionen in meinem späteren Leben bekam.«

Wäre es nicht Yvonne gewesen, hätte er jetzt türschlagend die Wohnung verlassen.

»Du siehst aber auch alles«, murmelte er, nachdem er sich wieder gefangen hatte.

»Wenn du willst, kannst du noch ein paarmal zu mir kommen. Kostet dich nichts, so unter Kollegen.«

»Unter Kollegen?«

»Es gibt keinen hier in der Sexbranche, weder Mann noch Frau, die nicht irgendwann vergewaltigt oder als Kind missbraucht worden sind. Wir sind alle fürs Leben geschädigt.«

»Und leben trotzdem«, murmelte Bernd und fragte sich zum ersten Mal, ob seine Depressionen mit der Vergewaltigung zusammenhängen konnten.

Noch viermal ging er für mehrere Stunden zu Yvonne. Zu Beginn war es hochpeinlich, denn sie legte ein

Kissen unter seinen Bauch und ölte seinen Anus ein. Obschon er sonst nie Schmerzen an dieser Stelle gehabt hatte, war schon das Einölen kaum zu ertragen. Ausgesprochen langsam massierte sie ihn, blieb an stechenden, verkrampften Stellen mit dem Finger stehen, bis das Brennen und der Schmerz nachließen. Zwischendurch hatte er wilde Heulausbrüche, mit den Fäusten schlug er auf die Matratze, er schwitzte, bekam Erstickungsanfälle, bis er am Ende in ein leises Wimmern und dann in ein regelmäßiges Atmen kam. Das alles ließ er mit sich machen, ohne die geringste Scham. Danach hingen sie noch rum und er erzählte aus seinem Leben. Sex hatten sie keinen mehr.

Nach der vierten derartigen Sitzung hatte er den Mut, sie zu fragen, ob sie seine Freundin sein wolle.

»Für eine Partnerschaft stehe ich nicht zur Verfügung«, sagte sie. »Aber du wirst eine finden, da bin ich sicher.«

»Wieso sicher?«

Yvonne schaute ihn so lange sinnierend an, bis er seinen Blick auf den Boden fallen ließ. »Du bist so liebevoll«, antwortete sie dann.

Das hatte noch nie jemand zu ihm gesagt. Aber es stimmte wohl. Er war nicht die Sexmaschine, für die er sich immer gehalten hatte.

»Such dir eine Freundin, und zwar ausdrücklich keine aus der Szene!«

»Wie jetzt?«, fragte Bernd.

»Eine ganz normale Frau.«

»Wie soll das denn gehen?«

»Eine wird kommen, da bin ich sicher. Und wenn es nicht gleich klappt, gehst du in die Kirche und betest, dass der liebe Gott dir eine schickt.« Sie lachte ihr glockenhelles Lachen und Bernd verabschiedete sich mit frohem Mut.

Trotz aller Hoffnung, die er durch Yvonne erhalten hatte, war es nicht leicht, eine solche Frau zu finden. Seit Jahren bewegte er sich ausschließlich im Sexgeschäft und hatte keine Ahnung, wie eine normale Frau anzusprechen war. All seine Zellen waren durchtränkt von Sex und Geld, er hatte einen instinktiven Blick dafür, welche Frau er zur Hure machen konnte. Das war sein übliches Beuteschema, darin kannte er sich aus. Noch ein paar Mal hatte er Sex mit einer solchen Frau. Mühelos hätte er jede davon irgendwo unterbringen können. Dann erinnerte er sich an die leeren Augen seiner Mädels, die sie nach ein, zwei Jahren Arbeit auf dem Straßenstrich bekamen. Er wollte nicht mehr.

Nach einem Spaziergang betrat er eine Kirche in der Nähe vom Kräherwald, wo er vor einiger Zeit diese Joggerin getroffen hatte. Er solle zu Gott beten, hatte Yvonne gesagt und dabei gelacht. Jetzt saß er in diesem seltsamen Gebäude, das mehr Kälte und Heimatlosigkeit in ihm wachrief als jeder noch so gottverlassene Puff in Stuttgart.

Da er den leidenden Anblick des Gekreuzigten über sich nicht ertragen konnte, legte er den Kopf auf seine mächtigen, tätowierten Unterarme, die auf der Lehne der Vorderbank ruhten.

»Kann ich Ihnen helfen?«

Als Bernd den Kopf hob, stand eine fröhliche Frau vor ihm, unscheinbar gekleidet, aber recht ansehnlich im Gesicht. Die Joggerin!

»Kennen wir uns nicht?«, fragte sie und wirkte viel sicherer als damals im Wald.

Bernd sagte nichts, denn eine Welle aus Zuneigung erfasste ihn. Die Frau sprach weiter und Bernd musste seine Augen weit aufmachen und die Ohren spitzen, denn sie sprach Worte, die er nicht kannte: »Wir haben keine Beichte wie die Katholiken, aber vielleicht möchten Sie trotzdem reden. Ich bin die Pfarrerin.« Sie streckte ihm die Hand hin.

»Eigentlich suche ich eine Frau«, platzte er heraus und sie lachte hellauf.

»Da habe ich doch heute früh zu Gott gebetet, dass ich ihm den Bettel hinschmeiße, wenn er mir nicht endlich einen Mann schickt.« Die Pfarrerin lachte sich krumm, als hätte sie einen guten Witz gemacht, und auch Bernd lachte zuerst. Dann wurde er still. Jetzt bekam die Frau riesige Augen und starrte an seinen Schläfen vorbei, als ob sie zu irgendeinem Gott dahinten oben sagen würde: *Das ist jetzt aber nicht dein Ernst, oder?*

Nach langen Sekunden kam der Satz über ihre Lippen: »Wir müssen reden. Kommen Sie mit.« Der anfängliche Schwung in ihrer Stimme war verschwunden und hatte diesem unsicheren Flackern Platz gemacht, das er schon kannte.

Bernd folgte der Frau über die Straße ins Pfarrhaus.

»Bitte schön«, sagte sie und zeigte auf einen der beiden Sessel neben einem runden Tisch. Dort lagen Werbeprospekte zur seelsorgerlichen Lebensberatung sowie Einladungen für einen Abendgottesdienst am Donnerstag um zwanzig Uhr im Gemeindehaus. Die gegenüberliegende Wand war von der Decke bis zum Boden voll mit Büchern, unter dem Fenster stand ein schwerer Schreibtisch, an den Wänden hingen eingerahmte Poster mit Sprüchen drauf. Fremdes Terrain für Bernd.

Sie starrte fast angeekelt seine Hände an, die auf seinen Oberschenkeln ruhten, die verspiegelte Sonnenbrille hielt er zwischen Daumen und Zeigefinger. Er begriff schnell, zog einen schweren Goldring nach dem anderen von den Fingern und legte alle samt Sonnenbrille auf den Tisch. Sie atmete auf, als seine Hände ringfrei waren, doch ihr Blick stieg etwas weiter hinauf und traf auf seine dicke Goldkette. Da nahm er auch die ab und legte sie zu den Ringen. Zuletzt wanderten ihre Augen auf seine neue Anzugsjacke, Nadelstreifen und beigebraun. Auch die zog er aus und griff dann an den obersten Hemdknopf. Musste er auch das schöne Hemd mit dem Rex-Gildo-Kragen ausziehen?

»Nein, nein, geht schon«, sagte sie schnell und fuchtelte mit den Armen.

Dann verfielen sie wieder in Schweigen. Sie starrte auf ihr Bücherregal und er auf den Boden. Irgendwann schweiften seine Augen zu ihren Füßen hinüber und blieben dort stehen. Als sie seinem Blick folgte, zog sie zögernd ihre Birkenstock-Sandalen aus und legte zuerst einen, dann den anderen zu dem Haufen mit dem Goldschmuck und der Anzugsjacke.

Mit der überraschenden Schnelligkeit des Kampfsportlers, aber doch sanft, nahm Bernd ihre Füße. Die Pfarrerin zuckte zusammen. Er zog ihr die Ringelsocken aus und legte sie auf denselben Haufen. Sie ließ es mit sich machen. Ihre nackten Füße verschwanden in seinen Händen.

»Heiraten Sie mich, Frau Pfarrerin«, sagte er mit der ihm eigenen Langsamkeit.

Ihr Mund ging auf, dann wieder zu. »Sie kennen ja nicht einmal meinen Namen«, brachte sie schließlich heraus.

»Sie werden meinen tragen.«

Wieder ging ein Zucken durch ihren Körper, instinktiv wollte sie ihm ihre Füße entziehen. Ohne sichtbar einen Muskel zu bemühen, hielt Bernd die Knöchel in seinen weichen Händen fest wie im Schraubstock. Sie ließ sich in die Sessellehne zurückfallen.

»Ich kenne Sie gar nicht.« Eine kräftige, angenehme Stimme hatte sie, der man anmerkte, dass sie oft öffentlich auftrat. Doch Bernd hörte das feine Zittern darin.

»Ich wüsste keine bessere Art, sich kennenzulernen«, antwortete er.

»Als die Ehe?«

»Ja, aber ich kenne Sie bereits.«

»Wie jetzt?«

»Was ich sehe, reicht mir, um zu wissen, dass ich Sie lieben werde«, sagte er.

Sie fuhr sich mit dem Handrücken über die Stirn. Ihre Hitze ging bis in die Füße. »Was sehen Sie denn?«, fragte sie.

»Eine Frau, die ihre Schönheit versteckt, weil sie befürchtet, als Frau ihren Mann nicht stehen zu können.«

»Chapeau«, antwortete sie, nachdem sie überrascht ausgeatmet hatte. »Und weiter?«

»Sie sind gescheit, denkerisch.«

»Weil ich Pfarrerin bin?«

»Kein normaler Mensch hat solche seltsamen Bücher auf dem Küchentisch herumliegen. Karl Barth, Friedrich Schleiermacher, Ernst Käsemann.«

»Woher wissen Sie das?«

»Wir sind gerade an Ihrer offenen Küchentür vorbeigelaufen.«

»Da wollen Sie gesehen haben, was ich lese? Kennen Sie diese Theologen?«

»Nö, um Gottes willen.«

»Wie haben Sie das in einer Sekunde gesehen?«

»Ich habe Augen wie ein Luchs und ein Gedächtnis wie ein Elefant.«

»Was noch?«

»Sie wollen einen Kirchenboss oder einen Professor zum Mann. Einen, zu dem Sie aufschauen können.«

»Einer, der mir ein Gegenüber sein kann.« Die Pfarrerin räusperte sich. Jetzt schien sie peinlich berührt zu sein.

»Ein Gegenüber?« Er verfiel in grüblerisches Schweigen.

Auch sie sagte nichts und starrte schon wieder auf das Bücherregal. Dann richtete sie sich auf, als würde sie das sinnlose Gespräch langsam zu einem Ende bringen wollen, und sagte: »Ein Gegenüber können wir uns nicht sein, das sehen Sie doch sicher selbst.«

»Nur beim Streiten oder wenn wir uns lieben. Da sind wir uns ein Gegenüber«, antwortete Bernd. »Im Alltag will ich das lieber nicht.«

»Im Alltag wollen Sie kein Gegenüber?«

»Ich bin Kampfsportler und Boxer. Nur Feinde stehen sich gegenüber. Ein Team steht Seite an Seite und schaut in dieselbe Richtung. Das wünsche ich mir für den Alltag. Wir werden Kinder haben, wollen vielleicht etwas zusammen aufbauen. Da können wir uns nicht ständig ein Gegenüber sein.«

Auf einmal blickte Barbara ihn mit erstaunten, interessierten Augen an.

Bernd fuhr fort: »Wenn Sie Ihren Kirchenboss oder Professor heiraten, wird es nicht lange dauern, bis Sie ihn verachten.«

Sie wurde rot und zog die Stirn hoch. »Wieso?«

»Mit mir an Ihrer Seite werden Sie als Frau aufblühen und Ihre Männerkollegen werden Ihnen aus der Hand fressen, anstatt zu konkurrieren.«

»Wieso würde ich die anderen verachten?«

»Weil Sie Sex brauchen. Liebevoll, stark, lange, oft. Bücher lesen können Sie selbst.«

Die Flecken an ihrem Hals waren dunkelrot geworden.

»Ich zum Beispiel«, fuhr er ungerührt fort, »habe in meinem ganzen Leben noch kein einziges Buch gelesen.«

»Aber lesen können Sie schon, oder?«

»Geht so.«

Schmunzeln bei beiden. Bernds Blick fiel auf ihre nackten Füße in seinen Händen. Nach einer Weile sagte er mit leiser Stimme: »Sie sind ein hungriges Kätzchen.«

Barbara zuckte schon wieder zusammen, dann bekam sie Tränen in die Augen. Er fuhr fort: »Was mich betrifft, so will ich keinen unverbindlichen Sex, davon hatte ich mehr als genug.«

»Was wollen Sie?«

»Familie, Kinder, Bindung und dass meine Liebe irgendwo ankommt, anstatt zu verpuffen.« Bernd horchte seinem eigenen Wort nach: *verpuffen, Puff*. Er hatte genug davon.

Sie drehte ihren Kopf zum Fenster, atmete durch, streifte Bernd mit ihrem Blick, floh mit den Augen Richtung Bücherregal und wieder zum Fenster hinaus, dann wandte sie sich zu ihm und sah aus, als könne sie nicht fassen, was mit ihr passierte.

Er verstärkte den sanften Druck auf ihre Fußknöchel. »Soll ich gehen?«

Barbara kramte ein gebrauchtes Papiertaschentuch aus ihren Jeans und schnäuzte sich. »Nein«, sagte sie und schaute ihm zum ersten Mal direkt und lange in die Augen.

Bernd ließ ihre Füße auf den Boden gleiten, stand auf, hielt ihr seine Hand hin und zog sie aus dem Sessel. »Darf ich Sie küssen, Frau Pfarrerin?«

»Ja«, entgegnete sie.

## Bernd, Wildblüt, 2015

Den letzten Teil seiner Geschichte hat er beim Abendessen vorgetragen. Hinter der hohen Tanne vor dem Küchenfenster leuchtet der Mond hervor. Stille ist eingekehrt nach seiner Erzählung. Seit damals sind fast dreißig Jahre vergangen. Auch wenn er immer wieder gerne erzählt, wie er und Barbara sich kennengelernt haben, fiel es ihm heute schwer.

Diffus ahnt er, dass etwas Schwieriges bevorsteht, kann aber nicht erfassen, was es ist. Auf jeden Fall hat er heute Nacht noch etwas zu erforschen. Die Küchenuhr zeigt nach zehn Uhr an. Eigentlich sollten er und Barbara sich verabschieden, sie haben eine

Stunde zu fahren. Doch es ist schön, hier zu sitzen mit der neuen Schwester.

In das Schweigen hinein hört er Alma sagen: »Möchtet ihr hier übernachten? Margrets Bett ist frisch gemacht.«

Seine Frau blickt ihn überrascht an und lächelt.

»Ja«, antwortet er. »Würden wir gern. Der Grabungstrupp kommt ja morgen früh um fünf.«

»Das auch noch.« Alma langt sich an den Kopf. »Das habe ich fast vergessen.«

»Ich werde um fünf losfahren und die Kräutersachen nach Stuttgart bringen«, wirft Barbara ein.

An Alma gewandt, sagt Bernd: »Ich bleibe morgen Vormittag hier, wenn es dir recht ist. Mal sehen, was die da draußen finden.«

Als sie oben im Bett liegen, hört er noch, wie Alma die kleine Toilette verlässt und in ihr Zimmer geht. Von der Seite vernimmt er den regelmäßigen Atem seiner Frau. Noch zehn Minuten wartet er, dann steht er auf und kramt aus seiner Hosentasche den dicken Umschlag *Für Bernd.*

Er nimmt ihn mit auf die Toilette, schließt ab und schon während er die Taschenlampe seines iPhones antippt, überfällt ihn ein Gefühl, als würde ihn jemand aufschneiden und ausweiden. Seine Hände zittern so stark, dass er kaum das Handy halten kann. In dem Umschlag liegen ein Brief und ein weiterer Umschlag.

*Mein lieber Bernd,*
*Kinder vergessen, wenn sie etwas erleben, das über das Ertragbare hinausgeht.*

Sofort bröckelt die dicke Brandmauer des Vergessens. Standbilder seiner Vergangenheit tauchen hinter den freigelegten Löchern im schummrigen Licht ihres damaligen Zimmers in Hamburg auf.

*Auch ich habe viel aus meiner Jugendzeit vergessen müssen, um weiterleben zu können. Im Alter ist alles wiedergekommen. Jetzt gehe ich. Du aber sollst dich erinnern und trotzdem leben, denn es ist schwer, wenn man blind bleiben muss. Ich liebe dich in alle Ewigkeit.*
*Deine Mutter.*

Wie funktioniert ein Gehirn? Können die Dinge so lange unentdeckt irgendwo in den hintersten Windungen lungern, ohne dass man sich erinnert? Und wie wird er mit all dem weiterleben? Er steckt den Brief ein, den zweiten Umschlag will er jetzt nicht öffnen. Lange bleibt er auf der Toilette sitzen. Dann schreibt er eine WhatsApp-Nachricht an Barbara. Sie wird sie am Morgen lesen.

Leise schleicht er hinaus und geht zu Fuß Richtung Wald. Erstaunlich leicht findet er sich dort zurecht, erreicht den Wildpfad und dann auch den Jägerstand am Rand des Moors. Er steigt hinauf und hält in diesen nächtlichen Stunden Zwiesprache mit seiner toten Mutter. Endlich hat er sie wahrhaft gefunden. Die Geister der Vergangenheit haben den Schleier weggerissen. Nach über sechzig Jahren. Was die Mutter getan und im Moor versteckt hat, ist ihre

Sache. Aber für das, was er getan hat, wird er selbst geradestehen müssen.

Als er kurz vor fünf Uhr die Autos des polizeilichen Grabungstrupps hört, zieht er sich über den Wildpfad ungesehen zurück ins Haus. Barbara ist schon unterwegs nach Stuttgart, um die Sachen wegzubringen. Alma schläft noch. Er legt sich auf das Bett, das einmal seiner Mutter gehört hat, und starrt an die Decke.

Gegen sieben Uhr läutet es an der Haustür. Er geht nach unten. Alma kommt im Morgenmantel aus ihrem Zimmer. Gemeinsam öffnen sie die Tür.

»Herr Lorenz, Frau Rasmussen, wir haben einen grausigen Fund gemacht«, sagt der Beamte des Landeskriminalamts.

Hinter ihm steht Herr Wagner vom hiesigen Polizeiquartier.

»Es ist eine Säuglingsleiche.«

Niemand sagt etwas. Nur der Wind vor der Tür ist zu hören. Der Beamte hält seine Augen auf die Geschwister gerichtet, als würde er eine Kamera scharf stellen.

Alma wendet sich mit riesigen Augen und offenem Mund an Bernd. »Hast du das gewusst?« Ihr Gesicht ist bleich und glatt wie Porzellan.

Der Kommissar schließt sich Almas Frage an: »Das wüsste ich auch gern.«

»Kommen Sie doch herein«, sagt Bernd, anstatt zu antworten.

Gewohnheitsmäßig blicken die beiden Polizeibeamten in der Küche umher, als ob das Rätsel der Säuglingsleiche im Geschirrregal läge.

»Wo ist die Leiche jetzt?«, fragt Bernd.

»Wir haben sie in die Rechtsmedizin geschickt. Noch ist nicht geklärt, ob es sich um eine historische Mumie oder um ein zeitgenössisches Verbrechen handelt.«

Als *Herr Niedermayer* stellt sich der Beamte des Landeskriminalamtes vor und fragt dann an Bernd gerichtet: »Darf ich auf meine Frage zurückkommen?«

»Ich nehme an, die Leiche wurde exakt an der Stelle gefunden, an der die Stoffpuppe an der Oberfläche lag.«

»So ist es.«

»Offenbar wollte unsere Mutter damit etwas andeuten«, erklärt Bernd. Dann fügt er an: »Nicht zuletzt ist es Herrn Wagners Instinkt zu verdanken, dass ich mit dem Innenministerium telefoniert habe.«

Der so angesprochene Herr Wagner vom hiesigen Polizeirevier macht bei dem unverhofften Kompliment riesige Augen, sackt ein wenig in sich zusammen, doch beim anerkennenden Blick seines Vorgesetzten richtet er sich geschmeichelt auf. Derartig gewürdigt, lässt er sich zu einer Indiskretion hinreißen: »Die Leiche muss auf jeden Fall zwischen fünfzig und siebzig Jahre alt sein, so viel kann man schon ...«

»Sie sind sicher einverstanden«, unterbricht Herr Niedermayer seinen Kollegen, »wenn wir uns auch ohne richterlichen Beschluss ein wenig im Haus umsehen.«

»Bitte schön.«

Als sie im Keller vor den leeren Apothekerschränken stehen, schütteln die beiden Polizisten den Kopf.

»Die wurden erst kürzlich ausgeräumt. Haben Sie das gemacht?«

»Ja, klar«, antwortet Bernd. »Das sind Kräuter und Tees. Meine Frau will sie mit nach Hause nehmen.«

»Ich fürchte, Ihre Frau muss die Drogen zurückbringen. Die Inhalte verstoßen womöglich gegen das Arzneimittelgesetz.«

»Sie haben Glück. Oben im Eingangsbereich stehen sie noch. Nehmen Sie sie gerne mit.«

Alma starrt Bernd an, will den Mund öffnen, schließt ihn wieder.

Oberflächlich suchen die Männer noch in Margrets und in Almas Schlafzimmer, dann gehen sie ins Wohnzimmer und treffen am Schluss in der Küche wieder ein.

»Halten Sie mich auf dem Laufenden über die Ermittlungen«, sagt Bernd bei der Verabschiedung mit seiner freundlichen Bestimmtheit.

»Ganz gewiss«, antwortet Herr Niedermayer, und als Herr Wagner Bernd die Hand gibt, lächeln sich die beiden jovial zu.

Alma schließt die Tür hinter den Männern, lehnt sich von innen dagegen und wartet, bis sie das abfahrende Auto hört. Dann legt sie los: »Was bist du nur für ein verschlagener Typ.«

»Wieso denn?«

»Die Nummer mit dem Wagner, was sollte das denn?«

»Gar nichts. Ich stelle mich gut mit ihm. Wenn ich das nächste Mal etwas von ihm brauche, wird er mir aus der Hand fressen.«

»Dass du das mit den Kräuterdrogen vorhergesehen und ihnen jetzt den wertlosen Köder mitgegeben hast! Du bist mit allen Wassern gewaschen.«

»Das ist mein Job.«

Alma lässt sich auf den Küchenstuhl fallen, schüttelt den Kopf, macht den Mund auf, will etwas sagen, macht den Mund wieder zu, schließt die Augen, dann atmet sie durch. Nun, wo sich die erste Aufregung gelegt hat, scheint sie an den Rand des Zusammenbruchs zu geraten. Offenbar kämpft sie mit sich, ob sie die mögliche Realität ihrer Mutter an sich heranlassen will.

»Und warum haben sie nicht in den Raum mit dem Gewehrschrank geschaut?«

»Das hätten wir nicht alles verstecken können. Ich hoffte, sie würden sich mit den Drogen beschäftigen. Das hat geklappt.«

»Du machst mich krank!«, ruft sie schließlich.

Bernd setzt sich ihr gegenüber an den Küchentisch. Sie ist blass, hält sich die Stirn und ist nahe am Weinen.

»Seit du vor ein paar Tagen mit diesem riesigen Blumenstrauß vor der Tür standst, bricht Stein für Stein mein Leben zusammen.«

»Sieht so aus«, antwortet er leise.

»Dann denkst du, dass unsere Mutter eine Mörderin war? Mir wird schwindelig.«

»Ich denke, dass sie in großer Not war.«

»Wieso Not? Was weißt du, was du mir nicht sagst?« Ihre Stimme klingt, als würde sie mit dem Messer Styropor zerschneiden. Ohne auf seine Antwort zu warten, legt sie wieder los: »Mit wem habe ich meine Kindheit verbracht? Mit einer Mörderin? Und wem, um Himmels willen, habe ich meine kleine Bianca immer wieder in Obhut gegeben?« Sie steht auf, geht in der Küche hin und her, nimmt den

Spüllappen und wirft ihn in die Spüle. Dann ruft sie: »Scheiße, scheiße, scheiße!«

Bernd sitzt am Tisch und hofft inständig, dass Barbara bald kommt.

»Auf welchem Boden stehe ich?«, beginnt Alma wieder, diesmal mit gedämpfter, aber zitternder Stimme. »Alles ist Lüge in meinem Leben.«

»Wir werden alles rausbekommen, ich habe ...«

»... kann man die Dinge nicht ruhen lassen?«, unterbricht sie ihn und hat schon wieder Tränen in den Augen.

»Haben wir eine Wahl?«

»Jetzt kommen mir ständig Bilder in den Sinn«, sagt Alma mit etwas leiserer Stimme. »Es gab Momente, in denen von der Mutter etwas Dunkles, fast Dämonisches ausging.« Sie geht zurück an die Spüle, nimmt sich ein Glas Wasser und wischt sich den Schweiß von der Stirn. Draußen fährt der Audi vor. Bernd atmet auf.

»Jetzt brauche ich erst einmal einen Kaffee.« Barbara atmet tief durch, nachdem sie alles gehört hat.

»Du hast etwas losgetreten, was wir nicht mehr kontrollieren können«, wirft Alma Bernd vor.

Barbara steht auf, setzt sich neben sie und legt ihre Hand an Almas Rücken. Als würde diese freundliche Geste ihre letzte Stütze aufweichen, sackt seine Schwester zusammen, legt ihre Arme auf den Tisch und weint.

»Es war wahnsinnig viel los, die letzten Tage«, sagt Barbara leise. Nach und nach fängt sich Alma wieder und gießt sich einen Kaffee ein.

»Ich will dich nicht noch mehr belasten«, setzt Bernd noch mal an. »Aber im Gewehrschrank lagen drei Hefte, dicht beschrieben von Margret. Sie erzählt ihre Lebensgeschichte.«

»Muss ich das wissen?« Alma ist gereizt und Barbara kontert mit überraschender Schnelligkeit: »Ja.«

Alma schüttelt den Kopf, öffnet den Mund, macht ihn wieder zu, da fügt Barbara an: »Wenn du deine Mutter verstehst, kannst du dir selbst verzeihen und dann können auch deine beiden Kinder dir verzeihen.«

»Meine beiden Kinder«, wiederholt Alma langsam und nimmt sich ein Papiertaschentuch.

»Du hast zwei Kinder.«

»Ich habe zwei Kinder«, wiederholt sie wie eine Erstklässlerin, die sich etwas einprägen soll, was sie nicht glauben, sehen, fühlen kann.

»Was schreibt denn unsere Mutter?«, fragt sie schließlich.

»Ich hab nur mal reingeblättert«, antwortet Bernd. »Am liebsten wäre es mir, wir könnten es zusammen lesen, sie ist schließlich unsere gemeinsame Mutter.«

»Morgen beginnen wir«, schlägt Alma vor und Bernd ist froh, dass sie ihre Abwehr gerade abzulegen scheint. »Ich hätte Lust, heute lange allein spazieren zu gehen, wäre das für euch okay?«

Die Sonne steht schon am Horizont, als die drei sich am frühen Abend wieder im Forsthaus treffen. Barbara und er waren im Dorf spazieren und sprachen mit dem einen oder anderen Dorfbewohner, um etwas über Margret zu erfahren. Barbara wollte

Informationen für ihre Beerdigungsrede, Bernd für sich selbst. Die vollgeschriebenen Hefte eilen jetzt nicht mehr. Sie sind Vergangenheit und werden nicht davonlaufen.

Auch Alma ist ruhig geworden. Die Natur scheint ihr gutgetan zu haben. Stille kehrt ein und ein Duft von Familienleben schwebt in der Küche, von der offenen Terrassentür weht ein angenehm kühles Abendlüftchen.

Plötzlich kommt es ihm vor, als stünde seine Mutter neben ihm, ein Lufthauch und schon ist sie wieder verschwunden, doch sie muss einen Gedanken in ihm hinterlassen haben. Spinnt er jetzt? Er kneift die Augen zusammen und schüttelt den Kopf, um seinen Verstand zu beruhigen.

Als seine Frau dann sagt: »Wir sollten noch über die Beerdigung sprechen«, ist es ihm klar.

Er räuspert sich, richtet sich im Stuhl auf und sagt: »Alma, deine beiden Kinder müssen zur Beerdigung kommen.«

»Was sagst du da?«, fährt sie auf und ihr Gesicht ist rot vor Empörung. »Du hast sie nicht mehr alle.«

Die Ruhe ist dahin, das traute Familienleben ebenfalls, doch die Wahrheit hat ihren Preis und seine Schwester wird nie aufhören, sich wegzuducken. Gestern Abend hat sie ihn dazu gebracht, seine Lebensgeschichte zu erzählen, um von ihrem eigenen Kampf abzulenken. Und ja, es waren aufreibende Tage für sie, aber sind es nicht immer aufreibende Tage, wenn der Schleier zerreißt und die Lebenslüge auf dem Tisch liegt?

»Wenn du dein Kind hast, wird Frieden in dein Leben kommen«, sagt Barbara in ihrem milden Ton.

»Aber doch nicht jetzt, wie soll das gehen? Was ist mit Bianca? Und was hat das alles mit dieser beschissenen Beerdigung zu tun?«

»Unsere Mutter hat ihren Tod so inszeniert, dass wir alle bei der Beerdigung zusammenkommen, das lässt sich ja inzwischen wunderbar erkennen.«

»Die alte Hexe! Aber von meinem Kind konnte sie nichts wissen.«

»Sie hatte einen siebten Sinn«, grinst Bernd. »Wer weiß, was sie in die Wege geleitet hat.«

»Unsinn.« Alma wirkt wie ein verletztes Tier, dem die Kraft zur Selbstbehauptung gerade versiegt. Noch gibt sie nicht auf, noch hat sie nicht das heilsame Ufer der Hingabe erreicht, noch meint sie, wenigstens den letzten Faden der Kontrolle in der Hand behalten zu müssen.

»Lasst uns zu Abend essen und dann schlafen gehen«, schlägt er vor. »Morgen sehen wir weiter.«

Er wird das Kind finden. Ohne Mühe, ohne Aufschub. Während er den Tisch deckt, macht er im Kopf schon die ersten Pläne.

# Wiederfinden

## Inès, Hamburg, Juli 2015

Ihr Finger zittert, als würde er die Luft abtasten. Dann lässt sie die Hand sinken und wendet sich Robert zu.

»Nur Mut, es gibt kein Zurück«, sagt er.

Im dritten Stock steht eine junge Frau von verblüffender Schönheit im Türrahmen. Deren Augen sind weit aufgerissen, als wäre Inès eine freundliche Erscheinung aus dem Weltall, längst erwartet und doch ganz anders als gedacht.

Inès will nach ... *ihr* fragen, doch sie kann den Namen ihrer Mutter nicht aussprechen. Robert hinter ihr hält wie üblich den Mund. Nichts wie weg hier. Was hat sie hier zu suchen? Ihr Herz klopft, als wolle es aus dem T-Shirt hüpfen.

»Bianca heiße ich«, stellt sich das weinrothaarige Mädchen mit der hellen Haut jetzt vor und streckt ihr die Hand hin. »Und du bist offenbar meine jüngere Schwester.«

Ihre Schwester? Inès reicht ihr kraftlos die schmale Hand und entzieht sie gleich wieder.

»Ich weiß schon, du willst zu Alma, meiner Mutter«, sagt diese Bianca jetzt, sie scheint bemüht, fröhlich zu klingen. »Kommt doch erst mal herein.«

»Ich muss mich entschuldigen. Ich habe euch ein wenig veräppelt«, fährt sie fort, als sie im Wohnzimmer sitzen.

In Inès droht etwas einzubrechen.

*Endlich bist du da*, würde ihre Mutter sagen, sie wäre sanft und ihre Stimme würde zittern. Ihre Haare wären blond wie die von Inès und ihre Augen würden weinen. Sie wäre warm und weich und würde nach Brot oder Kuchen duften, oder wie das Innere einer Rose.

Doch immer wieder hat Inès diesen Augenblick hinausgezögert, ihn innigst ersehnt, dann doch wieder verschoben. Robert hatte ihr in letzter Zeit keine Ruhe mehr gelassen, die Mutter zu kontaktieren. Doch erst nach zwei seltsamen Träumen von einer alten Frau hat sich ihre Angst in Hunger verwandelt.

Jetzt sagt dieses fremde Mädchen: *veräppelt*.

»Veräppelt?«, ist das erste Wort, das Inès herausbringt. Ihr Kinn flattert, als hätte es sich selbständig gemacht.

»Nur ein bisschen. Du wirst meine Mutter schon zu sehen bekommen. Ach, ich sollte ja *unsere* Mutter sagen«, schnattert die junge Frau ohne Punkt und Komma, sie erzählt etwas von *Brief geöffnet* und dass es ihr so leidtue.

Endlich räuspert sich Robert und sagt: »Lassen Sie sich Zeit, Bianca. Sie können uns alles in Ruhe erklären.«

Sofort lässt sich dieser Zappelphilipp auf den Sessel fallen. Nicht Inès allein ist also in einer schwierigen

Situation, auch ihre Schwester kommt an ihre Grenze, obwohl sie so viel Kraft und Schwung ausstrahlt. Jetzt nestelt Bianca ein Tempotaschentuch aus ihrer Jeans und schnäuzt sich.

Inès versteht endlich. »Das heißt, Frau Rasmussen weiß gar nicht, dass ich komme?«

»Es tut mir so leid«, entschuldigt sich Bianca und reibt sich die Stirn.

Inès sucht den Blick ihres Pflegevaters. Der lächelt schief und nickt dann dem Mädchen aufmunternd zu. In die Stille hinein fährt dieses fort: »Ich habe dir im Namen meiner Mutter geantwortet und dich gebeten, so schnell wie möglich hierherzukommen.«

»Du hast das im Namen von Frau Rasmussen geschrieben?« Inès wundert sich, wie selbstbewusst und kühl sie gerade wird. Vielleicht ist sie auch nur erleichtert, dass sie noch Aufschub bekommt bis zur Begegnung mit ihrer Mutter.

»Ja«, antwortet Bianca und sackt in sich zusammen.

Die junge Frau, die ihre Schwester sein soll, sitzt auf dem Sessel wie ein kranker Fuchs. Sie lässt die Schultern hängen, ihr Blick konzentriert sich auf die Fingernägel. Das gibt Inès die Möglichkeit, Bianca zu betrachten. Jetzt, wo der erste Schreck vorbei ist und die Aufregung sich wenigstens ein bisschen gelegt hat, fühlt sie sich auf einmal stärker als diese Schwester. Schließlich weiß sie schon lange, dass sie irgendwo leibliche Eltern haben muss. Bianca dagegen ist mit einer Lüge aufgewachsen. Ihre Mutter muss eine seltsame Frau sein. Und was, wenn diese Alma Rasmussen gar nicht will, dass sie auftaucht? Wenn sie ein schlechtes Gewissen hat, dass sie ihr Baby zur Adoption freigab, fort und weg, schnell vergessen? Was, wenn sie nicht mehr daran erinnert werden möchte und abweisend und fremd ist? Und was, wenn sie sie wieder wegschickt? Warum hat diese Bianca sie heimlich herbeizitiert? Ihre Schwester jedenfalls scheint sie zu wollen.

Wie ein Schmetterling fliegt Inès auf einmal so etwas wie Zuneigung oder Bewunderung an. Sie hat eine Schwester! Jetzt kommen ihr doch die Tränen, aber diesmal nicht aus Angst, sondern weil sie überwältigt ist. Während Inès schnäuzt, schaut Bianca auf. Ihre Blicke treffen sich, und vorsichtig lächeln sie sich an.

»Wie soll es jetzt weitergehen?«, fragt Robert.

»Von wo seid ihr jetzt hergekommen?«

»Aus Karlsruhe. Wir sind den ganzen Tag gefahren.«

»Karlsruhe?« Bianca springt vom Sessel auf. »Dann habe ich eine Idee!«

Den Gedanken, die Mutter zu überraschen, findet weder Inès noch Robert gut, doch Bianca ist schon wieder so lebendig, als hätte sie Pfeffer im Hintern.

»Meine Mutter wird einen Weg finden, diese Begegnung *zufällig* zu vermeiden«, sagt sie. »Wir dürfen sie nicht vorwarnen.«

»Warum hat sie dann vor einigen Jahren ihre Adresse freigegeben? Beim RIF habe ich sie ohne Weiteres bekommen«, kontert Inès.

»RIF?«

»*Recherche dans l'intérêt des familles*, eine Behörde für Familienrecherchen in Frankreich.«

»Hat sie nach dir gesucht?«

»Nicht aktiv. Sie hat ihre Adresse freigegeben, damit man sie finden kann.«

»So kenne ich meine Mutter«, ruft Bianca. »Sie will und will auch wieder nicht. Das regt mich so auf an ihr. Aber im Grunde ist sie ein guter Mensch, wenn auch manchmal anstrengend.«

»Trotzdem sollten wir sie nicht überraschen.«

»Schau, ich ruf sie an«, ruft Bianca fast ungeduldig und klickt die Nummer. *Diese Nummer ist vorübergehend nicht erreichbar*. »Seht ihr? Sie hat ihr Handy nicht aufgeladen!«

Am Ende fahren sie zu dritt in den Süden, übernachten in Karlsruhe und stehen am nächsten Vormittag vor der Tür eines alten Schwarzwaldhauses.

Ein riesiger Mann, mit Muskeln wie Arnold Schwarzenegger und Augen wie Untertassen, füllt den gesamten Türrahmen aus. Er ist bis zum Hals tätowiert, macht aber einen friedlichen Eindruck. Nicht einmal Bianca scheint ihn zu kennen, denn ihr bleibt der Mund offen stehen.

»Wer sind Sie?«, fragt ihre Schwester nach einigen Schrecksekunden mit überraschend scharfer Stimme.

Dann hört Inès Alma Rasmussen, bevor sie sie sieht.

»Bianca!«, schrillt es aus dem Inneren des Hauses, gerade als dieser Riesenmann den Mund öffnet. Ihre Mutter hat eine unangenehme Stimme.

»Mama! Was ist hier los?« Bianca gibt sich keine Mühe, ihre Wut zu unterdrücken.

Jetzt taucht sie auf. Ihre Mutter ist ein aufgescheuchtes Huhn, eine hysterische Dame mit gefärbten Haaren. Inès bereut sofort, dass sie sich auf dieses Abenteuer eingelassen hat, neunzehn Jahre hat sie ohne sie gelebt und vielleicht war das ganz gut, vielleicht hätte sie nicht so viele kindische Hoffnungen in eine Frau legen sollen, die sie ja schließlich einmal weggegeben und die es fertiggebracht hat, ihre andere Tochter so lange zu belügen. Jetzt blickt diese Dame sie direkt an. In Inès wächst wieder diese Härte, die ihr die Sprache stiehlt, wie ein steinernes Tier, das sich von nicht ausgesprochenen Worten ernährt.

»Ach, und eine Freundin hast du auch mitgebracht! Wie schön!«, tiriliert die Dame. »Kommt doch herein miteinander.«

Bianca folgt ihrer Mutter mit offenem Mund, der Riese drückt sich an die Wand, um sie vorbeizulassen, Inès und Robert hinter ihr her.

Dann stutzt Alma kurz, geht einen Schritt zurück und mustert Inès. Deren Herz macht Sprünge und klopft direkt an der Kehle.

»Kann es sein, dass ich Sie kenne? Sind Sie Pianistin?«, fragt diese Frau, die ihre Mutter sein soll, in einem viel zu hohen Tonfall. Dass Inès nicht antworten kann, macht gar nichts, denn diese Frau Rasmussen schnattert gleich weiter. »Kann es sein, dass Sie bei den Rubinstein Competitions in Tel Aviv mitgespielt haben?«

Jetzt nickt Inès und räuspert sich. Noch immer stehen sie im engen Flur, diese überspannte Frau quasselt schnell, verhaspelt sich, redet weiter. »Ich verfolge die Rubinstein Competitions immer im Internet. Sie waren im Finale, stimmt's? Da habe ich Sie gesehen! Alle Achtung! Dann sind Sie unter den weltbesten Nachwuchsspielern!«

Bei den Rubinstein Competitions hat Alma sie also gesehen. Aber als Tochter erkennt sie sie nicht.

Inès will weg aus diesem verrückten Haus. Was tut sie hier? Wann darf sie wieder nach Hause und die angefangene Partitur von Arnold Schönberg einstudieren? Ihre Schwester Bianca steht mit offenem Mund da, Robert wurde noch gar nicht begrüßt, vielleicht nicht einmal gesehen, gleich fliegt das Dach in die Luft vor Spannung.

Frau Rasmussen kann sich nicht bremsen und trällert weiter: »Und Sie sind zusammen mit meiner Tochter hierhergekommen? Wie haben Sie sich denn kennengelernt? Bianca will sonst nicht viel zu tun haben mit der Musikerszene ...«

»Alma«, unterbricht der tätowierte Riese leise die schrille Stimme Almas.

Der Muskelprotz hat sie erkannt, das spürt Inès sofort. Wer ist er? Selbst Bianca, die die halbe Fahrt über geplaudert hat, fehlen die Worte. Was passiert hier?

»Wer sind Sie?«, fragt Bianca den tätowierten Riesen mit eiskalter Stimme noch einmal.

»Ich bin euer Onkel«, antwortet dieser Mann. »Also der Bruder eurer Mutter, Bernd Lorenz.«

Bei den Worten *euer Onkel* strömt ein einzelner dünner Glücksfaden in Inès' aufgewühltes und doch so verschlossenes Gemüt. Sie gehört dazu. Es gibt einen Onkel und der ist der gemeinsame Onkel von ihrer Schwester und ihr. Er ist sympathisch, der Riesenonkel.

Eine grauhaarige Frau kommt herbei und nimmt die Reste der einstürzenden Alma Rasmussen mit. Dann folgen sie dem Onkel in die Küche, dort steht ihre fremde Mutter an den Kühlschrank gelehnt.

Auf einmal wirkt alles irreal. Inès kneift die Augen zusammen, ihre Ohren gehen zu, als würde sie einen Berg besteigen, sie hört nicht, was geredet wird, sie ist abgeschnitten wie hinter einer Glasscheibe. Was hat diese Frau? Steht sie unter Schock? Sie wird gestützt von dieser Grauhaarigen, die ihr ein Glas Wasser geben will. Inzwischen weiß Alma Rasmussen ja, wer zu Besuch gekommen ist, dieser Onkel hat es offen gesagt. Sie scheint nirgendwo hinzuschauen mit ihren glasigen Augen. Die andere Frau bringt sie nach draußen.

Als sie mit diesem Bernd-Riesen-Onkel am Küchentisch sitzen, kehrt ein wenig Ruhe ein, und Inès kneift noch ein paarmal ihre Augen zusammen. Ihr Blick wird etwas klarer. Bianca ist die Erste, die ihre Stimme wiederfindet: »Was zum Teufel ist hier los?«

Sie mag ihre ältere Schwester, aber sie hat auch ein bisschen Angst vor ihr. Anscheinend kann Bianca immer und überall einfach losquasseln – etwas, das Inès überhaupt nicht kann. Sobald es eng wird, verstummt sie. Die Worte verkriechen sich in die Windungen ihres Gehirns wie Käfer, wenn man einen Stein hebt.

Heute ist es besonders schlimm, denn sie versteht nicht einmal richtig, wovon all diese Menschen reden. Zum Glück entzieht sich ihr die Musik nicht so wie die Worte. Sonst wäre sie verloren. Bei der Musik ist es ihr fast egal, ob sie vor riesigem Publikum oder für sich allein spielt.

Doch offenbar will im Augenblick niemand etwas von ihr, so kann sie zuhören, was dieser Onkel Bernd zu sagen hat. Es ist wahrlich eine seltsame Geschichte, die er da über die Familie erzählt. Auch er ist also ein weggegebenes Kind. Vielleicht ist das hier eine Tradition. Sie würde ihr Kind niemals weggeben, wenn sie einmal eins bekäme. Ob sie jemals eins bekommen wird? Bis jetzt hat sie noch nicht einen einzigen Freund gehabt.

Es gibt so vieles, was sie verdauen muss. Wie kommt sie nur weg von hier?

Offenbar hat dieser Onkel Bernd sie gerade angesprochen, sie hat es nicht gemerkt, so weit weg war sie in Gedanken, vielleicht ist sie auch verwirrt, sie weiß es selbst nicht. Alle blicken sie an.

»Wie?«, bringt sie gerade noch heraus.

»Wie hast du uns denn gefunden?«, wiederholt Onkel Bernd.

Statt zu antworten, zuckt sie mit der Schulter und versucht zu lächeln. Dabei schaut sie zu Bianca in der Hoffnung, dass diese für sie beide antwortet.

Robert sitzt am Tisch und hat noch kein Wort gesagt, doch ohne ihn wäre sie schon verschwunden. Sicher gibt es hier Mauselöcher in diesem Haus, da hinein wäre sie gekrochen oder gar nicht erst hergekommen, denn was soll sie hier mit all diesen fremden Leuten? Ihre biologische Mutter hält sich weiterhin versteckt. Langsam kann sie verstehen, dass Bianca sich manchmal über sie ärgert. Was soll sie mit einer solchen Mutter anfangen? Jetzt hört sie wie von weit weg Robert reden. Er spricht, als ob er unter Wasser wäre, oder ist sie selbst wieder halb weggedriftet?

»Wir haben die Adresse von Inès' leiblicher Mutter schon eine Weile«, sagt Robert endlich. »Aber es hat Mut gebraucht, den Schritt zu tun. Geht es Frau

Rasmussen nicht gut? *Will* sie ihre Tochter nicht sehen oder *kann* sie nicht?«

»Ich kenne meine Schwester erst seit drei Tagen«, sagt Bernd jetzt mit warmer Stimme. »Seither ist von ihrem Leben kein Stein auf dem anderen geblieben. Alma ist eine Frau voller Liebe und Trauer.«

»Trauer?«, fragt Bianca jetzt mit einer Mischung aus Neugier und Ärger. »Wegen Oma?«

»Nein. Um um eure Oma zu trauern, hatte sie noch gar keine Zeit.« Der Riesenmann fährt sich über die Stirn, offenbar ist er ins Schwitzen geraten. »Wir haben uns gegenseitig viel erzählt. Ihre Liebe gilt dir, Bianca, und die Trauer ihres Lebens gilt dir, Inès.«

Die Stille, die jetzt eintritt, tut Inès weh. Oder ist sie wütend? Wieso trauert diese Frau um sie, die sie doch selbst weggegeben hat? Warum hat sie sie nicht schon früher gesucht? Wieso hat sie sie nicht geholt, damals nach dem Unfall, als Inès alles verloren hat? Was ist das für eine Frau? Mit dem Handrücken wischt sie sich die Tränen von der Wange. Sie will keine Tränen, sie muss gehen, sie will heim. Noch immer ist es still am Tisch. Alle schauen sie an. Was soll sie sagen?

Sie sucht den Blick ihres Pflegevaters, der nickt ihr mal wieder aufmunternd zu. Was wird von ihr verlangt? Hat dieser Onkel gerade noch etwas gefragt?

»Du bist Pianistin, habe ich das richtig gehört?«, fragt Bernd.

Inès nickt.

»Und offenbar eine ziemlich gute.«

Sie zuckt die Schultern. »Geht so.«

Robert schüttelt den Kopf und richtet sich auf. Stolz liegt in seiner Stimme, als er sagt: »Meine Pflegetochter spielt an der Weltspitze.«

»Kannst du die Violinsonate in G-Dur, Opus 78 von Brahms begleiten?«, fragt dieser Bernd ungerührt.

Inès nickt.

»Auswendig?«

»Ja«, sagt sie und zuckt erneut die Schultern. Es ist schließlich kein Hexenwerk.

Bernd verschwindet und steht drei Minuten später wieder in der Küche. »Vermutlich geht die erste Mutter-Tochter-Begegnung auf musikalischem Weg besser. Kommt mit. Alle.«

Im Wohnzimmer stimmt Alma Rasmussen gerade ihre Geige. Sie lächelt Inès verkrampft zu, ihre Augen sind verquollen, die Haare zerzaust. Sonnenstrahlen erhellen dieses schöne Zimmer, die Fenster sind auf die Terrasse hinaus geöffnet und an der Wand neben dem riesigen Bücherregal steht ein Klavier.

Zum ersten Mal, seit sie vor einer halben Stunde an der Haustür stand, atmet Inès auf. Ohne ein Wort und ohne ihre Mutter noch einmal anzuschauen, setzt sie sich an die Tasten und nimmt einige wenige Takte. Es ist sauber gestimmt. Hier ist sie zu Hause und sicher. Sie wartet mit dem Gesicht Richtung Wand, bis Frau Rasmussen ihre Geige fertig gestimmt hat, dann blickt sie über ihre Schulter, um das Kopfnicken für den Einsatz zu bekommen.

Zum Glück hat Inès die Begabung, in jeder Gefühlslage gleich gut zu spielen, denn schon nach den ersten Takten fällt sie in sich zusammen. All ihr Trotz, ihre Verschlossenheit, ihr inneres Versteinern, das ganze Korsett, das ihr soeben geholfen hat, nicht zusammenzubrechen, fällt von ihr ab und sie weiß noch nicht, wie sie sich aufrecht halten soll. Die

Finger tanzen von selbst, Musik durchflutet sie und ihre Mutter verschenkt sich in ihrem Spiel so vollständig, dass Inès nicht aufhören kann, ihre Tränen wegzublinzeln. Jetzt legt auch sie ihr Leben in die Tasten und ihrer Mutter zu Füßen, wie ein Willkommensgeschenk nach einer elend langen Reise, und diese fremde Frau tanzt mit ihr, als würden sie sich schon immer kennen, als wären sie nie getrennt gewesen. Alma schwingt sich hörbar auf Inès' Musik ein und auch auf ihre Seele. Woher kommt plötzlich so viel Liebe für diese seltsame Frau, wie soll sie das aushalten?

Nach dem ersten Satz steht das Schweigen dick im Raum. Sollen sie weiterspielen? Es liegt an ihr, zu entscheiden, denn die ersten Takte des zweiten Satzes bestimmt das Klavier. Inès spielt weiter, noch kann sie ihrer Mutter nicht direkt begegnen. Auf einmal versteht Inès, worüber der Riesen-Onkel soeben geredet hat. Die Töne, die die Mutter jetzt spielt, sind nichts als tiefste Trauer. Klavier und Geige finden zusammen, sie kreisen umeinander, umarmen sich, kämpfen miteinander, klingen einzeln, dann fliegen sie zusammen, pulsieren umeinander, lieben sich, bis sie die letzten Töne zusammen, gleichsam Hand in Hand, langsam, piano, pianissimo zum Ende führen, als wollten beide nicht, dass es aufhört.

Nachdem die Musik ausgeklungen ist, füllt Stille das Wohnzimmer bis in die letzte Vorhangfalte. Musik kommt aus der Stille, sagt man, aber sie geht auch wieder zurück in die Stille. Inès lässt ihre Schultern fallen und auch den Kopf. Wie soll sie sich umdrehen? Was soll jetzt passieren? Dann legt sich zart wie ein warmer Lichtstrahl eine Hand auf ihren Rücken.

In den Armen ihrer Mutter findet Inès es nicht mehr schlimm, dass sie weint. Langsames Lösen voneinander, Tränen in den Gesichtern wie Regenspuren auf staubigen Fenstern, Rotz mit Taschentüchern weggeschnäuzt, Lungen mit Atemluft befüllt – jetzt begegnen sich ihre Blicke.

Alma geht an das Regal, zieht eine CD heraus und legt sie Inès in den Schoß. Darauf prangt das Foto der viel jüngeren Alma und … Ein Schlag durchfährt sie, heiß und glühend wie eine Saite, die reißt. Wolfgang Schwartz! Wolfgang Schwartz, den sie seit ihrer Kindheit verehrt, dem sie nacheifert als Pianistin, den sie so oft in Konzerten gesehen, gehört und von dem sie sich schon so viele Autogramme geholt hat. Dieser Mann ist ihr Vater!

Durch das Lodern und Knistern der Flammen in ihrem Kopf hört sie Almas Stimme: »Am Nachmittag des Konzertes in Stuttgart bist du entstanden.«

Inès' Körper besteht nur noch aus brüllend heißer Glut. Wollte sie es so genau wissen? Ist das nicht indiskret, die ersten Sekunden ihres Erdendaseins in die Öffentlichkeit zu kehren? Geht es jemanden etwas an, wann sich ihre erste Zelle geteilt hat? Und wem gehört diese erste Zelle eigentlich? Ihr oder der Mutter? Oder dem Vater? Ihr Hirn fängt wieder an zu spinnen.

Bianca steht auf, nimmt Inès die CD aus der Hand. Bewegung und Leichtigkeit wirbeln in den Raum, als ihre Schwester ausruft: »Mit Wolfgang Schwartz hattest du etwas! Ich fasse es nicht!«

Da kommt von Robert her volles, gelöstes Lachen. Auch Onkel Bernd und seine Frau, von der sie noch nicht einmal weiß, wie sie heißt, grinsen. Warum lacht Robert? Jetzt sagt er: »Na, meine liebe Pflegetochter, wenn das mal kein Sechser im Lotto ist!«

Inès kneift ihre Augen zusammen, um wieder Klarheit ins Hirn zu bekommen, da fährt Robert fort: »Jetzt hast du schon so eine wunderbare Mutter und dann noch dein Idol Wolfgang Schwartz als Vater!«

*Wunderbare Mutter*. Stimmt das?

Robert hat recht. Sie werden freundlich sein, sie werden fragen, werden wissen wollen. Alle sind so selbstsicher und redegewandt, nur sie wird stumm bleiben, ihr werden die Worte wieder einmal abhandenkommen, und im schlimmsten Fall wird sie rot werden.

Nach dem gestrigen Zusammentreffen mit ihrer leiblichen Mutter und dem Rest der neuen fremden Familie ist sie mit Robert am Nachmittag nach Karlsruhe zurückgefahren. Gerade sind sie wieder auf dem Weg nach Wildblüt, denn heute Nachmittag will man sich noch mal treffen, um sich besser kennenzulernen und die Beerdigung ihrer Großmutter Margret vorzubereiten. Ob das die alte Frau ist, die sie in ihren Träumen gerufen hat?

Doch muss sie sich das schon wieder antun? Neben all den imposanten neuen Familienangehörigen ist sie hölzern und sperrig. Hübsch ist sie auch nicht gerade. Der schon bekannte gelbliche Neid zieht in feinen Fäden durch ihr Gemüt. Ihre Schwester ist schön. Sie nicht. Es gibt nur wenige Momente in ihrem Leben, in denen sie sich schön findet, und das ist kurz vor einem Konzert, wenn sie lieber nicht durch diese graue Tür ins grelle Licht der Scheinwerfer ginge und wenn sie mit langem Kleid, aufgesteckten Haaren und professionell geschminktem Gesicht am

Ende doch hinausgeht. Seltsam, welch ein anderer Mensch sie ist, wenn sie sich dann vor dem applaudierenden Publikum verbeugt. Die normale graue, unsichtbare Inès versteckt sich unter einem überdimensionalen, glänzenden Festtagskleid wie eine Maus, die sich unrechtmäßig als Pfau verkleidet.

Wer ist diese Maus-Inès? Ist sie Französin? Deutsche? Mauerblümchen? Eines von viel zu vielen Nachwuchstalenten? Das ungewollte Produkt einer zufälligen Begegnung?

»Ich bin ein Kondom-Unfall«, hatte Juliana, eine Kollegin aus der Meisterklasse, vor Kurzem fröhlich hinausposaunt. Inès war peinlich berührt wie immer, wenn es um diese seltsame, ihr zu weiten Teilen unbekannte Sache namens Sex geht.

Kondom-Unfall. *Unfall.* Das Wort schraubt sich schmerzhaft in ihr Gehirn auf der Fahrt zurück in den Schwarzwald. Welches Recht hat sie, sich in den Alltag ihrer leiblichen Eltern zu drängen? Wie kam sie dazu, gestern ohne Anmeldung vor der Tür zu stehen? Kein Wunder, dass es Alma umgehauen hat.

Ein riesiges, schnell wachsendes Monster aus Angst und Scham breitet sich nun in ihrem Kopf aus, und als Robert in Wildblüt seinen Wagen hinter dem anthrazitfarbenen Auto Bernds zum Stehen bringt, ist sie brüchig wie eine übriggebliebene Eisfläche im Frühjahr.

Die Frau, die ihre Mutter ist, befindet sich noch auf einem Spaziergang, Bianca kocht für alle Kaffee, der Riesenonkel Bernd sitzt am Küchentisch, diese Tante Barbara schneidet Zwetschgenkuchen auf. Spürbar hängt Beklemmung in der Luft, trotzdem werden Inès und Robert mit freundlichem Hallo begrüßt.

»Sei froh, dass du bisher nichts mit unserer perversen Familie zu tun hattest«, sagt Bianca ohne unnötiges Geplänkel zu Inès. Hoffentlich erwartet niemand, dass sie antwortet. Dies ist nicht ihre Welt. Muss sie hier ihren Nachmittag verbringen und womöglich noch viele solcher Nachmittage? Ist es das, wonach sie sich seit Jahren sehnt? Bianca geht barfuß, hat ihr auffälliges Haar lässig hochgesteckt, trägt ein beigefarbenes T-Shirt und enganliegende Jeans, die über den Knöcheln enden. Wieder ist Inès hingerissen von der Schönheit ihrer neuen Schwester. Bernd sitzt betreten am Tisch, ihm gegenüber hat Robert Platz genommen, und Barbara sucht ein Rührgerät für die Sahne.

»In deinem Alter hat man die schwierigsten Lebensentscheidungen noch vor sich«, sagt Bernd an Bianca gerichtet, ohne jede Feindseligkeit.

»Was soll das heißen?« Ihr Ton ist scharf, sie wirkt verletzt.

»Man tut sich leicht damit, den ersten Stein zu werfen.«

Der Mund ihrer Schwester geht auf, wieder zu, dann wirft sie das Geschirrhandtuch auf den Rand der Spüle und will aus der Küche stürmen.

»Bleib hier«, sagt dieser Onkel Bernd mit einer freundlichen Bestimmtheit, der sich nicht einmal Bianca widersetzen kann.

Auf dem Absatz dreht sie sich wieder um und ihre Stimme ist schrill, als sie ruft: »Welche Lügen soll ich mir noch anhören? Gibt es irgendwo noch einen Bruder, eine Schwester, eine Tante oder sonstige Familienangehörige, die ich nicht kenne? Mit wem hat es meine Mutter sonst noch getan?«

Jetzt schaut Onkel Bernd Bianca mit dem Blick eines Bernhardinerhundes an und noch während Inès überlegt, ob er nur so tut oder ob er wirklich dümmlich ist, stellt seine Frau das Blech mit dem Zwetschgenkuchen auf den Tisch und wendet sich dann an Bianca. »Alma wird sich die gleichen Fragen gestellt haben, als Bernd vor der Tür stand. Willst du Sahne?«

Sie sind mit sich selbst beschäftigt, diese Leute. So kann Inès all die Eindrücke in sich aufnehmen und sich einhören in dieses Potpourri aus unterschiedlichen Stimmungen. Zudem kann sie noch Kräfte sammeln, bevor ihre leibliche Mutter vom Spaziergang zurückkehrt. Während Inès Barbara ihren Teller für den Kuchen hinhält, legt sich Bernds Blick auf sie. Schnell wendet sie sich ab und nimmt einen Löffel Schlagsahne, obwohl sie die eigentlich gar nicht mag.

»Wie schön du bist«, sagt der Onkel jetzt.

Inès sieht zu ihrer Schwester hinüber, doch nein, Bernd meint nicht Bianca, sondern sie, und augenblicklich breitet sich die Hitze in ihr aus wie ein Glutteppich bei einem Steppenbrand. Der Onkel muss gemerkt haben, welche Spur der Verwüstung er mit seinem überraschenden Kompliment hinterlassen hat, und richtet sich wieder an Bianca.

»Ich wollte nach sechzig Jahren meine Mutter treffen«, beginnt er. »Dann traf ich stattdessen eine Schwester und zwei Nichten. Wenn ich euch sehe, bin ich einfach nur glücklich.« Die Luft wird klarer und voller Freundschaft, während Bernd spricht.

»Wieso hast du das eben gesagt mit den schwierigen Lebensentscheidungen?«, fragt Bianca, ohne auf Bernds versöhnliche Worte einzugehen.

»Du musstest womöglich noch nie über das Leben eines anderen entscheiden«, antwortet Bernd.

»Was weißt du schon von mir?« Biancas Worte zischen wie heißer Dampf aus einem Ventil.

»Sieht so aus, als läge ich falsch. Ich wollte dich nicht verletzen, tut mir leid.«

Bianca legt ihre Kuchengabel auf den Teller und zieht ein Papiertaschentuch aus ihren Jeans. Der Onkel nimmt das Stückchen Zwetschge, das an seiner Gabel hängengeblieben ist, in den Mund, ohne seinen Blick von Bianca zu wenden. Robert hört auf zu essen und auch Tante Barbara richtet ihren weichen Blick auf Bianca. Die Küche füllt sich mit angehaltenem Atem.

Ob ihre Schwester sich wohl absichtlich in eine Situation gebracht hat, in der sie quasi gezwungen ist, zu reden? Gerade hebt Bianca den Kopf, macht den Mund auf, da geht die Haustür und drei Sekunden später steht die Mutter im Raum.

Ein feiner Widerwille durchzieht Inès. Jetzt, wo Bianca so verletzlich ist, wo sie offenbar etwas sagen wollte, wo sie vielleicht sogar die Abwesenheit der Mutter nutzen wollte, da grätscht diese Frau herein und unterbricht die dichte Atmosphäre. Robert lächelt, er scheint sich über Almas Kommen zu freuen, aber er meinte ja schon gestern, sie sei wundervoll. Vielleicht wird Inès auch irgendwann das Wundervolle an ihrer Mutter finden. Die gibt ihr zur Begrüßung die Hand mit einem freundlichen, vorsichtigen Lächeln. Wohlwollend distanziert. Will sie sich nicht aufdrängen? In Inès springen die Gefühle hin und her wie ein aus dem Takt geratenes Metronom. Zu gerne hätte sie ihre Mutter umarmt, sie mag ihren

Duft und die weiche Haut, doch da ist wieder diese Distanz – in ihr selbst, aber auch bei der Mutter.

»Still ist es hier drin. Ist etwas?«, fragt Alma nun in die Anspannung hinein.

Wieder rettet Bernd die Situation. »Setz dich, nimm einen Kuchen. Wir hören gerade Bianca zu.«

»Da habe ich mir was eingebrockt«, sagt diese jetzt mit einem schiefen Grinsen. Dann stützt sie ihren Ellbogen auf den Tisch, und ihr Blick bleibt auf ihren Teller gerichtet, als sie sagt: »Noch zwei Wochen, dann muss ich entscheiden, ob ich abtreibe.«

*Wie peinlich*, ist das Erste, was Inès durch den Kopf geht. Dass ihre Schwester solche Dinge am Küchentisch bei wildfremden Menschen anspricht, ist schon eine starke Nummer. Ihrer Mutter Alma scheint es genauso zu gehen, sie schüttelt den Kopf, macht den Mund auf, dann wieder zu. Hoffentlich hält sie ihn. Sie darf jetzt nichts sagen, die Mutter. Tausend Gedanken schießen durch Inès' aufgewühltes Gehirn wie ein aufgescheuchter Vogelschwarm. Was, wenn niemand etwas sagt? Was, wenn man Bianca damit im Regen stehen lässt? Und was, wenn die Mutter Inès abgetrieben hätte vor neunzehn Jahren? Warum hat sie das eigentlich nicht getan? Wie kommt Inès dazu, sich nach dieser Frau zu sehnen, die sie ja schon einmal weggegeben hat?

Kurz schaut sie auf, dann kreuzt sich ihr Blick mit dem von Alma und sofort muss Inès die Augen schließen. Aus Versehen hat sie ins Herz ihrer Mutter geblickt. Der Trauer, die dort herrscht, kann sie nicht begegnen, sonst zerfällt sie in ihre Einzelteile.

»Eine solche Entscheidung sollte man nie ganz allein treffen«, sagt diese Tante Barbara.

»Wieso nicht? Ich bin es ja, die am Ende dafür geradestehen muss.«

»Aber in diesem Moment sind wir alle Zeugen geworden«, kommt jetzt von Bernd mit leiser Stimme. »Und jeder Einzelne hier wird dich unterstützen. Egal, wie du dich entscheidest.«

»Puh«, macht Bianca und richtet sich im Stuhl auf. »Bin ich hier in einer Therapiegruppe gelandet? Da nehme ich lieber noch ein Stück Kuchen.« Kauend fährt sie fort: »Jetzt, wo es hier wimmelt von weggegebenen Kindern und glücklich wiedergefundenen Eltern, kann ich mich wohl schlecht für eine knallharte Abtreibung entscheiden.« Offensichtlich wollte sie diesen Satz ironisch klingen lassen, doch die Not hinter den Worten fand ihren Weg.

»Das finde ich gar nicht«, wirft Barbara ein.

»Kann dieser Rat ausgerechnet von einer Pfarrerin kommen?«

»Es ist legitim, dass du Nein sagst, und es ist wunderbar, wenn du Ja sagst.«

»Na, ich könnte es auch zur Adoption freigeben, dann bliebe ich in der Familientradition.«

Verhaltenes Lachen in der Runde. Freundlich. Doch bei Inès kribbeln unsichtbare Termiten. Was bildet sich ihre Schwester ein? Sie ist arrogant! Nur, weil sie bei ihrer Mutter aufgewachsen ist, meint sie, sie könne über sie als Aschenputtel urteilen, und unvermittelt fällt ihr der Satz aus dem Mund: »Mein Leben war genauso gut wie deines.«

Sofort bereut sie es. Was hat sie nur getan? Sie hat Biancas Ringen um eine so wichtige Entscheidung unterbrochen, sie ist in das wohlwollende Interesse der Familie an Biancas Leben hineingegrätscht!

Verschwinden will sie! Da redet sie stundenlang gar nichts und jetzt kommt ihr so ein Quatsch über ihre Lippen, sie könnte sich ohrfeigen.

Bernds Blick breitet sich schon wieder auf ihr aus. Seit dem ersten Moment berührt dieser Onkel sie mit seinen Augen wie mit einem Zauberstab, und der ist voller Zuneigung und Interesse. Das alles hier ist viel zu indiskret, sie braucht Abstand. Sie tut so, als würde sie aus ihrer Tasse trinken, doch die ist leer, schnell stellt sie sie wieder ab, weiß nicht, wohin sie schauen soll, dann macht dieser Riesenonkel den Mund auf: »Mein Leben war auch gut.«

Gelöstes Lachen in der Runde, die Situation ist gerettet. Bernd mal wieder. Das hat sie mit ihm gemeinsam – sie sind beide ohne ihre Familie aufgewachsen.

»Es tut mir leid, meine Schwester«, sagt Bianca jetzt. Sie steht auf, geht auf Inès zu, zieht sie vom Stuhl hoch. »Komm, wir gehen kurz raus.« Vor der Tür nimmt Bianca sie in die Arme und jetzt weinen beide, bis sich die Tränen in ihren Gesichtern vermischt haben. Eine Schwester zu haben, ist fast noch besser als eine Mutter, findet Inès.

»Ich bin so neugierig, wie dein Leben verlaufen ist«, sagt Bernd später, nachdem man das Familientreffen auf die abendliche Terrasse verlegt hat.

Inès schließt die Augen. Das war zu erwarten, denn natürlich wollen alle wissen, wer sie ist. Aber jetzt – jetzt gerade, wo alle so schweigend zuhören, jetzt soll sie anfangen zu erzählen? Das wird sie nicht tun, was gibt es auch zu sagen? Vielleicht sollte sie ihrer Verwandtschaft zeigen, dass sie nicht mit leeren Händen dasteht wie eine Bettlerin und dass sie vielleicht eine viel bessere Familie hatte als diese hier. Denn Monique und Alain hätten niemals ein Kind weggegeben, im Gegenteil, sie haben sogar Inès angenommen, und dann war die Freude riesig, als doch noch ein eigenes Kind gekommen ist. Nein, Monique und Alain, das sind ihre wahren Eltern. Schade, dass sie heute nicht dabei sein können. Während sie so ihren Gedanken hinterherhetzt, legen sich das Interesse und die Neugier ihrer neuen Familie wie ein Gespinst aus Fäden um sie herum. Sie will nach Hause, will ans Klavier und ihre Ruhe haben. Ihr fällt der Satz aus dem Mund: »Ich hatte Adoptiveltern.«

Inständig hofft sie, dass Robert ihr aus der Patsche helfen wird. Der bleibt still und schaut sie ermutigend an.

»In Pouilly-sur-Saône«, fährt sie fort. »Das ist in der Nähe von Dijon.«

Sie schluckt. Warum ist sie noch immer so kindisch? Bianca spricht wie eine erfahrene Frau von Abtreibung und sie, Inès, kann nicht einmal von ihren Eltern erzählen, ohne fast zu flennen. Sie ist noch ein Kind, sie passt nicht in diese Welt voller selbstsicherer, erwachsener Menschen. Man spricht sie an, als wäre sie wie alle hier, dabei ist sie anders, sie kann das nicht, sie ist keine von ihnen und hat zudem noch immer den französischen Akzent. Endlich springt ihr Robert zur Seite.

»Inès' Eltern sind bei einem Autounfall ums Leben gekommen, als sie sechs Jahre alt war. Sie und ihr Bruder haben überlebt.« Jetzt kann sie aufatmen, und dass Robert *Eltern* gesagt hat und nicht *Adoptiveltern*, erfüllt sie mit Stolz.

»Das war der Anfang einer schwierigen Lebensphase für Inès«, fährt Robert fort.

Ihre neuen Verwandten scheinen aufmerksam, aber nicht mitleidig zu sein. Muss sie noch mehr erzählen? Reicht das nicht? Müssen sie alles von ihr wissen?

Dann zündet Onkel Bernd schon wieder einen Flammenwerfer, als er sagt: »Du ähnelst deiner Großmutter Helene Schwartz.«

Inès weiß nicht, wohin mit ihren Augen. Als Erstes richtet sie sie auf den Boden, dort stehen all die Schuhe der Menschen um sie herum, nur Biancas nicht, die ist barfuß und hat ihre Zehennägel rot lackiert, Alma trägt Ballerinas aus Samt, das sind wohl ihre Hausschuhe.

Inès' Gesicht muss knallrot sein, so heiß ist es. Sie ist über die Maßen geschmeichelt, denn wer kennt sie nicht – Helene Schwartz ist Musikgeschichte. Wieso kann sie jetzt nicht einfach lächeln über dieses Kompliment, das doch offensichtlich falsch ist, denn die Opernsängerin wird der Welt als wunderschöne Frau in Erinnerung bleiben, während sie, Inès, nicht annähernd so hübsch ist.

Wieder bringt Robert die Entspannung und lenkt von ihr ab.

»Haben Sie Helene Schwartz noch gekannt?«, fragt er Bernd.

»Nein, aber ich kenne die Familie Schwartz. Helene hatte ein ähnliches Schicksal wie Inès, das ist frappierend. Wie Inès hat auch Helene mit sechs Jahren ihre Eltern verloren. Ihre Mutter war Jüdin und Helene wuchs in der Schweiz bei Pflegeeltern auf.«

»Ich dachte, sie wäre ursprünglich Schweizerin«, kommt von Alma. Die Mutter wirkt angespannt, hat rote Flecken am Hals, ihr Gesicht ist hellwach, fast fieberhaft. Da ist wieder diese Traurigkeit in ihren Augen zu sehen, und die ist mit Liebe gemischt. Alma muss Wolfgang Schwartz geliebt haben, und vielleicht ist Inès doch nicht nur ein Kondomunfall, sondern ein Kind der Liebe.

Kaum kann sie ihren eigenen Gedanken folgen, schon setzt Bernd nach: »Nein, Helene Schwartz ist in Deutschland geboren und hat in Stuttgart ihre ersten sechs Jahre verbracht.«

Wieder blickt der Onkel sie an. Inès sitzt im Feuer. Er lässt sie nicht in Ruhe, will sie kennenlernen und sieht offenbar Dinge in ihr, die sie selbst niemals gesehen hat. Er hat sie an der Angel wie ein Fischer seine fette Beute. Sie kämpft innerlich mit ihm, sehnt sich nach dem bekannten Fahrwasser, und doch will sie nicht, dass er aufhört, denn bei ihm ist sie mehr zu Hause als bei Alma, und wie durch einen weichen Schleier hindurch erinnert er sie an einen ähnlichen Riesen damals im Krankenhaus, in dessen bemalten Armen sie sich als Kind für einen Moment ausweinen durfte.

Dann sagt Bernd an alle gerichtet: »Von Wolfgang weiß ich, dass auch sie in ihrer Kindheit in der Schweiz jahrelang nicht sprechen konnte.«

*Jetzt reicht es wirklich,* fährt Inès durch den Kopf, und anstatt sich weiter zu verkriechen, weil Bernd ihr Problem so offen und schonungslos auf den Tisch geknallt hat, schießt ihr augenblicklich die Wut ins Gemüt, ihre gute, alte, dreckige Wut, für die sie sich so oft geschämt hat und die bisher vor allem derjenige zu spüren bekommen hat, der ihr am nächsten stand, nämlich Robert. Sie bekämpft den Impuls, türschlagend die Terrasse zu verlassen, und hofft, dass ihr der Jähzorn nicht ungefiltert aus dem Mund schießt. Dreimal atmet sie durch, ballt ihre Fäuste, richtet sich im Stuhl auf und räuspert sich. Dann hört sie sich selbst, wie sie mit fester Stimme sagt: »Ich spreche.«

## Inès, Hôpital d'enfants, Dijon, 2002

Schnüre wuchsen wie lange Würmer aus ihrem Arm und oben an der Decke war ein riesiges, grelles Licht. Um ihr Bett herum hingen Vorhänge.

»Maman?«, rief sie zaghaft, doch niemand antwortete. Noch einmal versuchte sie es, noch ein wenig lauter. »Maman?« und noch lauter »Maman, *où es-tu*? Wo bist du?« Als noch immer niemand kam, schluchzte sie und rief noch einmal, so laut sie konnte.

Eine fremde Frau mit weißer Kleidung trat in den Raum. Doch anstatt ihr zu sagen, wo die Maman war, blickte diese Frau auf die Maschine, die unentwegt piepste, schob den Vorhang etwas zur Seite und rief hinaus: »Sie ist wieder da.« Dann verschwand die Frau.

Die Augen fielen Inès zu und als sie wieder aufwachte, lag sie noch immer in diesem blinkenden, piepsenden Vorhangzimmer. »Maman? *Tu peux venir?* ... Maman? ... Kannst du kommen?« Ihre Stimme war weinerlich, und als die Maman auch beim vierten und fünften Mal nicht antwortete, weinte sie still in sich hinein.

Der Vorhang öffnete sich wieder, diesmal schnell und hart. Ein Mann stand da, auch er weiß gekleidet, hinter ihm Tante Sandrine.

»Tante Sandrine! Wo ist Maman? Bringst du mich jetzt nach Hause?«

»Schatz, wir müssen dir etwas Schlimmes sagen.«

»Kann die Maman heute nicht kommen?«

»Die Maman ist bei dem Unfall gestern gestorben. Sie kann nie wiederkommen.«

Die Wörter fielen aus dem Mund ihrer Tante wie schwarze Bauklötze. Etwas stimmte hier nicht.

»Dann soll der Papa kommen«, antwortete sie. Papa würde ihr alles erklären.

»Mein Liebes, dein Papa ist auch gestorben.«

Inès hörte sich selbst lachen, als wäre sie gar nicht in sich drin, sondern außerhalb von sich. Das Gesicht ihrer Tante hatte rote Augen, und die waren jetzt weit aufgerissen, während Inès lachte. Dann spürte sie die Hand der Tante auf ihrer Stirn.

»Ist sie tot?«, fragte Inès, als sie wieder in sich drin war.

»Ja, *mon amour*, sie sind beide tot.«

Inès wurde augenblicklich müde, ihre Augen waren schon halb geschlossen, Sandrines Gesicht verschwamm, und als sie wieder aufwachte, war ihre Tante weg.

Nach einigen Tagen wurde sie aus dem Vorhangzimmer geholt und in einen Raum mit anderen Kindern gebracht. Einmal kam ein Clown, der war sehr lustig, und fast jeden Tag durfte sie am Vormittag mit anderen Kindern spielen und malen. Die Lehrerin fragte, warum sie ihre Bilder immer mit Schwarz malte, dann nahm sie andere Farben, die waren dunkelblau und braun, aber am besten gefiel ihr, wenn alles auf dem Blatt schwarz ausgefüllt war. Manchmal kam Tante Sandrine. Von Maman und Papa erzählte Sandrine nichts, außer, dass sie jetzt im Paradies seien, und wenn die Tante wieder gegangen war, starrte Inès stundenlang aus dem Fenster, denn sie hatte eine Schwester gefragt, wo das Paradies sei. Es sei irgendwo in den Sternen, sagte die Schwester, und vielleicht konnte Inès sie sehen, wenn sie lange genug hinaufschaute.

Eines Tages kam Tante Sandrine wieder, doch diesmal war es anders. Schon als sie an der Tür stand, kam es Inès vor, als dränge sich eine dunkle Wolke mit ihr herein, als würde ein Unwetter mit Blitz und Donner näherkommen, dabei war es bloß Sandrine. Inès zog sich die Decke über den Kopf und wusste nicht, warum. Da zupfte die Tante am Laken und wollte scherzen und lachen und als sie sich nicht mehr verstecken konnte, lachte auch Inès, aber das tat sie nur, um nicht weinen zu müssen.

Nicolas! Sandrine hatte das Baby mitgebracht! Ein süßer Duft von Heimat und Sehnsucht ging von ihm aus, und sie küsste ihn und küsste ihn und konnte nicht mehr aufhören, er grapschte mit seinen Händchen nach ihren Haaren, sie schnupperte an ihm und wollte nicht mehr von ihm weg. Dann weinte sie doch, obwohl sie gar nicht wusste, warum es so weh tat, schließlich freute sie sich über Nicolas.

Diesmal hatte Sandrine einen Koffer mit Inès' Kleidern, auch den Winterkleidern, und allen Schuhen dabei. Darunter fand Inès ihre rosa Hausschuhe mit dem Einhorn vorne drauf. Sofort zog sie sie an, sie waren eng geworden, ihre Füße passten gerade noch hinein.

»Kann ich jetzt nach Hause?«

»Mein Liebes, du kannst nicht mehr nach Hause.«

»Wieso nicht?«

»Maman und Papa sind nicht mehr dort. Im Haus wohnen jetzt andere Leute.«

»Aber wo sind sie?«

»Du weißt doch, dass sie gestorben sind.«

»Kann ich zu dir nach Hause?«

»Nein, mein Schatz, das geht nicht. Nicolas ist bei mir. Zwei Kinder kann ich nicht nehmen.«

»Muss ich dann für immer hierbleiben?«, fragte Inès und hörte selbst, wie ihre Stimme zitterte.

»Hör zu, *ma chérie*«, antwortete die Tante, »du musst mir jetzt ganz genau zuhören.«

Inès zitterte vor Kälte, nickte und versuchte, der Tante auf die Lippen zu schauen, damit sie genau zuhören konnte, denn vielleicht waren ihre Eltern doch noch nicht ganz tot und sie könnte sie wiederfinden.

»Deine Maman und dein Papa waren nicht deine richtigen Eltern«, sagte Sandrine, und Inès verstand sie nicht, denn jetzt wurde es auf einmal so dunkel im Raum, dass sie die Lippen ihrer Tante für einen Moment nicht sehen konnte, und da sie nichts antwortete, fuhr Sandrine fort: »Du bist ein Adoptivkind.«

Inès nickte, obwohl sie nicht wusste, wovon ihre Tante sprach.

»Weißt du, was ein Adoptivkind ist?«

Inès schüttelte den Kopf.

»Nicolas zum Beispiel ist aus dem Bauch deiner Maman gekrochen.«

»Ich auch«, rief Inès und freute sich plötzlich. »Das hat Mireille in der *École Maternelle* gesagt, dass nämlich alle Kinder aus dem Bauch ihrer Maman schlüpfen, das weiß ich schon.« Jetzt konnte sie aufatmen, denn sie hatte den Anschluss wiedergefunden.

»Ja, aber du bist aus dem Bauch einer anderen Maman geschlüpft und die wollte dich nicht. Dann haben deine Maman und dein Papa dich zu sich genommen.«

»Welche andere Maman?«

»Eben, die kennst du nicht. Sie lebt in Deutschland.«

»Wo ist Deutschland?«

»Das ist weit weg.«

»Ich gehe und suche sie.«

»Nein, mein Kleines«, sagte Sandrine und lächelte zuerst, dann wurde sie wieder ernst. »Das geht nicht.«

Im halboffenen Koffer blitzten die Beine ihrer Barbiepuppe auf, sie zog sie heraus, doch dann wusste sie nicht, was sie damit anfangen sollte. Sie drehte wie wild an ihren Beinen, dann an den Armen, dann hielt sie sie an einem Bein und schlug mit dem Puppenkopf an die Bettkante, schlug, schlug. Normalerweise schimpften Erwachsene, wenn sie so etwas tat, doch Tante Sandrine blieb ganz still und sah ihr zu.

»Man versucht, eine Pflegefamilie zu finden.«

*Pflegefamilie* war wieder so ein neues Wort, es hörte sich nicht gut an.

»Kann ich zu dir nach Hause?«

Ohne auf Inès einzugehen, fuhr Tante Sandrine fort: »Bis man eine neue Familie für dich gefunden hat, wirst du in einer Wohngruppe im Kinderheim wohnen.«

Eine Wetterwand kroch jetzt näher, ein dunkelblaues, riesiges Etwas, und mit dieser Riesenwolke kam die Ahnung, dass sie Sandrine und Nicolas heute zum letzten Mal sehen würde. Sie saß da mit ihrer Barbiepuppe und konnte sie nicht einmal mehr auf die Bettkante hauen. Dann fing Nicolas an zu quäken.

»Ich muss gehen, mein Schatz. Komm, gib mir einen Kuss«, sagte Sandrine, und als Inès sie küsste, war das Gesicht der Tante nass. »*Au revoir, ma chérie*«, sagte sie.

»*Au revoir*«, sagte Inès, aber das war so leise, dass sie es selbst nicht hören konnte.

Sie starrte auf die Tür, die sich hinter Tante Sandrine, ihrem Bruder und ihrem bisherigen Leben geschlossen hatte. Die Tür war weiß, riesig, glatt. Jetzt blieben nur noch die Geräusche der anderen Kinder im Raum, sie umgaben sie wie ein Kokon, beruhigend zuerst, dann wurden sie immer enger und fester, und bald bekam Inès keine Luft mehr von dem ganzen Lärm, der um sie herum war, vielleicht würde sie sterben, wäre sie dann bei Maman und Papa? Der Lärm wurde lauter, schriller und härter und jetzt kam auch diese riesige Wolke näher, schwarz und undurchdringlich wie die Bilder, die sie immer malte. Grell leuchteten Blitze auf und bedrohlich grollte der Donner. Als sie ganz im Dunkeln stand, schrie sie, sie schrie, und hüpfte aus dem Bett, rannte zur Tür, schlug gegen diese weiße Mauer, zuerst mit ihren Fäusten, dann mit dem Kopf, und schrie und schrie und schrie. Als die Schwester von außen die Tür öffnete, fiel Inès rückwärts zu Boden, wollte aufstehen, wollte sich nicht anfassen lassen, strampelte, boxte und schlug gegen die Schwester, biss ihr in die Hand, da kam ein Pfleger, sie gaben ihr etwas Süßes in den Mund und hielten sie fest, und dann wurde sie auf einmal sehr müde.

Als Inès aufwachte, war ihr klar, dass sie nach Deutschland gehen und ihre andere Maman suchen musste. In der Ecke stand ihr Koffer, er war wieder verschlossen, aber so groß, dass sie ihn nicht tragen konnte. Doch er hatte Rädchen. Sofort stand sie auf, zog ihre Jacke über das weiße Nachthemd, presste ihre Füße in die pinkfarbenen Plüschschuhe mit dem Einhorn, nahm ihren Koffer und verließ das Zimmer. Auf dem Flur war niemand. Sie wandte sich in die Richtung, wo ganz am Ende eine riesige Tür war, da ging es gewiss hinaus. Auf dem Weg dorthin kam sie an dem Raum mit dem Glasfenster vorbei. Dort saßen die Schwestern, Inès bückte sich ein wenig, damit keine sie bemerkte. Dann stand sie vor dieser großen Tür und konnte sie nicht öffnen. Also setzte sie sich auf einen der Stühle, die an der Wand entlang standen, und überlegte, was sie tun sollte. Da kam ein Mann mit weißen Hosen und eiligen Schritten. Er drückte auf einen großen Knopf, die Tür sprang auf, er verschwand und die Tür fiel schwer ins Schloss.

Sie nahm ihren Koffer, drückte auf den Knopf, die Tür sprang auf und Inès verließ die Station. Draußen folgte sie einem weiteren Flur. Zwei Menschen kamen ihr entgegen, die sich festhielten und weinten, die bemerkten Inès nicht. Vorne war noch eine Glastür, die war nur angelehnt, hier konnte sie durchschlüpfen. Jetzt stand sie vor dem Lift. Sie wusste schon, wie das funktionierte, also fuhr sie nach unten, denn dort musste es rausgehen. Vielleicht könnte sie dann mit dem Bus nach Deutschland fahren, schließlich fuhr sie auch manchmal mit dem Bus zur *École Maternelle*, allerdings war da immer die Maman dabei. Unten kam sie in eine große Halle, es gab viele Türen, Menschen eilten an ihr vorbei, manche schienen sie nicht zu sehen, andere lächelten, wenn sie ihr begegneten, doch keiner hielt sie auf. Hinter einer angelehnten Tür war weiches, gemütliches Licht wie in ihrem Wohnzimmer zu Hause. Auf dem Schild stand *Chapelle*, das konnte sie schon lesen, und als sie eintrat, fühlte sie sich wie in einer anderen Welt. In der Mitte des Raumes stand eine Kiste, so etwas hatte sie schon gesehen, als ihr Grand-Père gestorben war. Da lagen die Toten drin, bevor sie ins Paradies kamen. Das hatte man ihr damals erklärt und auch, dass diese Kiste *Sarg* hieß. Dieser Sarg war aber weiß und viel kleiner, so klein, dass höchstens Nicolas hineinpassen könnte. Kurz zuckte sie zusammen und hoffte, dass nicht ihr kleiner Bruder darin war. Vielleicht konnte man hineinschauen, aber alles schien fest verschlossen. Blumen lagen auf der Kiste und zwei große Kerzen brannten, als wäre gerade jemand da gewesen und hätte sie angezündet. Stühle standen in Reihen rechts und links vom Sarg. Mit dem Koffer in der Hand blickte sie sich um. Schön war es hier, und so ruhig.

Auf einmal machte ihr Herz einen Sprung. Ein Klavier! Wie eine alte Freundin, die sie fast vergessen hatte, stand es an der Wand. Der Koffer bekam einen so festen Tritt, dass er in die Ecke rollte, Inès riss sich ihre warme Jacke vom Leib und warf sie dem Koffer hinterher, dann öffnete sie den Klavierdeckel.

Zu Hause! Mit den Fingerkuppen strich sie über die Tasten wie eine zärtliche Begrüßung. Sie zog sich den Hocker heran und setzte sich so an dessen Rand, dass sie mit ihren Füßen an die Pedale kam. Dann schlug sie ein paar Töne an. Ihre Finger spielten wie von selbst die *Lieder ohne Worte* von Mendelssohn Bartholdy. Mit Opus 19 begann sie, doch sie musste langsam spielen, damit ihr keine Tränen kamen. Als sie fertig war, spielte sie einfach weiter, ein *Lied ohne Worte* nach dem anderen, Opus 30, Opus 38, wie es ihr gerade einfiel, freundlich hüllte die Musik sie ein. Kein Trost, keine Trauer, nur Stille senkte sich in sie. Als sie Opus 41 zu Ende gespielt hatte, hörte sie hinter sich ein Geräusch. Blitzartig fuhr sie herum. Der Raum hatte sich gefüllt. Schwarz angezogene Menschen saßen auf den Stühlen, vorne hielt ein Mann die Hände einer Frau, beide weinten. Wie ein Pfeil riss sich Inès vom Hocker auf und flitzte in ihrem Nachthemd auf den Ausgang zu.

Dort standen zwei Männer in weißen Hosen und grünen Hemden. Einer davon war ein Riese, der fing sie auf, er hatte dicke, bemalte Arme, sie wollte strampeln und sich losmachen, doch er hielt sie fest mit weichen, großen Händen, er hielt ihr Gesicht an seinen Hals, und anstatt um sich zu schlagen und ihn zu beißen und zu kratzen, musste sie auf einmal so sehr weinen, dass ihr der Rotz aus der Nase tropfte und dem Mann in den Hemdkragen lief. »*Tout va bien, ma petite*«, sagte der freundliche Riese und strich ihr über die Haare. »Alles wird gut, meine Kleine.«

Als er sie im Zimmer in ihr Bett legte, war sie noch immer nicht fertig mit Weinen. Er setzte sich an die Seite des Betts, strich ihr über die Stirn, dann kam eine Schwester und gab ihr wieder dieses Süße zwischen die Lippen. Sofort schlief sie ein.

## Inès, Wildblüt, Juli 2015

Nicht alles hat sie erzählt. Ihre Verwandten brauchen nicht zu wissen, dass sie immer wieder vom Heim davonlief, um ihre *Maman en Allemagne* zu suchen. Sie müssen nicht hören, dass Inès manchmal ohne Grund andere Kinder der Wohngruppe schlug und dass sie teilweise wochenlang in Schweigen verfiel und sich in eine Ecke verkroch. Ihre Familie geht es auch nichts an, dass sie sich die Haare ausrupfte und hinter dem rechten Ohr eine enorme Glatze hatte – all das will sie nicht erzählen.

»Und wie hast du es schließlich geschafft, nach Deutschland zu kommen?«, fragt ihre Schwester Bianca in die Stille hinein.

»Das soll Robert sagen.«

Unvermittelt kommt ein Kichern von Almas Seite. »Heißen Sie wirklich Robert? Robert Schumann?«

»Leider haben sich meine Eltern einen Scherz erlaubt«, antwortet er mit einem schiefen Grinsen.

»Sind Sie denn auch Musiker?«, fragt Alma, und Inès wundert sich über das plötzliche Interesse ihrer Mutter.

»Mein Vater hat sich etwas eingebildet auf seinen berühmten Nachnamen. Natürlich musste ich Musik studieren, aber mehr als zu einem guten Musiklehrer hat es nicht gereicht.«

»Wie sind Sie dann auf meine Schwester gestoßen?« Bianca lässt nicht locker und lenkt das Gespräch wieder auf Inès.

»Damals war ich mit einer Französin verheiratet«, beginnt Robert. »Ich arbeitete als Lehrer in Dijon. In der zweiten Klasse bekam ich dieses reizbare, hypersensible Heimkind, das jetzt hier in unserer Mitte sitzt.« Robert zeigt mit dem Kinn und einem Grinsen auf Inès, in seinen Augen steht der feine Stolz eines Vaters. »Sie war körperlich viel zu schmächtig für eine Siebenjährige, hatte zerrupfte Haare, war stumm und scheu wie ein struppiges, ausgesetztes Wolfsjunges. Sie machte mir keine Schwierigkeiten. Ein stummes Kind ist für den Lehrer stets ein gutes Kind. Wie ein neugieriges Tierchen, das im sicheren Abstand des Waldes die Menschen beobachtet, verfolgte sie mich im Unterricht mit einem überwachen, wilden Blick, manchmal war es mir beinahe unheimlich. Ihr erstes Wort erfolgte nach drei Monaten. Ich spielte den Schülern, wie schon oft, eine Sequenz aus dem Klavierauszug der *Zauberflöte* vor, denn wir wollten die Oper als Kindersingspiel aufführen. ›*Tu joues mal*‹, piepste dieses zerfledderte Vögelchen kaum hörbar. ›Du spielst schlecht.‹ Ich freute mich über ihr erstes Wort und rief, ohne zu überlegen: ›Dann spiel du.‹ Dabei lachte ich noch. Dann stand dieses Kind auf, den Blick fest auf den Boden fixiert, während es nach vorne ging.«

Jetzt holt Robert ein Taschentuch aus seiner Hosentasche. »Dann spielte sie.« Er schnäuzt und wischt sich mit dem Taschentuch über die Augen. »Das veränderte mein Leben«, fährt er fort. »Mir war sofort klar, dass ich es mit einer Hochbegabung der ersten Güte zu tun hatte. Zudem war bereits eine frühkindliche Musikerziehung vorhanden.«

»Dann haben Sie sie adoptiert«, platzt Bianca in seine Rede. »Was für eine schöne Geschichte.«

»Leider nein, ich stand damals vor der Trennung von meiner Frau. Ein Pflege- oder Adoptivkind zu bekommen, ist für einen alleinstehenden Mann – und zudem Ausländer – kaum möglich. Inès blieb im Heim«, fuhr Robert fort. »Ich setzte alle Hebel in Bewegung, dass sie Klavierunterricht bekam. Später erhielt sie Stipendien, so floss peu à peu das Geld für eine solide Ausbildung. Am Ende gewann ich den Behördenkrieg und konnte mit der damals zehnjährigen Inès nach Deutschland kommen. Hier arbeitete ich als Musikjournalist bei den großen Zeitungen, so verschaffte ich mir mehr Flexibilität, um sie zu begleiten.«

Inès genießt Roberts Erzählung. Wie üblich macht er zwischen den Sätzen lange Pausen, doch alle hören gebannt zu.

»Mit der Zeit hat sich dieses widerborstige, hochbegabte Vogel-Mädchen in mein Herz geschlichen«, fährt Robert fort. »Ganz jenseits von Begabung und Musik ist sie – Sie mögen mir verzeihen, Alma – zu meiner Tochter geworden. Man muss sie einfach liebhaben.«

Jetzt ist es still. Die Tannen heben sich schwarz gegen den dunkelblauen Himmel ab. Mit der schweigenden Intensität löst sich in Inès etwas, aber sie hat keine Ahnung, was es ist, vielleicht eine Art Eisklotz in ihrem Inneren, von dem sie nicht gewusst hat, dass es ihn gibt. Doch gerade in diesem Moment schmilzt so viel, dass sie hofft, am Ende möge noch etwas von ihr selbst übrigbleiben. Gut, dass es dunkel ist. Ein Schmerz, den sie schon so lange kennt, aber vergessen hatte, taut gerade auf, eine Sehnsucht, die Robert nie erfüllen konnte. Natürlich nicht, er ist ja ein Mann. Umarmt hat Robert sie praktisch nie. Dieser Schmerz der ersten Wochen im Krankenhaus, als ihre Maman nicht kam, breitet sich jetzt in Inès aus, die Sehnsucht nach mütterlicher Umarmung und körperlicher Nähe, die sie damals eingefroren hat, weil sie zu sehr wehtat. Jetzt kriecht der Schmerz ihren Kieferknochen entlang, lässt ihr Kinn zittern und etwas Hartes in ihrer Brust zerbrechen. Er breitet sich in ihren Armen aus und hämmert in ihrem Kopf. Neben ihr sitzt ihre leibliche Mutter. Nicht die starke Mama, nicht die Mutter, die das Kind umfängt und es aufnimmt in ihre sicheren, beruhigenden Arme. Alma Rasmussen hockt in sich zusammengesunken auf ihrem Stuhl, all das Hektische, Schrille der ersten Minuten ihrer Begegnung ist verschwunden, nichts ist von ihr übriggeblieben außer der Trauer eines ganzen Lebens. Doch wo so viel Trauer ist, muss auch Liebe sein, und die überflutet Inès gerade wie eine Welle von warmem Wasser. Dann kommen Worte aus ihrem Mund, ungewollt, als ob sie sich selbstständig gemacht hätten, oder vielleicht lagen sie schon immer in ihr und waren nur eingeschlossen gewesen in diesem Eisklotz. Ihre Stimme flattert, als sie zu Alma sagt: »Endlich bin ich da, Mama.«

## Bianca, Wildblüt, Juli 2015, am nächsten Tag

Tante Barbara klappt das zweite Heft der Oma zu. Auf dem Tisch brennt eine Kerze. Ihre Schwester Inès sitzt zwischen ihrem Pflegevater und Alma auf dem Sofa, von Eltern eingerahmt. Vorgestern stand Bianca mit ihrer neuen Schwester an der Hand vor der Tür, gestern erzählte Inès aus ihrem Leben und heute erfahren sie zum ersten Mal, welch unfassbar schwere Jugend die Oma hatte. *Kein Wunder, dass sie oft so hart und undurchdringlich gewesen ist*, geht Bianca mit einem Anflug von Zuneigung und Trauer um ihre Großmutter durch den Kopf. Nachdenkliche Stille steht im Raum, wie wenn man auf einer Beerdigung dem Verstorbenen gedenkt. Wie es Alma wohl geht mit den Lebensberichten von Oma?

Bianca richtet ihren Blick auf ihre Mutter. Deren Gesicht ist ein offenes Fenster und Bianca staunt über den neuen, mächtigen Blick, den sie auf sie hat. Durch das Erscheinen ihres weggegebenen Kindes wurde Almas wundeste Stelle bloßgelegt. Zum ersten Mal sieht Bianca die Mutter als Frau, die einer uralten weiblichen Wunde folgt, und erkennt, dass sie selbst im Begriff ist, diesen schmerzhaften Weg anzutreten.

Bei allen Grausamkeiten, welche die Oma in ihrer Jugend erlebt hat, ist sie an der Liebe zerbrochen. Svia, dieser Mann, war so unerreichbar wie all die Männer, die Alma geliebt hat, und genauso unerreichbar wie der Mann, den Bianca liebt und von dem sie ein Kind trägt.

Bianca strafft sich, doch die Bilder des großmütterlichen Leids lassen sich nicht abschütteln. Dass

Margret fast verhungert wäre, löst in ihr seltsame Gefühle aus, wie eine Art inneres Zittern. Ist es Mitgefühl für die Oma? Ist es eine unbestimmte Angst? Sie versucht, das Flattern durch tiefe Atemzüge zu glätten. Es will und will nicht aufhören, womit soll sie sich ablenken?

In diesem Augenblick revoltieren Biancas Eingeweide. Sie reißt sich vom Sessel auf und schafft es nur knapp ins Bad, wo sie sich vor dem Klo knieend übergibt. Sie will aufstehen, aber ihre Beine sind weich und wackelig. Mit großer Anstrengung kann sie sich am Waschbecken hinuntergleiten lassen, um nicht hart auf den Boden zu stürzen.

Alles, was vorher war, waren nichts als Scheinsorgen, ausgehirnte Planspiele, Kind ja, Kind nein, Kind vielleicht. Jetzt meldet sich dieses Wesen in ihrem Bauch mit seiner unzweifelhaften Gegenwart, es ist keine Phantasiegestalt mehr, keine Träumerei von heiler Familie mit wem auch immer. Es ist ein Kind aus Fleisch und Blut, das in ihr wächst, ein Menschlein, das sich mit einer Wucht und einer Unausweichlichkeit in Biancas Leben schmettert wie sein Vater, der Bildhauer.

Wieder dreht es ihr den Magen um. Jetzt kommt nichts mehr aus ihren Eingeweiden, ihr ist schwindelig. Weil sie nicht aufstehen kann, stützt sie sich mit dem Ellbogen auf die Klobrille.

Aus dem Nichts schnappt die Panik nach ihr wie eine Hyäne: Dieses Kind wird verhungern, weil sie nicht in der Lage ist, es durchzubringen. *Das ist bescheuert*, sagt sie sich, *heute verhungert kein Kind mehr*. Sie versucht, ihren Geist klarzubekommen. Was passiert gerade mit ihr, muss sie in die Klapse?

Sie hat zu viele Horrorgeschichten von Oma darüber gehört, als Schwangere sollte man das nicht tun. Jetzt zittert sie am ganzen Leib, sie kann nicht weglaufen, die furchtbaren Bilder kommen in Wellen wie der Brechreiz, obwohl es nichts mehr in ihr gibt, um zu erbrechen.

Leise öffnet sich die Tür. Inès! Ihre Schwester, so lange vermisst, ersehnt und schon immer geliebt. Sie kniet sich neben Bianca auf den Boden. Und wieder revoltiert ihr Magen, doch jetzt kommen nur noch Tränen und Spucke. Die Bilder des Grauens verziehen sich zögerlich in die Gehirnwindungen, während Inès Biancas Kopf in ihren Händen hält und ihr dann mit einem warmen Waschlappen den Mund und die Wangen abwischt.

Inès begleitet sie nach oben in ihr Zimmer. Sie hilft ihr beim Auskleiden, setzt sich an den Bettrand und streicht ihr über die Haare. Als Bianca nicht aufhört zu schluchzen, legt Inès sich zu ihr ins Bett.

»Omas Bericht war mir zu grausam, irgendwann musste ich abschalten«, sagt Bianca, nachdem der Aufruhr etwas abgeebbt ist.

»Dann hat es dich umgehauen.«

»Ich hatte gerade eine richtige Panikattacke. Total bescheuert.«

Inès bleibt still, aber sie scheint zu lauschen.

»Das war schon immer das Schlimmste für mich: *alleinerziehend*«, fuhr Bianca nach einer Weile fort.

Inès legt den Kopf an ihre Schulter. Bianca will sich nicht bewegen, diesen innigen Moment mag sie nicht stören, und auf einmal kommt ein silbriges, fragiles Glücksgefühl in ihr auf. Sie hat eine Schwester! Nach einer Weile sagt sie mit leiser Stimme: »Mama und Oma – man sieht es in ihren Augen. Vor einer solchen Einsamkeit graut es mir.«

»Du und einsam?«

»Als die Probleme begannen, muss Mama mit dir schwanger gewesen sein.«

Inès hebt den Kopf und blickt sie neugierig an. Sie hat ihre Sprachhemmung ganz abgelegt. Sie scheint von Natur aus ein stiller Mensch zu sein.

Dann fährt Bianca fort: »Ich bekam Angst, dass die Mama mich verlässt. Sie war so anders, so gestresst, so abwesend. Ich hatte Schiss im wahrsten Sinn des Wortes, denn ich habe in die Hose gemacht. Ich war klein und dachte, ich wäre falsch.«

Inès kuschelte sich noch enger an Bianca wie ein erwartungsvolles Kind, das auf die Fortsetzung des Märchens wartet. »Und dann?«

»Dann war ich monatelang hier im Forsthaus bei der Oma.«

»War das gut?«

»Ich habe Oma sehr gerngehabt. Eigentlich war es ein einziges Abenteuer mit ihr, wir schliefen oft im Wald, sammelten Kräuter, machten Honig und einmal durfte ich sogar mit ihr auf die Jagd.«

»Ging es mit unserer Mutter dann besser, als ich – quasi weg war?«

»Schon, ja«, antwortet Bianca zögernd. »Sie hat sich verändert, war weicher geworden. Aber ...«

»Was aber?«

»Als Kind merkt man nicht einmal, dass man es merkt. Der Boden, auf dem ich stand, war unsicher geworden.«

»Unsicher?«

»Mama war erreichbar und doch nicht, sie wirkte verloren und vielleicht habe ich mich dadurch selbst verloren.« Da Inès gespannt zu lauschen scheint, fragt sich Bianca, ob sie diese kummervolle Geschichte, die wie ein Haufen Steine aus Schuld und Verzweiflung in ihr lagert, zum ersten Mal jemandem erzählen soll. Über die ganzen Jahre war es undenkbar, sogar gegenüber sich selbst die Einzelheiten dieser Zeit anzuschauen. Schon sucht sie nach etwas anderem, das sie von sich erzählen könnte, nach Worten, die harmlose Bilder bei ihrer Schwester entstehen lassen, um sie kennenzulernen. Fast unmerklich hebt Inès ihren Kopf, lauschend, zugewandt. Wird sie sie verurteilen? Ohne dass sie es verhindern kann, tasten sich die Worte vorsichtig in Biancas Mund und formen sich zu Bildern. Nach und nach kommt sie ins Erzählen.

## Bianca, Hamburg, 1996

Juhuu, Mama, das ist die schönste Schultüte, sie ist so schön!« Jubelnd rannte sie in der Wohnung hin und her. »Ich bin schon groß, ich komm jetzt in die Schuuule«, sang sie und kuschelte sich glücklich auf Mamas Schoß.

Der wichtige Tag war am Dienstag. Nach ein paar Spielen und dem Singen verabschiedeten sich die Papas und Mamas und ließen ihre Kinder zum ersten Mal allein in der Schule. Katharina war Biancas Nebensitzerin.

»Warum ist dein Papa nicht mitgekommen?«, fragte sie.

»Mein Papa ist in Berlin«, antwortete Bianca und hielt ihre schöne Schultüte zwischen sich und Katharina.

»Hast du keine Schwester?«

»Vielleicht bekomme ich noch eine«, antwortete Bianca, aber da war sie bereits ziemlich traurig. Dann strengte sie sich an, um nicht gleich am ersten Schultag zu weinen, und sagte: »Meine Mama hat gesagt, ich bekomme vielleicht einen Bruder.«

»Aber mit einem Bruder kann man nicht so gut spielen wie mit einer Schwester.«

»Kann man doch.«

Später holte die Mama sie ab und sie gingen zusammen ins Café zum Mittagessen.

»Hat dir dein erster Schultag nicht gefallen?«

»Doch.«

»Was ist mit dir?«

»Wann bekomme ich eine kleine Schwester?« Biancas Stimme war leise und vorsichtig. Oft hatte sie sich Gedanken darüber gemacht, warum andere eine Schwester oder einen Bruder bekamen, nur sie nicht. Doch was jetzt passierte, damit hatte sie nicht gerechnet.

Die Mama starrte sie an, öffnete den Mund, schloss ihn wieder, dann sagte sie, während sie aufstand: »Das geht nun mal nicht«, und verschwand auf der Toilette.

Bianca hatte keine Angst, allein am Tisch zu sitzen, sie wusste ja, dass die Mama auf der Toilette war. Aber es war das erste Mal. Sonst hatte sie sie immer mitgenommen. Schließlich war sie jetzt groß und in der Schule, da konnte sie auch kurz ohne die Mama am Tisch des Cafés sitzen. Doch es dauerte und dauerte. Dann stand sie auf und ging durch die Tür mit dem Frauenbild darauf. Die Mama stand vor dem Waschbecken und wusch sich das Gesicht. Ihre Augen waren rot. Sie hatte also geweint, denn wenn man weinte, wurden die Augen rot.

»Mama?«

»Ja, mein Liebling. Musst du auch auf die Toilette?«

»Warum weinst du?«

»Ich weine doch nicht. Komm, wir gehen, unser Essen steht sicher schon auf dem Tisch.«

Bianca fragte nie wieder nach einer Schwester.

Stolz bog Laura ihren nackten Oberkörper, um ihre Brust zu zeigen. Dort wuchsen zwei winzige Höcker, die aussahen wie angeschwollene Pickel.

»Meine Schwester kriegt schon ihre Periode«, prahlte sie, während Jana und Franziska kicherten und die kleine Kim auch noch so doof war, zu fragen, was das sei. Als das Gekicher schriller wurde, tat Biancas Magen einen Ruck, sie nahm ihre Kleidertasche und verkroch sich in die Kabine für erwachsene Frauen. Es war das letzte Mal, dass sie sich im Freibad in der Gemeinschaftskabine umzog und das erste Mal, dass sie einen körperlichen Widerwillen gegen ihre Freundinnen verspürte. Sie schlich nach Hause, ohne sich um die Mädchen zu scheren, und fragte sich, warum sie sich so grau fühlte, als hätten sich gesichtslose Gespenster auf ihren Rücken gesetzt.

Zu ihrem zehnten Geburtstag hatte sie den lang ersehnten Goldhamster mit Käfig und Laufrad erhalten, aber noch immer war ihr kein Name für ihn eingefallen, obwohl das schon lange her war. Sie nahm ihn aus dem Käfig, spielte ein wenig mit ihm, gab ihm Futter ins Töpfchen, wechselte das Wasser und setzte ihn wieder zurück in den Käfig.

Mama klopfte. Dann streckte sie den Kopf zur Tür herein. »Darf ich reinkommen?«

»Von mir aus.«

Mama setzte sich aufs Bett. »Jetzt wirst du bald elf«, sagte sie. »Hast du schon einen Geburtstagswunsch?«

»Weiß nicht.«

»Dir wird schon was einfallen. Aber ich will etwas anderes mit dir besprechen.«

Die Stimme der Mama hatte eine seltsame Färbung, aber na ja, die Mama eben. »Was?«

»Ich weiß, ihr habt es schon in der Schule gehabt, aber ich will es direkt ansprechen. Es kann sein, dass du auch bald deine Periode bekommst.«

Bianca wollte, dass ihre Mama ging, sie wollte es nicht wissen oder sie wusste es schon, auf jeden Fall wollte sie mit ihrer Mutter darüber nicht sprechen, sie wollte, dass sie jetzt rausginge, sie wollte mit dem Zeug nichts zu tun haben. Warum belästigte man sie mit all diesem ekelhaften Quatsch?

»Ich muss den Hamster noch füttern«, sagte sie dann und ging an den Käfig.

Die Erleichterung war groß, als die Mama zögernd aufstand.

»Ich lege auf jeden Fall Binden ins Bad. Wenn es so weit ist, kannst du die einfach in deinen Slip kleben.«

»Ja«, sagte Bianca und holte den Hamster aus dem Käfig.

»Du kannst mir dann ruhig Bescheid sagen, vielleicht können wir das feiern«, sagte Mama noch mit einer bemühten Stimme. Dann strich sie ihr über die Haare, verschwand, und Bianca hatte das Gefühl, als würde sich ihre Haut ablösen und sie würde nackt und verletzlich auf der Straße stehen.

Von der Außenwelt unbemerkt, bröckelten wie beim Beginn eines langsamen Bergrutsches an diesem Tag die ersten Steine ihres bisherigen Lebens. Ihr Beschluss, keine Frau zu werden, war nicht kraftvoll und trotzig, es war vielmehr ein Auflösen, ein langsames Verschwinden, gleichsam ein Aushungern des Mädchens in ihr, ohne dass sie es selbst bemerkte.

Aus den Leggings wurden zerrissene oversized Jeans, aus den rosa T-Shirts mit glitzernden Pailletten wurden weite, hässliche Pullover und eines Tages erbat sie sich von ihrer Mutter Geld für den Friseur. Zum Entsetzen der Mama kam sie mit raspelkurzen Haaren zurück und trug fortan einen Jungenhaarschnitt.

Als sie eines Abends den befürchteten rötlichbräunlichen Fleck entdeckte, wusste sie, was zu tun war. Mechanisch, als hätte sie jemand programmiert, klebte sie sich die Binde in den Slip und noch während sie das tat, entfernte sich der Boden unter ihren Füßen, er löste sich auf und war weg. Sie ging in ihr Zimmer, ohne zu wissen, worauf sie ging und wohin sie ging, es waren nur diese grauen Geister um sie, die früher manchmal auf ihren Schultern hingen und die sich jetzt auf einmal hundertfach vergrößert hatten.

Wo sie bisher wenigstens zwei Freundinnen besaß, mit denen sie sich auf dem Schulweg unterhielt, blieb sie nun auch diesen fern. Ihre Antennen zogen sich nach und nach vom Umfeld in ihr Inneres zurück. Sie verlor die Welt um sich herum, doch auch innen war nichts mehr, sie wurde fühllos und stumpf, als wäre sie nur noch ein Schattengebilde.

Dass sie kaum noch sprach, lag nicht an einer Sprechhemmung, sondern daran, dass es niemanden mehr gab, mit dem sie sprechen konnte. Die Mutter bemühte sich um sie, fragte, was los war.

»Nichts«, antwortete Bianca regelmäßig, schlurfte in ihr Zimmer und schloss die Tür ab.

Im Klassenzimmer saß sie hinten auf der letzten Bank, und als sie vom Lehrer angesprochen wurde, wusste sie für einen Moment nicht einmal, welches Schulfach gerade durchgenommen wurde. Die Klasse lachte, der Lehrer auch, und zwischen dem Lachen hörte sie jemanden grölen: »Dumm wie Bohnenstroh.«

»Was ist nur mit dir los?«, fragte die Mutter.

»Nichts.«

»Die Schulleitung hat angerufen. Sie wollen mich sprechen.«

Es wäre einfacher gewesen, die Mama hätte geschimpft, wäre wütend geworden und hätte sie geschüttelt und angeschrien. Dann hätte sie vielleicht zurückschreien können, vielleicht hätte sie in der Wut noch Kraftreserven mobilisieren können. Aber mit dem besorgten Gesicht der Mutter fraß sich die Scham wie bittere Kälte in ihre Knochen. Bianca verließ das Haus, ging den Spazierweg am Eilbekkanal entlang, nahm die lärmige Wagnerstraße bis zur U-Bahnhaltestelle Mundsburg, dort setzte sie sich auf ein Mäuerchen. Müll, Steine, Glasscherben, leere

Bierdosen, vertrocknete Grasnarben und Erde lagen um sie herum. Mit einem Stecken stocherte sie darin, schob einen kleinen Haufen zusammen aus Müll und Erde, ein kleines Haus, es war das Haus ihres Lebens, und wenn sie lange genug darin herumbuddelte, würden vielleicht die Knochen eines jungen Mädchens zum Vorschein kommen und das wären ihre Knochen, oder vielleicht auch die eines anderen Mädchens. Wer weiß, ob sie vielleicht jemand anderes war und gar nicht Bianca Rasmussen, sondern ein Mädchen, das vor vielen Jahren einmal gelebt hatte, und dessen Körper sie nun herumtragen musste, obwohl sie ja gar nicht lebte.

Das Mäuerchen war feucht und kalt und die Wolken um sie herum wurden immer dunkler, wie die Büsche, die scheinbar aus den Pflastersteinen wuchsen. Das feuchte Kalte unter ihrem Hintern löste die schon bekannten Krämpfe aus, die sie vor ihrer Periode heimsuchten. War es schon wieder so weit? Sie hatte Krämpfe und Schmerzen, also lebte sie und war nicht tot, aber dieses Leben wollte sie nicht. Doch wer war es eigentlich, der hier etwas wollte oder nicht wollte?

»Weil du früher so gut warst, lässt man dich in der Klasse«, sagte die Mutter beim Abendessen. »Was ist nur mit dir los, Mädchen? Warum redest du nicht?«

»Was soll ich sagen?«

»Du hast Glück, die Schulleitung spricht von einer vorübergehenden Krise, aber wie soll ich dir helfen?«

»Gar nicht«, sagte Bianca, ging in ihr Zimmer und legte sich mit den Kleidern aufs Bett. Am nächsten Tag konnte sie nicht aufstehen, obwohl sie nicht krank war, es war einfach nichts. Die Mutter schrieb eine Entschuldigung. Sie lag auf dem Bett und starrte an die Decke. Der Hamster lief in seinem Rad. Sie sollte ihn füttern.

Franziska hielt sich die Nase zu, als Bianca am nächsten Tag in den Schulbus stieg, einige andere taten es ihr kichernd nach. Ja, mit der Hygiene nahm sie es auch nicht mehr genau, und manchmal ging sie tagelang ungewaschen in die Schule. Am nächsten Tag nahm sie den späteren Bus und kam erwartungsgemäß nicht rechtzeitig zum Unterricht. Sie musste nachsitzen.

In der Pause stolzierte eine Gruppe Jungs auf sie zu und schob sie gegen die Wand. Hinter den Jungs standen die ewig kichernden Mädchen und ergötzten sich. Die Kerle polterten, als würden sie sich mit einem Jungen schlagen wollen, doch ihre Augen glitzerten. Biancas Hände krallten sich in den Beton hinter ihr, dabei brachen ihre Fingernägel ab, alles wurde leer und starr, ihr ganzer Organismus schien sich totzustellen, denn auch der Atem setzte aus. Noch immer drangen das zufriedene Gekichere der Mädchen und das Gegröle und die Drohungen der Jungs wie von weit her an ihr Ohr. »Noch einmal zu spät kommen und du kriegst Klassenprügel«, schrie einer. Dann klingelte die Schulglocke.

Alle paar Tage konnte Bianca nicht aufstehen, die Mutter fragte wieder einmal mit besorgter Miene, was los sei. Aber sie schrieb ihr eine Entschuldigung. Wieder und wieder. Wie der Hamster, der sich nutzlos im Rad drehte, so nutzlos drehte sich auch ihr Leben. Das Rad quietschte. Sie sollte den Hamster füttern.

Als sie zwei Tage später aufstand, ging sie zu Fuß in die Schule. Natürlich kam sie zu spät. Die Mutter musste schon wieder im Lehrerzimmer antanzen. Die Mutter. Mama. So weit weg. Doch wo war sie selbst? Nirgends. Nichts. Und wenn doch etwas von ihr auftauchte, dann war es umnebelt von der Scham, ein Mädchen zu sein, ihre Tage zu bekommen, so viele Schwierigkeiten zu machen, aber da ihr nichts anderes einfiel, legte sie sich wieder auf ihr Bett und starrte an die Decke.

In ihren Träumen tauchten die Gesichter ihrer Mitschüler auf, verzerrt und drohend. Sie hörte ihr Lachen, das schrill und endlos durch die Dunkelheit hallte, sie drohten, sie zu schlagen, ihr die Kleider vom Leib zu reißen.

Schweißgebadet erwachte sie am Morgen. Nach einer solchen Nacht waren ihre Beine wie Beton, so schwer, dass sie sie am Morgen nicht aus dem Bett bewegen konnte.

Also lag sie im Bett. Der Hamster drehte sich im Rad. Sie sollte ihn füttern. Hausaufgaben sollte sie machen. Sich anziehen. Zur Schule gehen. Langsam verlor sie den Überblick darüber, was alles zu ihrem Leben gehörte. Sie war selbst zu Nebel geworden, ohne festen Umriss und undurchdringlich.

Eines Tages hörte der Hamster auf, im Rad zu laufen. Bianca blickte im Vorbeigehen in den Käfig. Auf dem Rücken liegend, die Beinchen weit von sich gestreckt, zeigte er das weiße Bauchfell seines verhungerten Leibes.

Als würde sie von innen her verbrennen, ging sie ins Wohnzimmer, von dort in die Küche, wieder ins Wohnzimmer, nur nicht zurück in ihr eigenes

Zimmer. Was hatte sie getan? Ihre Arme wurden lahm, ihr Gesicht war nass vor Schweiß, aber eiskalt. Langsam und grausam hatte sie ihren eigenen Hamster getötet!

Irgendein innerer Wicht in ihr wollte sich verteidigen, sie hatte halt nicht aufstehen können aus dem Bett, jemand hatte sie auf der Matratze festgeklebt. Doch nein. Eine Stimme in ihrem Kopf ertönte kühl und klar: *Du bist schuld.* Kühl wie eine Mörderin handelte sie jetzt auch, indem sie die Leiche zur Seite schaffte. Bianca nahm den Käfig und schüttete das schmutzige Spreu mit dem dürren, steifen Hamsterkörperchen in eine Abfalltüte, schnürte sie fest zu und brachte sie direkt in den Müllcontainer.

Dann ging sie zurück in ihr Zimmer und jetzt, da sie wieder etwas spürte, und wenn es auch nur der Schock und das Entsetzen über sich selbst war, drängte der Wunsch, nicht mehr am Leben zu sein, mit Macht in ihr Gemüt. Nicht etwa, dass sie Pläne schmiedete, wie so etwas zu bewerkstelligen sei, noch nicht einmal Bilder und Vorstellungen hatte sie davon. Doch die Sehnsucht, überhaupt nicht mehr zu sein, nahm riesige Ausmaße an. Wie der Schatten eines Raubvogels, der sich über einer fliehenden Maus ausbreitet, schwebte das bedrohliche Leben über ihr, dem sie nicht gewachsen war. Sie wollte nichts anderes als zurück in das Mausloch, aus dem sie einst herausgekrochen war, als die Existenz noch verheißungsvoll und trügerisch lockte. Etwas stimmte nicht mit diesem Leben, in das ihre Mutter sie gesetzt hatte. Die Mama. Es würde sie umbringen, wenn sie sich etwas antun würde. Das Bild von Mama schälte sich im Laufe von Stunden mehr und mehr aus Biancas innerem Sumpf. Diese sorgenvollen Augen, die sie in den letzten Monaten nur noch gehasst hatte, denen sie ausgewichen war, wo immer es ging. Was sollte nur werden?

Dass sie sich die Frage stellte, was werden sollte, war wie ein Auftauchen aus schlammigem Wasser. Schmutzig war sie, das war gut, denn man merkte nur dann, dass man schmutzig war, wenn man nicht mehr vollständig im Dreck steckte.

Es war Sonntagnachmittag, Mama war Gott sei Dank über das Wochenende auf einer Konzertreise in Berlin.

Zum ersten Mal seit ewigen Zeiten ließ sich Bianca Badewasser ein. Sie lag im Wasser und betrachtete ihren dünnen, aber bereits fraulich gerundeten Leib. Das war sie, dieses fremde Mädchen mit dem zufälligen Namen Bianca. Sie hasste die Spannung in ihren Brüsten, die schmerzten und immer größer wurden, sie betrachtete die kringeligen roten Haare in ihrem Dreieck, als seien sie ein Haufen hässlicher kleiner Insekten mit krummen Beinen. Das war sie. Und sie war es auch, die in den letzten Wochen ihren Hamster grausam hatte verhungern, ihn andauernd im Rad hatte laufen lassen. Er drehte buchstäblich am Rad, drehte und drehte, wollte seinem Grauen entkommen, und sie war kalt, blind und grausam.

Der Handrasierer ihrer Mutter lag im Körbchen neben der Badewanne, *Venus* stand darauf. Ob sich die Mama wohl die Beine oder die Schamhaare rasierte? Ihre Mutter war eine Frau, eine echte Frau, aber Bianca war ganz anders als sie und deshalb keine Frau, zumindest keine normale.

Sie strich sich mit dem Rasierer grob über den rechten Innenschenkel und zog eine lange, breite Schneise in die weiche Haut. Dasselbe noch mal an derselben Stelle, nur noch tiefer. Als sie ihr verletztes Bein ins heiße Schaumbad legte und sich das Blut kringelnd mit dem Wasser vermischte, brannte es wie Feuer. Sie atmete, um den Schmerz aushalten zu können. So schnell würde sie das Bein nicht aus dem Wasser ziehen. Solange die Schuld nur am Bein brannte, war sie auszuhalten. Solange es wehtat, musste sie nicht mit dem gequälten Hamster leiden, sondern durfte sich ganz dem Schmerz hingeben, und der war süß gegen die Reue und die Schuld.

Die Mama war aufgeräumt, fast fröhlich, als sie am Abend kam. »Ich habe mich zum Frühstück mit deinem Papa und mit Silke getroffen. Du könntest einige Zeit bei ihnen wohnen.«

»Bei Papa in Berlin?« Freude! Dann sofort zog sich die Brust zusammen, von einer Schulter zur anderen, und hinderte sie am Atmen. Mama hatte mit Thomas und Silke über sie gesprochen. Sie hatte ihnen gesagt, sie käme nicht mehr an ihre Tochter heran, denn die würde sich hässlich machen, sich nicht mehr waschen und in der Schule abschmieren, sie hätte aufgehört zu sprechen und würde nur noch auf dem Bett liegen, all das hatte die Mutter Thomas und Silke erzählt, sie würde vor Scham sterben, wenn sie vor den beiden stünde. Doch die Freude, bei Papa zu wohnen, überwog alles.

»Wie lange?« fragte sie dann und versuchte, desinteressiert zu klingen.

»Ein Jahr, hat Silke gesagt. Dann bräuchten sie das zweite Kinderzimmer für den kleinen Nathanael.«

»Ein ganzes Jahr!« Bianca wusste: Das war die Wende.

## Bianca, Wildblüt, Juli 2015

Bist du jetzt schockiert von mir?«

»Schon«, antwortet Inès. »Das mit dem Hamster schockt mich.« Trotzdem schlingt sie ihren Arm um Bianca und schmiegt sich an sie.

»Bis heute kann ich es kaum fassen, was ich getan habe.«

Inès nickt zögerlich, antwortet nicht, tröstet sie nicht, versucht auch keine Erklärungen zu finden, aber sie hält die Arme um sie geschlungen.

Alles tut ihr weh, Kopfweh, Ohrenweh, Halsweh, aber dieses *weh* ist gut, wie Schmerzen, die erst kommen, wenn man sich entspannt. Zum ersten Mal hat sie mit jemandem über die dunkelste Zeit ihres Lebens und ihre ungeheuerliche Tat geredet. Jetzt, wo sie in den warmen Armen von Inès liegt, die das Ausmaß der Situation nicht beschönigt und sie trotzdem umarmt, bröckelt die Anspannung, die seit zwölf Jahren nie ganz verschwunden ist. Jetzt kann sie diesem verzweifelten Tierchen begegnen, das wie verrückt in seinem Rad lief, in der trügerischen Hoffnung, irgendwohin zu kommen, wo es Nahrung und Wasser gab. Nie vorher hat sie dieses Empfinden zulassen können, die Reue hätte sie nicht ertragen. Sie hat es mit der Selbstverletzung in ihre Haut eingeschrieben, dort ist es vernarbt, aber fühlen konnte sie es nie. Während ihr die Tränen herunterlaufen, fasst sie sich an ihren Bauch, in dem ein winziges Wesen heranwächst, das noch kleiner ist als der Hamster. Gut, dass sie einfach hier liegen und schluchzen kann.

Als es nach und nach etwas ruhiger in ihr wird, fragt Inès leise: »Wie bist du denn da wieder herausgekommen?«

»Die Zeit in Berlin hat mich gerettet«, antwortet Bianca. »Ich kam dort bereits mit Mädchenkleidern an, in denen ich mich sowieso immer wohler gefühlt habe.«

»Und ich dachte schon, nur ich hätte Krisen.«

»Silke, die Frau meines Vaters, habe ich zu schätzen gelernt«, fährt Bianca fort. »Sie war eine andere Art von weiblichem Vorbild als Mama.«

»Gefällt dir unsere Mama nicht?«

»Doch, aber sie ist so anders als ich, so sinnlich weiblich. Ein bisschen üppig. Das hat mich immer gestört.«

»Wie hast du es nur geschafft, so selbstbewusst zu werden?«, fragt Inès nachdenklich.

»Selbstbewusst? Wie du siehst, gibt es da einige leere Stellen hinter meiner Fassade.«

Die Aufmerksamkeit ihrer fremden und doch so nahen Schwester lässt Bianca entspannen, als läge sie in warmem Badewasser. Noch immer hält sie eine Hand an ihren Bauch, und obwohl sich das Kind noch nicht bewegt, ist es real geworden.

Jetzt, wo alles ausgesprochen ist, liegt diese Lebensphase schmerzhaft vor ihren Augen wie eine riesige offene Wunde.

»Wie ging es dann weiter?«, fragt Inès.

»In der Familie meines Vaters konnte ich neu beginnen. Der Schulwechsel war wichtig. Mit Silke konnte ich manches besprechen aus dieser dunklen Zeit. Längst nicht alles. Aber sie war weniger Mutter, mehr Freundin. Unbelastet eben. Mir hat auch gefallen, wie Papa und Silke miteinander umgegangen sind. Wie ein Ehepaar, das auch gleichzeitig Elternpaar ist.«

»Eine Familie, wie du sie dir wünschst.«

»Genau, die Sehnsucht nach einer Schwester wurde von der Sehnsucht nach einem Mann und einer Familie abgelöst. Niemals wollte ich Alleinerziehende werden. Und schwupp, sitze ich in der Falle.«

»Was ist mit dem Jungen?«

»Welchem Jungen?«

»Dem Vater von deinem Baby?«

»Junge? Der Mann ist über vierzig, ein Bildhauer. Er hat von vornherein alles abgeblockt und will keinerlei Beziehung zu mir. Er weiß nicht, dass ich schwanger bin.«

Inès scheint den Atem anzuhalten und zu lauschen. »Fast wie bei Mama und mir«, sagt sie dann mit rauer Stimme.

»Fast gespenstisch, wie sich die Dinge wiederholen.«

»Aber jetzt bist du nicht mehr allein.«

»Wieso?«

»Ich bin doch da.«

»Du wirst dein eigenes Leben führen, wirst als Pianistin unterwegs sein.«

Dann versucht Bianca, Inès' Worte an sich heranzulassen, vielmehr tastet sie sich ihnen entgegen, vorsichtig, verletzlich. Das Glück, eine Schwester zu haben, muss sich erst noch verweben mit ihrem gewohnten Lebensgefühl.

Ruhe kehrt ein zwischen den beiden, und Inès atmet bald in einem regelmäßigen Schlafrhythmus. *Du bist nicht mehr allein.* Immer wieder sagt sich Bianca diesen Satz. Auch Barbara und Bernd sind jetzt in ihrem Leben. Es ist gut, Familie zu haben. Vielleicht ergeben sich noch andere Lösungen als Abtreibung oder dieses verhasste *Alleinerziehend.*

Es ist halb vier Uhr morgens. Draußen lässt sich die Dämmerung bereits erahnen. Inès atmet regelmäßig neben ihr. Ihre Schwester duftet noch nach Kind. Bianca steht auf, schreibt eine Notiz für sie, zieht sich an, nimmt unten aus dem Schopf Filzdecke und Schlafsack und geht hinaus in den Wald zu Omas Übernachtungsplatz, an dem sie früher ab und zu gemeinsam geschlafen haben. Sie wickelt sich in den Schlafsack und starrt in den heller werdenden Himmel. Die Erzählungen von Omas Leben streifen an ihr vorüber wie ein Film. Das Bild Hildas drängt sich immer nachdrücklicher vor ihr inneres Auge, die schöne Schwester Omas, die ihr, Bianca, so ähnlich gewesen sein musste, geschändet und ermordet von einer Horde Soldaten.

Unter all den Sätzen, die ein Kind von Erwachsenen hört, sind es nur wenige, manchmal nur einer, der sich in die Zellen verbeißt wie ein schlafender Terrorist. Er treibt sein Unwesen im Organismus eines Kindes, leise zunächst, wächst aber mit und vertausendfacht seine Wirkung, wenn seine Zeit gekommen ist. Jetzt versteht sie endlich: Oma hat ihr einen solchen Satz hinterlassen, ohne ihn je ausgesprochen zu haben: *Es ist lebensgefährlich, eine Frau zu sein.*

Als sie ins Forsthaus zurückkehrt, sitzen alle am Frühstückstisch. Unter den Duft von Kaffee und frischen Brezeln mischt sich noch ein anderer, unbekannter Duft, und der heißt Familie.

»Um halb elf hören wir den letzten Teil von Großmutters Bericht, bist du dabei?«, fragt Barbara.

Bianca zögert. Gestern hat der großmütterliche Bericht dazu geführt, dass sich ihr der Magen umgedreht hat. Während des Frühstücks geht sie in Gedanken die Lebensstationen ihrer Oma durch. Deren Liebe zu diesem viel älteren Mann interessiert sie besonders. Wie ging es mit diesem Svia weiter? Und hat dieser Mann nicht auch etwas von Boris, dem Bildhauer? Wieso hat die Oma Bernd weggegeben? Wer ist Almas Vater, also Biancas Großvater? Und was, um alles in der Welt, ist mit diesem toten Säugling im Moor passiert? Warum interessiert sie sich erst jetzt für ihre Wurzeln?

»Ich bin dabei«, sagt sie schließlich.

# Verlorenes Licht

## Margret, Stuttgart, 1948

Es war schon August, als sie an der Haustür der beiden unbekannten Tanten in Stuttgart läutete. Ihr Bauch war ein Fremdkörper an ihrem mageren Leib. Im Rucksack steckten Mantel und Decken und in den Schuhen klafften Löcher. Dann öffnete sich die Tür. Eine etwas untersetzte Dame starrte sie an und sagte: »Wir haben schon Einquartierungen, bei uns ist voll.«

Dass sie an Türen abgewiesen wurde, war sie gewohnt. Hier musste sie bestehen.

»Margarethe von Lortz«, sagte sie und versuchte, die Bilder ihrer Eltern nicht aufkommen zu lassen. Als Bewegung in die Dame kam, war Margret bereits schweißgebadet vor Anstrengung.

»Komm rein.«

Im Wohnzimmer war es stickig, ein Bett stand an der Wand, der Raum war vollgestellt und eng. Im Garten spielten Kinder, aus der Küche drang Lärm, dort stritten sich ein Mann und eine Frau in ungarischer Sprache.

»Hilde Poetzsch«, stellte sich die Dame vor. »Ich bin die Kusine deines Vaters.«

Eine lange, dünne Frau streckte den Kopf zur Tür herein. Hilde winkte sie herbei. »Komm nur, Ulla. Wir haben Besuch.«

»Na, Besuch haben wir schon genug«, antwortete die andere und zog unwillig die Augenbrauen nach oben.

»Margarethe von Lortz«, sagte Hilde.

Die Dünne hielt sich die Hand vor den Mund.

»Aus Königsberg!«, sagte sie dann, und als Margret das Wort *Königsberg* hörte, musste sie schon wieder den Aufruhr in sich niederpeitschen. Sie würde den beiden Damen nicht erzählen, was aus der Familie geworden war, kein Wort würden sie aus ihr herausbringen. Ein unbändiger Wunsch, von hier zu verschwinden, sich allein durchzuschlagen, nicht auf die Hilfe von zwei neugierigen alten Damen angewiesen zu sein, machte sich in ihr breit. Wie war sie nur auf die Idee gekommen, hier zu läuten? Die beiden hatten genug zu tun, sie hatten mehr Flüchtlinge aufgenommen, als für sie gut war, was wollte sie hier? Vier Jahre war sie durchgekommen, was erwartete sie von diesen Frauen? Sie musste ihr eigenes Leben aufbauen, weder wollte sie den beiden zur Last fallen, noch wollte sie sich in ein familiäres Netz hineinflechten. Es reichte ihr mit Familie. Sie stand auf und nahm ihren Rucksack.

»Moment«, sprach Hilde und griff nach Margrets Arm. »Stolz wie der Vater! Setz dich.«

Dann blickte sie an ihr herunter und fragte: »Und das Kind ...?«

Margret starrte diese fremde Tante an, ohne zu antworten.

So saßen sich die drei Frauen gegenüber und keine wusste, was als Nächstes zu sagen oder zu tun war. Zum Glück wurden keine Erinnerungen an *früher* aus ihr herausgezerrt. Offensichtlich wussten auch die Tanten, was Krieg bedeutete. Etwas schien jetzt in den Köpfen der beiden vorzugehen, sie tauschten Blicke aus, Hilde schüttelte den Kopf, dann ging die lange Ulla an den Schrank und holte Bettwäsche heraus. Schließlich legte sie Margret ihren fertigen Plan vor: »In der Küche stehen gekochte Kartoffeln, ich mache gleich ein Abendessen. Im Haus haben wir jedes Zimmer belegt, aber im Schuppen steht noch ein Feldbett. Dort bleibst du, bis wir dich ein wenig aufgepäppelt haben. Dann fährst du in den Schwarzwald. Mein Großvater mütterlicherseits hat ein Forsthaus, das meines Wissens noch nicht für Flüchtlinge beschlagnahmt worden ist. Da kannst du wohnen und dir Arbeit suchen. In Wildblüt gibt es gewiss eine Hebamme.«

Erst beim Abendessen fragte Hilde: »Sie sind alle tot, nicht wahr?«

»Ja«, sagte Margret und versuchte, hart zu bleiben, denn der weiche Ton der Tante tastete sich viel zu sanft zu ihrem Herzen vor.

Nach drei Tagen ließen die Tanten sie weiterziehen mit dem Schlüssel eines noch unbekannten Forsthauses im Schwarzwald, mit einem Rucksack voller Essen, mit guten, stabilen Schuhen und einem Sommerkleid von Tante Ulla. Die beiden Tanten nahmen ihr das Versprechen ab, sich bald wieder zu melden.

Der Geruch nach feucht und alt schlug ihr entgegen, als sie die Tür des alten Forsthauses öffnete. Sie machte einen Rundgang durch die Zimmer, den Garten und den Keller. Alles war da! Durfte sie so viel Glück haben im Leben? Jetzt, wo alle ihre Leute tot waren?

Mit einer Mischung aus Glückseligkeit und schlechtem Gewissen inspizierte sie jede Ecke, und als sie im Keller drei Jagdgewehre fand, wusste sie, dass sie, auch ohne jemals einer Arbeit nachzugehen, hier überleben konnte. Sie reinigte sie sorgsam, wie sie es von ihrem Vater gelernt hatte.

Oft dachte sie an Svia. Sie waren eine Weile in Hamburg geblieben. Daran, dass er immer wieder tagelang verschwand, hatte sie sich gewöhnt. Eigentlich war sie auch ein bisschen erleichtert darüber. Doch sobald er weg war, schmerzte die Sehnsucht nach ihm wie Bauchweh. So würde es wohl immer bleiben.

Dann hatte er auf einem Überseefrachter anheuern können, und es war unklar, wann er wiederkäme. Margret beschloss, ihr Leben ohne ihn aufzubauen, schließlich musste sie bald für ihr Kind sorgen. Von Svia konnte sie nichts erwarten. Also war sie auf das Ziel zugesteuert, das ihr Tante Otti vor vier Jahren ans Herz gelegt hatte: Süddeutschland und die beiden Tanten.

Nach einer Woche im Jagdhaus kam der Ortsbüttel von Wildblüt mit einem Brief des Bürgermeisters. Margret hatte Mühe, dem Büttel klarzumachen, dass sie keine Einbrecherin war. Das Haus wurde zur Einquartierung von Flüchtlingen beschlagnahmt. Sie hatte keine Berechtigung, dort zu wohnen, da sie weder Erbin noch Besitzerin war.

Bevor sie ging, versteckte sie alle drei Jagdgewehre unter den Tannenriemen des Fußbodens in einem der oberen Zimmer. Dort hatte sie bereits einen Hohlraum gefunden, vermutlich ein früheres Versteck. Sorgsam wickelte sie die Waffen und alle vorhandene Munition ein und füllte den Hohlraum mit Stroh und Stoffstreifen. Dann nagelte sie die Holzbretter wieder fest. Dies war ihre Überlebensgarantie, denn sie würde wiederkommen.

So machte sie sich auf den Weg zurück nach Hamburg. Vielleicht würde sie Svia wiedertreffen. Je näher sie der Stadt kam, desto höllischer brannte die offene Wunde der Sehnsucht in ihr.

Warum sie manchmal in der Nacht hochfuhr, weil sich Panik breitmachte, ihr Kind könne verhungern, das konnte sie sich erklären. Aber warum sie jedes Mal glücklich wurde, wenn sie sich an den Bauch fasste, darüber wunderte sie sich schon. Vielleicht war das die echte Liebe.

Das Vagabundieren musste aufhören. Sie würde ihrem Kind ein Nest bauen. Es sollte nicht auf der Straße aufwachsen. Auf Umwegen gelang es ihr, ein Zimmer am Rand des Gängeviertels in Hamburg zu mieten, obwohl sie kein festes Einkommen vorweisen konnte. Es lag im halben Untergeschoss und hatte kein Schloss. Über dem dritten Stockwerk des Hauses ragten nur noch Mauern in die Luft.

Sie hängte ein Schild nach draußen: *Näharbeiten und Reparaturen*. Davon konnte sie nicht einmal die Zimmermiete bezahlen, deshalb begann sie wieder, aus den Händen zu lesen. Viele wollten wissen, ob verschollene Söhne oder Ehemänner noch lebten. Oftmals wusste sie die Antwort, aber die Leute wollten sie nicht hören. Das Händelesen brachte nicht viel Geld ein und das Betteln hatte sie inzwischen satt.

Es war schon Oktober, als sie an einem Café vorbeilief, in dem jemand grottenschlecht Klavier spielte. Sie trat ein, setzte sich aber nicht an einen Tisch, da sie kein Geld für einen Tee hatte. Der Kellner wollte sie hinausschicken.

»Darf ich spielen?«

»Wir haben schon jemanden.«

»Ich kann es besser.«

»Aber du bist schwanger.«

»Na und?«

Der Mann sah sie von oben bis unten an. »Hast du bessere Klamotten?«

»Noch nicht, vielleicht leihen Sie mir welche.«

»Komm morgen Abend. Nachmittags spielt Udo.«

Sie nähte am Tag, spielte am Abend, las Hände, wenn das Geld knapp wurde. Jeden übrigen Pfennig sammelte sie für ihre Zeit nach der Geburt.

Sie schrieb den Tanten in Stuttgart. Zwei Wochen später kam die Antwort: *Wir werden das Haus auf dich überschreiben, damit du dort wohnen kannst, sobald die Flüchtlinge draußen sind.*

Langsam begann sie, im Leben Fuß zu fassen.

Manchmal ging sie zum Hafen. Das waren besondere Stunden. Auch hier war, wie in Königsberg, alles in Schutt und Asche gelegt worden. Doch das emsige Aufbauen der Lagerhäuser und das Löschen der Fracht löste in ihr Erinnerungen an ihre Heimatstadt aus, die diesmal nicht Horror waren, sondern nur traurig. Wie eine Art Heimweh zog die Sehnsucht nach Svia in ihr Herz, doch wenn es unerträglich wurde, musste sie sich nur an den Bauch fassen und mit ihrem Kind sprechen. Es bewegte sich schon lange in ihr und Margret hoffte inständig, dass es kein Mädchen werden würde. Diese Stunden am Hafen waren für sie wie eine Erinnerung daran, dass sie lebte, denn Traurigkeit war Leben.

Dann war er plötzlich da. Wie aus dem Nichts schien Svia in ihrem Leben aufzutauchen und wieder dorthin zu verschwinden: ins Nichts. Er saß auf einem Steinhaufen zwischen zerbombten Hafengebäuden und rauchte eine Zigarette. Als er sie sah, lachte er sein breites Zahnlückenlachen. Sie nahm ihn mit in ihr Zimmer. Gingen sie in ihr gemeinsames Zuhause? Würden sie eine Familie sein, wenn das Kind da war? Eine Nacht und einen Tag blieb er bei ihr.

Drei Monate später stürzte sich Bernd mit Gebrüll und geballten Fäusten ins Leben. Im Allgemeinen Krankenhaus St. Georg wurden auch mittellose Frauen ohne Krankenkasse genommen, allerdings musste sie das Bett schnell wieder räumen. Allein der Weg vom Krankenhaus über die Alsterbrücke zurück in ihr Zimmer im Gängeviertel war kaum zu bewältigen. Doch nachdem sie es geschafft hatte, auf der Matratze in ihrem Zimmer zu liegen und ihr Kind an die Brust zu nehmen, wurde sie von einem immensen Glücksgefühl erfasst. Das also war Liebe.

Mit dem Kind wurde das Leben schwieriger, aber auch schöner. Sie würde es so lange wie möglich stillen, so konnte sie das Geld für sein Essen sparen.

Von Nachbarn ergatterte sie ein Laufställchen, denn bald musste sie abends wieder aus dem Haus zum Klavierspielen. Zum Glück hatte das Kind einen guten Schlaf, nur manchmal sang und weinte es in seinem Ställchen, wenn sie spät zurückkam.

Sie hatte keine Lust zum Klavierspielen, denn es war eine Spelunke und im Grunde auch ein Puff. Doch die Arbeit war leicht und sie verdiente alles in allem genügend Geld. Nachdem der Schwangerschaftsbauch weg war, wurde sie zuweilen von den Männern angegangen, doch sie konnte sie gewandt abwehren. An einem späten Abend, es war eigentlich schon früher Morgen, bot ihr eines der Mädchen eine Zigarette an. »Du solltest es ab und zu tun. Da verdienst du mehr als in einer Woche Klavierspielen.«

»Das kann ich nicht.«

»Jede Frau kann das. Darfst halt den Pariser nicht vergessen.«

»Mehr als eine Woche Klavierspielen?«

»Mhm.«

»Ich glaube kaum, dass ich dazu fähig bin.«

»Überleg es dir, ich helfe dir, ins Geschäft zu kommen.«

Als sie an diesem Morgen um fünf Uhr heimkam, saß Svia in ihrem Zimmer. Schreck, Freude, hüpfendes Herz und gleich wieder Schreck. Er spielte mit dem Kind und beide waren glücklich. Ihr Kleiner war inzwischen schon über ein Jahr alt und ein wirklicher Sonnenschein.

»Er sieht mir ähnlich«, sagte Svia.

»Ja.« Eigentlich hätte Margret gerne gehabt, dass er sie in den Arm nahm und begrüßte, aber das konnte sie unmöglich sagen. Sie setzte sich neben ihn, dadurch berührte ihr Arm den seinen. Das war schön. So saßen sie nebeneinander, bis das Kind quengelte. Es wollte trinken. Margret schämte sich ein wenig, vor dem Mann ihren Busen zu entblößen, obwohl er ja der Vater des Kindes war. Sie nahm ein Tuch und bedeckte den Jungen. Dann legte Svia seinen Arm um sie beide. Jetzt musste sie aufpassen, dass sie nicht weinte, denn sie empfand so viel Traurigkeit und Glück, dass sie es kaum fassen konnte. Als das Kind schlief, legten sie sich auf die Matratze. Er küsste sie und war sorgsam und zärtlich. Sprechen taten sie nichts. Dann schlief er mit ihr und wie jedes Mal sah sie sich, sobald er in ihr war und anfing zu stoßen, von oben. Das war gut, denn es ging wie von allein, als wäre sie in Narkose. Die Horrorbilder kamen erst in der Nacht, aber nach ein oder zwei Stunden war Ruhe. Er blieb am nächsten Tag bei ihnen und es war ein schöner Tag, als wären sie eine richtige Familie. Als sie am Abend ins Café zum Klavierspielen gehen wollte, wollte er nicht, dass sie dort arbeitete.

»Du bist meine Frau, keine Hure«, sagte er.

»Ich spiele Klavier, sonst nichts.«

»Aber nicht dort.«

»Dann geben Sie mir Geld.«

Er fasste in seine Hosentasche und zog einen Zehnmarkschein heraus. »Genügt das fürs Erste?«

»Bleiben Sie jetzt da?«

»Nein, ich bin Seemann.«

»Schicken Sie mir Geld?«

»Wenn ich kann.«

Sie ging trotzdem zum Café, um dort zu sagen, dass sie ein paar Tage frei brauchte. Als sie nach Hause kam, war er weg.

Mitten in der Nacht schlug die Tür auf. Sie zog an der Lichtschnur. Er war besoffen! Zum ersten Mal sah sie ihn betrunken, seine Augen blitzten gefährlich. Ihr Russenmesser lag aus guter alter Gewohnheit immer griffbereit unter ihrer Matratze. Der Kleine schlief neben ihr und in ihr erwachte die Wölfin mit gefletschten Zähnen, die ihr Kind zu schützen hatte und nichts anderes. Sie nahm das Messer in die Hand. Eiskalt, ruhig und bereit zu töten, sagte sie: »Raus.«

Als würde er kurz aus einem Traum aufwachen, blickte er sie an. »Ach, ich hab's fast vergessen. Du hast einen Rachezauber.«

Dann drehte er sich um und verschwand. Als er weg war, zog Margret die Decke über den Kopf, nahm ihr Kind ganz nahe zu sich und weinte.

Einige Zeit später nahm sie den Vorschlag des Mädchens an, ihr zu helfen, *ins Geschäft zu kommen*. Es war gar nicht schlimm. Sie wusste nun schon, wie sie es anstellte, sich aus der Sache herauszuhalten. Mehr als einen Mann in der Woche würde sie allerdings nicht nehmen. Dass sie sonst daran zugrunde gehen würde, wusste sie sofort. Doch dieses eine Mal in der Woche erlaubte ihr mehr Freiraum, und die Panikanfälle, dass ihr Kind verhungern würde, verloren sich fast ganz.

Als Bernd ungefähr drei Jahre alt war, kam ein Brief von den Tanten. Das Haus sei nun an sie überschrieben und sie hätte das offizielle Recht, dort zu wohnen. Allerdings seien noch immer Flüchtlinge einquartiert, ihr stünden nur eine Kammer und zur Mitbenutzung die Küche zu.

Jetzt hatte sie sich in Hamburg eingerichtet. Sie würde erst einmal hierbleiben. Am Sonntag machte sie mit ihrem Kleinen einen Spaziergang an den Hafen. Hier wurde ihr klar, warum sie nicht in den Schwarzwald zog, um dort ihren Platz als Erbin einzunehmen. Nach all den Jahren lebte noch immer Svia in ihrem Herzen und in ihrem ganzen Leib. War das Liebe? Aber es war etwas völlig anderes als die Liebe zu ihrem Bernd. Ob er wohl je wiederkam? Ob er noch lebte? Die Sehnsucht nach Svia war so schmerzhaft, dass sie sie manchmal fast umbrachte.

Ihr Kleiner war die Freude ihres Lebens. Er war ein wilder Racker, ging schon früh hinaus auf die Gasse und erkundete die Welt. Wenn er hereinkam, erzählte er mit seiner glockenhellen Stimme seine Abenteuer und wollte am Busen nuckeln. Ihr war es recht, sie liebte seine Anhänglichkeit und zudem sparte sie Geld. Er ähnelte Svia zum Herzerweichen. Nur war sein Vater ein gebrochener Mann und Bernd eine frische, unverdorbene Verkörperung des lieben Gottes. Er schien langsam im Denken zu sein und hatte trotzdem ein enormes Gedächtnis. Wenn er mit seiner kräftigen, hellen Kinderstimme sang, hätte sie wegschmelzen können.

So gingen die Jahre dahin. Seltsam nur, dass die Wehmut nach Svia nicht weniger wurde, sondern mehr. Was suchte sie nur in diesem Mann, der doch ebenso kaputt war wie sie selbst? Trotz all dem war sie zufrieden. Nach wie vor spielte sie Klavier. Für jeden Abend hatte sie inzwischen ein anderes, schmissiges Programm zusammengestellt und konnte damit gut die Stimmung im Café lenken. Einmal die Woche ließ sie einen Kunden »drüber«, wie sich ihre Kolleginnen ausdrückten. Damit und mit den Näharbeiten kam sie mit Bernd über die Runden. Bevor er in die Schule käme, würde sie – Svia hin oder her – mit dem Jungen in den Schwarzwald ziehen. Dort würde sie nicht mehr Klavier spielen und auch das andere *Geschäft* würde sie nicht mehr machen. Sie würde in einer Apotheke arbeiten.

Eines Nachts im Februar ging es ganz schnell. Sie hatte einen etwas schwierigen Kunden und war froh, dass er weg war. Rasch sammelte sie ihre Sachen zusammen, um zu ihrem Kind nach Hause zu kommen, das nun schon fast sechs Jahre alt war. Bald wäre es so weit und sie würden umziehen. Sie verließ das Café und zwei Schritte weiter stellte er sich ihr in den Weg.

»Also doch eine Hure.«

Svia. Nach all den Jahren! Seine Stimme würde sie nie vergessen und auch nicht, dass er im besoffenen Zustand gefährlich war. Bevor sie den nächsten Gedanken denken konnte, schlug er ihr mit der Faust ins Gesicht, sodass sie gegen die Hauswand donnerte. Sie rutschte auf den Boden, ihr wurde schwarz vor Augen, und als er sie hochzog, konnte sie nicht auf ihren Beinen stehen. Er schleppte sie mit sich wie eine Puppe, wie die russischen Soldaten, die Frauen aus dem Treck holten und sie an den Haaren und den Kleidern an den Waldrand zogen, um sich über sie herzumachen. So fiel sie jetzt ins Gebüsch, und er riss ihr die Kleider herunter, und während er in sie einbrach, zersplitterte etwas in ihrem Innersten, das seither wie durch ein Wunder heil geblieben war und das jetzt für immer zerbrach. Sein gewaltiger Körper umgriff sie wie ein Sarg, er hielt ihr den Mund zu, aber sie hätte sowieso nicht geschrien, denn so, wie die Frauen damals zu schreien, das war unwürdig. Vielleicht würde er sie auch aufschlitzen, wie sie ihre Schwester aufgeschlitzt hatten, die betrunkenen Russen. Diese Frage war ohnehin nur ein Gedankenspiel, denn sie war taubstumm, blind und ohne jede Empfindung. Er ließ sie liegen wie ein Stück Fleisch.

War sie tot? Atmete sie? Hatte man sie nackt an einen Baum gebunden wie die anderen Frauen? Wo war sie? Sie tastete nach ihrer Vorderseite, nach dem Bauch, den Brüsten, nichts war aufgeschlitzt, dann fasste sie selbst an ihren Arm, prüfte, ob er eiskalt war. In ihrem Kopf war ein Chaos wie in Königsberg nach der Bombardierung. Konnte sie so blöd sein und sich selbst untersuchen, ob sie noch lebte? Nach langer Zeit erstand ein schwaches Bild von ihrem Bernd, da zog sie sich hoch und schleppte sich nach Hause.

Der Kleine weinte. So lange hatte sie ihn noch nie allein gelassen. Ihr armes Kind. Wo war er? Sie konnte ihn nicht sehen, obwohl sie ihn hörte und das Licht brannte. War sie so verwirrt, dass sie die Augen schloss und es nicht merkte? Er musste hier sein, hier im Raum, denn sie hörte seine Stimme: »Mama?«

Sie legte sich auf die Matratze, dort lag er und schlang seine schon kräftigen Ärmchen um sie.

»Mama, was ist?«

Aber es war ja nichts.

In der Nacht schütteten sich die Bilder ihres Lebens über sie aus, als würde man sie mit Müll zudecken. Sie hustete, schnappte nach Luft, erstickte fast, dann wurde alles schwarz. Als sie die Augen wieder aufschlug, kam von draußen Helligkeit herein, der Bub klopfte auf ihren Arm, er wollte ihr etwas zu trinken geben. War er schon wach? War sie noch mal eingeschlafen? Er hielt ihr eine Tasse hin. Sie musste sich zusammenreißen, sie musste sich um ihr Kind kümmern, und schon sah sie die verhungerten Kinder von Königsberg, wie sie am Straßenrand lagen oder in Litauen manchmal in den Gräben. Der Bub rüttelte an ihr, sie zwang sich, im Bett aufzusitzen. Wie lange lag sie schon so da? Ab jetzt würde sie nichts mehr essen, damit er genug hatte, sie könnte sich auch von Kröten ernähren.

In manchen Minuten war sie klarer, da hatte sie den Begriff im Kopf, den sie einmal von ihrem Vater gehört hatte: *geistige Umnachtung*. Hatte sie eine geistige Umnachtung? War sie krank? Dann fiel sie wieder in Schlaf, und schon kamen die Dämonen, und sie konnte nicht mehr zurückfinden.

Eines Morgens war sie wach und frisch. Sie stand auf. Was war eigentlich gewesen? Sie hatte alte Erinnerungen gehabt an früher. Aber das alles war doch längst vorbei. Hier war ihr Bernd, sie hatte Verantwortung für ihn. Er war schon groß und kräftig. Auf dem Tisch lag ihr schmutziger, zerrissener Rock, und jetzt stieg der gesunde Hass in ihr auf. Er hatte es getan. Ein Russentier war er. Nichts als ein dreckiges Russentier. *Hoffentlich wird sein Sohn nicht so ein*

*Tier!* In der Ecke lagen einige Textilstücke zur Reparatur, sie machte sich an die Arbeit. Zum Café würde sie nicht mehr gehen.

Ihr Bernd bemühte sich um sie. Am Mittag brachte er eine Suppe, die fürchterlich schmeckte, aber sie hatte schon schlimmere Dinge gegessen. Als es Abend wurde, kamen die Gespenster wieder. Sie blieben und gingen nicht mehr weg. In dem Maß, in dem ihr eigenes Leben stückweise verschwand, bewohnten Schattenwesen ihren Leib, wie die Läuse eine kranke Pflanze bewohnten und sich von ihr nährten.

Ihr Sohn kämmte ihre Haare. Sie fielen aus wie damals, als sie fast verhungert wäre. Was, wenn ihr Kind verhungerte? Jetzt brach die Panik aus, doch Margret schaffte es nicht, aus ihrem Bett aufzustehen. Wo war eigentlich ihr Russenmesser? Was, wenn Svia hierherkäme und ihr das Kind wegnähme? Sie würde ihn töten. Sie brauchte das Messer, doch als sie aufstehen wollte, um es zu suchen, wurde ihr wieder schwindlig.

Es konnte keine Woche seit dem Vorfall vergangen sein, da schlug am frühen Morgen die Tür auf. Wieder war er besoffen und stürzte sich sofort auf sie. Ihr Bernd rollte sich von der Matratze und verschwand in der Ecke. In diesem Moment schoss eine mörderische Beschützerkraft in sie ein. Weg waren die Dämonen. Sie schlug ihm auf die Nase, er schlug ihr mit der Faust ins Gesicht, mit eisernem Griff umklammerte er ihre Arme, sie biss ihm ins Ohr, schmeckte sein metallisches Blut und spuckte es ihm in die Augen, unwillkürlich wischte er es ab, ihre Hand war frei, ihr Russenmesser, wo war das Messer? Schon fixierte er sie wieder mit seinen steinernen Händen, jetzt konnte sie nur noch durch ein Auge sehen, das andere spürte sie anschwellen. Mit mörderischer Kraft stieß sie ihr Knie gegen sein Gemächt, dann brach er mit einem Seufzer über ihr zusammen, obwohl er noch nicht einmal seine Hose geöffnet hatte. Sie brauchte nur zwei Sekunden, bis sie verstand. Sie quälte sich unter seinem muskulösen Leib hervor, da stand ihr Kleiner mit dem blutigen Russenmesser in beiden Händen. Sein Mund stand offen, seine Lippen formten *Mama*, es kam aber kein Ton heraus. Er hatte diesem Mann das Messer in den Leib gestoßen und es sogar wieder herausgezogen.

*Alle Achtung, mein Bub*, dachte Margret noch, dann ging alles gleichzeitig und trotzdem geordnet. Das Kind musste vergessen, das war das Erste. Sie nahm ihm das Messer aus der Hand und schob ihm eine Morphiumtablette in den Mund. Nach und nach hatte sie sich eine halbe Apotheke zusammengestohlen, was ihr in der Nachbarschaft schon zu manchem zusätzlichen Pfennig verholfen hatte. Auf der Stelle schlief das Kind ein. Sie strich ihm über die Augen, vielleicht half der Vergessenszauber von Tante Otti noch zusätzlich. Es war fünf Uhr morgens. Aus dem Schrank nahm sie ihren Rucksack und stopfte einige Kinderkleider hinein. Dann hob sie den schlafenden Bub auf den Arm, zog die Zimmertür hinter sich zu und ging zum Bahnhof.

Schon lange war sie nicht mehr so hellwach gewesen wie jetzt. Körpereigene Endorphine schienen sie über dem Abgrund zu halten, so wie der Aufwind im Herbst die Papierdrachen in der Luft hielt. Sie stiegen in den ersten Zug, der Richtung Süden fuhr.

Sobald ein Schaffner im vorderen Waggon war, nahm sie ihren Jungen und verschwand auf der Toilette.

In Frankfurt mussten sie zum zweiten Mal umsteigen. Als sie im Zug nach Stuttgart saßen, erwachte ihr Bernd. Er rieb sich die Augen und wollte am Busen nuckeln. »Nein, mein Kind. Am Busen wird nicht mehr genuckelt.«

*Wer einen russischen Bären töten kann, sollte nicht mehr am Mutterbusen trinken*, dachte sie insgeheim und war ein wenig stolz auf ihren Jungen.

»Wo sind wir?«

»Im Zug.«

»Wohin fahren wir?«

»In den Süden.«

»Weil bei uns der böse Riese war?«

»Was für ein Riese?«

»Bei uns war ein riesiger Mann.«

»Das hast du geträumt. Da war kein Mann.«

Bernd kratzte sich am Kopf, wie immer, wenn er nicht mehr richtig weiterwusste.

»Hier, ich hab dir ein Brot mitgenommen. Iss, und dann schlaf noch ein bisschen.«

Kurz vor Stuttgart erwachte er wieder. »Da war ein großer Mann, ich habe von ihm geträumt.«

»Ja, Träume verschwinden, sobald man die Augen aufmacht. Siehst du: Nirgends ist ein großer Mann.«

»Wohin fahren wir?«

»Zu Tante Ulla und Tante Hilde. Wir machen einen Besuch.«

Als sie nach drei Tagen wieder in Hamburg ankam, ging sie nicht nach Hause, sondern zum Polizeirevier. Sie berichtete alles genauso, wie es gewesen war.

Nur mit dem Unterschied, dass sie den Mann selbst in Notwehr getötet hatte und dann erst ihr Kind in Sicherheit bringen wollte. Die Beamten gingen mit ihr in die Wohnung, der Leichenwagen war auch dabei. Doch ihr Zimmer war leer. Ein paar Blutstropfen noch, ein etwas größerer Blutfleck auf der Matratze, das war alles. Da sie geständig war, sich selbst gestellt hatte und weil es keine Leiche gab, musste sie nicht in Untersuchungshaft. Zu Hause saß sie auf ihrem Stuhl und überlegte, was jetzt zu tun war. Als Erstes putzte sie das Blut weg. Dann zog sie das Laken vom Bett. Mit dem Luftstrom des Wegziehens wirbelte vom Boden ein Zeitungsstück auf. Darauf stand mit grober Schrift: VERGIB MIR. Die Buchstaben sahen ein wenig kyrillisch aus, waren aber gut lesbar.

Dass Svia nicht nur ein Russentier, sondern auch ein Mensch war, das wusste sie schon. Er war wie zwei in einem: einer, der liebte, und einer, der hasste. Ihr taten beide weh.

Am übernächsten Tag stand die Polizei vor der Tür. Man hatte aus der Alster eine Leiche gefischt, die ihrer Beschreibung nahekam. Als sie in der Pathologie sein weißgraues, lebloses Gesicht identifizieren musste, stand eine Tränenwand aus Traurigkeit vor ihr. Was stimmte nicht mit ihr? Warum konnte sie nicht um ihren Vater, ihre Mutter oder um ihre Geschwister trauern, aber um diesen Mann? Sie musste sich setzen und brauchte alles, um ihre Tränen bei sich zu behalten, schließlich hatte sie gestern noch einen Totschlag aus Notwehr angegeben. Als sie aus dem Polizeirevier schlich, hörte sie jemanden sagen: »Pack schlägt sich, Pack verträgt sich.«

Kraftlos schlurfte sie nach Hause und legte sich auf die Matratze. Ihr Kind war weg. Svia war weg. Alle waren weg. Gott strafte sie dafür, dass sie nicht auf ihre Geschwister aufgepasst hatte.

Gerichtlich war der Fall noch nicht ausgestanden. Sie musste noch einmal zur Vernehmung auf das Polizeirevier kommen. Die Leiche hatte einen Messerstich zwischen den Rippen, die Leber war schwer in Mitleidenschaft gezogen worden. Allerdings war dies nicht die tödliche Verletzung. Sviatoslav Schmid hatte sich kurz nach der Tat in die Alster gestürzt. Wäre er nicht verletzt gewesen, hätte er sich vielleicht aus dem Wasser retten können, so die Argumentation des Staatsanwalts. Margret wurde ein Pflichtverteidiger zur Seite gestellt. Er hieß Otto Rasmussen. Er erinnerte sie ein wenig an ihren Bruder Otto, aber der war ja damals noch ein Kind gewesen. So hätte er als Erwachsener aussehen können, wenn er nicht in der Ostsee ertrunken wäre, als das brechend volle Flüchtlingsschiff mit Frauen und Kindern von den Engländern bombardiert worden war. Etwas rundlich war Herr Rasmussen, aber keinesfalls dick, er war jovial, freundlich und engagiert. Nach vier Monaten wurde das Verfahren gegen sie eingestellt. Vier Monate, in denen sie ihren Bernd nicht abholen und auch selbst nicht in den Süden fahren konnte.

Eines Morgens stand sie auf und musste sich erbrechen. Kinder von Vergewaltigungen hatten kein Recht, zu leben, denn das waren Russenbastarde, und die hatte man in Königsberg in die Ecke oder auf die Müllhalde geworfen. Überall lagen die schwarzen, winzigen Körperchen herum. Doch weiter reichten ihre Gedanken nicht, denn sie musste sich um ein Einkommen kümmern, damit sie ihren Bernd wieder zu sich holen konnte.

Sie zog sich so schön wie möglich an und richtete ihre Frisur. Zum Glück hatte sie gut wachsendes Haar. Dann läutete sie bei der Anwaltskanzlei, in der Otto Rasmussen arbeitete. In der Kanzlei gab es keine Arbeitsstelle, aber einige Tage später kam eine Notiz von ihm, dass in der Apotheke seines Bruders eine Putzstelle frei würde. Eine Apotheke!

Schnell durfte sie außer den Böden und den Schränken auch die Töpfchen, Mörser, Röhrchen, Löffelchen, Rührstäbe und Reagenzgläser reinigen. Ihre Hände arbeiteten flink und sorgfältig, doch die Düfte der Kräuter, Pülverchen und zerstoßenen Samen ließen sie nach innen fallen, und sie horchte auf das Flüstern in ihrem Blut und auf Tante Ottis murmelnde Anweisungen. Ab und zu nahm sie sich Kleinigkeiten mit nach Hause, und heimlich schrieb sie sich alle Rezepte und Indikationen der Arzneien ab, die direkt in der Apotheke hergestellt wurden. Ein paar wirkungsvolle Rezepturen von Tante Otti teilte sie dem Apotheker mit, quasi als Gegenleistung. Mit einer Mischung aus Misstrauen und Anerkennung bereitete er die Präparate zu und erhielt prompt gute Nachrichten von den Patienten.

Eines Tages ging der Knopf ihres Rockes nicht mehr zu. Sie streifte ihn nach oben unter die Brust, so ging er zu, darüber ließ sie ihre Sommerbluse mit dem feinen Stoff fallen.

»Haben Sie jemanden, der auf Ihr Kind aufpassen wird, wenn es mal da ist?«, fragte der Chef zwei Wochen später.

»Welches Kind?«, fragte Margret und starrte ihn an wie eine Schlange das Kaninchen.

Zu Hause rechnete sie. Es war jetzt ein halbes Jahr her, dass Bernd nicht mehr bei ihr war. Sie war schwanger, aber etwas musste geschehen, damit sie ihr richtiges Kind, ihren Bernd, wieder zu sich holen konnte.

»Sie sind schwanger, Fräulein Lorenz. Machen Sie sich und uns nichts vor.« Die Frau des Chefs sprach aus einem dunkelroten Mund, ihr rechter Schneidezahn saß schief, als wäre er zu spät gekommen und hätte keinen richtigen Platz mehr im Mund gehabt, wie bei dem Kinderspiel *Die Reise nach Jerusalem*, wo nach jeder Runde einer übrigblieb, und der Verlierer setzte sich manchmal frech zu dem Siegerkind auf den Stuhl. Margret putzte weiter. Nach Feierabend nahm sie ein Röhrchen Morphium, einige Päckchen Aspirin, zerstoßenen Fingerhut und ein Pfund Borax mit und sortierte es in ihre Hausapotheke. Diese setzte sie sorgsam in ihren Koffer. Am nächsten Morgen ging sie anstatt zur Arbeit zum Bahnhof und fuhr in den Süden.

Flüchtlinge waren keine mehr einquartiert. Das Haus war sauber geputzt, und es schien ihm gutgetan zu haben, dass es bewohnt worden war, denn der stockfleckige Geruch war fast weg. Als Erstes nahm sie ihre Waffen aus dem Versteck. Sie waren unversehrt. Im Gewölbekeller fand sie ausgekeimte Kartoffeln. Einen Teil davon würde sie essen, den anderen Teil im Garten anpflanzen. Für dieses Jahr war es zu spät, aber bis Frühjahr hielten sie als Saatkartoffeln. Im Kohlekeller gab es noch Briketts und Eierkohlen. In der Küche fand sie jede Menge Salz, ein wenig Mehl, ein halbes Pfund Zucker, eine angefangene Schachtel mit Kartoffelstärke und noch einige Päckchen Puddingpulver. Von ihrem letzten Geld kaufte sie vier Hühner. Nachdem sie sich eingerichtet hatte, setzte sie sich auf den Sessel. Sie war versorgt. Bald könnte sie ihren Kleinen zu sich holen, sie vermisste ihn so.

Instinktiv hielt sie ihre Hände an den Bauch. Darin bewegte sich etwas. Seltsam, dass sie Bernds Bewegungen damals glücklich gemacht hatten. Diese hier machten sie weder glücklich noch unglücklich. Es waren einfach Bewegungen in ihrem Bauch. Sie war schwanger, aber das würde sie auch überstehen.

Beim nächsten Vollmond schoss sie im Morgengrauen ein Reh, brach es auf und ließ das Fleisch abhängen, um es später zu pökeln. Die Eingeweide aß sie roh. Nun, da sie so nahe am Wald wohnte, konnte sie täglich Wanderungen machen und dort holen, was sie brauchte. Es ging ihr gut.

Doch in ihrem Inneren braute sich etwas zusammen. Noch war es nicht schlimm, nur manchmal träumte sie, oder die Horrorbilder holten sie tagsüber kurz ein. Danach ging es wieder, und sie war wie eine normale Frau. Natürlich, sie war schwanger, und vielleicht brachte ihr dieser Russenbastard schlechte Dämpfe in den Bauch. Doch es war nicht der Bauch, es war der Kopf, der immer wieder im Chaos versank. Zum Glück war Bernd gut versorgt.

*Das Kind muss weg.* Das war es, was sich in ihrem Kopf herauskristallisierte, wenn sie wieder zur Ruhe kam. Und dieser Satz ging jetzt nicht mehr weg. Er begleitete sie auf all ihren Wegen und in all ihren Gedanken. *Das Kind muss weg. Die Leibesfrucht ausstoßen* war ein Begriff, den sie bei Tante Otti einmal gelesen hatte. Damals hatte die Tante das Rezeptheft zugeklappt und gesagt, das sei nichts für sie. Was stand in diesem Heft?

In der Nacht träumte sie von der roten Mütze auf dem Moor. Es war Ende Oktober, und draußen starb alles ab. Obwohl in ihrem Bauch etwas wuchs, schien auch in ihr alles abzusterben. Während der paar Wochen, in denen sie hier im Schwarzwald war, hatte sie schon oft da draußen am Rand des Moors gestanden und in ihrem Inneren nach Ursula gesucht. Ob tote Seelen, wenn sie im Moor umkamen, in allen Mooren zu spüren waren? Oder andere, die im Wald umkamen, in allen Wäldern zu hören waren? Oft hörte sie nachts im Wald Stimmen, aber das kannte sie schon von früher, das ängstigte sie nicht.

Nach diesem Traum kamen auch all die anderen Bilder zurück, sogar solche, die sie glaubte, schon lange vergessen zu haben. Es war, als hätten erneut die bösen Geister von ihr Besitz ergriffen, als würden sie ihren Leib kapern, ohne dass sie sich wehren konnte. In ihrem Inneren spielte sich die Hölle ab, sie war selbst in der Hölle. Das musste etwas mit diesem Kind in ihr zu tun haben, denn erst seit der Vergewaltigung durch Svia hatte sie solche Zustände, und genau da war das Kind ja entstanden. In manchen lichten Momenten konnte sie über solche Dinge noch nachdenken. Doch oft genug blieb sie in den Bildern gefangen wie in einer Geisterbahn.

Als der erste Frost kam, das war im November, ging es wieder besser. Sie konnte essen, vielmehr fraß sie regelrecht von ihrem Rehfleisch. Hinaus ging sie nur in der Nacht, und zum Glück war es auch Nacht, als die Wehen kamen. Sie ging zum Jägerstand vor dem Moor. Das Kind kam leicht, weil sie in die Hocke ging, da sie ja kein Bett hatte, wohinein sie sich hätte legen können. Als es da war, nahm sie das Russenmesser und schnitt die Nabelschnur durch. Es schrie nicht, das war gut. Danach legte sie ein Stück Moos auf das Gesicht des Kindes und presste fest.

Dann kam die Nachgeburt. Die legte sie zur Seite. Schließlich ging sie hinaus bis ans Ende des Schwingbodens und legte ihr Kind in das weiche Moor, als würde sie es ins Bett legen. Das Moor war nicht gefroren. Den Mutterkuchen nahm sie mit nach Hause. Als sie sich am frühen Nachmittag etwas erholt hatte, briet sie ihn in der Pfanne und aß ihn, wie sie es in ihren Hungerjahren getan hätte.

Nach einigen Tagen war sie wieder frisch und erholt. Sie putzte das Haus. Bald würde sie Bernd zu sich holen. Ab und zu dachte sie an Svia, aber der war ja tot. Dann dachte sie an Hamburg, weil sie das unbestimmte Gefühl überkam, sie müsse dort noch etwas abholen. Da sie aber nicht wusste, was es war, wartete sie ab. Weihnachten würde sie noch abwarten, dann würde sie sich eine Arbeitsstelle suchen, am liebsten in Calw in einer Apotheke. Und sobald sie Arbeit hätte, würde sie Bernd hierherbringen.

Der Gedanke, sie müsse in Hamburg noch etwas abholen, ließ sie nicht los. Also machte sie sich Anfang Januar auf den Weg zurück in die Hansestadt.

Ungewohnt elegant sahen ihre frisch gepflegten Hände aus, als sie die Klingel der Kanzlei drückte, in der Otto Rasmussen arbeitete.

»Margarethe von Lortz«, sprach sie am Empfang. »Ich würde gerne mit dem Rechtsanwalt Otto Rasmussen sprechen.«

»Fräulein Lorenz!«, rief dieser erstaunt aus, als er sie in seinem Büro empfing.

»Margarethe von Lortz ist mein richtiger Name«, antwortete sie und in diesem Moment flossen ihr Kräfte aus ihrer Herkunft zu, richteten ihr das Rückgrat auf, Wirbel für Wirbel exakt übereinander. Dann, als würde ein Ziehbrunnen frisches Quellwasser nach oben ziehen, führte ihre gerade Wirbelsäule nun Würde und natürlichen Stolz mit sich. »Mein Vater war Generalmajor von Lortz.«

Sie erzählte dem Anwalt in ein paar wenigen Sätzen, wie sie ihre Familie und ihren Namen verloren hatte und wie ihr der Deutschrusse Sviatoslav Schmid aus der Hungerblockade Königsbergs zur Flucht verholfen und ihr damit das Leben gerettet hatte. Das Kind, das aufgrund dessen Vergewaltigung unter Alkoholmissbrauch entstanden war, konnte sie in Süddeutschland gebären und zur Adoption freigeben. Das andere Kind wäre gut aufgehoben bei Verwandten, sie würde es abholen, sobald sie eine feste Arbeit und einige Ersparnisse hätte.

»Wäre es Ihnen möglich, bei Ihrem Bruder, dem Apotheker, noch einmal ein gutes Wort für mich einzulegen?«

»Fräulein von Lortz, Sie hätten mir schon vor dem Prozess Ihre Herkunft darlegen sollen, dann hätten wir leichtes Spiel gehabt.«

»Dank Ihnen haben wir es ja geschafft.«

»Haben Sie denn noch Dokumente, die Ihre Herkunft als eine von Lortz bestätigen? In dem Fall würde ich dafür sorgen, dass Sie wieder Ihren richtigen Namen tragen können.«

»Wie sollte ich? Als ich gegen das Verhungern kämpfte, konnte ich keine Dokumente mitschleppen.«

»Da haben Sie auch wieder recht.«

»Bitte bemühen Sie sich nicht wegen meines Namens. Mein neuer Name hilft mir, die Verluste besser zu vergessen.«

Am Ende bekam sie die Stelle in der Apotheke wieder.

Wie eine seither vernachlässigte Pflanze, die nun ans Licht gestellt und gegossen wurde, vollzogen sich die Veränderungen bei Margret. Dass sie sich auf ihre Herkunft berufen hatte, gab ihr Standfestigkeit und Sicherheit. Ihre Bewegungen wurden weicher, ihre Ausdrucksweise gewählter und ihr Gemüt war manchmal fast heiter. Sie verdiente genug, um sich ein Zimmer mieten und ab und zu sogar etwas Hübsches zum Anziehen kaufen zu können.

Weil die Rezepte, die sie dem Apotheker schon damals gegeben hatte, außergewöhnlich guten Absatz fanden, durfte sie unter seiner Anleitung selbst Präparate mischen. Zu Beginn kontrollierte er sie genau. Nach und nach vertraute er ihr und so konnte sie immer mehr im Labor arbeiten, anstatt Böden zu putzen.

Eines Abends wurde sie zum Abendessen bei der Familie eingeladen. Auch Otto Rasmussen war anwesend. Der Tisch war aufwändig gedeckt, das Essen hingegen eher sparsam. Sogar ein Dienstmädchen gab es. Margret fiel der Satz ein, den ihre Mutter immer gesagt hatte: *Wohne über deinem Stand, kleide dich gemäß deinem Stand, iss unter deinem Stand.* Sie wurde den Verdacht nicht los, dass man mit dieser Einladung prüfen wollte, ob sie wirklich aus gutem Hause kam.

Doch sie konnte brillieren mit ihren perfekten Manieren und der Kunst der gepflegten Unterhaltung, niveauvoll und doch nicht allzu tiefgründig. Gerade so, dass die Bildung aus dem Hintergrund hervorschimmerte, ohne damit zu prahlen. Nach dem Essen wechselte man in den Salon, dort stand das Klavier. Als sie dann noch einige Fughettas von Bach zum Besten geben konnte, schien sie sich aufs Feinste bewährt zu haben.

Zwei Tage später lag ein Blumenstrauß mit angehängtem Briefumschlag vor ihrer Zimmertür. *Sehr geehrtes Fräulein von Lortz*, schrieb Otto Rasmussen. *Ich nenne Sie bei Ihrem richtigen Namen, denn Sie sind unzweifelhaft von höherer Geburt.*

Tiefer Atem strömte in Margret ein, als sie ihren richtigen Namen auf dem eleganten Büttenpapier mit Wasserzeichen las. Die selbstverständliche Erwartung von Respekt erstand in ihr als feine, fast nebelhafte Erinnerung und etwas in ihr wollte dort anknüpfen, wo sie herkam. Es war dieses verführerische Flüstern von gesicherter Existenz und die Sehnsucht nach Fallenlassen, die sie nicht nur Otto Rasmussens Einladung zum Abendessen, sondern später auch seinen Heiratsantrag und seinen Verlobungsring annehmen ließ. Als sie ihn heiratete, war sie bereits mit Alma schwanger.

»Glückwunsch, es ist ein Mädchen«, sagte die Krankenschwester, als Margret aufwachte. Man hatte sie narkotisiert, um den Kaiserschnitt durchzuführen. Die Schwester legte ihr ein Kind an den Busen. Hatte sie es aus dem Moor geholt? Sie blinzelte. Nein, sie war in der Frauenklinik an der Elbe, sie war gut versorgt und hatte soeben eine Tochter geboren. Das Kind lag an ihrem Busen und trank. Auf einmal umwickelte sie beide ein Stacheldraht, von den Füßen angefangen bis weit über den Kopf, ein Kokon aus wüsten, verletzenden Nägeln, jede Bewegung ritzte eine schmerzhafte Wunde in ihre Haut. Da stand Bernd vor ihr und wollte auch am Busen nuckeln, er war seltsam verzerrt, zuerst war er groß, neun oder zehn Jahre, dann wurde er so klein wie dieser Säugling, der an ihrem Busen trank, und plötzlich lag da noch ein anderes Kind. Auch das wollte an ihr nuckeln, drei Kinder hatte sie jetzt, wie sollte sie sie alle über die Runden bringen?

Vor ihre Augen drängten sich die rote Mütze und der Umhang, langsam und doch zügig zog es sie nach unten, der ausgestreckten, bewegungslosen Kinderhand folgend.

»Glückwunsch, meine Liebe!«, rief jemand von der anderen Seite des Moors. Es war ihr Mann Otto, er strahlte und hielt einen Rosenstrauß in den Händen. »Das nächste wird ein Bub«, sagte er, nachdem er sie auf den Mund geküsst hatte. Ein Bub? *Einen Buben hab ich ja schon*, wollte sie sagen, doch ihr Mund war verklebt, sie konnte ihn nicht öffnen.

»Dudududuu«, machte der Mann und schnippte mit dem Zeigefinger an die Wange des Kindes, welches an ihrem Busen eingeschlafen war. Nach einer Weile sagte er: »Du bist noch sehr erschöpft. Es war eine anstrengende Geburt, nicht wahr?« Dann sprach er weiter, als würde er sich die Antwort selbst geben und auf dieses *nicht wahr* folgte ein weiteres: »Ich komme morgen wieder, da wird es schon besser gehen, nicht wahr?«

Nur selten waren die Dämonen gekommen, seit sie wieder in Hamburg war. Während der gesamten Zeit ihrer Ehe lebte sie wie in einem Haus mit zwei Stockwerken. Auf der Beletage war es hell, es gab ein Klavier, viele Bücher, ab und zu Theaterbesuche, manchmal sogar eine Oper. Es gab zu essen, es wurde geplaudert, in Deutschland ging es wieder aufwärts, Rechtsanwälte wurden gebraucht. Margret hatte nur noch halbtags in der Apotheke gearbeitet. Sobald das Kind da wäre, würde sie nicht mehr arbeiten, hatte es geheißen, denn Otto plante, sich mit eigener Kanzlei selbständig zu machen. Nachts im Bett brauchte er sie, um seine Kriegserlebnisse zu vergessen.

Die ehelichen Nächte waren es dann gewesen, die ihr die Treppe zu ihrem unteren Stockwerk zeigten. Dort, im Lichtlosen, lebte Bernd, da lebte Svia, ihre ganze Familie lebte dort.

Ihre ehelichen Pflichten hatte sie dadurch meistern können, dass sie sich völlig ausschaltete. So war es ihr gelungen, diese Treppe zu meiden, doch Otto war sinnlich. Er brauchte sie viel. Je dicker ihr Bauch geworden war, desto mehr ekelte sie sich vor ihm und seiner Sexualität. Am Ende ihrer Schwangerschaft nahm sie ihre Decke und schlief im schon hergerichteten Kinderzimmer auf dem Boden.

»Komm doch wieder ins Schlafzimmer«, hatte Otto am dritten Abend gebettelt, nachdem sie nicht mehr im Ehebett geschlafen hatte. Noch in dieser Nacht begannen die Wehen.

Nun war sie nach sieben Tagen im Krankenhaus wieder zu Hause und es war nicht besser mit ihr. Alles schien noch dunkler als in den Zeiten, wo die Geister da waren. Öffnete sie die Augen, kam es ihr vor, als säße sie in einem unwirklichen Theater, die Bäume vor dem Fenster waren aus Pappmaché, unten fuhren Spielzeugautos hin und her und neben ihr quengelte ein unbekannter Säugling, der an ihrer Brust nuckeln wollte. Schloss sie die Augen, war da nur schwarze Undurchdringlichkeit.

An einem hellen Morgen saß sie am Fenster, da durchwirkte die Sonne sogar ihre innere Schwärze. In diesem Augenblick bildete sich ihr Junge aus den dunklen, weichenden Wolken heraus. Sie musste Bernd herholen. Jetzt schoss der erste klare Gedanke seit der Geburt in ihr Gemüt: Kein einziges Mal hatte ihr Mann nach ihrem Kind gefragt. Ein Junge wie Bernd hatte in Ottos Kulissen keinen Platz.

Sie war noch keine zwei Wochen aus dem Krankenhaus zurück, da legte Otto abends im Bett seine Hand auf ihren Bauch. Sofort erstarrte sie zu Eis.

»Zwei Monate muss ein Mann warten, hat die Hebamme im Krankenhaus zu mir gesagt«, flüsterte er mit heiserer Stimme. »Ich kann es kaum erwarten.«

Wie schon oft half ihr das Eis in ihrem Herzen, zu sehen, was war. Sie war nur durch Zufall vom Zuschauerrang auf die Bühne dieses Puppentheaters geschoben worden. Dies war nicht ihr Leben. Am

Morgen erwachte sie und war völlig klar im Kopf. Sie machte ihm wie üblich das Frühstück und kochte zum Mittag. Beim Abspülen, als er bereits seine Jacke anhatte, um in die Kanzlei zu gehen, tätschelte er sie am Hintern. »Du bist wieder gesund. Vielleicht können wir die zwei Monate abkürzen. Bis heute Abend, mein Schatz.«

Am Nachmittag schrieb sie ihm einen Brief und bat um die Scheidung. Sie war bereit, alle Schuld auf sich zu nehmen. Das uneingeschränkte Sorgerecht sowie Alimente für Alma war alles, was sie forderte.

Dann nahm sie so viel von ihrer Kleidung mit, wie in den Koffer passte, packte ihr Kind in den Kinderwagen und setzte sich in den Zug Richtung Süden. Es war unterwegs in der Eisenbahn, als sich die Liebe zu ihrer kleinen Alma aus ihrem verschlossenen Herzen herausschälte wie eine Rose, die unter der Junisonne aus ihrer Knospe heraus explodierte.

Otto war großzügig. Außer ihre Forderungen zu erfüllen, gab er ihr noch dreitausend Mark zur Güte und zum endgültigen Abschluss ihres Verhältnisses und damit sie auf etwaige spätere Erbschaftsansprüche für sich selbst und das Kind verzichtete. Sie war zum Gerichtstermin noch einmal nach Hamburg gereist. Dabei verabschiedete sie sich vom Apotheker-Ehepaar, zu dem ein freundschaftliches Verhältnis gewachsen war. So erfuhr sie, dass Otto schon länger eine Geliebte gehabt hatte. Als sie im Zug zurück in Richtung Süden saß, wusste sie, dass sie in ihrem Leben nie wieder nach Hamburg reisen würde. Nun war sie frei, um endlich ihren Bernd abzuholen.

Das Haus roch wie immer nach alt und feucht, als sie ankam. Sie öffnete die Fenster, um die Frühsommersonne und das Leben hereinzulassen. Jedes Zimmer bewohnte sie nacheinander, um die Geister aus allen Räumen zu vertreiben, die sich anstelle von Menschen hineingesetzt hatten. So nahm sie das Haus von der Dachschräge bis zum Keller in Besitz.

Als alles blitzsauber war, wurde ihr klar, was sie in Hamburg hatte abholen wollen: Es war ihre Erinnerung an diejenige, die sie einmal gewesen war, bevor der Krieg und die anderen Ereignisse sie in ein Leben gestürzt hatten, das nicht das ihre war. Sie war keine Vagabundin, sondern eine Gutsbesitzerin. Sie war kein Pack, sondern ein Kulturmensch. Sie war keine Bettlerin, sondern eine Jägerin, und dass sie auch eine Frau war, sollte ab jetzt keine Rolle mehr spielen. All dies hatte sie in Hamburg abholen wollen und jetzt war sogar Alma noch mitgekommen, ihr großes Glück. Hier würde sie bleiben, von hier würde sie sich nicht mehr wegbewegen. Sie war Margarethe von Lortz, auch wenn sie das Kleid der Margret Lorenz und jetzt auch noch das der Margret Rasmussen trug.

Von den dreitausend Mark kaufte sie sich ein gebrauchtes Klavier und einen Grundstock an guten Büchern. Dann bewarb sie sich in Calw bei einer Apotheke und verzichtete auf zehn Prozent ihres Lohnes, damit sie ihre Kleine mit zur Arbeit nehmen konnte.

Alma war so anders als ihr Bruder. Schon bald wollte sie tagsüber etwas Richtiges essen und nicht mehr am Busen nuckeln. Sie patschte mit ihren Händchen ins Essen ihrer Mutter.

»Sei froh, mein Kind«, sprach sie dann, »dass wir keinen Hunger mehr leiden müssen.«

Mit dem Wort *Hunger* fuhr der Schrecken in sie ein wie der Schlag eines Gewehrkolbens in den Rücken. Wie sollte sie zwei Kinder ernähren, wenn sie Bernd abholte? Kaum schaffte sie es, die Truhe ihrer Schreckensbilder wieder zu schließen, erst nach einigen Atemzügen wurde sie ruhiger. Niemand verhungerte heute mehr und wenn, hätte sie jetzt drei Gewehre, um jederzeit an Fleisch zu kommen.

In der Nacht träumte sie nach langer Zeit wieder von diesem Kind im Moor. War es Ursula? Oder ihr eigenes Kind? Sie erwachte mit Blei in den Gliedern und schaffte es tagelang nur mit Mühe, ihrer Arbeit in der Apotheke nachzukommen und ihre Alma zu versorgen. Ihr Töchterchen half ihr wieder auf die Beine, denn es sang, spielte und jauchzte so glücklich und sonnig, dass Margret sich anstecken ließ. In der Nacht schmiegte sich das Kind so eng an sie, als würde es ihr mit seinem kleinen Körperchen Kraft geben wollen.

Manchmal betrachtete Margret ihre Tochter mit einem entfernteren Blick, wie ein Weitsichtiger, der sein Buch etwas von sich weghält, um besser lesen zu können. *Hoffentlich erbt sie nicht die Sinnlichkeit ihres Vaters*, ging ihr dann durch den Kopf. Ein anderes Mal war sie erstaunt über die Eigenwilligkeit eines so winzigen Kindes, das noch nicht einmal laufen konnte. Etwas, das sie von ihrem Bernd nicht kannte.

Dann kam ein Brief von den Tanten in Stuttgart. Als sie ihn mit dem Küchenmesser öffnete, schnitt sie sich in den Finger und das Blut machte einen Fleck auf den Umschlag. Dann tropfte auch etwas aus ihrer Nase, aber das war kein Blut, sondern Wasser.

*Liebe Margarethe,*
*Bernd geht es gut bei uns, aber er ist ein rechter Lausbub. Wegen eines kleinen Streiches in der Schule haben sie ihn in ein Heim gesteckt, aus dem wir ihn sofort wieder herausholen müssen. Dafür brauchen wir das Sorgerecht. Würdest du bitte so schnell wie möglich dieses Formular unterschreiben und an unseren Anwalt schicken?*
*Wir lieben das Kind sehr.*
*Viele Grüße von Ulla und Hilde Poetzsch*

Sie unterschrieb sofort und brachte den Brief zur Post. *Das ist vorübergehend*, sagte sie sich, *damit er schnell wieder aus dem Heim herauskommt*. Sobald sie sich hier vollends eingerichtet hätte, würde sie ihn holen. Als sie von der Post nach Hause kam und ihre Haustür aufschloss, versagten ihr die Beine. Sie hielt sich am Türrahmen fest, weil ihr schwarz vor Augen wurde, dann sank sie auf den Schuhabstreifer.

Ungefähr drei Monate nach diesem Vorfall kaufte sie sich eine Fahrkarte nach Stuttgart, um ihn abzuholen. Sie hatte Alma im offenen Kinderwagen. Schon während der Zugfahrt verwandelte sich die Vorfreude jeden Kilometer mehr in Verzweiflung und als sie in Stuttgart ankamen, bestand Margret nur noch aus Tränen, die sie nicht weinen durfte, denn sonst wäre nichts von ihr übriggeblieben. Anstatt vom Bahnhof direkt zum Haus der Tanten zu gehen, schob sie den Kinderwagen eine Anhöhe hinauf. Von oben konnte man die Straße überblicken, in der die Tanten wohnten. Sie ging noch ein Stück weiter. Jetzt trennte sie nur noch eine Treppe vom Haus. Es war eine jener langen, teilweise von Büschen eingewachsenen Treppen, wie sie im hügeligen Stuttgart häufig zu sehen waren. Margret setzte sich auf den obersten Absatz. Vor der Tür des Hauses saß ein zehnjähriger Junge auf den steinernen Eingangsstufen. Aus ihrer Handtasche nahm sie ihr Jägerfernglas und stellte das Objektiv auf scharf. Der Junge blickte mit sorgenvoller und doch gedankenverlorener Miene lange Zeit die Straße hinunter, als würde er auf etwas warten. Dann kritzelte er mit einem dünnen Stock zwischen seinen Beinen hindurch in den Staub, das Gekritzel wischte er mit demselben Stock wieder weg. Schließlich schaute er die Straße hinauf, lange, mit konzentriertem und doch traurig-entspanntem Gesichtsausdruck.

Mit demselben Mienenspiel hatte Svia im Hamburger Hafen auf den Ruinen gesessen, als sie ihn zufällig dort wiedergetroffen hatte. Jetzt saß dort unten dieses einsame Kind, in dessen Adern Svias Blut floss.

Auf einmal stand ihr Kleiner vor ihr. War es ihre Einbildung oder war er innerhalb einer Sekunde hier heraufgeflogen? Er umarmte sie und sagte: »Mama, gut, dass du endlich da bist«, und erzählte ihr von all seinen Abenteuern, die er während ihrer Abwesenheit erlebt hatte. Dabei sprach er mit schleppender Stimme, seine Zunge verhedderte sich manchmal zwischen seinen Zähnen zu einem sympathischen Sprachfehler, dann bügelte er die Worte wieder glatt, wie er zuvor das Gekritzel im Staub geglättet hatte.

Seine Lippen formten die Worte so langsam, als hätte er einen Pinsel im Mund und als malte er zögernd die einzelnen Buchstaben. Es schien ihm schwerzufallen, sich von den letzten Silben zu trennen, wie er sich auch von seiner Mama nicht mehr trennen wollte.

»Mama«, wiederholte er und schlang seine kräftig gewordenen Arme um sie. »Gut, dass du jetzt da bist.«

Margret drückte ihn an ihr Herz. Als sie die Augen aufschlug, saß er schon wieder unten und starrte noch immer die Straße aufwärts.

Sie wollte aufstehen, da zerbrach etwas in ihr, aber sie wusste nicht, was es war. Sofort musste sie sich wieder setzen, um nicht zu zerfallen wie ein fragiles Netz aus Zuckerguss. Durchsichtig wie feiner Nebel zogen zuerst Svia und dann all die anderen Toten ihres Lebens an ihr vorüber, streiften sie mit einem kühlen Hauch und lösten sich auf, zuletzt ihr totes Kind im Moor. Welches Recht hatte sie, zu lieben? Margret schloss die Augen und hielt beide Hände an ihr bröckelndes Herz. Bernd – ihr Leben, ihre Liebe. Wie tief musste sie das Messer in ihre Brust treiben? Wie weh musste es tun, damit ihr Opfer Gnade fand?

Als sie nach unten zum Haus blickte, war ihr Junge weg. Sie sammelte alle ihre Kräfte, stand erneut auf, schleppte sich zum Bahnhof und fuhr zurück in den Schwarzwald.

## Margret, Wildblüt, Juni 2015

Wie schön die Grillen zirpen. Wie würzig der Duft, der vom Wald her weht, und wie angenehm seine Kühle. Glanzvoll und majestätisch blickt der Mond auf sie herab, wie er schon in den Nächten ihrer Jugend in Ostpreußen auf sie herabgeblickt hat. Heute, am letzten Abend ihres Lebens, scheint er ihrem Ende seinen Segen zu spenden. Zu früh musste sie diejenigen loslassen, die sie liebte, und erst mit ihrem Tod kann sie diejenigen zusammenbringen, die sie jetzt liebt. Schrecklich war ihr Leben. Viel Schuld hat sie auf sich geladen. Viel ist ihr geschehen. Aber ihr Leben war auch groß, denn die Liebe in ihrem Inneren ist niemals versiegt.

Ist das Leben nicht ein einziges Lösen und Binden? Wie eine Verheißung liegt das Seil parat. Es bindet sie an ihre Vergangenheit und löst sie von ihrem Leben auf Erden. Ihre Kinder werden sich fragen, warum sie nicht gewartet hat mit dem Sterben, schließlich ist sie alt. *Tod durch den Strang.* Die riesigen Lettern auf dem Königsberger Tageblatt verkündeten die Hinrichtung ihres Vaters und brachten nicht nur Schock und Zerstörung über sie und die Familie, sondern setzten auch ihr Wesen neu zusammen. All ihre Organe, ihre Gelenke, Haut und Knochen, ihr Gehirn und ihr Gemüt wurden von einer neuen Farbe durchströmt und mit der Farbe kam ein zelluläres Wissen, dass auch sie nur auf diese Art ihren Tod finden würde. Im hohen Alter als Einzige ihrer Familie in einem weißen Bett zu sterben, käme einem Verrat an den Ihren gleich.

Sie wird dort sterben, wo sie ihr zweites Kind geboren hat und wo es noch immer liegt. Was für eine wunderschöne Sommernacht. Wenn alles vergeht, bleibt die Liebe. Sie ist es, die jetzt da ist.

# Familie!

## Bernd, Wildblüt, 2015

Er sitzt auf dem Sofa, die Ellbogen auf die Knie gestützt, und betrachtet seine Hände. Konzentriert studiert er die Handteller, als würde er die Linien darin lesen. Nur langsam, wie Wasser in trockene Erde, sickert die Erleichterung darüber in ihn ein, dass es nicht seine Hände waren, die den eigenen Vater getötet haben, auch wenn es damals unwissende Kinderhände waren. Muskel für Muskel entspannt sich sein Leib. Das Erinnerungsbild des Sechsjährigen mit dem blutigen Messer in der Hand, stumm vor Schock, hat in den letzten Tagen wie ein Felsbrocken auf ihm gelastet.

Er kann nicht aufhören, seine Hände anzustarren. Hände, die nach den Frauen griffen, einer nach der anderen, Hunderte werden es wohl gewesen sein, bei jeder einzelnen hat er nach seiner Mutter gesucht. Am Ende war er immer mit leeren Händen dagestanden.

Jetzt ist sie da, seine Mama, sie ist hier im Wohnzimmer mit ihrer geöffneten Truhe wie die Pandora, deren Büchse Krieg, Hunger, Elend, Zerstörung, Mord und Totschlag birgt. Offen und schamlos zeigt sie ihre Geheimnisse, ohne sich selbst oder andere zu schonen. Doch ist das Zeigen aller Nöte nicht ein größerer Segen als das Verbergen? Muss man die Eiterbeule nicht erst schmerzhaft öffnen, bevor sie heilen kann?

Barbara klappt das Heft zu, Inès sitzt eingeklemmt zwischen Robert und Alma. Blass und müde wirkt seine Schwester.

»Ich brauche ein Viertelstündchen für mich«, sagt er, verlässt das Haus, geht ein paar Schritte in den Wald hinein und setzt sich auf einen umgesägten Baumstamm. *Warum bist du nicht die Treppe hinuntergestiegen? Warum bist du wieder abgehauen?* Verzweiflung packt ihn am Kragen, fast schämt er sich für seinen kindischen Aufruhr.

Schon lange hat er seiner Mutter verziehen und ihr Lebensbericht entschuldigt vieles. Das Warum ist im Aktenschrank des Verstandes eingeschlossen, zusammen mit der Logik. Doch auf dem Grund der Seele gibt es kein Warum. Dort gibt es nur Liebe, Schuld, Verzweiflung und Trauer, und die haben ihren ganz eigenen Plan.

Dass sie ihm einmal so nahe gewesen und wieder gegangen ist, versetzt ihn in dieses zehnjährige Kind, das auf den Steinstufen vor dem Hauseingang hockt. Seit Jahren sitzt das Kind da und wartet. Kein Geräusch. Kein Wort. Nur Leere.

Diese Fast-Begegnung mit Margret muss nach seinem Heimaufenthalt gewesen sein, wo dieser hasenschartige Herman starb. Auch wenn Bernd ein kräftiger, wehrhafter Junge war, so war er in seinem Inneren still und verloren, ähnlich diesem einsamen Hermann.

Er würde seine Mutter idealisieren und vergöttern, hat ihm Barbara früher oft vorgeworfen. Nie hat er eine Antwort darauf gewusst, warum er nicht nach Margret suchen wollte. In den Kämpfen ihrer ersten gemeinsamen Jahre hat Bernds Sturheit ihre Ehe fast zum Scheitern gebracht. Doch Barbara besaß Prinzipien. Die einzigen Scheidungsgründe für sie waren anhaltende Langeweile und Lüge. Das ist bis heute sein Glück, denn langweilig war ihre Beziehung nie. So mussten sie sich auseinandersetzen, und das war kein Zuckerschlecken. In allem hat er sich ihr gestellt, nie ist er ausgewichen, hat ihre Forderung nach absoluter Ehrlichkeit akzeptiert und nach und nach die Kraft darin gesehen.

Als dann die Kinder kamen, dachte er jahrelang gar nicht an die Mutter. Familie, Firmenaufbau, Kirchengemeinde und Extremsport haben seine Tage gefüllt und ihn über weite Strecken auch erfüllt. Je mehr Barbara akzeptierte, dass er seinen innersten Schmerzpunkt schützen musste, desto näher konnte er sie an diesen Kern heranlassen, ohne Angst, sie würde die Pestbeule aufstechen. Mit den Jahren ist ihr Miteinander immer tiefer und harmonischer geworden.

Das Elend dieses Kindes auf den Steinstufen breitet sich in seinem Unterleib aus wie eine schwärende Wunde. Heute, im Alter von über sechzig Jahren, jetzt, wo er gerade seine Mutter kennengelernt hat, erst jetzt kann er sich erlauben, das ganze Ausmaß dieses Schmerzes zu fühlen, und plötzlich wird es in seiner Kehle eng, es schnürt ihm den Hals mit einem Lederriemen zu. Die Einsamkeit will ihn ersticken und töten, jetzt kann er es erdulden, weil er weiß, dass er nicht sterben wird. Hinter seinen Händen sind die Augen geschlossen, doch statt Finsternis sieht er Lichtfunken in sich, flammendes Licht wie eine Fackel, die ein hässliches Verlies ausleuchtet, ein schmutziges, staubiges Kellerloch, in uralte Steine gehauen. Er hustet, schnauft und würgt. Der Dreck eines ganzen Lebens bricht aus ihm heraus, Pein und Verzweiflung waschen sich in der reinigenden Flut seiner Tränen.

Nur langsam kann er sich wieder beruhigen. Noch lange bleiben die Hände schützend vor seinem Gesicht, bis Blätter der Ruhe auf ihn herabfallen und die wärmenden Sonnenstrahlen durch die Bäume ihren Segen auf ihn gießen. Oder hält die Mutter ihre unsichtbare, liebende Hand über ihn? Stiller und stiller wird es in ihm, und als er wieder regelmäßig atmen kann, richtet er sich auf und blinzelt.

Barbara sitzt neben ihm. Lange sitzen sie, ohne zu sprechen, denn es braucht keine Worte zwischen ihnen.

»Komm«, sagt sie nach einiger Zeit. »Gehen wir zum Mittagessen.«

Als alle am Tisch sitzen, greift er in seine hintere Hosentasche und zieht zwei Umschläge heraus. *Für Bernd* steht auf dem einen, *Für Alma* auf dem anderen. »Die lagen in Margrets Nachttischschublade.«

Alma nimmt den ihren mit großen Augen entgegen.

*Liebe Alma,*
*Du warst nicht krank, sondern schwanger. Ich habe dein Kind in meinen Träumen gesehen. Es ist ein Mädchen. Mach es nicht wie ich. Erst am Rand meines Todes sehe ich die Last, die ich dir aufgebürdet habe. Jetzt sollst du endlich frei sein.*
*In Liebe, deine Mutter*

»Furztrocken, wie immer«, sagt sie und lacht auf, kurz und hell, nicht grob, sondern befreit. »Diese Hexe hat alles gewusst.«

Bernd greift in seinen Umschlag und zieht eine vergilbte Zeitungsseite aus dem Jahr 1954 heraus. Darauf steht mit blauer Wachskreide in kyrillisch anmutenden Buchstaben: VERGIB MIR.

## Inès, Wildblüt, 2015

Je mehr sie von ihrer Familie erfährt, desto mehr fühlt sie sich dazugehörig. Keiner von ihren Verwandten ist so selbstbewusst, wie sie zu Beginn dachte. Alle haben ihre Bürde zu tragen. Eine harmonische Stimmung begleitet das Mittagessen. Man plaudert über dies und das und genießt das Zusammensein.

Bernds Handy zerreißt mit seinem Läuten die schöne Atmosphäre. »Bettina!«, sagt er beim Blick aufs Display.

Alma langt sich an die Stirn. »Oh mein Gott, nicht auch das noch!«, flüstert sie und fuchtelt mit den Armen, doch Bernd hat das Gespräch bereits angenommen.

»Bettina, ja, alles prima. Ich rufe in drei Minuten zurück, bis gleich.«

»Warum nicht?«, sagt er zu Alma. »Alles in einem Aufwasch.« Der Onkel ist schon wieder richtig vergnügt.

»Bettina ist die Frau deines Vaters«, raunt Alma Inès zu.

Eine Hitzewelle durchfährt sie, aber dieses eine Mal macht es ihr nichts aus, rot zu werden, denn jetzt sagt ihre Mutter resigniert: »Wenn ich dich sehe, muss es wohl sein.«

»Yep«, macht Bernd, nimmt das Handy und während er die Taste klickt, geht er hinaus auf die Terrasse, eine Hand in der Hosentasche. »Hol mir mal Wolfgang an den Apparat«, hört Inès noch, dann schließt er die Tür. Es dauert fast eine Viertelstunde, bis er zurückkommt.

»Wolfgang dreht durch. Er glaubt es nicht und will sofort kommen.«

Inès' Herz klopft bis in die Fingerspitzen. Auch die Mutter an der anderen Tischseite scheint mit sich beschäftigt zu sein.

Eineinhalb Stunden später geht die Haustürglocke. Alma und Inès öffnen gemeinsam. Dort steht er nun, ihr Vater. Weiße Haare hat er und wirkt etwas verbrauchter als auf den Fotos im Internet. Er schaut zuerst Alma an, dann streift sein Blick Inès – kurz, als würde er sich an ihr verbrennen. Schließlich hängen sich seine Augen bei ihrer Mutter ein, offenbar will er etwas sagen oder fragen, sein Mund will Worte formen, aber es kommen keine. Neben ihm steht seine Frau, die Inès anstrahlt, als wolle sie sie gleich umarmen.

Wolfgangs Blick fällt wieder auf Inès. Irritiert. Was denkt der sich? Ist sie eine Erscheinung aus dem Weltall? Was macht sie mit ihrem stummen Vater? Er ist völlig hilflos. Das gibt Inès Kraft. Schon einmal war sie die Stärkere. Nun macht sie die Geste einer Hausherrin. Ohne Worte bittet sie ihren Vater und seine Frau ins Haus, in welchem sie erst vor wenigen Tagen selbst als Fremde angekommen ist. Während sie die Wohnzimmertür öffnet, sagt sie: »KV 381.«

Endlich kommt Bewegung in Wolfgangs Gesicht. »Für zwanzig Finger?«

»Ja.«

»Okay, ich bin aber ein Guldaschüler.«

»Ich weiß, wie Sie Mozart spielen. Immer schön herb«, antwortet Inès und kommt sich unglaublich cool vor. Im Vorbeiweg schnappt er sich einen Stuhl und schon sitzen beide nebeneinander am Klavier. Ihre Oberarme berühren sich und tauschen Aufregung aus. Vor dem ersten Akkord kommen Stille und Zeitlosigkeit über die beiden unbekannten Bekannten, die jedes Herzklopfen und alle Nervosität miteinschließen. Er strahlt Hitze ab. Sie sieht aus den Augenwinkeln, dass er ein Nicken andeutet.

Das Stück beginnt schnell und schmissig, sie sitzt links und passt sich seinem Temperament an. Trotzdem ist sie es, die mit den dunklen Tönen das Spiel trägt. Gerade, als sie miteinander in einen wunderbaren Fluss kommen, schert er aus! Er spielt etwas anderes, er improvisiert, will er sie auf die Probe stellen? *Na, warte, Freundchen, dir zeig ich's*, und sie antwortet mit gleicher Münze. Er kontert, es entsteht ein Wettstreit, harmonisch auf höchstem Niveau, doch laut und irrsinnig schnell. Jetzt hält sie seinem etwas harten Anschlag ein blumiges Rokoko entgegen und dämpft das Tempo. Wettstreiten an den Tasten ist sie gewachsen, da macht ihr auch kein noch so berühmter Wolfgang Schwartz etwas vor, und virtuos reagiert sie auf sein Kampfangebot mit ihren eigenen Fantasien, die passend und doch ganz anders sind.

Er besiegt sie, indem er zarte, leise, unglaublich gefühlvolle Töne anschlägt, er spielt eine Liebesmelodie. Darauf kann sie nicht antworten, sonst würde sie flennen und das geht jetzt nicht. Sie lässt die Finger von den Tasten gleiten. Sofort hört auch er auf.

»Bin ich ein Kondomunfall?«, fragt sie ohne weitere Pause, die Augen streng an die Wand gerichtet.

»Ja«, antwortet er. Auch sein Blick klebt an der Wand. Langsam wendet er den Kopf und schaut sie von der Seite an. »Der sonderbarste Kondomunfall, den der liebe Gott jemals zustande gebracht hat.«

»Haben Sie noch andere Kinder?«

»Zwei.«

»Bin ich auch Ihr Kind?«

»Ja.«

»Woher wissen Sie das?«

»Weil du aussiehst wie meine Mutter, und wenn du noch einmal ›Sie‹ zu mir sagst, hole ich die Polizei.«

Sie grinst und senkt ihren Blick auf den Boden. Dann nimmt er sie in seine Arme. Sie hat noch nie einen Mann umarmt. Er umarmt sie nicht fest, sondern hält sie nur bei sich, aber genau das ist gut. Allerdings muss sie jetzt schluchzen. Sie will das nicht, doch es hört und hört nicht auf, einer nach dem anderen kommt, als hätten all diese Schluchzer seit Jahren auf ihre Stunde gewartet. Als es immer weitergeht, hält er wie bei einem Kind ihren Kopf gegen seine Schulter.

Als sie sich beruhigt, löst er sich langsam von ihr und holt sein Taschentuch aus der Hosentasche, um sich über die Augen und das Gesicht zu wischen. Erst jetzt können sie sich anschauen.

Ihr Blick fällt auf die Terrasse vor dem Wohnzimmer. Die Glastür steht offen. Sie haben Publikum bekommen! Robert, Alma, Bernd, Barbara und Bianca sind dazugekommen, zudem noch einige Fremde. Sie haben sich Stühle geholt und sitzen da, als hätten sie auf ein Konzert gewartet. Da war aber nicht viel mit Musik.

Wolfgang stellt ihr endlich seine Frau Bettina vor. »Und das ist dein Großvater Paul und seine Frau Yvonne«, sagt er. »Dies ist mein Sohn Ari.«

Ari ist ein bildhübscher Junge von vielleicht achtzehn Jahren mit dunklen Locken, der Inès mit glänzenden Augen anblickt. *Zu jung für mich*, denkt sie spontan und schämt sich sofort vor sich selbst, schließlich ist er ihr Halbbruder. Da, wo sie noch vor Kurzem Sprechhemmungen hatte, scheint zurzeit das Gegenteil zu passieren, denn schon wieder rutscht ihr ein Satz raus, den sie bei genauerem Überlegen nie gesagt hätte. »Ari sieht Ihnen – also dir – gar nicht ähnlich.«

Lachen bei fast allen.

»Ari hat mir meine Frau zu Füßen gelegt«, antwortet Wolfgang, und nach einem Seitenblick auf seine schmunzelnde Frau fügt er an Inès gewandt hinzu: »Mit deinem Auftauchen sind wir quitt.«

Ari strahlt sie an, sie sind Schicksalsgeschwister. Inès kann gar nicht alle Eindrücke aufnehmen.

»Und Ihr anderes Kind?«

»Sarah meinst du? Sie räumt gerade das Haus ihrer Großeltern in Weingart«, antwortet er. Dann fügt er an: »Schon vergessen? Wir duzen uns. Ich bin dein Vater!«

Ihr Vater! *Ich bin dein Vater*, sagte er. Glück. Also hat sie noch eine Schwester. *Hoffentlich wird die mich akzeptieren*, geht ihr etwas bang durch den Kopf, dann kehrt ihr Blick zum Großvater zurück, der sie nicht aus den Augen gelassen hat. Sie lächelt und beobachtet sich selbst dabei, wie sie Stunde um Stunde reifer und gewandter im Umgang wird.

Der alte Mann sagt: »Ich dachte, meine erste Frau säße am Klavier.«

Jedes Mal ist sie geschmeichelt, wenn man sie mit Helene Schwartz vergleicht. Jetzt, wo es alle behaupten, ist vielleicht etwas dran. Sie fragt mutig und keck: »Und wie war Ihre Frau?«

»Da du ja unzweifelhaft meine Enkeltochter bist, schlage ich das Du vor«, antwortet der Großvater. »Wie Helene war, willst du wissen?«

»Ja.«

»Kapriziös, introvertiert, manchmal aggressiv, aber nur gegen die, die sie geliebt hat.« Der alte Mann schmunzelt freundlich. Von Robert kommt ein Kichern, vermutlich, weil er seine Pflegetochter genau so erlebt hat.

Das Glitzern in den Augen ihres Großvaters scheint nicht der Erinnerung an seine Frau zu gelten. Als er Inès in seine Arme nimmt, ist er nicht so vorsichtig wie ihr Vater vorher, sondern drückt sie fest an sich. Er duftet kaum merklich nach einem vornehmen Männerparfüm. Alles an ihm ist Wärme und Liebe. Als er sie wieder freigibt, trifft sie auf das herzliche, offene Lachen seiner Frau Yvonne.

Inès blickt sich auf der Terrasse um. Sie steht im Mittelpunkt, und obwohl sie kein Klavier und auch keinen Flügel vor sich hat, kann sie es jetzt aushalten. Das ist ihre Familie.

## Bianca, Wildblüt, 2015

Schon steht der nächste Besuch ins Haus: Die Lorenzkinder wollen zur Beerdigung kommen und reisen zum Frühstück an.

»Oh, da sind sie schon«, ruft Barbara, stürzt an die Tür und begrüßt ihre Kinder mit lautem Hallo. Alexander tritt als Erster auf die Terrasse, hinter ihm seine schwangere Frau. Er: ein junger, bereits promovierter Universitätsdozent mit Ambitionen. Seine Frau: hübsch. Hinter den beiden folgt Katharina. Sie ist viel größer als ihr Bruder, ein überlanges Mädchen. Doch sie steht aufrecht.

Allgemeines Vorstellen der fremden Verwandten, fröhliches, erstauntes und ein wenig fremdelndes Plaudern. Daniel, der Mittlere, wird noch erwartet.

»Mal wieder zu spät«, sagt Bernd augenrollend. »Das hat er leider von seiner Mutter geerbt.«

Dann fährt ein Porsche vor. Barbara holt ihren Sohn Daniel an der Haustür ab, und jetzt füllt Bernd 2.0 den Türrahmen zur Terrasse vollständig aus. Ein Hühne und junges Abbild seines Vaters. Seine glatten Haare trägt er lang – streng zu einem Pferdeschwanz gebunden, an den Seiten drei Zentimeter über den Ohren kahlrasiert. Daniel ist Kraftsportler, tätowiert bis unters Kinn und hat das gewinnendste Lachen, das Bianca je gesehen hat. Ein Er-kam-sah-und-siegte-Typ der besten Sorte, neben dem seine Geschwister nahezu blass wirken. *Interessant*, geht ihr heimlich durch den Kopf.

Im eleganten schwarzen Kostüm sitzt ihre Mutter am frühen Nachmittag zwischen ihr und Inès in der offenen Aussegnungshalle des dörflichen Friedhofs. Alma und Inès halten sich die Hände. Die Mama legt ihre andere offene Hand auf Biancas Bein. Zögernd legt Bianca die ihre hinein. Alles ist wieder gut zwischen ihnen.

Vorne neben Barbara im Talar steht der blumengeschmückte Sarg Omas. Hinter ihnen sitzen die Lorenzkinder, Dorfbewohner trudeln gerade auf dem Friedhof ein, sogar Wolfgang Schwartz und seine Frau sind noch einmal gekommen. Inès wird sich freuen.

Zu Beginn der Trauerfeier singt Bernds Chor *Von guten Mächten wunderbar geborgen* von Dietrich Bonhoeffer.

*Na, so wunderbar geborgen war die Oma in ihrer Jugend nicht*, geht Bianca durch den Kopf. Doch Bonhoeffer muss seine Geborgenheit von irgendwoher genommen haben, denn die Nazis haben ihn aufgehängt.

*Wie meinen Urgroßvater!*, schießt es ihr ins Blut. Die Erkenntnis erfasst sie wie ein Blitz: Sie ist Teil einer Kette von Ahnen. Sie hat Wurzeln! Ihre Vorfahren waren Bauern, Gutsbesitzer, die mit der Erde gearbeitet haben, von Generation zu Generation, bis der Krieg alles zerrissen und zerstört hat. Sie lässt ihren Blick über die Gräber hinaus auf die Landschaft des Schwarzwalds schweifen. Das Forsthaus drängt sich vor ihr inneres Auge. Ist nicht dies hier ihre Heimat? Gehört sie überhaupt in die Großstadt, in der sie aufgewachsen ist?

Ihr eigenes junges Leben steht vor ihr. Sie trägt ein Kind in sich. Wird sie es behalten? Wird es die Ahnenreihe weiterführen? Wie aus dem Nichts überfällt sie jetzt eine beißende Trauer um Boris, den Kindsvater. Auf ihn wird sie nicht zählen können. Sie setzt die traurige Reihe ihrer Großmutter und Mutter fort. Zum Glück darf man auf einer Beerdigung weinen.

Gerade, als sie sich wieder fängt, spricht Barbara den Segen. Bianca hat die Predigt verpasst, so sehr war sie in Gedanken versunken. Jetzt steht Bernd auf und geht nach vorne. Was hat er vor? Seine Zuhältervergangenheit lässt sich auch mit den besten Trauerkleidern nicht verbergen. Dann holt ihr Onkel Luft und singt mit einem gefühlvollen, erstaunlich gut geschulten Bariton eine der letzten und schönsten Arien aus der Matthäuspassion von Bach:

*»Der Friedensschluss ist nun mit Gott gemacht*
*Denn Jesus hat sein Kreuz vollbracht.«*

Ja, meine Oma, auch du hast wahrlich dein Kreuz vollbracht. Jetzt hast du Frieden gefunden.

Alle erheben sich, um dem Sarg an das Grab zu folgen. Als Bianca sich umdreht, traut sie ihren Augen nicht: Der Friedhof hat sich mit Menschen gefüllt. Nicht nur zwischen den Gräbern, sondern auch außerhalb des Türchens stehen sie dicht an dicht. Es müssen mindestens vierhundert Menschen sein, die ihrer Großmutter das letzte Geleit geben.

Beim Leichenschmaus erfährt Bianca, dass Margret für viele die letzte Hoffnung war. Vor allem bei austherapierten Krebskranken hat sie im Verborgenen gewirkt und wohl riesige Erfolge erzielt. *Oma, was hast du für ein Leben geführt?* In diesem Moment kommt es Bianca vor, als stünde die Großmutter vor ihr. Wird sie verrückt? Sie versucht, sich zu entspannen. Muss sie in die Klapse? Oder hat sie womöglich Omas Gabe geerbt? Damit wollte sie nie was zu tun haben. *Was willst du, Oma?* Als die Oma wieder ins Nichts verschwunden ist, ist Biancas linke Hand geschlossen, als hielte sie einen unsichtbaren Schlüssel.

## Alma, Wildblüt, 2015

Die Wangen ihrer Tochter Inès blühen vor Glück, als sie ihren Vater unter den Trauergästen entdeckt. Bernd lädt Wolfgang und Bettina zusammen mit einigen Dorfbewohnern in den Garten des Forsthauses ein. Alma geht ein paar Schritte Richtung Wald, um sich eine Atempause zu verschaffen. Wieso ist sie nur so seltsam glücklich? Ist sie verliebt? *Ja,* stellt sie fest. Sie ist verliebt in ihre beiden Töchter.

Als sie zurückkehrt, geht sie ins Haus auf die Toilette. Vom Wohnzimmer her ertönt Klaviermusik. Inès spielt ihr Stück! Vor vierzig Jahren von ihr selbst geschrieben, spielt ihre eigene Tochter es jetzt auf eine Weise, die Alma schon wieder die Tränen in die Augen treibt.

Sie lauscht im Flur. Inès ist unglaublich gut. Jede Nuance erfasst sie schon beim ersten Mal Spielen und macht gleichzeitig etwas ganz Eigenes draus. Die Tür des Wohnzimmers ist angelehnt.

Nicht Inès, sondern Wolfgang spielt. Damit ruft er sie. Das letzte Wort ihrer kleinen Schicksalsgemeinschaft steht noch aus.

Sie schleicht hinein und setzt sich auf das Sofa. Er spielt die Musik zu Ende, dann spricht er gegen die Wand: »Warum hast du nie etwas gesagt?«

Ihr Lachen klingt bitterer, als sie wollte. Alles hat sie allein getragen, die Schwangerschaft, die Geburt, die Entscheidung, die nie endende Trauer. Was will er?

»Es war, wie es war«, sagt sie schließlich.

Er schwingt sich mit dem Drehschemel zu ihr um. »Das sollte nicht nach Vorwurf klingen.«

»Gut.«

»Hast du noch mehr gemacht?«

»Was?«, lacht sie. »Kinder?«

»Nein. Solche Musik.«

»Woher weißt du, dass es von mir ist?«

»Weil man dich darin hört.«

»Wie jetzt?«

»Hast du noch mehr gemacht?«

»Unsinn, das ist ein Jungmädchenstück.«

»Mag sein«, sagt er und blättert im Notenheft.

»Wollten wir nicht über das Kind sprechen?«

»Wenn du mir versprichst, noch weitere solcher Stücke zu schreiben.«

»Hör zu, Wolfgang ...«

»Nein, warte, ich bin noch nicht fertig«, unterbricht er sie. »Dieses Mädchen ist in Stuttgart am Nachmittag vor der Aufführung entstanden, stimmt's? Jetzt musst du absolut ehrlich sein, Alma!«

»Ja.«

Er steht auf und schließt die Wohnzimmertür. Dann setzt er sich neben sie auf das Sofa. Seine Stimme ist leise und völlig ohne Vorwurf, als er sagt: »Das Kondom ist nicht von allein abgerutscht.«

Zuerst muss sie die Scham hinunterschlucken, dann strömt ihr eine sanfte, noch unbekannte Kraft zu.

»Nein, ist es nicht.«

Er lässt sich an die Sofalehne zurückfallen und hält die Hände hinter seinen Kopf. »*Chapeau bas.*«

Ihr Kinn flattert, sie blinzelt die Tränen weg, ihr Blick hält sich am Klavier fest.

Nach langem Schweigen fährt er fort: »Du musst unglaublich gelitten haben.«

Sie nickt, schluckt und beißt sich auf die Lippen.

»Danke, dass du mir dieses Wunder geschenkt hast.«

»Ja«, antwortet sie nach einer Weile. »Sie ist ein Wunder.«

Er hält ihr die Hand hin. Alma legt die ihre hinein. Eltern.

Nach einiger Zeit richtet er sich auf und spricht in geschäftigem Ton: »Letzte Nacht konnte ich nicht schlafen und habe mich durch alle YouTube-Videos geklickt, die von ihr zu sehen sind. Unser Mädchen ist ein Ausnahmetalent, aber nicht umsonst bekam sie in Tel Aviv nur den dritten Platz.«

»Wieso? Ich fand das ungerecht.«

»Sie hat den Publikumspreis erhalten, das war berechtigt, denn sie berührt die Herzen der Zuhörer. Aber sie spielt noch zu luftig.«

»Zu luftig?«

»Sie ist ein unglaublich virtuoses Irrlicht, präzise zwar, auch gefühlvoll, doch mit wenig Bodenhaftung. Schumann, der alte Fuchs, hört das natürlich, deshalb hat er sie gezwungen, endlich ihre Eltern zu suchen.«

»Robert Schumann, ihr Pflegevater? Kennst du ihn?«

»Nicht persönlich. Er ist Musikkritiker. Vor Jahren hat er mir mal eine schmerzhafte Wahrheit ins Feuilleton der FAZ geschrieben. Dieser Typ hört alles.«

»Erstaunlich.«

Wolfgang steht auf, geht ans Klavier, nimmt Almas vergilbtes Notenheft in die Hand und blättert beiläufig darin. »Wenn unsere Tochter nicht knapp unter der Spitze stehenbleiben will, braucht sie ihre Familie unisono hinter sich.«

»Die hat sie ja jetzt.«

»Nein, denn du entmutigst dich selbst die ganze Zeit. Du merkst es gar nicht mehr.«

»Geht es dich was an?« So kratzbürstig sollte das nicht herauskommen.

»Jetzt geht es mich schon was an.«

»Wegen Inès?«

»Unserem Kind entzieht es einen Teil ihrer dringend benötigten Kraft, wenn du unerfüllt oder gar unglücklich bist. Schreib deine Musik endlich. Sie ist gut«, sagt er und legt ihr das Notenheft in den Schoß. »Sehr gut«, wirft er noch hinterher.

Auf eine solche Entwicklung des Gesprächs ist sie nicht gefasst. Er hat recht, zum Komponieren fehlt ihr das Zutrauen.

»Ich nehme Inès jetzt unter meine Fittiche, das ist klar«, fährt er fort. »Deine Aufgabe – ihr zuliebe notabene – ist nur noch eine.«

»Welche?«

»Werde glücklich. Schreib deine Musik. Nimm dir einen Mann.«

Viel später am Abend setzt sich Alma ausatmend, erschöpft, aber glücklich auf das Bänkchen am Eingang des Hauses und raucht die zweitletzte Mentholzigarette ihrer Mutter. Das Wetter hält noch immer. Viel zu kitschig hängen die Sterne am Himmel. Der Mond ist fast voll. Leise knackt es neben ihr.

»Darf ich?« Robert Schumann.

»Gerne«, antwortet sie schnell und weiß nicht, ob sie sich freuen soll. Sie hält ihm die Zigarettenschachtel hin.

»Gerne«, wiederholt er ihre Worte.

*Seltsamer Typ*, geht Alma nach einer Weile durch den Kopf. Er setzt sich neben sie, nimmt ihr das Alleinsein weg, macht aber keinerlei Gesprächsangebot. Dann lehnt sie sich zurück und beschließt, den Dingen ihren Lauf zu lassen.

Gerade das Schweigen ist es, das Almas Gemüt nun Baustein für Baustein noch einmal neu zusammensetzt. Wenn irgendjemand sein Leben für ihr Kind gegeben hat, dann ist es nicht sie, sondern dieser stille Mann. Wie ein Teppich aus Glut breitet sich nun die Vorstellung in ihr aus, ihre zarte, übersensible Inès wäre in irgendeinem französischen

Kinderheim verrottet, mit Sprachstörungen, ausgerissenen Haaren und aufgeritzter Haut, ohne Liebe, ohne Bezugsperson und ganz ohne Musik! Sie reibt sich die Stirn. Diesem Mann verdankt nicht nur Inès alles, sondern auch sie, Alma. Und sie hat ihn als Schatten im Hintergrund kaum wahrgenommen. Die Zigarette ist ausgeraucht.

»Störe ich dich?«, fragt er nun.

»Wie kommst du darauf?« Noch immer ist ihr das Du ein wenig fremd.

»Du wirst auf einmal so nervös.«

»Danke, dass du meinem Kind das Leben gerettet hast.«

»Danke, dass ich dein Kind eine Zeit lang begleiten durfte.«

Alma bläst die Luft aus.

»Eigentlich wollte ich dich zu einem Nachtspaziergang einladen«, fährt er fort. »Der Mond ist hell genug, denke ich.«

»Mondscheinspaziergang«, antwortet sie und merkt selbst, wie distanziert sie klingt. Als er keine Anstalten macht, aufzustehen, aber auch nichts anderes redet, fügt sie an: »Du weißt alles von mir, aber ich weiß nichts von dir.«

»Interessiert es dich denn?«

*Gut gekontert, Robert Schumann*, denkt sie. Vor fünf Minuten noch hätte sie diese Frage mit Nein beantworten müssen.

»Zu Beginn sah es so aus, als würde sich zwischen dir und Inès eine ambivalente Mutter-Tochter-Beziehung entwickeln«, sagt er mit erstaunlich warmer Stimme, ohne auf ihre Antwort zu warten. »Jetzt ist eine Liebesgeschichte daraus geworden.«

Sie nickt, fühlt ihrer eigenen Dankbarkeit nach. Erstaunlich, dass Inès so viel Nähe zulassen kann. Ihre Beziehung scheint so unbelastet. Ganz anders als die zu Bianca, obwohl sie ihre erste Tochter nicht weniger liebt.

Robert räuspert sich. »Der Lebensbericht deiner Frau Mutter hat mich tief erschüttert. Dass du trotz des schweren Erbes so viel aus deinem Leben gemacht hast, beeindruckt mich sehr.«

Alma lehnt sich auf der Bank zurück, den Kopf lässt sie an die Hausmauer fallen. Er hat sie genau beobachtet, doch er verurteilt sie nicht, sondern bewundert sie. Wie von selbst rutscht ihr Kopf an seine Schulter. Er zuckt nicht zurück, sondern neigt sich fast unmerklich zu ihr hin.

Anlehnen. Hat sie sich jemals an einen Mann anlehnen können? Dann richtet sie sich wieder auf.

»Nicht wahr«, beginnt sie und hat zu ihrem sarkastischen Ton zurückgefunden. »Das würde jetzt gut passen: die biologische Mama tut sich mit dem Pflegepapa zusammen und voilà, die Familie bleibt komplett.«

Schade, dass sie in der Dunkelheit sein Gesicht nicht sehen kann. Da er wieder nicht antwortet, sticht sie der Hafer. »Leider bist du absolut nicht mein Beuteschema.«

»Oh, das hört sich vielversprechend an!«

Sie kichert, lehnt sich an die Hauswand, will sich eine zweite Zigarette nehmen, legt die Schachtel wieder weg, die ist ja leer, weiß nicht richtig, was sie jetzt machen soll. Dann steht sie auf. »Also gut, gehen wir auf einen Mondscheinspaziergang.«

»Sag ich doch schon die ganze Zeit«, antwortet er.

# Nachwort

Alle Figuren in diesem Roman sind frei erfunden. Sie handeln und sprechen nach meinem Willen – doch sie tun es vor der Kulisse historischer Tatsachen. Jede von ihnen steht für eine eigene Epoche, für eine andere Wunde unserer Vergangenheit.

## Margret

Ein wenig beachtetes Kapitel der deutschen Nachkriegsgeschichte ist das Drama um Königsberg. Zuerst von den Briten, dann von der Roten Armee bombardiert und in einem gnadenlosen Häuserkampf eingenommen, wurde die Stadt ausgehungert. Todesmärsche, Vergewaltigungen, bis auf das Skelett abgemagerte Frauen und verhungernde Kinder bestimmten die Situation. Ungefähr siebzigtausend Königsberger starben durch Hunger, Krankheiten oder Gewalt. Tausende von Kindern konnten nur durch den Mut oder das menschliche Wegsehen russischer Soldaten in Güterzügen dem sicheren Tod entkommen.

In Litauen überlebten diese Kinder aufgrund der Hilfsbereitschaft der dortigen Bevölkerung. Sie streunten durch Wälder und Felder, immer auf der Suche nach Nahrung und Schutz.

Doch es tobte dort ein grausamer Partisanenkrieg zwischen der Roten Armee und den sogenannten »Waldbrüdern«. Dazu kamen, als die Gefährlichsten im Bunde, die sowjetischen Spione. Immer häufiger gerieten die Kinder zwischen die Fronten. Familien, die »deutsche Faschistenkinder« versteckten, wurden in die Gulags nach Sibirien verschleppt.

Die Erfahrungen meiner *Margret* habe ich verschiedenen Lebensberichten abgelauscht und literarisch verarbeitet. Das tatsächliche Ausmaß des Grauens aber entzieht sich der Belletristik. Ich hoffe, dass ich den Betroffenen nicht Unrecht tue, indem ich die schlimmsten Erfahrungen nicht aufgreife.

*Margret* ist eine schwierige, ambivalente Figur. Ich möchte keinesfalls den Eindruck erwecken, das Erlebte forme zwangsläufig solche Charaktere. Sie besitzt als junges Mädchen eine große Fähigkeit zur Resilienz, doch ein späteres Ereignis entreißt ihr den Boden, zersetzt ihre Psyche und lässt sie stürzen.

Ich weiß nicht, ob ich den Wolfskindern aus Königsberg und Litauen in meinem Roman gerecht geworden bin. Ich glaube nicht einmal, dass das überhaupt möglich ist. Aber ich verneige mich vor dem Schicksal dieser Menschen.

Quellen:

*Die nachfolgenden Titel dienten mir als Recherchegrundlage; ihre jeweiligen historischen oder moralischen Deutungen teile ich nicht in jedem Punkt.*

Hardinghaus, Christian (2022). *Das Wolfsmädchen. Flucht aus der Königsberger Hungerhölle 1946*. Europaverlag, München.

Jacobs, Ingeborg (2011). *Wolfskind. Die unglaubliche Lebensgeschichte des ostpreußischen Mädchen Liesabeth Otto.* List Verlag (Ullstein Buchverlage GmbH), Berlin.

Klier, Freya (2017). *Wir letzten Kinder Ostpreußens. Zeugen einer vergessenen Generation.* Verlag Herder, Freiburg.

Spatz, Christian (2019). *Nur der Himmel blieb derselbe. Ostpreußens Hungerkinder erzählen vom Überleben.* Ellert und Richter Verlag, Hamburg.

Wartmann, Dodo (Hrsg.) (2011). *Wolfskind Traute. Ein Tatsachenbericht.* Selfpublishing.

Winterberg, Sonja (2015). *Wir sind die Wolfskinder: Verlassen in Ostpreußen.* Piper, München.

## Bernd

Die Atmosphäre des Rotlichtmilieus in den fünfziger bis siebziger Jahren ist nicht zu vergleichen mit der globalisierten Situation heute, wo Menschenhändlerringe, internationale Mafia-Organisationen unsichtbar für staatliche Stellen – oder teilweise sogar mit deren Wissen – operieren.

So trostlos die Nachkriegsprostitution auch war, die damaligen Verhältnisse besaßen eine andere, fast archaische Menschlichkeit. Zwischen Zuhältern und Prostituierten bestand ein unterschwelliges, mal skurriles, oft grausames, aber dennoch ausbalanciertes Machtverhältnis.

Ich stelle die Frauen dieses Milieus nicht als Opfer dar, sondern als handelnde Persönlichkeiten – als Überlebende, die ihre eigenen Wege suchen.

Die Kulisse, vor der ich Bernd agieren lasse, habe ich in Gesprächen mit »Veteranen und Veteraninnen« der Branche erkundet.

Der im Roman zitierte Zeitungsartikel ist authentisch: Die Stadt Stuttgart betrieb tatsächlich ein Bordell. Das »Dreifarbenhaus« existiert noch heute, inzwischen in privater Hand – ein Traditionsunternehmen einer Epoche, die ihre eigenen Regeln kannte.

## Alma

Alma bewegt sich im Klima der Nach-68er-Bewegung – jener Jahre der Revolte, der Studentenkommunen, der politischen Aufbrüche und Zerwürfnisse.

Ihr Umfeld ist geprägt von Ereignissen wie dem Putsch in Chile 1973, den Demonstrationen gegen den Schah von Persien, den Debatten des SDS und den utopischen, oft selbstzerstörerischen Experimenten des kollektiven Zusammenlebens.

In dem Flair dieser Zeit kenne ich mich bestens aus, dafür brauchte ich kein Quellenstudium.

## Abschließend

Dieser Roman ist kein Versuch, Geschichte zu erklären. Er will sie fühlbar machen durch Menschen, die in ihr verstrickt sind.

Ich habe ihnen Stimmen gegeben, damit das Nachbeben der Vergangenheit in unserer Gegenwart nachvollziehbarer wird.

*Liebe Leserinnen und Leser,*

*dieses Buch bearbeitet und reflektiert gesellschaftliche, historische, aber auch psychologische Spannungsverhältnisse.*

*Der guten Ordnung halber erfolgt eine Triggerwarnung für die gesamte Handlung des Buches.*

*Triggernde Inhalte können sein: sexuelle und körperliche Gewalt, Vergewaltigung, sexueller Missbrauch, selbstverletzendes Verhalten und Suizid.*

*Bei aller Tragik ist das Buch versöhnlich und bietet ungewöhnliche, positive Lösungen.*

*Wir wünschen uns für Sie alle das bestmögliche Leseerlebnis. Bitte achten Sie deshalb auf sich selbst und Ihre Gefühle!*

*Ihr Herodot-Verlag*

*Während eine Geschichte sich schließt, öffnet sich eine andere – die neue Generation betritt die Bühne, geformt von dem, was vorher war, und suchend nach dem eigenen Takt.*

# Für Inès

*Drei Schwestern. Drei Wege. Und die Kunst des Verzeihens.*

Biancas Leben gerät aus den Fugen, als sie erfährt, dass sie eine jüngere Schwester hat. Auch erwartet sie ein Kind, das alles verändert. Zwischen ihr und Inès wächst eine unverhoffte Nähe. Doch ein Verrat droht, das zarte Band zu zerstören.

Für Sarah, die Halbschwester väterlicherseits, reißt der überraschende Familienzuwachs alte Wunden auf. Was als Schock beginnt, führt sie an die Bruchstellen ihres eigenen Lebens.

Inès, das stille Wunderkind am Klavier, ringt mit den Schatten einer schwierigen Kindheit. Hinter ihrer zerbrechlichen Präsenz verbirgt sich ein Sturm aus Sehnsucht und der drängenden Frage: Bin ich geliebt, so wie ich bin?

**Ein Roman wie eine Fuge des Lebens – vielstimmig, unruhig und mündend in einen hellen Akkord.**

*Der Familienroman von Lea Söhner erscheint im 4. Quartal 2026.*

ISBN: 978-3-98641-295-1